KB221094

맺음

I

한승희 장편소설

매듭

1

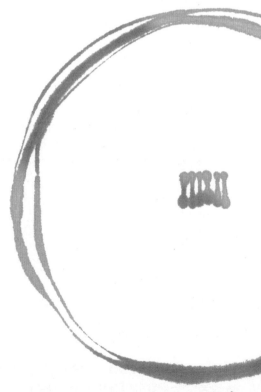

가하)

지은이 | 한승희
펴낸이 | 이형기
펴낸곳 | 도서출판 가하

초판인쇄 | 2012년 11월 10일
초판발행 | 2012년 11월 15일
출판등록 | 2008년 10월 15일 제 318-2008-00100호

주 소 | 서울 영등포구 당산동5가 33-1 한강포스빌 1209호
전 화 | 02-2631-2846
팩 스 | 02-2631-1846
www.ixbook.co.kr

ISBN 978-89-6647-429-5   04810
      978-89-6647-428-8   04810(set)

값 9,000원

서언   7

제一장. 칠석에 우연히 만나다   37

제二장. 달빛이 없는 그믐밤   80

제三장. 기시감의 정체   109

제四장. 여소운이라 하오!   150

제五장. 서서히 죄어오는 올가미   188

제六장. 아니 멀리 보이는 낯선 땅   221

제七장. 치열했던 하룻밤   259

제八장. 태자의 탄신연   290

제九장. 얼음 같은 사내와 불과 같은 여인   315

제十장. 어둠으로 녹아드는 불빛   352

　누구든 골목 어귀에 들어서면 가장 먼저 시선을 주고 그 앞을
지나면서는 도리 없이 다시 한 번 살피게 되는 집이었다. 물지게
를 지고 하루에 열두 번도 더 그 집의 대문 앞을 지나다니는 까
까머리의 어린 머슴아이부터 일 년에 한 번 있을까 말까 한 바깥
나들이를 나선 규중의 여인들까지 그 집이 눈에 들어오기 시작
하는 저 멀리서부터 도무지 눈을 뗄 줄 몰랐다.

　장정 열둘을 나란히 세워놓은 것처럼 웅장한 규모의 대문부터
시작해서 사각으로 잘라낸 돌로 빈틈없이 쌓아 올린 높은 담과,
청잣빛으로 구운 기와를 올린 지붕을 보기 위해서는 목이 아프
도록 한참이나 고개를 뒤로 꺾어야 했다. 이만치 대단한 집 안을
채우고 있을 집기며 세간들은 직접 보지 않았으니 그 속내를 알
수 없지만, 다만 집의 겉모양새만 보아도 그 주인의 대단한 안목
과 사치스러움을 짐작할 수는 있었다.

　넓은 후원을 끼고 앉아 있는 고옥의 주인은 이 나라 융국(隆國)
황제이신 분의 열한 번째 후궁이신 현(炫) 부인이었다. 쫓기다시

피 사저로 나와 연금된 것이나 다를 바 없는 신세가 되신 지 스무 해가 훌쩍 지났으니 이제는 황제의 후궁이라 부르기에도 어색한 감이 없지 아니하지만, 머지않아 황위에 오를 태자를 제외하면 세 분밖에 되지 않는 황자들 중 두 분을 생산하신 더할 나위 없이 존귀하신 몸이시라는 것만은 부정할 수 없는 사실이었다.

스물여덟 해 전, 후궁의 몸으로 입궁하였던 현 부인이 황제의 품에 처음 황자를 안겨드렸을 때만 하여도 온 황실은 기쁨에 휩싸였다. 앞서 줄을 이어 입궁했던 후궁들이 약속이나 한 듯 황녀만을 생산할 때마다 크게 노여워하시던 황제의 기꺼워하심은 더 말할 나위도 없었다. 워낙에 손이 귀한 황실이었으니 황자의 탄생은 곧 현 부인 자신은 물론이고 그녀의 집안에도 더할 나위 없는 광영이었다. 후사를 남기지 못하고 연전에 세상을 떠난 황후의 자리를 노려봄직도 했다. 그 후의 일만 아니었다면 분명 그러했을 것이다.

그러나 안타깝게도 존귀하신 황자는 첫 이레를 채 넘기기도 전에 젖어미의 품도 거부하고 시름시름 앓기 시작하더니 삼칠일을 넘기기를 기다리기라도 했다는 듯 난 지 스무닷새 만에 세상을 떠나고 말았다. 그와 함께 황후가 되겠다는 현 부인의 꿈도 물거품이 되는 듯했다.

황자의 급사 소식에 황실을 비롯한 온 나라가 슬픔에 잠겼다. 특히 난생처음 얻은 아들을 꿈인 듯 삽시간에 잃은 황제의 상심은 차마 눈 뜨고 보기가 힘들 정도였다.

창졸간에 벌어진 망극한 일에 모두 넋을 놓고 있는 사이 유독 발 빠르게 움직인 이가 있었으니 미수(米壽)가 코앞이셨던 태황태후였다. 난생처음 얻은 아들을 삽시간에 잃은 황제가 상심하는 사이 태황태후는 황후 간택을 서둘렀다.

열세 살 어린 나이에 황궁에 입궐해 그간 온갖 풍상을 다 겪어 온 태황태후였다. 황실 안의 온갖 암투를 이겨내고 여봐란 듯이 황위에 올랐던 아들이 타고난 수(壽)를 제대로 누리지 못하고 세상을 뜨는 것도 보았고, 먼저 간 아들이 안타까운 마음에 할 수 있는 온갖 방법과 사용할 수 있는 모든 수를 동원해 당시 일곱 살에 불과했던 손자를 지금의 황제 자리에 올린 사람도 바로 그녀였다.

그러니 회임 사실을 안 직후부터 그것을 구실로 비어 있는 황후의 자리가 마치 제 것인 양 오만방자하게 굴며 호시탐탐 넘보려 들던 현 부인과, 벌써부터 외척이라도 된 양 거만하게 구는 그 일문의 거동이 태황태후의 눈에 찰 리 없었다. 이대로 두었다가는 저들이 언젠가는 이 나라 융국의 황실에 파란을 불러오리라는 예측을 하기란 어렵지 않았다. 게다가 가문의 명성이 서서히 빛을 잃어간다고는 하나 현 씨 가문은 본디 과거 대대로 주요 관직을 두루 섭렵한 이 나라의 명문가이지 않은가. 이번 황자의 탄생이 저들에게는 다시 한 번 가문의 영달을 꾀하기 위한 충분한 발판이 되고도 남음이 있었다.

태황태후는 황자가 세상을 떠난 것에 가슴을 쓸어내린 몇 안 되는 융국 사람 중 하나였다. 어떻게 하여서든 황후의 몸에서 나온 황손이 후사를 잇도록 해야 이후에도 황실에 뒤탈이 없을 것임을 직감했던 것이다. 거의 한평생을 황실의 여인으로 살아온 그녀에게는 제대로 눈을 떠보기도 전에 세상을 떠난 증손에 대한 애끓는 정보다 황실의 안위가 더 중하였다.

그리하여 슬픔과 상실감에 반나마 넋이 나간 황제를 재촉하여 서둘러 금혼령을 내리게 하였다. 간택 단자를 올린 황후 후보들 중 태황태후의 최종 낙점을 받은 이는 비록 아비의 관직은 한미하다 할 수 있으나 자손이 번성한 극 씨 가문의 여식이었다. 일이 그리 되려 하였는지 다행히 세요미인(細腰美人)이라, 본디 여인의 미색을 탐하는 황제의 구미에도 딱 들어맞는 여인이었다.

과연 태황태후의 뜻에 따라 가례를 올린 지 얼마 되지 않아 황후의 몸에 태기가 있더니 열 달 만에 황손을 순산하였다. 손이 귀하다 애를 태운 것이 무색할 지경이었다. 소식이 전해지자 황실은 물론 온 나라가 천자가 계신 황궁을 향해 머리를 조아리며 만세를 외쳤다. 단 한 사람, 현 부인을 제외하고 말이다.

장차 황제의 뒤를 이어 보위에 오르실 귀하디귀하신 황자가 세상 빛을 보던 바로 그 순간, 그녀 또한 막바지 진통에 시달리고 있었다. 늙은 내관이 황제를 향해 허리를 깊게 조아리며 떨리는 목소리로 '감축 드리옵니다. 황손께서 탄생하시었습니다.'라는 말로 황자의 탄신을 아뢰는 순간, 현 부인 또한 마지막 힘을 다해 몸 밖으로 아이를 밀어내는 중이었다.

두 번째 출산이었으나 첫 출산 때보다 더한 산고를 겪게 하고 나온 아이는 꿈에서도 간절히 염원하던 아들이었다.

"황자이시옵니다. 감축 드리옵니다."

출산을 돕던 젖어미의 부르짖음에 현 부인은 사흘간이나 계속되었던 출산의 고통도 잠시 잊었다.

매듭 1

"진정 사실이냐?"

바라고 바라던 사내아이였지만 정작 현 부인은 떨리는 목소리로 젖어미에게 몇 번이고 반문하고 있었다. 열 달간의 기도와 지극한 바람이 이리 이루어졌다는 사실을 믿기 어려웠던 까닭이다. 이 순간은 후산통의 괴로움도 잠시 뒤로하였다.

"쇤네를 믿으소서. 분명 사내 아기씨이시옵니다."

주인이 세상에 나온 뒤 한시도 그녀의 곁을 떠나지 아니하고 입 안의 혀처럼 움직였던 젖어미가 붉어진 눈시울로 고개를 조아리며 아뢰는 말에 현 부인은 그만 눈물을 펑펑 쏟고 말았다. 그간 겪었던 마음의 고초가 한꺼번에 되살아난 까닭이다.

손 안에 들어왔다고 믿었던 황후의 자리가 첫 아들의 죽음으로 사라진 후 얼마나 마음고생을 하였던가. 애초에 기대를 하지 않았다면 모르되 누가 보더라도 황후위에 오르는 탄탄대로가 열렸다고 생각한 순간 잔인하리만치 등을 돌린 기대는 그녀를 한없이 추락하게 하였다.

더군다나 자신의 곁에서 머물며 언제까지나 함께 슬퍼하여줄 줄 알았던 황제는 아이가 죽은 지 채 백 일도 되지 않아 가례를 올렸으니 그 절망감은 더해갈 수밖에 없었다. 어미의 지나친 과욕에 놀란 갓난 황손이 미처 그것을 받아낼 염을 내지 못하고 차라리 일찌감치 세상을 버리고 말았다는 뒷말을 듣고 가슴에 칼을 품었던 그녀였다.

하지만 이제 내 몸을 빌어 나온 황손으로 하여금 황위를 잇게 되었으니 그것으로 되었다. 황후 자리 그깟 게 다 무엇이더냐. 장차 태후, 더 나아가 태황태후가 될 몸인 것을.

고통에 바짝 마른 입술 새를 비집고 자꾸만 웃음이 새어나왔다.

허나 그도 잠시,

"마마."

문밖에서 뵈옵기를 청하는 낯익은 목소리에 현 부인은 재빠르게 몸을 일으켰다. 출산을 위하여 황궁 밖을 나온 후 은밀히 궁 안의 소식을 전하여주던 자였다.

평복 차림으로 방 안으로 들어온 여인이 순간 어깨를 움찔하는가 싶더니 이내 고개를 옆으로 돌리며 숨을 가다듬었다. 어릴 적 입궁하여 평생 사내를 겪어보지 못한 그녀에게 피비린내 역력하였던 출산의 흔적이 고스란히 남아 있는 방 안의 흔적은 참기 어려운 것이었다.

"무엇이냐."

비릿한 향취에 간신히 토악질을 참던 궁인은 현 부인의 재촉을 듣자 은밀하게 빠져 나온 본분을 떠올렸다.

"아뢰옵니다."

읍하며 인사를 올리는 여인의 입에서 나올 말에 현 부인의 온 신경이 집중되었다. 이깟 인사 예법 따위 뭐가 그리 중요하다고 저리 시간을 끄는 겐지.

"인사는 되었다."

안달을 참지 못하고 현 부인이 재촉을 하였다. 이 시각에 황궁을 빠져나왔다면 분수도 모르고 황후위에 앉아 있는 시골 출신의 계집도 출산을 하였다는 의미일 터.

"그래, 무엇을 낳았느냐?"

황후에 대한 예칭을 깡그리 무시한 말에도 여인의 얼굴에서는 도무지 표정의 변화라고는 찾아볼 수가 없었다. 외려 좀 전에 좀 전에 방 안 가득한 비릿한 피비린내에 무의식적으로 반응하던 모습이 더 인간적이라고 생각되었을 정도였다.

"아뢰옵기 황송하오나,"

 잠시 말을 끊은 여인의 속눈썹이 파르르 떨리며 얼굴 위로 알 수 없는 희열이 번져나갔다. 그 모습을 본 현 부인이 본능적인 불안감에 살짝 몸을 떨었다. 설마. 하지만 역시나 불길한 예감은 빗겨가지 아니하였다.

"황궁에 계신 황후마마께서는 황자 아기씨를 생산하시었습니다. 내내 산실(産室) 앞을 지키고 계시었던 황제 폐하께서는 황자 아기씨께서 탄신하시었다는 소식을 전해 들으시고는 매우 기꺼워하시며……."

"닥쳐라!"

 여봐란 듯 주워섬기던 여인의 음성이 성마른 현 부인의 음성에 자취를 잃었다. 사흘간 산고에 시달렸다고는 믿기 어려운 카랑한 목소리가 방 안을 울리며 채우자 굴종에 익숙한 여인의 몸이 단박에 허리를 수그렸다. 그녀의 귓등 위로 나직한 현 부인의 말소리가 내려앉았다.

"어찌……."

 비탄에 찬 현 부인의 한마디에 옆에 있던 젖어미는 마치 제가 죄인인 양 어깨를 더 움츠렸다.

"어찌 그런 일이. 감히, 제깟 게 감히 어찌……!"

 지난 열 달 동안 부여잡고 있던 희망의 끈이 끊어지는 순간이었다.

태산을 뒤덮고 있는 기화요초를 보았다는 황후의 태몽을 몰래 전해 듣고 코웃음을 쳤었다. 태몽에 꽃을 보았다니. 고것은 보나 마나 계집아이를 낳을 것이라 확신하였다. 그에 비한다면 자신은 구름 사이를 누비며 노닐던 청룡을 황홀하게 바라보지 아니하였던가. 더구나 용이 뿜어낸 불길이 천하를 불태웠음에야.

심지어 아직 회임인 줄을 몰랐음에도 잠에서 깨어 눈을 뜬 순간 조금 전의 꿈이 태몽이며 태중에 자리한 아이가 황자임을 추호도 믿어 의심치 아니하였다. 둥그렇게 부푼 뺨에 욕심을 덕지덕지 담은 황후가 혹여 자신의 태몽을 알고 태중의 아이에게 해코지라도 할까 싶어 여직까지도 꿈 내용은 입 밖으로 내지도 아니하였었다.

끝 간 데 없는 어미의 욕심이 당치도 않은 태몽까지 만들어내어 꾸도록 하였다는 생각은 현 부인으로서는 죽어도 할 수 없었다. 그녀의 사나운 눈길이 수그리고 앉은 궁인에게로 쏘아졌다.

"네가 감히……. 내 명을 제대로 행하지 않았음이 분명하구나!"

입술을 짓씹으며 날아드는 추궁에 궁인은 황급히 허리를 숙이며 고개를 저었다.

"아닙니다, 마마. 어느 분의 명이온데 언감생심. 소인은 그 밤 분명 마마의 명대로 실행을 하였습니다."

끝도 닿지 못한 채 이어지는 변명에도 독기 가득한 눈에 서린 의심은 사라질 줄을 몰랐다.

황후의 태몽을 들은 추길관이 뜻밖에도 자못 기꺼운 얼굴로 황후의 처소인 영환궁을 나서더란 이야기를 은밀히 전하여 듣고는 젖어미를 시켜 입궁 전부터 알고 지내던 무두촌의 무녀에게 연통을 넣었다. 사흘 만에 그녀가 머무는 규원전으로 친정 어미가 지어 보냈다는 옷가지들이 들어왔다. 명주솜을 넣어 잔누비로 곱게 누벼 지은 솜옷 꾸러미들 사이에 약지 길이의 피 묻은 머리카락 한 줌과 붉은 실 한 타래가 들어 있었다.

친정의 비자를 가장하고 들어온 무녀의 신딸이 그녀의 귀에 속살거렸다.

"갓 태어나자마자 죽은 여아의 머리카락이옵니다. 이것을 붉은 실로 묶어 황후가 거처하는 전각의 기둥 아래 묻어두도록 하소서. 핏덩이로 태어나 이름자도 제대로 얻지 못하고 눈을 감고만 것을 애통해하는 여아의 혼백에 담긴 원념(怨念)이, 설사 태중의 아이가 사내아이라 할지라도 계집아이로 바꾸어놓고 말 것입니다."

반드시 그녀의 손으로 직접 머리칼을 붉은 실로 묶어야 한다는 말이 끝나기가 무섭게 현 부인은 거침없는 손길로 실타래를 풀기 시작하였다. 도무지 이 세상 사람의 것 같지 않게 가늘디가는 머리칼이 기분 나쁘게 손가락을 휘감고 돌았지만 개의치 않았다. 뱃속에 아이를 담은 채 오로지 주술을 위하여 죽은 아이의 머리칼을 만지는 것이 꺼림칙하다는 생각 따위는 애초에 들지 아니하였다.

밤낮없이 곁을 떠나지 않는 자들의 눈을 잠시라도 가릴 수 있었으면 묻는 것까지도 손수 할 작정이었으나 전각의 수많은 궁인들을 피할 방도가 없었다. 하는 수 없이 손이 재고 날랜 저 아이더러 대신 하도록 하였던 것인데. 그것이 동티가 난 것이 분명하였다. 오늘에 와서 일이 이리 될 줄 알았으면 어떻게 해서든지 끝까지 제 손으로 매듭을 짓고 말았을 것이다.

"황자 아기씨께서 태어나셨다는 전갈을 황궁에 보내었으니 이제 곧 사람들이 나올 것입니다."

그러니 서둘러 궁인을 돌려보내야 한다는 젖어미의 재촉에 현 부인은 손짓 한 번으로 그녀를 내보냈다.

가엾이 원망 서린 눈길이 갓 태어나 눈도 제대로 뜨지 못한 아이에게 머물렀다. 별일이 없다면 무탈하게 황위를 이을 황후의 소생과 하필이면 같은 날 태어났으니 앞으로 그녀와 아이에게 쏟아질 견제는 이루 말할 바가 없을 것이다. 기왕 태어날 거 일 년만, 아니, 열 달만이라도 빨리 곁으로 와주었으면 오죽이나 좋았을까. 허면, 아들을 얻은 기쁨에 겨운 황제가 당연히 황후를 멀리하였을 것이고, 그리만 되었더라면 미천한 근본의 시골 계집 따위가 감히 황손을 낳는 이 어처구니없는 상황 또한 벌어지지 아니하였을 것이 아닌가!

한미한 집안 출신 주제에 황후라 하여 그렇지 않아도 거들먹거림이 하늘을 찌르는 시골 계집이 이제는 황자까지 생산하였으니 그 위세는 또 어찌 볼 것인가! 툽툽한 몸집에 잔뜩 부푼 볼로 잘도 속을 긁는 말을 해대던 황후의 꼬락서니를 떠올리니 절로 욕지기가 치밀었다. 황후와 같은 달에 아기를 낳을 것이라고 하여 황궁에서 쫓기다시피 떠밀려 나와 친정에서 몸을 풀게 된 서러움은 지금의 시름에 비하면 댈 것도 아니었다.

황태후, 더 나아가 태황태후가 되고 말겠다는 꿈을 이대로 접고 여생을 규원전에 들어앉아 갓 핀 꽃들 사이를 옮겨 다니는 황제를 기다리는 신세로 전락하여 평생 살아야 하다니. 현 부인은 도저히 억울해서 견딜 수가 없었다. 태자와 같은 사주를 타고났다는 이유로 갓난 자식이 앞으로 겪게 될 고통 따위는 이미 안중에도 없었다.

"무두촌에 다녀와야겠다."

산고를 이기지 못해 퍼렇게 멍이 든 입술을 질끈 문 채로 하는 말에 어릴 적부터 그녀의 곁을 지켜오던 유모가 소스라치게 놀라며 고개를 저었다.

"아니 되옵니다. 이제 갓 아기씨를 낳으신 몸으로 어찌 그런 삿된 것들과 접하려 하시옵니까. 절대 불가하옵니다."

"정녕 내가 이대로 죽어도 좋다는 것이냐!"

불과 몇 시진 전에 모진 산통을 겪으며 아이를 몸 밖으로 밀어낸 여인의 목소리라고는 믿기 어려울 정도의 호통이 뒤를 이었다.

"마마."

유모는 울먹였지만 그렇다고 상전의 명을 거스를 수는 없는 일이었다.

그로부터 나흘 후, 비밀리에 전갈을 들은 무녀가 기저귀를 빨러 온 여염집 아낙처럼 꾸미고 대문을 넘는 순간, 세상모르고 곤한 잠에 빠져 있던 황자가 느닷없이 깨어 울기 시작했다. 자지러지는 울음소리에 놀란 유모가 곧장 안아 올려 달랬지만 아무런 소용이 없었다.

"이제 출궁하실 시각이옵니다."

냉담하게 아뢰는 목소리에 현 부인은 망설임 없이 자리를 털고 일어났다. 전보다 다소 파리해진 것 말고는 얼굴 표정에서는 어떤 변화도 찾아볼 수는 없었으나 몸에서 피어오르는 기운은 지나치게 한랭하였다. 혹여 치맛단이라도 손끝에 스쳤다가는 그대로 얼어버릴 것 같아 방 한쪽에 서 있던 궁인 하나가 서둘러 손을 오므려 제 몸 곁에 바짝 붙였다.

"폐하께서 명하시기를, 황자아기씨의 환후가 아직 채 낫지 아니하였으니 마마께서는,"

"되었다."

처마 끝의 고드름도 얼려버릴 정도의 냉기 가득한 음성이 궁인의 말을 끊어냈다. 감히 황제 폐하의 전갈을 무참히 잘라내어버리는 대담함에 궁인들의 얼굴이 파랗게 질렸다.

영험한 신기로 장안 여인들의 총애를 한 몸에 받았던 무두촌의 무녀와 그녀의 신딸이 사악한 주술로 황자와 태자를 해하려 들었다는 죄목으로 목이 달아난 것이 불과 보름 전의 일이다. 그때의 피비린내 나는 참상을 벌써 잊으신 겐가, 아니면 죄인으로 내치지 않은 황제 폐하의 은혜를 여즉도 모르시는 겐가.

태자를 생산하시고 얼마 후부터 시름시름 앓기 시작한 황후는 좀처럼 일어나지를 못하였다. 황제의 명으로 어의들이 번갈아가며 한시도 자리를 비우지 않고 돌보았으나 끊일 줄 모르고 계속되는 하혈과 원인을 알 수 없는 어지럼증은 도시 회복할 기미를 보이지 않았다. 덩달아 황제 폐하의 심려 또한 깊어갈 수밖에 없었다.

그 즈음 한 추길관이 나서서 고하기를, 영환궁을 오르는 석계가 고르지 못하니 오행의 기운이 제대로 균형이 맞지 않아 안에 머무시는 분의 옥체가 자칫 미령해질 수도 있는 것이라 조심스레 아뢰었다.

석계뿐 아니라 주춧돌부터 당장 재정비하라는 황제의 명이 내려진 지 며칠 되지 않아 일하던 자들이 혼비백산하여 뒤로 나가 떨어졌다. 내내 미음으로 연명하던 황후가 머무르던 전각을 옮긴 뒤 상태가 호전되었다 하여 기뻐하던 것도 잠시. 영환궁의 주춧돌과 기둥 아래서 발견된 물건들로 인하여 황궁은 단박에 혼란에 휩싸였다.

영환궁의 네 기둥 아래서 파낸 붉은 실로 묶인 피 묻은 머리카락만으로도 망극해서 몸 둘 바를 모를 일이었다. 허나 그보다 더욱 흉측한 건 전각의 북쪽에 묻혀 있던 인형이었다. 피 묻은 머리카락을 발견하였다는 보고에 대로한 황제의 명에 따라 전각 곳곳을 뒤진 끝에 나온 인형은 황후의 복색을 하고 있었다. 그것만으로도 실로 괴이한 일이건만 망극하게도 다리 사이에 커다란 못까지 박혀 있어 그 해괴하고 참혹한 모습에 지켜보고 있던 이들은 저마다 고개를 돌리지 않을 수 없었다.

추국이 시작되었다. 영환궁의 궁인과 시위들을 대상으로 시작되었던 추국은 이웃한 궁과 전각들로 차근차근 옮겨갔고 그 와중에 어린 궁인 아이의 입에서 규원전이 언급되었다. 뒤를 이어 황후가 입던 고(袴)를 훔쳐내었다는 자, 황후가 머리단장을 마친 뒤 나오는 머리칼을 은밀히 빼돌렸다는 자가 나왔다. 그 즉시 수사의 초점은 규원전으로 향하였고 현 부인을 제외한 거의 모든 궁인들이 차례차례 불려나가 엄히 추달을 당하였다. 사정을 두지 않고 가해지는 모진 매질을 견뎌낼 수 있는 자는 없었다. 본디 추국의 궁극적인 목적이 죄상을 밝히기보다는 수단방법을 가리지 않고 자백을 받아내는 데 있는 것이 아니던가.

가장 먼저 입을 연 궁인은 현 부인이 황자를 생산하였을 때 은밀히 궁을 빠져나가 태자의 탄신을 고하였던 자였다. 그녀는 현 부인의 명에 따라 태자가 태어나기 전 계집아이가 태어나기를 바라며 죽은 여아의 원혼이 담긴 머리칼을 영환전 기둥 아래 묻었다 실토하였다.

일단 말문이 트이기 시작하자 이곳저곳에서 자백이 이어졌다. 진심 어린 마음으로 상전을 모시지 않는 이들의 입은 쉽게 열렸다. 그들을 통해 연이어 밝혀지는 사실에 추국관들은 연신 놀라움을 감추지 못하였다. 추국이 시작된 지 사흘 뒤 황제의 명령으로 영환전에 있는 연못의 물을 모조리 빼내었다. 잠시 후, 자백을 들으면서도 설마 하였던 것들이 서서히 모습을 드러내기 시작하였다.

연못에서 나온 것은 얼핏 태자로 착각을 할 정도로 그 크기와 모양새가 비슷한 인형이었다. 영환궁의 궁녀를 꾀어 몰래 훔쳐내게 한 태자의 배냇저고리까지 입혀져 있어 그 광경을 지켜본 자들은 모두 혼비백산을 하였다. 백일 즈음의 태자와 흡사한 인형의 목에 팽팽하게 감긴 검은 비단 끈은 그저 보는 것만으로도 진저리를 칠 정도로 흉물스럽기 짝이 없었다.

천신(天神)의 자손이시며 장차 이 나라의 황제가 되실 태자와 존귀하신 황후를 저주한 역모죄인들에게는 죽음도 쉽지 않았다. 그동안의 고문에 살점이 온통 뜯겨 뼈가 드러나고 손발톱이 모조리 뽑혀 나간 처참한 모습의 무녀와 신딸은 산 채로 기름이 끓는 가마솥에 던져진 후 시신은 토막을 내어 기시우시(棄尸于市)[1])에 처해졌다. 또한 이 일에 손가락 끝이라도 담갔던 궁인들은 모두 산 채로 불태워진 후 허리가 잘리는 극형에 처해졌다.

규원전이 거론된 직후 황제의 명에 따라 추국장을 지하로 옮겨 은밀히 진행하였던 터라 현 부인이 직접적으로 역모 사건에 관여했다는 자백을 들은 이는 황제를 제외하면 극소수였다. 허나 궁인이라는 작자들이 어떠한 자들인가. 어려서 입궁하여 눈치로 나이테를 두른 자들이었다. 추국이 거듭되는 사이 규원전 궁인들이 차례대로 추국장으로 불려가는 것을 보고도 현 부인이 결백하다는 말을 믿을 자는 아무도 없었다. 감히 입 밖으로 말을 꺼내지 못했을 뿐이지, 황궁 안을 자욱하게 뒤덮었던 피비린내가 누구에게서 기인한 것인지 모르는 이가 없었다.

나라의 근본을 뒤흔들 만한 역모였음에도 이 모든 일을 사주하였던 현 부인의 죄상은 황제의 엄명으로 철저히 덮였다. 남자로서 처음 연정을 품게 하였으며 아들을 둘씩이나 안겨준 여인에 대한 황제 나름의 예우였다. 하지만 딱 거기까지였다. 은밀히 오가며 심부름을 하였던 유모는 황제가 보낸 자들에 의해 목숨을 잃었고 국상(國相) 자리를 눈앞에 두었던 현 부인의 아비는 병을 핑계로 벼슬을 내놓고 은거에 들어갔다.

그리고 오늘, 현 부인 또한 와병 중인 아비의 병간호를 이유로 출궁을 하는 터였다. 이 길로 황궁을 나서면 다시는 돌아올

---

1) 사람들이 많이 모인 곳에서 죄인의 목을 베고 그 시체를 길거리에 버리던 형벌.

수 없다는 사실을 그녀도 알고 궁인들도 알고 있었다. 이제 태어난 지 여섯 달이 된 황자 견(堅)을 아마도 살아서는 두 번 다시 볼 수 없을 것이다. 여느 어미 같았으면 갓난 아들과의 생이별에 피눈물을 쏟으며 통곡을 하였겠지만 그녀의 얼굴에서는 어떠한 표정도 찾아볼 수가 없었다. 훗날 견이 궁인들의 입을 통해 어미에 대한 말을 들을 때 지치도록 되풀이되는 대목이었다.

"아직 젖도 안 뗀 자식과 생이별을 하면서도 눈물 한 방울 보이지 않더이다."

"황궁을 걸어 나가는 동안 마마가 계시는 곳을 향해서는 눈길 한 번 주지 않더이다."

"어린 아기씨도 이별을 아셨는지 서럽게 우시는데 정작 어미라는 이는 담담하기 짝이 없더이다."

벌써 몇 달 전부터 품에서 빼앗긴 아이에 대해서는 한마디도 묻지 않은 채 현 부인은 궁을 나섰다. 생김새는 목단꽃처럼 화려하였으나 차갑기는 한겨울 설분(雪粉)과도 같았던 성정을 보여주듯 황궁을 나서는 마지막 순간까지도 절대 머뭇거리거나 뒤를 돌아보지 않았다.

십 년 후.

"마마, 조심하소서."

따르는 자들의 목소리가 들려왔으나 견은 개의치 않은 채 걸음을 재촉하였다. 어차피 진심으로 염려하여 하는 말이 아닌 줄을 아는 탓이다.

올해로 열 살. 아직 어리다 하나 사리분별이 명확하고 자신을 향해 있는 주변의 시선에 민감한 나이였다. 십 년 전 태자와 황자가 경주라도 하듯 한날한시에 태어난 이후 황제는 어떤 여인에게서도 더 이상 아들을 보지 못하였으니, 이렇듯 손이 귀한 황실에서 견은 엄연히 태자 다음가는 위치에 있었다. 하지만 그 곁이 쓸쓸하기가 이루 말할 수가 없었다.

어릴 때는 놀이 동무 노릇을 해주었던 아기나인들이라도 있었으나 그도 여섯 살이 넘고부터는 누구도 필요한 말 이외에는 쉽사리 말을 붙이려 들지 않았다. 아직까지도 대외적으로는 비밀에 붙여져 있으나 감히 황후와 태자를 해하려던 대역 죄인을 어미로 둔 탓이었다.

그에 더해 견을 향한 황후의 증오 또한 해가 갈수록 극에 달하고 있는 상황에 뉘라서 쉽게 다가설 수가 있겠는가. 자신은 물론 황제가 될 아들을 해하려 들고도 아직까지 목숨을 부지하고 있는 현 부인에 대한 분노와 하필 태자와 같은 사주를 타고난 견에 대한 미움까지. 황후는 기회가 있을 때마다 마음속에 품고 있는 독을 세 치 혀로 아낌없이 쏟아 부었다. 그럴 때마다 어린 견의 심중은 독사의 독니에 물린 듯, 전갈의 독침에 찔린 듯 속으로 썩어문드러져갔다.

열 몇 해 전 황궁의 위용에 놀라던 순진한 여인의 모습은 지금의 황후에게서 찾아볼 수가 없었다. 황위를 이을 자손을 생산한 황후의 위세는 이제 감히 그 누구도 범접할 엄두를 내지 못할 정도가 되어 가히 하늘을 찌르고도 남음이 있었다. 만일 견의 외가가 한미한 가문이었다면 열 살도 채 넘기지 못하고 억울한 누명을 쓰고 역모에 휘말려 멸족을 당했을지도 모를 일이었다.

"어딜 그리 바삐 가느냐?"

낯익은 목소리가 견의 뒤통수를 잡아끌었다. 황궁 안에서 특별한 용무 없이도 먼저 말을 걸어주는 유일한 이였다.

"마마."

견이 태자를 향해 허리를 숙여 읍하며 예를 올렸다.

"어딜 그리 바삐 가느냐고 묻지 않았느냐."

뒷짐을 진 채 웃음 띤 얼굴로 묻는 태자 또한 올해 열 살. 쌍생이라 하여도 무방할 만치 같은 날, 같은 시에 태어났으니 보통의 사가였으면 서로 하대를 하였겠지만 발을 딛고 서 있는 이곳은 지엄한 황궁이요, 눈앞에 선 태자는 차후 황제의 자리에 오르실 분이었다.

"정원의 못에 황금빛을 띤 잉어가 있다 하여 구경하러 가는 길이었사옵니다."

"오호, 그래?"

견의 대답을 들은 태자 추(鎚)의 눈에 호기심이 일었다.

"어서 가보자꾸나."

태자가 덥석 견의 손을 잡아끌었다.

"마마!"

태자의 뒤를 따르던 환관이 질겁을 하며 옆으로 다가섰다.

"황후 폐하의 명을 받잡고 영환궁으로 가시던 길이 아니셨사옵니까. 폐하께서 몹시 기다리고 계실 것이 분명한데 어찌 다른 곳에 한눈을 팔려 하시옵니까."

황후를 언급하는 말에 견이 서둘러 한 발짝 물러서며 고하였다.

"마마, 황후 폐하께서 기다리고 계신다니 영환궁으로 가시는 게 우선일 줄 아옵니다. 못의 잉어는 차후에도 보실 수 있을 터이니 어서 영환궁으로 가소서."

말을 하는 내내 얼굴에 쏟아지는 환관과 궁녀들의 시선이 따갑다. 모두들 견이 부러 태자의 걸음을 멈추게 하고 잉어 구경을 하시자 꼬드겨 붙잡고 있다 여기고 있는 탓일 게다. 태자가 오기만을 기다리고 있을 황후에게도 그리 고하겠지.

"가던 길에 잠시 지체를 하였다고 해서 크게 시간이 축나지는 않을 것이다. 예서 못이 천 리나 떨어져 있는 것도 아니고 저 담만 넘으면 금방이 아니더냐."

그러더니 오히려 태자가 앞장을 섰다. 당황한 견이 서둘러 그의 뒤를 따랐다. 그러는 새 속으로 아무 핑계나 댈 것을 공연히 사실대로 고하였구나 싶어 난감해하고 있었다.

한 발짝 간격을 두고 걷고 있는 두 소년에게는 굳이 입 밖으로 꺼내어 말하지 않아도 한눈에 귀한 신분임을 알 수 있는 기가 어려 있었다. 황제를 닮아 약간 작은 키에 검은 피부를 지닌 태자는 얼핏 보면 얼굴에서 웃음기가 떠나지 않는 장난기 가득한 아이처럼 보였으나 다시 보면 눈빛에 서려 있는 위압감이 실로 대단하였다. 장차 만인지상이 될 자신의 위치를 누구보다 잘 알고 한시도 잊지 않고 있는 어른이 그 눈 속에 담겨 있었다.

반면, 아비인 황제보다는 얼굴도 모르는 어미를 닮은 견은 또래보다 큰 키에 긴 팔다리를 가지고 있었으며 진한 눈썹과 붉은 입술이 인상적이었다. 타락(駝酪)[2] 빛에 가까운 피부 또한 어미의 것과 비슷하니 간혹 아직까지 그녀의 얼굴을 기억하는 궁인들이 그를 보면 잠시 말을 잊을 정도였다.

"잉어란 놈은 미물인 주제에 감히 태자인 나와 같은 이름을 갖고 있으니 어찌 그냥 지나칠 수가 있겠느냐. 아니 그러느냐?"

자신의 이름인 추(鎚)와 잉어를 뜻하는 글자 추(鱃)가 음이 같은 것을 두고 농을 하며 태자는 활짝 웃어 보였다.

결과적으로 보아서는 그날 견은 처음 예감대로 태자와 같이하지 않는 것이 훨씬 좋았다.

황금빛 등을 드러낸 채 헤엄을 치고 있는 잉어를 좀 더 가까이서 보겠다며 몸을 움직이던 태자가 발이 미끄러지는 바람에 허우적대다 연못에 빠지고 말았던 것이다. 다행히 못의 깊이도 깊지 않고 조마조마한 눈으로 지켜보던 환관들이 너나할 것 없이 재빠르게 뛰어들어 생채기 하나 없이 물 밖으로 나올 수 있었다. 혼비백산한 궁인들이 도리어 무색할 정도로 태자는 재미있었다며 호쾌한 웃음을 날렸지만 그 소식이 황후의 귀에 들어가지 않았을 리 없었다.

그 자리에 함께 있었던 궁인들은 태자를 모심에 소홀했다 하여 모조리 황후 앞으로 끌려가 태형을 당하였다. 하물며 견이 무사할 리 없었다. 그저 영환궁으로 불러들여도 될 것을 황후는 굳이 억세게 생긴 시위들을 보내어 그를 붙잡아 오게 하였다.

너른 영환궁의 앞마당에 부복한 견을 향해 황후의 매서운 일갈

---

2) 우유.

맻
듭 ₁

이 날아갔다.

"태자는 앞으로 이 나라의 황제가 되실 우리 융국의 근본이시다. 한데 존귀하신 그분을 감히 사악한 세 치 혀로 꼬드겨 위험에 처하시게 하다니!"

사실과 다르옵니다. 저는 분명 거절을 하였으나 도리어 태자께서 앞장서 가신 것입니다. 또한 말리는 것도 아랑곳없이 못가로 가셨다가 발을 헛디뎌 미끄러지신 분도 태자이시옵니다.

두억시니 같은 얼굴로 금세라도 달려들어 잡아챌 듯 노려보는 황후 앞에서 늘 그렇듯 견의 생각은 입 밖으로 말이 되어 나오지 못하였다. 지금 한마디라도 하였다가는 고통스러운 시간만 더욱 길어진다는 사실을 그간의 경험으로 알고 있기 때문이다. 그저 처분만을 바란다는 듯 부복해 있는 어린 견을 향해 황후의 호통이 이어졌다.

"네 어미 또한 손바닥보다 작은 얼굴로 거룩하신 황제 폐하를 호려 성총을 흐리게 하였을 뿐만 아니라, 그것을 기화로 하여 이 나라의 안위를 뒤흔들려 하였거늘. 너 또한 그 뱃속에서 나온 자식이 아니랄까 봐 이리 요살스럽게 굴어 거룩하신 천신께서 세우신 이 나라의 종사를 위협하려 드는 것이냐!"

그렇지 않아도 견을 타박하는 일이라면 없는 기회도 교묘히 만들어내는 재주가 있는 황후였으니. 이번 일은 그야말로 절호의 기회였다. 황후의 호들갑에 달려온 어의들이 하나같이 입을 모아 태자께서는 털끝 하나 다치신 곳이 없다고 아뢰긴 하였으나, 어쨌든 장차 황제가 되실 존체(尊體)를 위험에 처하게 하였으니 견이 황손이 아니었다면 이를 빌미로 목을 치고도 남을 일이었다.

　행여 황후의 눈 밖에 날까 하여 잉어를 보러 가겠다는 태자를 견이 말렸으며 태자 혼자 못에 빠졌다고 사실을 나서서 고하는 이, 어느 누구도 없었다. 세월이 흘렀어도, 아니, 세월이 흐를수록 황후에 대한 황제의 사랑은 좀체 줄어들 줄을 모르고 함께한 시간에 비례해 신뢰까지 돈독해지니 황후의 위상은 실로 엄청났다.

　"너 또한 황자라고는 하나 장차 황제가 되실 태자와 너는 엄연히 신분이 다르고 앉아 있는 자리가 다르다. 여염이라면 너는,"

　붉게 칠한 얇은 입술이 한쪽으로 길게 늘어났다. 이럴 때마다 느끼는 바이지만, 보일 듯 말 듯 웃음을 보이는 여인의 입매가 이리도 소름을 끼치게 할 수 있다니. 심심찮게 보는 모습임에도 어린 견의 작은 어깨가 파르르 떨렸다.

　"호부호형도 하지 못하는 천출이 아니더냐."

　부복한 견의 몸이 떨리는 것이 혐오감 때문이라는 사실을 꿈에도 알지 못한 채 그저 어린 것이 두려움에 떠는 것이라 여긴 황후가 자못 만족스러운 목소리로 비수를 꽂았다.

　황후의 말마따나 이곳이 여염집이고 견의 신분 또한 황자가 아닌 그저 서자이기만 하였다면 저러한 비웃음도 얼마든지 가능했다. 하지만 이곳은 지존께서 머무시는 황궁이며 비록 후궁의 몸을 빌었다고는 하나 누가 뭐라 하여도 견은 황제의 아들이며 태자 다음가는 위치이니. 듣기에 따라 황후의 말은 황제까지 욕보이는 것이었다. 하지만 견은 아무 말 없이 부복한 몸을 조금 더 낮추고 이마를 땅에 대었다.

굴욕적인 모습을 빨리 보일수록 황후의 처분 또한 서둘러 이루어지고, 그럼 이 자리에서 조금이라도 서둘러 벗어날 수 있다는 사실을 견은 그동안의 경험으로 잘 알고 있었다. 분을 이기지 못하고 빠르게 뛰는 심장과 떨리는 몸을 애써 스스로 진정하지 않는 것도 그 때문이었다.

아니나 다를까, 그 모습에 만족한 황후가 금세 처분을 내렸다.

"황자 견은 감히 지존하신 태자를 해할 마음을 먹고 존체를 위험에 처하게 하였으니 그 죄가 매우 크다. 그 벌로써 앞으로 백일간은 침소 밖 출입을 금한다. 또한 갇혀 있는 동안에는 밥을 일절 물리고 하루에 한 끼 수수죽으로 끼니를 잇게 하여 지은 죄를 스스로 뉘우치도록 하여라."

"명 받들겠사옵니다."

기다렸다는 듯 궁인들의 대답이 이어졌다.

태자가 직접적으로 연루된 만큼 자신에게 내려질 벌이 어느 때보다 심할 거라는 예상은 하였지만 막상 듣고 보니 적잖이 가슴이 죄어 왔다.

"어마마마."

뜻밖에도 태자가 모습을 드러내자 허리를 숙이고 있던 궁인들모두 재빠르게 몸을 낮추어 부복을 하였다. 황후의 위세가 막강하다고는 하나 황제의 피를 이어받아 장차 황위에 오를 태자에게는 댈 것도 아니었다.

"태자가 이곳에는 어인 일입니까. 많이 놀랐으니 쉬어야 한다고 내 이르지 않았습니까."

생각지도 못했던 아들의 갑작스러운 등장에 놀란 황후 또한 자리에서 벌떡 일어나 맞았다. 태자 추의 눈길이 부복한 채 부들부들 떨고 있는 견을 스쳤다.

"소란스러운 소리가 태자궁까지 들리어 도무지 휴식을 취할 수가 없기에 잠드는 것을 포기하고 나온 길입니다."

에두르기는 하였지만 엄연히 황후를 겨냥한 말이었다. 아들의 소리 없는 비난에 황후의 입술이 잠시 한 일 자를 그리다 이내 답하였다.

"곤한 태자의 휴식을 방해한 것은 참으로 미안한 일이나 황후로서 해이해진 기강을 바로잡기 위해서이니 태자는 그저,"

"몸이 둔하여 잠시 발이 미끄러진 것을 가지고 왜 이리 법석이십니까."

황후의 말을 중간에 끊는 태자의 미간이 보일 듯 말 듯 찌푸려져 있었다. 지금의 상황이 마음에 들지 않아 짜증이 났음을 여실하게 보여주는 신호였다. 이마가 땅에 닿도록 엎드려 있는 견을 향해 태자가 힐끗, 다시 한 번 시선을 주고는 묻듯이 말을 건네었다.

"나 때문에 네가 많이 놀랐겠구나."

"아닙니다, 마마."

얼핏 다정하다고까지 느껴질 만큼 부드러운 물음이었으나 대답하는 견의 음성은 지금까지 황후에게 고하였던 것과 그다지 다른 점이 없었다.

"태자, 대체 지금……."

"들어라."

나직한 태자의 음성이 모자의 대치에 잔뜩 긴장하고 있는 궁인들에게 떨어졌다.

"당장 황자 견을 제가 머무는 처소로 인도하여 쉬시도록 하여라. 허물이 많은 이 몸을 보필하느라 종일 고단하였을 것이야. 허니, 모시는 데 조금치의 허술함도 있어서는 아니 될 것이다."

"명 받들겠사옵니다."

양옆으로 길게 늘어서 있던 궁인들 중 견을 호위하는 자들이 재빠르게 뛰어나와 그를 부축하였다.

갑작스러운 아들의 등장과 어처구니없을 만치 쉽게 견을 보낸 것에 분노한 황후의 눈동자가 떠나는 견의 등에 아리게 박혔다.

"어마마마."

황후를 향해 돌아선 태자가 눈짓으로 주위를 물렸다.

"어, 어찌……. 태자가 어찌 내게 이런 치욕을 줄 수가 있습니까. 어미의 뜻을 거스르면서까지 저 아이를 두둔하는 이유가 대체 무엇입니까?"

분개한 황후의 물음이 태자를 향해 쏟아졌다.

"어마마마께서는 정녕 제가 황위에 오르기를 바라고 계시는지요?"

난데없는 아들의 물음에 황후의 숨결이 일순 거칠어졌다.

"태자의 분별력은 이미 정하여진 사실도 되짚어 물을 만치 흐려진 것입니까!"

성난 황후의 음성이 아들을 향해 날아갔다. 하지만 경천동지할 말을 내뱉은 태자는 어떠한 동요도 없이 그저 태연하기만 하였다.

"그럴 리가요."

걱정이 담긴 황후의 물음을 가벼운 고갯짓으로 부인한 태자가 입을 열었다.

　"어마마마께는 송구한 말씀이오나 견의 외가는 우리 융국에서 으뜸가는 명문가입니다. 지금은 비록 그 세(勢)가 잠시 미약해졌다고는 하나 불미스러운 일로 인하여 물러난 견의 외조부를 제외하면 대대로 국상 벼슬을 하지 않은 자가 없을 정도이니 요로에 걸친 그 인맥 또한 쉬이 가늠을 하기가 어려울 것입니다."

　거침없던 황후의 기세가 잠시 주춤하였다.

　지금에 와서야 사정이 많이 달라졌지만 가례를 치를 당시만 하여도 황후를 배출한 사실이 믿기지 않을 정도로 한미하였던 자신의 본가가 떠올랐음에야. 그녀가 황후가 된 이후에야 비로소 극 씨 가문에서 중앙 조정의 벼슬자리에 오른 자가 나왔다고 하였을 정도로 보잘것없는 가문이었다. 지금 당장 후궁들 중 누구를 꼽아도 그녀보다 못한 출신 배경을 가진 이는 없을 정도였다.

　이젠 익숙해진 열패감이 그녀를 휘감았다. 황실의 앞날을 염려한 태황태후가 외척의 득세를 미연에 방지하기 위한 방편 중 하나로 부러 그녀를 간택하였다는 사실을 알게 된 것은 태자를 생산한 이후였다. 그때까지만 하여도 바닥에 발을 딛지 않고 허공을 걷는 듯 황홀하기만 하였던 황후의 자리는 그 즉시 양날검이 되어 그녀의 어깨 위에 형언할 수 없는 무게의 열등감을 동시에 지워주었다. 오랜 세월 가슴 깊숙한 곳에 똬리를 틀고 앉아 불공처럼 타오르고 있는 열등감과 열패감은 견을, 현 부인을 그야말로 죽일 듯 증오하는 마음에 쉴 새 없이 풀무질을 해대었다.

　"어마마마께서는 이 땅의 모든 백성들이 황제 폐하께 진정으로 충성을 맹세하고 있다고 장담하실 수 있으십니까?"

아직은 어린 아들의 물음에 황후는 어깨 위로 찬물이 쏟아진 듯 섬뜩한 기운을 느꼈다.

"지금에 이르러서는 심 씨 가문이 명문가로 득세하여 요직을 차지하고 있지만 오랫동안 조정에서 우위를 차지해왔던 현 씨 가문 또한 절대 무시할 수 없음을 아셔야 할 것입니다. 저들이 그간 몸을 낮추고 살아온 것은 오로지 견을 무사히 지켜내고 싶은 마음 하나 때문이었으니."

잠시 말을 멈춘 태자가 황후를 향해 고개를 기울였다. 정국을 너무도 정확하게 읽고 있는 어린 아들의 말을 들은 황후는 놀라움에 몸을 떨었다. 얼마 전에 심고에게서 비슷한 이야기를 들은 적이 있는지라 그녀의 놀라움은 더욱 클 수밖에 없었다. 설마 소위 국상이라는 자가 아직 어린 태자에게 저런 말까지 하지는 않았을 것이고, 그렇다면 저 나이에 벌써 정국의 흐름을 읽고 있다는 얘기가 아니겠는가. 과연 이 나라 황위를 이을 천손(天孫)답다는 생각이 드는 한편으로 무서운 마음이 들었다.

"목적을 상실한 인간은 맹목적이 되는 법입니다. 이는 저들 또한 다르지 않을 것이니. 그토록 애를 써서 지키고자 하였던 목적이 사라질 위기에 처한다면 이곳에 제법 시끄러운 바람이 일겠지요. 저는 혹시 그 바람에 극 씨 가문이 말려들지 않을까 심히 염려스럽습니다."

황후의 얼굴이 분가루 통을 거꾸로 들어 모조리 뒤집어쓴 듯 허옇게 질렸다. 몇 마디 되지 않는 아들의 말은 분명한 경고였다. 비단 견을 향한 그녀의 태도뿐만 아니라 황후인 그녀를 믿고

오만방자하게 굴며 득세를 하려 드는 극 씨 가문에 대한 경고이
기도 하였다.

"여봐라."

태자가 고개를 돌려 부르자 저만치에 있던 궁인들이 삽시간에
다가와 주위를 감쌌다.

"황후께서 몹시 곤하다고 하시니 어서 안으로 모시고 서둘러
어의를 불러라."

"예, 마마."

"어마마마, 하면 소자는 이만 물러가보겠습니다. 안색이 좋지
않으신 걸 뵈오니 소자의 마음 또한 편치 않습니다. 부디 쾌차하
소서."

예를 갖추고 물러서는 태자의 눈이 뱀처럼 차가웠다. 자신의
속으로 낳은 자식이건만 황후는 처음으로 두려움을 느꼈다.

하면 조금 전, 그 찢어 죽여도 성이 풀리지 않은 년의 아들놈
편을 든 것도 어쭙잖은 형제간의 우애 때문이 아니라, 그대로 두
었다가는 차후 골치 아픈 일이라도 벌어질까 하여 미리 나선 것
이라는 의미렷다.

한시도 마음 놓을 틈 없이 괴롭히는 궁리를 하는 자신보다 태
자가 외려 견에게는 더 위험한 존재라는 것을 깨달은 황후는 견
이 태어나고 처음으로 그에게 옅게나마 연민을 느꼈다. 하지만
그렇다고 하여 견에 대한 미움이 사라졌다는 의미는 물론 아니
었다.

드러내어놓고 홀대하는 자신보다 오히려 더한 강적이 호시탐
탐 노리고 있다는 사실을 그 어린놈이 알기나 할까.

매
듭 1

네놈의 팔자도 참으로 기구하구나. 하지만 네 녀석의 운명이 그리한 것을 어쩌겠느냐.

황후의 입술 사이로 조소가 흘러나왔다. 그녀의 턱짓 한 번에 궁녀가 다가와 허리를 수그렸다.

"지금 즉시 규원전 것을 지키는 내관을 불러 일러라."

황후가 비공식적으로 궁인들에게 견을 지칭하는 말은 제 어미가 머무르던 전각의 이름을 딴 '규원전 것'이었다.

"궁 안의 자잘한 일들은 엄연히 황후인 나의 몫. 비록 태자께서 황자를 가엾게 여기는 마음으로 거두라는 명을 내리셨다고는 하나 괘념치 말고 처음 내 분부대로 시행하라 일러라. 태자에게는 추후 내가 따로 이를 것이니."

"분부 따르겠사옵니다."

뒷걸음질로 멀어지는 궁녀를 보고 있는 황후의 입술이 보이지 않게 비틀렸다.

내관을 직접 부른 것도 아니고 궁녀를 통해 내린 명이라니. 그렇지 않아도 황궁 안에서 기피 대상인 견을 지키게 되어 불만이 가득할 내관은 그녀의 명을 갑절이나 더 넘도록 착실히 지킬 것이다.

원망을 하려거든 눈길 한 번 주는 것도 어려운 자리를 언감생심 탐을 낸 네놈의 어미를 원망하여라. 그것으로 화가 풀리지 아니한다면 감히 태자와 한날한시에 태어난 네 사주를 탓하여라. 그래도 분하여 견딜 수가 없다면 그나마 네 어미가 낸 사달로 인하여 목숨은 온전히 보전할 수 있다는 것에 감사하여야 할 터. 태자의 어미인 내가 감히 내 아들과 같은 사주를 타고난 황자를 가만히 두고 보지는 않았을 터이니.

그녀의 예상대로 견을 지키는 환관은 황후의 명을 지나치리만치 철저하게 지켰다. 황후의 분부인 척하고 견이 머무는 처소의 구들에 불을 일절 넣지 않기까지 하였다. 궁녀를 통해 그 소식을 전해들은 황후가 미소를 짓더란 말을 전하여 듣고는 수염이라고는 한 올도 찾아볼 수 없는 턱을 쓰다듬으며 어깨를 우쭐하였다.

하여, 백 일이 지나 감금이 풀리고 난 후 견의 얼굴에서는 어린아이다운 혈색이라고는 찾아볼 수가 없었고 뼈만 앙상해진 몸은 어느새 커다래진 옷 안에서 위태롭게 흔들리고 있었다. 그 길로 앓아누운 채 몇날며칠을 고열에 시달렸지만 마지못해 불려온 어의 외에는 누구도 그 곁으로 다가오려 하지 않았다.

이렇듯 명색이 황자라고는 하나 그 신세가 한겨울 때 이르게 봄을 찾아 얼굴을 내민 허허벌판의 새순처럼 외롭고 위태롭기 짝이 없었으니. 그 사이 외로운 아이의 몸을 괴롭히던 신열은 어느덧 마음 깊은 곳까지 침범하여 심중의 것들을 하나하나 말려가고 있었다.

서서히 몸이 나은 후 다시 일상으로 돌아왔지만 열 살 이후의 삶 또한 열 살 이전과 별반 달라지지 않았다. 횡포에 가까운 황후의 꾸지람은 여전히 계속되었으며 이를 감당하는 견의 태도 또한 그대로였다.

하지만 어릴 적부터 그를 곁에서 지켜온 나이 든 궁녀 하나만은 어린 상전의 눈빛이 어릴 적 떠나왔던 자신의 고향인 사막에 부는 바람처럼 황량하다는 생각을 종종 하곤 하였다.

매듭 1

성국(珹國).

별채 후원의 연못가에서 사이좋게 나래를 쉬고 있던 비두리 한 쌍이 난데없는 인기척에 놀라 포르르 하늘로 날개를 떨치고 올랐다. 덩달아 잔잔하던 연못의 표면에 파문이 일며 일렁이기 시작했다.

"아기씨!"

동시에 고요하기만 하던 별채가 갑자기 소란스러워졌다. 열댓 살이나 되었을까. 별채로 통하는 문을 밀어젖히고 나타난 어린 계집종은 좁다란 후원을 그저 내처 달렸다. 그 서슬에 발가락 새에 아슬아슬하게 꿰고 있던 짚신짝이 달아나는 바람에 발은 온통 흙투성이가 되었다.

"아기씨! 아기씨이!"

다급한 나머지 맨발인지 아닌지 미처 돌아볼 틈도 없이 작은 마루에 오른 섭섭이는 별채의 문을 왈칵 열었다. 조심스레 기척을 알리고 응당 허락이 떨어질 때까지 기다려야 한다는 사실은 지금 이 순간에는 안중에도 없었다. 작고 빨간 몸뚱이가 어미의 몸 밖으로 탯줄과 함께 떨어진 그 순간부터 종이었던 그녀가 아니었던가. 때문에 말을 배우기 전부터 종년으로서 가져야 할 몸가짐부터 먼저 배운 그녀였다. 하지만 조금 전 들은 이야기는 평생 귀에 딱지가 앉도록 들어왔던 사실들도 깡그리 잊게 했다.

"아기씨!"

"요런 방정맞은 년! 아기씨 계시는 별채에서 웬 큰 소리야!"

아니나 다를까, 책을 읽는 소운의 곁에서 바늘을 쥐고 있던 유모에게서 당장에 야단이 날아들었다. 여느 때 같으면 유모가 매서운 눈초리로 노려보기만 해도 당장 어깨부터 움츠리며 슬슬 자리를 피하였을 섭이였건만, 어찌 된 일인지 유모의 호령 따위는 아랑곳하지 않고 사색이 되어 그대로 소운의 앞에 털썩, 무릎을 꿇고 앉았다.

"무슨 일이야?"

읽고 있던 책을 덮으며 소운이 물었다. 워낙에 겁이 많아 댓돌 아래를 지나는 새앙쥐만 보아도 소스라치게 놀라 소리부터 지르고 보는 아이가 유모의 호통에도 겁을 내지 않는 것이 예사로운 일은 아닌 듯했다.

혹시…….

달포 전 사랑채에서의 일을 떠올린 소운은 머릿속을 지나는 불길한 예감에 몸을 떨었다. 덩달아 흰 얼굴이 도드라져 보일 만큼 까맣게 자리 잡은 눈썹이 가볍게 떨렸다.

"아기씨, 어르신께서 어서 사랑채로 건너오라십니다."

곰이네의 조심스러운 전갈을 듣자마자 소운은 온몸의 솜털이 올올이 일어서며 어깨에 찬물을 끼얹은 듯 소름이 돋았다. 엄습해오는 왠지 모를 불길함을 털어내려는 듯 그녀는 서둘러 매무새를 가다듬고 별채를 빠져나와 사랑채로 향했다. 하지만 내딛는 걸음걸음이 여느 때와는 달리 조심스럽기 이를 데 없었다. 세상 쓸모없는 것이 여식이라 하여 지금까지 눈길 한 번 제대로 안 주시던 분이 느닷없이 사랑채로 부르는 것이 어쩐지 불길하였다.

"청혼이 들어왔느니."

곱게 절을 올리고 한 걸음 물러앉자마자 던져진 말에 갑작스레 몸이 떨리며 한기가 솟았다. 대개 열두엇에 혼처를 정해 정혼을 하고 나면 열여섯을 넘기지 않고 혼례를 올리는 세간의 풍습을 생각한다면 열여덟이란 소운의 나이는 결코 적지 아니했다. 더구나 입추가 지난 지도 한참 전이니 만혼이라는 말을 들어도 족할 터. 그러니 혼인 말이 나오는 건 당연함에도 자꾸만 불길한 예감이 드는 이유를 그녀로서도 알 수 없었다.

"그러니 이제부터 몸가짐을 더욱 각별히 조심해야 할 것이야."

당부하는 부친의 얼굴이며 목소리가 자못 기꺼워 보여 묻지 않을 수가 없었다.

"어느 댁인지 여쭤도 될는지요."

"우리로서는 차마 입에 담기도 과분한 자리다. 황차 장래에 국구가 되실 분이니."

결국 이렇게 되고 마는 겐가.

소운은 치밀어 오르는 감정을 다스리려 치맛자락에 감춰져 보이지 않는 손을 둥글게 말아 쥐었다.

소장원. 비록 벼슬은 판서의 자리에 머물러 있지만 이 나라 성
국(理國)을 손아귀에 넣고 좌지우지하는 실세 중의 실세, 나라님
보다 더한 권세를 누리는 인물이었다. 그를 떠올리자 말아 쥔 손
바닥 안으로 땀이 끈끈하게 배어났다.

그러니까 벌써 스무 해도 더 전의 이야기이다. 선대왕께서 아
직 대군의 신분으로 사가에 머무르던 시절, 당시 상(上)께서 갑작
스레 승하를 하시었다. 한 분뿐인 원자께서는 이제 갓 돌을 넘기
시었던지라 후사가 정해지지 않은 상황에서 당한 갑작스런 국상
에 조정은 혼란에 빠졌다.

그 당시, 빼어난 지략과 술수로 여섯째 왕제(王弟)이셨던 선대
왕께서 보위에 오르실 수 있도록 보필한 일등 공신이 소장원이
었다. 비어 있는 왕좌를 차지하기 위해 벌어졌던 대군들 간의 피
비린내 나는 암투를 특유의 모사와 눈에 거슬리는 그 어떤 것도
용납하지 않는 칼날 같은 잔혹함으로 하나도 빠짐없이 제압하고
는 마침내 자신이 모시는 분을 보위에 올려놓은 이가 바로 그다.

이후 그의 권세는 끝 간 데를 몰랐으니, 규방에 머무는 소운의
귀에까지 이름이 들려올 정도면 소장원 대감이 누리고 있는 권
세가 어느 정도인지 짐작하고도 남음이 있었다. 일찍이 여섯 명
의 딸 중 넷을 왕족에게 시집을 보냈고 그중 큰딸은 자신의 손으
로 만든 것이나 진배없는 동궁마마, 즉 당시 보위에 계시던 선대
왕의 큰아드님과 혼인을 맺게 했다. 아직 정치적 입지를 굳히지
못한 상황에서 형제들을 죽이고 왕위에 올랐다는 말이 공공연하
게 저자에 나돌던 터라 선대왕 또한 반기는 혼사였다.

매
듭 1

몇 년 지나지 않아 영문 모를 병으로 몸져누운 대왕을 대신해 동궁께서 대리청정을 시작하면서 국구가 되겠다는 그의 꿈이 눈앞에 다가온 듯 보였다. 하지만 평소 병약했던 세자는 어느 날 사냥에서 돌아와 자리보전을 하고 눕더니 채 보름을 넘기지 못하고 부친인 대왕보다 먼저 세상을 뜨고 말았다. 대리청정을 시작한 지 채 두 달도 되지 않아서였다.

동궁의 급서 소식에 놀란 조정 대신들은 세손을 남기지 못하고 세상을 떠난 세자의 뒤를 부랴부랴 둘째 왕자인 성원대군으로 하여금 잇도록 하였다. 그것으로 부원군이 되겠다는 그의 야심은 멀어지는 듯했다.

그러나 어찌 된 일인지 새로 세자의 자리에 오른 성원대군 역시 달포를 넘기지 못하고 낙마 사고로 세상을 뜨고 말았다. 연이은 동궁의 죽음으로 조정은 뒤숭숭해지고 민심은 혼란에 빠졌다. 육친을 무참히 살육하고 보위에 오른 왕에게 드디어 천벌이 내린 것이라는 소문이 저자에 파다할 무렵, 소장원은 드디어 자신의 야심을 채우기 위한 본격적인 행보를 시작했다.

그동안 요로에 심어두었던 인맥을 이용해 성원대군의 소생이 아닌 다섯째 왕자 금양대군을 세자의 자리로 끌어 올린 것이다. 대군은 또한 그의 넷째 사위이기도 했다.

본디 왕실과의 혼인은 사가의 법도를 따지지 않는 법. 하여 자매가 같은 집안으로 시집가는 것이 전혀 흉허물이 되지 않는다. 소장원이 일찌감치 왕가와 혼맥을 이어둘 수 있었던 것도 다 그러한 이유에서였다.

물론, 아직 어리다고는 하나 버젓이 세손이 있는 상황에서 다섯째 왕자인 금양대군이 동궁의 자리에 오르는 것을 반대하는 의견이 없었던 것은 아니었다. 이를 무마하고 대감의 뜻을 이루는 데에는 대왕대비 허 씨의 역할이 지대했다.

그 옛날 허 씨가 남편을 여의고 가장 많이 의지했던 오라비 허윤석과 소장원은 한 스승 문하에서 동문수학한 벗이자 같은 해 나란히 계화를 꽂은 막역지우였다. 천성적으로 효심이 깊었던 왕은 비록 계비라 할지라도 대왕대비의 의지를 꺾을 수가 없었다. 더군다나 연이은 참척으로 인한 충격으로 병이 깊을 대로 깊어 심신이 약해진 상태였으니 뜻을 이루기는 더욱 쉬웠다.

이로써 소장원 대감은 맏사위였던 동궁의 죽음과 동시에 시작되었던 궁중 내 모든 암투들을 제압했을 뿐만 아니라, 다섯 살이었지만 분명한 왕위 계승 일 순위였던 세손을 제치고 서열이 한참이나 뒤처지는 금양대군을 세자의 자리로 끌어 올리는 놀라운 성과를 이루어냈다. 입 달린 사람들이라면 모두 대감의 발 빠른 대처와 비상한 수단에 혀를 내둘러 저잣거리에는 한동안 그의 이름이 식을 줄 모르고 오르내렸다.

그로부터 얼마 지나지 않아 대왕께서 세상을 떠나시자 정해진 수순대로 그는 곧장 국구의 자리에 올랐다. 오랜 기간 사저에서 머무르다 짧은 기간 동궁을 거쳐 국부(國父)의 자리에 오른 임금께는 따르는 자가 적고 당연히 정치적 기반도 약할 수밖에 없었다. 그러니 그는 노회한 장인을 항시 옆에 가까이 두고 의지하였다.

상의 총애를 한 몸에 받는 그에게 사람들이 몰려드는 것은 당연지사. 일단 소장원 대감의 눈에 든 것은 사람이든 물건이든 당일 해거름 안으로 곧장 대령이 되었다. 아흔아홉 칸의 집은 날이면 날마다 바리바리 짐을 싣고 드나드는 마차와 심부름꾼들로 문턱이 닳았고, 덩달아 대문을 지키는 종들은 오줌보가 터질 지경이 되어서도 소피 한 번 보러 가기도 힘이 들었다.

하지만 세상 일이 모두 뜻대로만 되지는 않는 법. 세상 모든 권세를 누리고 있는 듯 보이는 그에게도 뜻대로 할 수 없는 일이 있었으니. 슬하에 아들 둘, 딸 여섯을 둔 소장원이 유독 아들 욕심이 끝 간 데 없다는 것은 잘 알려진 사실이었다. 그런데 그만 혼례를 보름 앞둔 큰아들이 저수지에 빠져 급사를 하고 말았다. 부지불식중에 아들을 잃게 되자 아들에 대한 그의 열망은 더욱 간절해졌다.

삼백예순다섯 날 중 삼백스무 날은 자리보전을 하고 누운 조강지처가 자식 생산을 중단한 지 이미 십 년도 넘은 때였다. 금쪽같은 아들을 첩의 몸에서 볼 수는 없다 하여 결국 조강지처를 내치고 후처를 들이기를 대여섯 차례. 그런데 어찌 된 일인지 그들 중 누구도 자식을 잉태하지 못했다. 급기야 서자라도 바라는 마음에 집 안으로 들이거나 따로 살림을 낸 첩들을 세기에는 열 손가락을 접었다 펴도 부족할 지경이었다.

설상가상으로 하나 남은 아들은 이미 오래전 관례를 치르고 과거 공부에 매진해야 할 나이임에도, 그 어미를 닮아 잦은 병치레로 책을 마주한 날보다 자리보전하고 누운 날이 훨씬 더 많았다. 그러니 대감의 입장에서는 하루라도 빨리 새로 아내를 맞아들여 후사를 보는 것이 그 무엇보다 급선무였다.

그런 속사정을 모를 리 없는 주위의 소인배들 중에는 대감의 재혼 상대를 물색하고 다니는 것이 하루의 당연한 일과인 이들이 허다했다. 모두 비어 있는 내당을 노리는 자들이었다. 여식이 없는 이들은 빈한한 일가붙이 중 미색을 띤 여식을 둔 집을 물색하여 다소간의 재물을 쥐여주고 양녀로 들이기도 했다고도 하고, 어떤 이는 아직 초경도 치르지 않은 열한 살 먹은 딸을 후처로 넣으려다 여물지도 않은 것을 들이려 한다며 불호령을 받았다는 말이 돌기도 했다.

하늘을 나는 새도 떨어뜨린다는 당당한 기세이고 보면 손녀뻘인 소운을 후취로 들이는 것을 두고 과욕이라고 딱 잘라 말할 수 있는 사람은 드물었다. 게다가 소운이 비록 양가의 규수라고는 하나 그녀의 집안은 고조부가 사화에 연루되어 억울한 죽음을 맞은 후로 가문이 급격히 기울어 있는 상태였다. 조부 대에 이르러 면죄를 받고 어찌어찌 복권이 되기는 하였으나 아버지와 오라버니는 한직으로만 돌며 좀처럼 권력의 중심에 다가가지 못했다.

그러니 소운의 아비로서는 이번 혼사를 두 손을 마주 모아 절하며 받아들일 지경인 것이다. 안채가 아닌 사랑채로 불러 이른 것만 봐도 이번 혼사를 얼마나 신경 쓰고 있는지를 알 수 있었다.

"하오나,"

차마 받들기 어려운 명에 망설이다 입을 떼려는 찰나 추상같은 호통이 말문을 막았다.

"허어! 혼인이란 응당 집안의 어른들이 정해서 행하는 것이거늘. 하물며 사내도 아닌 계집 주제에 어찌 경망스럽게 토를 달려

드느냐!"

일체의 부언을 용납지 않겠다는 듯 못을 박는 부친의 음성에 소운은 눈을 감고 고개를 떨구고 말았다. 대저 혼인에 대해 당사자, 더욱이 아녀자가 왈가왈부하는 것이 아님을 모르는 바는 아니었다. 하지만 그녀에게는 삼촌뻘이 되는 연배의 아들을 둔 이와 혼인이라니. 더구나 자신이 대체 몇 번째인지 미처 헤아리기도 힘든 자리이다.

"어리석은 계집이라 이번 혼사가 우리 여 씨 집안에 얼마나 중요한지를 미처 알지 못하는 것이냐, 아니면 이 애비에게 불효를 하리라 작정을 한 것이냐!"

입을 꼭 다물고 단단히 몸을 굳힌 채 수그리고 있는 딸의 모양새가 마음에 들지 않은 그녀의 부친이 호통을 쳤다.

"네 나이 이미 스물이 코앞이니. 혼례도 올리지 않은 나이 든 계집딸년이 별채를 차지하고 있다 하여 이미 전부터 집안에서는 말들이 무성한데도 그간 별다른 채근을 하지 않았거늘. 하물며 다시없는 혼처가 났음에야. 엎드려 절하며 감지덕지는 못할망정 불평불만이라니. 이리도 분수를 몰라서야."

그것으로 딸의 입을 완벽하게 막았다고 여긴 부친이 다시 한번 다짐을 하였다.

"무슨 일이 있어도 올해를 넘기지 않을 작정이니 딴소릴랑 말거라!"

울먹이는 섭섭이의 목소리에 소운은 다시 고개를 들었다.

"아기씨, 어떡해요."

워낙 들까불기는 해도 천성이 쾌활하여 생전 가야 토라진 기색 한 번 보인 적이 없던 아이였다. 그런 아이가 제대로 된 말을 꺼내놓기 전에 눈물부터 빼무는 것은 한 가지 이유밖에 없을 터였다.

기어이 그리 되고 만 것인가.

소운의 손가락이 지끈거리기 시작하는 머리를 짚었다.

"이것아, 그리 야단을 피웠으면 선은 이렇고 후는 이러합니다, 하고 응당 고할 일이지. 요망스럽게 울긴 왜 우는 것이야."

옆에서 지켜보고 있던 곰이네가 무릎걸음으로 다가앉으며 섭섭이를 다그쳤다. 그녀의 목소리에서도 조금 전과는 다른 떨림이 느껴졌다.

"바우가 그러는데,"

"그런데?"

"마당 쓸다 돌이에게 들었다고 하는데."

돌이라면 이제 갓 열 살 된, 사랑채에 군불을 때는 종이었다.

"대체 무슨 말을 들었다는 것이야."

답답함에 곰이네는 서둘러 다음 말을 재촉했다.

"요것아, 성질 급한 사람 지레 숨넘어가 죽겠다. 어떤 녀석에게 들었는지 고건 쏙 빼고 무슨 얘길 들었는지를 어서 고하란 말이다. 아기씨도 궁금해하고 계시질 않니."

섭섭이의 입에서 사랑채라는 말이 나오자마자 긴장으로 몸을 굳히는 소운의 눈치를 살피며 곰이네가 다시금 닦달을 했다.

"예. 그러니까 저기……."

"괜찮으니 말해보아. 어차피 내게 알려주기 위해 서둘러 달려온 것이 아니냐.”

막상 멍석이 깔리자 말이 나오지 않는 듯 입술만 달싹거리는 섭섭이를 소운이 차분한 음성으로 달래었다. 그것이 효과가 있었는지 큰 숨을 길게 한 번 내쉰 섭섭이의 입이 열렸다.

“며칠 안으로 사주단자가 올 거라고 합니다요.”

밑도 끝도 없는 말이었지만 순간 방 안의 공기는 삽시간에 섣달의 그것처럼 바싹 얼어붙었다. 침착하기 이를 데 없던 소운의 얼굴빛이 파란 쪽물을 떨어뜨린 종잇장처럼 변했다.

“에구머니, 이를 어째!”

한참 만에 침묵을 깨뜨린 것은 곰이네였다. 그녀 또한 이번 혼사에 대해 전해 듣고 적잖이 마음이 상해 있던 참이었다.

“영감마님께서 기어이 작심을 하신 모양입니다요.”

곰이네가 바느질감을 내려놓고 옷고름으로 눈물을 찍어내자 얼결에 섭섭이도 놀람으로 누르고 있던 눈물을 그제야 툭툭 떨어뜨리며 눈가를 훔쳐냈다.

“정말 너무하십니다요. 꽃 같은 아기씨를 대체 어쩌시려고.”

“혼자 있고 싶으니 자리를 좀 물려주어.”

곰이네와 섭섭이에 비하면 지나치게 이성적인 소운의 목소리가 울음 섞인 말을 끊었다. 소운(素雲)이라는 이름에 걸맞게 늘상 희고 투명하던 얼굴빛이 핏기 없이 창백해진 것을 제외하면 표정 변화라고는 찾아볼 수 없었다.

맥없이 방에서 쫓겨나오다시피 한 곰이네와 섭섭이는 별채 입구의 출입문 앞에 나란히 쪼그리고 앉아 나오는 한숨을 씻어냈다.

"우리 아기씨, 불쌍도 하셔라. 서시가 와서 울고 갈 인물에 문장은 소동파요, 필체는 왕희지가 저리 가라 하는 분인데."

목불식정인 곰이네가 자신이 주워섬긴 이름들이 어떤 의미인지 알 리가 만무했다. 그저 오가며 주워들은 풍월이 머릿속 어딘가에 박혀 있다 저절로 입술을 타고 나온 것에 불과했다. 하지만 어쨌든 그네가 알고 있는 사람 중에서 가장 빼어난 용모와 지혜를 갖춘 이가 바로 소운 아기씨였다. 게다가 아랫사람 두루 살필 만큼 후덕한 심성은 또 어떻고.

해가 바뀌면 열아홉이니 혼사가 다소 늦어지기는 했지만 그렇다고 내일모레 환갑을 바라보는 늙은이의 몇 번째일지도 모를 후실로 들어갈 만큼은 아니었다. 이렇게 될 바에야 진즉에 정인(情人)이라도 한 분 만들어두실 것이지. 남녀 간의 애련한 마음도 겪어보지 못하고 늙은이의 손에 곧 떨어질 소운의 신세가 그녀의 눈에도 퍽이나 가련하였다.

"저는 아기씨가 어딜 가시든 따라갈 거예요. 끝까지 따라가 아기씨를 모실 거예요."

불과 한 식경 전만 같았어도 공연한 입방정을 떤다며 섭섭이의 등짝을 후려치고 말았을 곰이네도 그저 한숨만 길게 내쉴 뿐이었다.

소운은 방 바깥 저만치에서 들려오는 곰이네와 섭섭이의 두런거림을 한 귀로 흘리며 지난 칠석날의 일을 떠올리고 있었다.

"무슨 일인가?"

난데없이 한쪽으로 기우는 가마의 움직임에 놀란 소운에게 서둘러 다가온 곰이네가 가마 밖의 사정을 아뢰었다.

"가마꾼 하나가 발목을 접질렸습니다. 다른 가마꾼을 구하려 부리나케 달려갔으니 곧 당도할 것입니다. 잠시만 기다리십시오."

하지만 오늘은 칠월칠석. 장안의 어지간한 여인들은 모두 칠성 님을 모시기 위해 절로 향하는 날이니 가마꾼을 구하기란 쉽지 않을 것이다. 역시 그녀의 짐작대로 종이갑과도 같은 좁은 가마 안에서 한참을 기다려도 기별은 오지 않았다. 결국 소운은 저린 다리를 펴기 위해 섭섭이의 부축을 받아 가마 밖으로 나왔다.

철이 든 이후로 일 년에 몇 번 절을 오갈 때나 종잇장처럼 보일 듯 말 듯 하게 열어놓은 틈 사이로 겨우 볼 수 있었던 대낮의 바깥 풍경이었다. 주위를 둘러보는 소운의 눈이 금세 휘둥그레졌다.

귀한 소금[3]을 한겨울의 눈처럼 소복이 쌓아놓은 전에서는 장 사치와 늙수그레한 아낙의 흥정이 한창이었다. 숯덩이처럼 검 게 그을린 얼굴과 이마에 자리 잡은 굵은 주름으로 보아 결코 녹 록지 않아 보이는 소금장수는 그에 못지않은 호적수를 만났는지 흥정에 진땀을 빼고 있었다. 손님을 끌기 위해 빛깔 고운 비단 천을 몇 개나 몸에 길게 두른 비단 장수는 그 앞을 서성이는 기 녀에게 반쯤 넋이 나가 있었다. 분세수를 곱게 하고 연지를 바른 기녀의 얼굴은 소운의 눈에도 퍽이나 어여뻤다. 행주치마 끈을 허리에 야무지게 동여맨 주모가 국밥집에서 바쁜 걸음으로 나와 입구에 걸어놓은 가마솥의 뚜껑을 열자 뭉게뭉게 김이 일면서

---

3) 소금.

구수한 향이 사람들 사이를 비집고 들어섰다.

자신의 몸집보다 더 큰 등짐을 메고 난전과 장사치들 사이를 피해 바쁘게 오가는 사내들, 물동이를 인 아낙의 종종걸음, 화려한 자태를 뽐내며 나귀를 타고 지나는 기녀를 살피느라 소운의 눈은 바쁘게 움직였다. 간혹 규옥을 만나기 위하여 늦은 밤 남장을 하고 아무도 모르게 월담을 하였지만 인적 없이 짙은 어둠에 싸였던 거리는 대낮의 저자와 비할 바가 아니었다.

호기심 어린 눈으로 이곳저곳을 살피는 그녀를 단속하느라 곰이네는 애가 탔지만 소운은 아랑곳하지 않고 분주한 거리의 움직임에 정신이 팔려 있었다.

"아기씨, 어서 이리 오셔요."

행여 불미스러운 일이 생기지 않을까 싶어 조바심을 내는 곰이네를 피해 슬긋슬긋 몸을 움직이며 소운은 부러 약을 올리듯 입술 끝에 웃음을 물며 고개를 돌렸다.

찰나였다. 삿갓 아래 안광이 푸르게 빛나는 사내와 눈이 마주친 것은. 눈 한 번 깜박일 사이도 없이 마주쳤던 눈은 곧 아무 일도 없었다는 듯 서로를 무심하게 비껴갔고 소운은 서둘러 고개를 돌리고 말았다.

가슴이 뛰었다. 몇 해 전, 난생처음 다리속곳에 묻은 검붉은 피를 보았을 때의 막연한 불안과 혼돈이 갑작스레 다시 찾아들었다. 흡족한 얼굴로 드디어 완전한 여인이 되었다는 유모의 말에 아무 대꾸도 못하고 그저 고개만 끄덕이며 갑작스레 치솟는 눈물을 참으려 애를 쓰던 그때. 왜 하필이면 그 기억이 떠올랐는지 알 수 없는 노릇이었다. 얼굴의 절반을 가리는 삿갓 사이로 낯선 사내와 눈이 마주친 게 뭐 그리 대단한 일이라고.

하지만 애써 다독여 다스리는 생각과 달리 급박하게 움직이는 가슴속의 요동을 참을 수 없어진 소운은 유모의 품을 찾았다.

"아기씨, 왜 그러세요?"

갑작스레 품에 안기듯 고개를 묻는 것에 놀란 유모가 물었다.

"갑자기……, 머리가 좀 아파서."

"이를 어쩌면 좋아요."

궁색하게 둘러댄 변명을 사실로 알아들은 곰이네가 펄쩍 뛰며 어쩔 줄 몰라 했다. 목간통에서 나오자마자 새로 땀이 치솟는 오뉴월은 지났다고 하나 그래도 아직은 가배(嘉俳) 전이다. 바깥 외출에 익숙하지 않은 차에 가마까지 타셨으니, 게다가 심술궂은 가마꾼들은 어린 처자들이 타면 부러 흔들어대며 겁을 먹게도 한다니 가마멀미를 하는 것도 당연했다.

"섭섭아."

하지만 이미 장 구경에 눈이 팔려 넋이 반쯤 나가 있는 섭섭이는 곰이네의 부름이 귓등으로도 들리지 않는지 이쪽저쪽 고갯짓을 하느라 정신이 없었다. 몇 번을 고쳐 불러도 대답을 듣지 못하자 부아가 치민 곰이네가 냅다 달려가 사정없이 머리를 쥐어박았다.

"요년이!"

"아얏!"

곰이네의 주먹이 내려앉은 쪽의 머리를 부여잡은 채 섭섭이가 발을 동동 굴렀다. 손때가 맵기로 소문난 곰이네가 작정을 하고 쥐어박았으니 아프기도 할 터였다.

"말로 하지 사람을 왜 때려요!"

"요년아, 말로 해도 못 알아듣으니 때렸지. 가뜩이나 사람 많은 장터에서 아기씨 모시고 이리 서 있으려니 속이 타 죽겠는데 너까지 정신 못 차리고 한눈을 팔면 어쩌자는 것이야."

그러더니 소운의 옆에 꼭 붙어 있으라며 주먹을 들어 단단히 으름장을 놓았다. 가마꾼에게로 다가가는 곰이네를 입을 삐죽이며 흘겨본 섭섭이가 그러나 잰 걸음으로 소운에게 다가오더니 놀라 물었다.

"아기씨, 괜찮으셔요?"

그러더니 서둘러 소맷부리에서 수건을 꺼내어 소운의 얼굴을 닦아내었다. 소운은 그제야 얼굴 가득 땀이 촉촉이 배어 있는 것을 알아차렸다.

"아기씨 얼굴이 꼭 귀신이라도 본 사람 같으세요."

"요즘 귀신은 대낮에 장터에도 돌아다닌다고 하더냐?"

웃음으로 얼버무리면서도 소운은 사내가 서 있던 자리는 애써 외면하고 있었다. 그러면서도 그와 눈이 마주쳤던 순간 삽시간에 서늘하게 심장을 채우던 기운을 몰아내기 위하여 몇 번이고 심호흡을 하였다. 그렇다고 하여 겁이 났던 것은 아니었다. 단지, 처음 보는 남자의 눈빛에 담긴 정체 모를 기운을 버텨낼 수가 없었다. 비록 그것이 찰나였다 할지라도 지독히도 낯선 이가 주는 또한 지독한 떨림에 압도당하여 꼼짝도 할 수가 없었다.

한 번이라도 사내를 겪어본 여인이라면 그것이 본능적으로 끌리는 남자에 대한 여인으로서의 자각이라는 사실을 단박에 알아차렸을 터였다. 하지만 그 방면으로는 무지한 소운이었으니 그저 정체를 알 수 없는 감각의 희롱에 속절없이 떠밀려 다닐 뿐이었다.

이러한 상황을 알 리 없는 섭섭이의 수다가 계속되었다.

"에구구, 아기씨가 모르시고 하시는 말씀이어요. 대낮이라도 귀신이 어둔 데만 콕 박혀 있는 것은 아니래요. 여기처럼 사람들 많은 곳 사이를 막 지나가다 찰떡같이 맛난 거 쥐고 있는 사람을 보면 먹을 거에 욕심이 나서 딱 달라붙어서리⋯⋯. 아유, 말을 하다 보니 내가 다 오싹하네. 아기씨도 아시죠? 그 왜 저 골목 아랫집 사는 오군이라고, 제 동무 말이어요. 갸 언니가 잔칫집 일 해주러 갔다가 찰떡이 하도 맛나 보여서 한 조각 슬쩍했대요. 그걸 집에 오는 길에 몰래 먹는데 뭔가가 어깨를 툭 치는 것 같더라지 뭐예요. 어마나, 근데 그 길로 급체를 해서 죽네 사네 며칠을 난리를 치는데도 아무래도 안 내려가서 성 밖 무당을 찾아가 점을 쳤더니만⋯⋯."

끊길 줄을 모르고 계속되는 섭섭이의 수다를 한 귀로 흘리면서 소운은 천천히 고개를 돌렸다. 계집애가 되어서 얌전하지 못하고 저 하고 싶은 대로만 하려 든다며 허구한 날 어머니 계 씨에게 야단을 듣는 그녀답지 않게 머뭇거리는 기색이 역력하였다.

꼭 쥔 주먹이 달달 떨릴 정도로 긴장을 한 채로 조심스레 고개를 돌린 소운의 입술 사이로 옅은 한숨이 새나왔다. 바지런히 장꾼들만 오가는 자리가 허탈하였다. 불현듯 솟아오른 아쉬움이 서늘한 기운을 몰아내고 다시금 심장을 뜨겁게 채웠다.

가마를 한쪽에 팽개쳐둔 채 그늘을 찾아 억센 농지거리를 하던 이들의 앞에 선 곰이네가 흠흠, 헛기침을 했다.

"보시오."

"왜 그러오?"

그들 중 대장 노릇을 하는 듯 보였던 이가 퉁명스럽게 대답하였다.

"갈 길이 급한데 마냥 이러고 있을 수만은 없지 않소."

"글쎄, 가마꾼이 없는데 우리더러 어쩌란 말이오."

반 넘어 풀린 고름 때문에 저고리 사이로 드러나 있는 부숭부숭한 가슴 털을 북북 긁으며 가마꾼이 퉁명스럽게 응수했다. 옆의 다른 가마꾼은 등을 지고 있는 벽에 아예 절반쯤 누운 채로 누런 이를 드러내며 연신 하품을 해대고 있었다.

"이럴 때를 대비해서 저이가 따른 거 아니오."

오가는 동안 내내 길잡이 노릇만 하던 가마꾼을 곰이네가 눈으로 가리켰다.

"저이에게라도 가마를 지워서 어서 갑시다. 다행히 집도 예서 멀지 않으니 말이오."

"나도 먼 길에 지쳐서 더 가기는 어려울 것 같수다. 삯을 더 주는 것도 아니고. 넨장맞을! 날은 또 왜 이리 더운 겐지."

따르는 노복(奴僕) 하나도 없이 여자들뿐인 일행이니 이를 빌미로 삯을 더 받아내겠다는 심산임이 뚜렷이 보였다.

"이만 하면 쉴 만큼 쉬었잖소. 그러니 이제 그만 갑시다."

곰이네의 눈길이 다시 한 번 댓 걸음쯤 떨어져 있는 소운에게로 향하였다. 바깥나들이가 익숙하지 않은 아기씨가 뜻밖의 일에 곤하고 놀랐는지 얼굴빛이 좋지 않은 것이 영 마음에 걸렸다.

그러자 급한 마음에 저절로 큰 소리가 나왔다.

"아, 어서 가잔 말이오!"

"이런 경우 없는 여편네를 봤나."

크게 키워 올린 목소리와 함께 내뱉은 가래침을 짚신 신은 발로 짓이기며 가마꾼들이 일어섰다.

"아니, 그럼 무릎을 접질리고도 막무가내로 가마를 지라는 말이오? 무지렁이 가마꾼 놈들이라고 이젠 종년까지 나서서 무시를 하니, 이거 원."

"이보오, 그런 말이 아니질 않소."

지나는 이들의 시선이 하나 둘 멈춰 서기 시작하자 당황한 곰이네가 어쩔 줄을 몰라 했다. 혼기의 아기씨를 대낮 길거리 한복판에 내어놓고 있는 것만으로도 이미 민망함이 극에 달할 지경인데 하물며 무지렁이 가마꾼 놈들과 입씨름이라니. 어떻게 해서라도 아기씨를 서둘러 집으로 모셔야 했다.

"우리 아기씨가 몸이 좋지 않으셔서 부탁하는 것인데 그것이 무에 성낼 일이라고 이러오."

그녀의 말투가 다시 사정조로 바뀌었다.

"아, 그러니까 나도 지금 다리가 아프고 힘이 들어서 못 간다고 하잖여. 어디 양가집 규수는 엉덩이가 한 짝뿐이간디?"

가마꾼의 말에 그 사이 모여서 있던 사람들에게서 폭소가 터져 나왔다. 소운을 생각해서 꾹꾹 참고 있던 곰이네가 분을 참지 못하고 종내 버럭 소리를 질렀다.

"이놈! 반가의 규수를 두고 네놈이 어찌 감히 그런 상스러운 말을 입에 담느냐. 우리 영감마님께서 아시는 날엔 당장 네놈을 붙잡아다 주리를 트실 것이야!"

"맞춤한 교군 하나도 없는 주제도 양반이랍시고."

비웃던 가마꾼 하나가 갑작스레 앞으로 털썩 주저앉았다. 연이어 다른 가마꾼들마저 잘 익은 감 떨어지듯 연달아 툭툭 소리를 내며 주저앉았다.

"무, 무슨……."

그제야 곰이네는 가마꾼들이 사라진 사이로 모습을 드러내는 사내를 발견하고는 화들짝 놀랐다.

"아이고오!"

그 사이 사내가 주저앉힌 가마꾼들이 한발 늦게 앓는 소리를 내기 시작하였다. 어디를 어떻게 건드렸는지 죄다 한쪽 발목을 부여잡은 채 울상을 하고 있었다. 사내의 눈이 주변을 한 번 훑자 웬 구경거리인가 싶어 모여든 사람들이 이내 뿔뿔이 흩어졌다.

경황 중에도 곰이네는 사내에게서 눈을 떼지 못한 채 속으로 감탄을 연발하고 있었다.

옥골선풍(玉骨仙風)이 따로 없구만. 입성을 보아하니 뉘 집의 머슴이나 사는 주제는 아니고 장사치가 분명한데. 그것도 짜하게 큰돈 만지는 장사치가 아니라 그럭저럭 끼니나 거르지 않을 정도로 벌어먹고 살겠구만. 사는 신세가 인물 생긴 것을 발바닥만큼도 따라가지 못하니 저를 아까워서 어쩔까.

물론 그녀가 옥골선풍의 뜻을 알고 있는 것은 아니었다. 그저 사랑채 작은마님이 어린 도령이었을 때부터 모친인 마님께서 "우리 아들은 어디 한 군데 빠진 데 없이 이리도 옥골선풍이니 나중에 어떤 복 있는 계집이 마누라가 될꼬."라고 하신 말을 기억하고 있던 것뿐이었다.

하지만 누이동생인 소운과 달리 어디 한 군데 빼어난 곳 없이, 생김새는 그저 그러한 데다 손발이 앙상할 지경으로 빼빼 마른 작은마님을 떠올리고 이 사내를 다시 보니 새삼 내당마님의 말에 코웃음을 치고 싶을 지경이었다.

잘 닦아 놓은 놋그릇처럼 적당히 그은 피부에서는 윤기가 흘렀고 사내다운 짙은 눈썹 사이에서 시작해 곧게 뻗어 내린 코며, 단정하게 다물린 입술의 모양새까지 어디 한 군데 흠잡을 데가 없었다. 육 척이 훌쩍 넘을 것이 분명한 키와 듬직한 체구는 더 말할 것도 없었다. 이를 두고 옥골선풍이라 하는 것을. 우리 마님은 필시 보는 눈이 어깨쯤에 달리신 게야.

"보아하니 일행 중에 여인들만 있다 하여 우습게 여기고 장난질을 치는구나."

낮게 퍼지는 음성을 듣자 경황 중에도 곰이네는 오금이 저렸다. 과부 된 지 이미 스무 해가 넘었건만 사내 목소리에 발끝이 찌릿하니 선 것은 처음이었다.

그 와중에 몇 걸음 뒤에 서 있던 소운이 사내의 목소리에 한여름 번개처럼 고개를 들어 이곳을 바라보고 있다는 사실을 알아차릴 턱이 없었다.

"우리가 뭘 어쨌다고……."

단단히 따지고 들 줄 알았던 가마꾼들은 그러나 이내 인상을 쓰며 힘없이 고개를 숙였다. 삯 몇 푼 더 받자고 잠시 장난질을 하였던 것뿐인데 난데없이 저런 녀석이 나타날 줄 어찌 알았으

라. 게다가 어디를 어떻게 후려쳤는지는 몰라도 발목을 잡죄는 아픔이 심상치 않았다. 이러다 밥줄이 끊기는 게 아닌가 싶을 정도로 시간이 가도 통증은 가라앉을 줄을 몰랐다.

"도와주신 것은 감사하나 가마꾼의 다리를 저리 못 쓰게 만드셨으니 이 일을 어찌 수습하실 것인지요."

뒤에서 들려오는 음성에 곰네는 그제야 소운이 지척에 있었다는 사실을 떠올리고는 화들짝 놀랐다. 길가에 아기씨를 버려두고 잠시나마 잊고 있었다는 것에 그녀는 허둥지둥 어쩔 줄 몰라 하였다.

소운의 질책에 사내의 입가가 잠시 비틀리는 듯하였다.

"어차피 저들은 더 이상 아가씨를 태우고 갈 생각이 없었으니 마찬가지가 아니었겠소."

"말로 구슬리고 적당히 몇 푼 던져주면 마음이 바뀌었을 수도 있었을 것입니다."

"저이의 말을 듣자하니 집이 예서 멀지 않다던데. 저들을 구슬릴 시간에 차라리 걷는 게 빠르지 않겠소."

"기왕에 타기로 하고 하루 분의 삯을 지불하였는데 굳이 걸을 필요가 있겠습니까. 게다가 비록 선의에서 그리 하셨다고는 하나, 발을 놀려 먹고사는 자들을 저리 만드시다니……. 참으로 대단하십니다."

턱짓으로 가마꾼들이 주저앉은 자리를 가리키며 하는 말이긴 하였으나 기실 일말의 동정도 찾아볼 수 없을 만치 냉담한 음성이었다.

소운의 서릿발 같은 시선을 받고 있으면서도 꿈쩍도 하지 않

는 사내의 모습에 곰이네뿐만 아니라 옆에 서 있던 섭섭이까지
도 속으로 감탄을 하였다. 아기씨가 본디 온화한 분이기는 하지
만 화가 났을 때는 싸늘하기가 오뉴월에도 한기가 들 정도인데,
그 앞에서 저리 침착하게 대하는 이는 처음인 까닭이었다.

기실 그들은 소운이 남자의 시선으로 인하여 순식간에 타버릴
듯한 열기를 느끼고 있다는 것도, 또한 그 사실을 감추기 위하여
안간힘을 다해 허세를 부리고 있다는 것도 알지 못하고 있었다.

삿갓을 벗기는 하였으나 그 사내가 분명하였다. 감히 찰나에
그녀, 여소운을 흔들어놓은 자.

"가만히 두었으면 다른 이들에게도 종전과 같이 방자하게 굴었
을 것이오. 제 본분도 망각하고 함부로 나부대는 것들에게는 때
로 강한 처방도 필요한 법이거늘."

"허나,"

"아이고, 아기씨."

그제야 정신을 수습한 곰이네는 낯선 사내와 얼굴을 맞댄 채
대거리를 하는 중이라는 사실을 뒤늦게 알아차리고는 황급히 두
사람 사이에 끼어들었다. 그리고 대꾸를 하기 위해 막 입을 뗀
소운을 막았다.

"예서 더 이상 지체하시면 아니 됩니다."

그리고는 사내를 향해 소운이 알아보지 못하도록 고개를 저으
며 눈짓을 보냈다. 이대로 두면 소운은 해가 저물고 다시 날이
밝을 때까지라도 사내와 대거리를 멈추지 않을 작정일 것이다.
곰이네의 소리 없는 사정을 알아차린 사내가 피식 웃으며 고개
를 돌렸고 한없이 계속될 것 같았던 두 사람 사이의 입씨름은 그

것으로 잠시 멈추었다.

그 사이 곰이네는 서둘러 주위를 두리번거리며 소운을 안전하게 집까지 모실 궁리를 하였다. 꼬락서니를 보아하니 가마꾼 놈들은 이미 틀린 것 같고, 어쩐담. 저분의 말씀대로 차라리 걷는 것이 나을지도. 예서 집이라고 하여 봤자 섭섭이년 잰 걸음으로 치면 돌쇠 녀석이 보리밥 한 그릇 비우는 정도밖에 더 걸리겠는 감.

결국 걷기로 결정한 곰이네가 사내를 향해 고개를 숙였다.

"꼼짝없이 구경거리가 되고 말 것을 구해주셔서 감사합니다."

"인사는 그만 되었네."

곰이네는 장사치라고 여긴 젊은 사내에게 자신도 모르는 사이에 공대를 하고 있다는 사실을 미처 깨닫지 못하고 있었다. 생각해보면 양반인 소운이 그에게 존대를 하는 것이나 장사치가 분명한 사내가 소운에게 존대를 하지 않는 것이나 모두 말이 되지 않았다. 하지만 이상하게도 그 상황이 너무 자연스럽게 보이는 까닭에 누구도 의문을 품지 못하고 있었다.

"저어, 혹시……."

집까지 호위해줄 수 있는지를 막 물으려던 차에 저만치서 외침이 들려왔다.

"물럿거라! 부원군 대감 행차시다. 물럿거라!"

주변이 일시에 소란스러워졌다. 집이 가까운 자들은 서둘러 집 안으로 뛰어들었고 그러지 않은 자들은 골목 끝을 보고 뛰었다. 자칫 미적거리다가는 한참이나 이어질 부원군 대감의 행차 내내 엎드린 채 땅만 보고 있어야 하는 까닭이었다. 좀 전까지 발목을 부여잡고 있던 가마꾼들도 발딱 일어나더니 한쪽 다리를 질질 끌면서 돼지 창자처럼 구부러진 골목 안으로 몸을 숨겼다.

애초에 발을 접질렸다던 가마꾼 놈도 어디선가 나타나 머리 위로 가마를 번쩍 들어 인 채로 앞서 달아나고 있었다. 상것들 주제에 감히 반가의 아가씨를 희롱하였으니 행여 소운이 부원군 대감을 붙들고 하소연이라도 하였다가는 무사하지 못할 것을 잘 알기에 한쪽 발목을 부여잡고라도 그들의 걸음은 날듯이 빠를 수밖에 없었다.

"이를 어째!"

뜻밖에 벌어진 상황에 놀란 곰이네가 발을 동동 굴렀다. 가마꾼들에게 잠깐 한눈을 판 사이 사내의 모습 또한 찾을 수가 없자 그녀는 더욱 당황해 어쩔 줄을 몰랐다.

"무엄하다! 썩 한쪽으로 물러서지 못할까!"

갑작스러운 호통 소리에 놀란 곰이네가 흠칫 놀라며 한 걸음 물러섰다. 저절로 뻗어나간 그녀의 손이 뒤에 서 있는 소운의 치맛자락을 부여잡았다.

집사 정도로 보이는 중늙은이가 그들을 향하여 호령하였다.

"부원군 대감께서 곧 행차하실 것인데 어찌 천한 것들이 길을 막고 있느냐. 어서 썩 물러나거라!"

사색이 된 곰이네가 허리를 꺾으며 서둘러 길 곁으로 물러났다.

"송구하옵니다."

길이 열린 것을 확인한 중늙은이가 거들먹거리는 걸음걸이로 행차를 맞이하기 위해 왔던 길을 되짚어 돌아갔다.

"유모, 어떡해요."

난생처음 겪는 일에 놀란 섭섭이가 곰이네의 소맷자락을 움켜쥐며 우는소리를 하였다.

"이것아, 안 그래도 정신없어 죽겠는데 너까지 나서서 징징대면 어쩌자는 것이냐!"

곰이네라고 뾰족한 수가 있을 리 없으니 애먼 섭섭이에게 공연한 분풀이가 나왔다. 아이고, 부처님, 칠성님. 대체 이 일을 어쩌면 좋습니까요. 소운을 모시고 나온 오늘 아침이 꿈인 듯 까마득하였다.

황망함에 어찌할 바를 모르고 발을 구르는 그녀에게 소운이 다가왔다.

"그만하고 가세."

곱게 접어 팔에 걸치고 있던 장옷이 어느새 그녀의 머리와 몸을 감싸고 있었다.

"하지만 가마가,"

"어차피 그르친 일이었잖아. 하니 어서 가."

"후딱 아가씨를 뫼시러 오라는 전갈을 보내도록 하겠습니다. 섭섭이 년 걸음이 재니 뜀박질이라도 하면…….'

듣고 있던 소운의 입가에 얼핏 웃음기가 스쳤다.

"집 안에 내게 내어줄 제대로 된 탈것이 있을 리 없다는 건 곰이네도 잘 알고 있지 않아."

"바우 놈이라도 따르도록 허락해주셨으면 이런 일은 없었을 텐데."

무의식중에 상전에 대한 원망을 풀어내던 곰이네가 소운의 눈길에 찔끔해서 손으로 입을 막았다.

"제 말은 그런 뜻이 아니라……,"

상황이 이리 되고 보니 은인이라 여겼던 젊은 사내에게 새록새록 미운 마음이 들었다.

가마꾼들을 그리 험하게 다루지 않았으면 몇 푼 더 주겠다 달래어서 지금쯤 집에 당도하였을 터인데. 생김생김은 예사롭지 않다 싶을 정도로 사내답더니 고작 부원군 행차에 꽁지가 빠지게 달아나다니. 그 인물에 행동거지가 그러하니 늘그막에 변두리 주막의 봉놋방도 과분한 신세겠구나. 절로 악담이 나왔다.

"예서 이럴수록 시간만 지체될 뿐이야. 어서 서두르세."

소운의 재촉이 이어졌다. 처음 가마에서 내릴 때만 해도 신기한지 이곳저곳을 두리번거리더니 지금은 지친 기색이 역력하였다.

"제 옆에 꼭 계셔야 합니다. 절대로 고개를 드셔도 아니 되구요."

소운을 길 안쪽으로 욱여넣어 숨기다시피 하고 걸으며 곰이네가 다시 한 번 다짐을 했다.

"걱정 말아."

장옷을 꼼꼼히 여며주는 곰이네의 손길을 받으며 소운은 조금 전 사내가 서 있던 자리로 마지막으로 다시 한 번 눈길을 주었다. 왠지 모를 안도감, 그리고 그보다 훨씬 더 큰 일렁임이 가슴속에 일었다.

"이러다 미처 집에 당도하기도 전에 귀에 딱지 앉겠어요."

곰이네의 명으로 한 걸음 앞서 길잡이 노릇을 하던 섭섭이가 핀잔을 주었다.

"쉬이, 물렀거라! 부원군 마님 행차시다."

저만치서 들리는 소리에 세 사람은 그만 기겁을 했다. 길가에 서 있던 이들이 한쪽으로 물러나 재빠르게 무릎을 꿇고 엎드리기 시작했다. 행차가 가까워오는지 길을 여는 목소리도 점점 크게 들려왔다.

"물렀거라!"

곰이네와 섭섭이는 그대로 엎드리면 되겠지만 양반인 소운마저 부복을 할 수는 없는 일. 이런 상황이 처음인 소운이 어찌해야 할지 몰라 망설이는 동안 행차는 코앞까지 다가왔다. 놀라고 당황한 곰이네는 그만 납죽 엎드리고 소운은 깊게 허리를 숙였다.

"쉬이."

어서 지나가기만을 바라는 소운의 마음을 저버린 채 부원군 대감의 행차는 그들을 조금 지나 멈춰 섰다. 낮은 말소리가 오가는 듯하더니 곧 군관으로 보이는 사내가 그들을 향해 다가왔다.

"차림새를 보아하니 반가의 규수가 분명한데 어찌 따르는 이가 이리 초라한지 물으신다."

"주, 죽을죄를 지었습니다."

땅이라도 파고 들어갈 기세로 납작 엎드려 있던 곰이네가 벌벌 떨며 대답했다.

"어허, 대감께서 기다리시는데 서둘러 자초지종을 고하지 못할까!"

"그, 그것이,"

"칠석이라 절에 다녀오는 길인데 가마꾼들이 달아나는 바람에 이리 되었다고 전하시게."

장옷을 약간 열어젖힌 소운이 대답하며 살짝 고개를 들었다.

그 위세가 이 나라에서는 따를 자가 없다는 말처럼 상현부원군 소장원 대감의 행차는 어마어마했다. 열두 명은 족히 되어 보임 직한 가마꾼에 따르는 별배와 구종들까지 합하면 일행은 서른도 훨씬 넘을 듯 보였다. 색색의 보석구슬을 꿰어 만든 주렴과 휘장으로 화려하게 치장된 교여에 정신이 팔린 소운은 그 위에 올라 앉아 있는 이의 눈이 자신을 유심히 살피고 있다는 사실을 미처 깨닫지 못하고 있었다.

잠시 후 다시 나타난 사내가 부원군 대감의 명을 전했다.

"반가의 규수께서 상것들과 나란히 동행케 할 수는 없다 하시며 가마를 내주시겠다 하십니다."

조금 전과 달리 공손하기 짝이 없는 말투였다. 그 사이 부원군의 행차는 다시 움직이기 시작했고 뒤이어 아담한 평교자가 그들 앞에 놓였다. 맞춘 듯 한 가지 복색으로 차려 입은 가마꾼들을 향해 엄한 당부가 내려졌다.

"너희는 아가씨를 모심에 한 치도 틈이 있어서는 안 될 것이야."

나는 새도 떨어뜨린다는 소장원 대감이 매파를 통해 청혼을 해 온 것은 그로부터 사흘 후였다.

후회 서린 회상에 잠겨 내내 닫혀 있던 소운의 눈이 번쩍 뜨였다. 삼동(三冬)에 내린 백설로 빚은 듯 희고 고운 피부는 먹빛의 눈동자를 더욱 곱고 검게 빛냈다. 솜씨 좋은 화공이 붓을 놀려 그려낸 듯한 눈썹은 날렵했고 곧게 뻗어 내린 코끝은 동그스름하게 마무리가 되어, 처음 본 이라면 누구라도 곧잘 유순하고 여린 성품이라고 믿게 만들 만한 얼굴이었다.

얼굴에 비해 약간 작은 듯한 입술은 규방의 규수가 갖기에는 지나치게 붉은빛을 띠고 도톰하게 여물어 다소 색기가 어린 듯한 느낌을 주기도 하였지만, 모난 데 없이 모양 좋게 잘 다듬어진 턱과 조화를 이루어 가히 미색이라 칭하기에 전혀 손색이 없었다. 하지만 곧잘 웃음을 머금어 보는 사람마저 흐뭇하게 했던 그녀의 입술은 얼마 전부터 서서히 붉은 기를 잃어가고 있었다.

소운의 두 눈이 파르라니 빛나는가 싶더니 결국 분을 이기지 못한 손이 서안 위에 펼쳐져 있던 책들을 거칠게 쓸어내렸다. 얇은 책들은 가느다랗고 날카로운 소리를 내며 바닥에 떨어지며 더러는 구겨지고 얇은 책장이 찢기기도 하였다. 하지만 그것들이 집안의 서고에 있는 책도 모자라 동무의 오라비 책까지 빌려다가 밤새도록 필사하였을 정도로 애지중지하는 것들이라는 사실은 지금 이 순간 소운의 안중에 들어오지 않았다.

"어머니."

퇴청 후 저녁 문안을 위해 오라버니가 안채에 들렀을 시각이었다. 별채에서 하루 종일 종장거리며 이 시간이 오기만을 기다렸던 소운이 조심스럽게 기척을 냈다.

"들어오너라."

조심스러운 부름에 들어오라는 답을 듣자 소운은 방문을 열었다. 역시 짐작했던 대로 오라비 환이 상석을 차지한 채 앉아 있었다.

"그간 무고하였느냐."

한 부모의 살과 피를 나누어 태어났지만 지금까지 단 한 번도 따스한 눈빛 한 번 건네지 않던 오라비가 웬일인지 그녀를 향해 먼저 인사를 건넸다. 어울리지 않는 선웃음까지 쳐가며 살갑게 구는 속내를 모르는 것도 아니요, 아는 척할 마음도 없었지만 그래도 입맛이 쓴 것은 어쩔 수 없는 일.

하지만 지금 소운의 처지에서 아버님께 말 한 마디라도 거들어 줄 수 있는 사람은 오직 오라비뿐이니 아무리 비위가 상하여도 웃는 낯으로 장단을 맞춰야 했다.

"그래, 오늘은 무엇을 하며 소일하였더냐?"

시험이라도 하듯 넌지시 묻는 말에 소운이 다소곳이 고개를 숙였다.

"아버님 신으실 버선에 수를 놓았습니다."

누이의 대답이 마음에 든 환은 적이 만족한 표정을 지었다.

애초 소운이 처음 소학(小學)을 배울 때부터 환은 드러내놓고 못마땅한 기색을 감추지 않았다. 모름지기 계집이란 유순하고 손재주가 좋으면 그뿐인 것을. 계집이란 것들의 타고난 본분이 무엇인가. 부엌에서 밥을 지어 바치고 매일 아침 깨끗한 옷을 대령하는 것이 고작이거늘. 그런 아둔한 것들의 머릿속에 글은 넣어서 무엇을 하자는 겐지.

소운이 책을 가까이하는 것에 대해서도 환은 그간 수차례 부친에게 불만을 토로한 바 있었으나, 원체 딸자식에게 무관심했던 부친은 주의를 주려 들지 않았고 그 사이 계집애는 더욱더 서

책에 몰두하며 읽어댔으니. 아둔한 머릿속에 하잘것없는 미련한 생각만 찬 것은 어찌 보면 당연한 결과였다. 소장원 대감과의 혼사를 그다지 썩 반기지 않는 것도 그래서가 아니겠는가. 철이 없어도 유분수지.

처(妻)로 들이는 계집이나 남의 집안으로 보내는 누이나 어떻게든 영향력 있는 집안과 연이 닿아 승차하는 데 힘을 실어주면 그뿐이었다. 그런 의미에서 아내인 여진은 그의 구미에 딱 맞는 여인이었다.

거안제미(擧案齊眉)[4]라는 말 그대로 남편은 물론이고 시부모를 섬기는 데 있어서 한 치도 어긋남이 없이 공손했다. 길쌈이며 음식 솜씨 역시 나무랄 데 없고 성품 또한 유순하고 음전하여 집에 두는 계집으로는 썩 괜찮은 물건이었다. 간혹 잠자리에 들라치면 혹여 거친 숨소리라도 새어나갈까 이불 귀퉁이를 입 안 가득 쑤셔 넣는 것에 더러는 짜증이 나기도 하였지만 그 또한 아녀자의 부덕(婦德) 중 하나라 여긴다면 실로 모자람이 없는 계집이었다.

그러고 보니 욱욱, 하는 소리만 간혹 새나올 뿐, 장작개비와 다름없는 여진과 잠자리를 함께한 지도 벌써 달포가 훌쩍 넘었다. 달포가 무언가. 초복 이전부터 더위를 핑계로 찾지 않았는데 그새 입동이 코앞이니. 오늘은 모처럼 안채에 자리를 펴라 일러야겠구나.

어머니와 여동생 앞이건만 한번 동한 환의 음심은 가라앉을 줄

---

4) 밥상을 눈썹과 가지런하도록 공손히 들어 남편 앞에 가지고 간다는 뜻으로, 남편을 깍듯이 공경함을 이르는 말.

을 몰랐다.

눈앞이 곧 아득해질 정도로 찰지게 조이며 허리 돌리는 솜씨가 능란하기 그지없는 기생 년들과 한동안 뒹굴었더니, 그렇지 않아도 요즘 들어 몸이 부쩍 처지는 느낌이었다. 어젯밤에도 몸을 빼자마자 앵돌아져 눕던 계향이 년의 눈치를 슬슬 살펴야 하지 않았던가. 결국 금가락지와 칠보로 치장한 뒤꽂이를 내놓고야 해죽이 웃으며 매달려왔다. 고년 참.

이럴 때는 그 방면으로는 무지렁이나 다름없는 내자를 품어보는 것도 나쁘지 않을 것이다. 앙다물린 무릎 사이를 무작정 뻐개고 들어가 내키는 만큼만 박고 끝내면 그만이니. 혼인한 지가 벌써 몇 해인데 아직까지도 옷고름에 손만 대도 잔뜩 굳어서 어찌할 바를 모르니. 어디 그뿐이랴.

이불로 입 안을 쑤셔 막고 숨소리도 제대로 내지 못하는 양을 보고 있노라면 마치 강제로 범하는 듯한 느낌에 방사의 쾌감 이외에도 뭐라 표현할 수 없는 묘한 만족감이 드는 것이다. 그래서 마지막으로 가졌던 잠자리에서는 아예 처음부터 강제로 입속에 이불을 쑤셔 밀고는 몸을 뒤집어 뒤에서 취했다.

처음 겪는 일이라 까무러칠 듯 놀란 탓에 뻣뻣하기가 삼동의 고드름 못지않았지만 어차피 반항은 꿈도 꾸지 못한다는 것을 그는 물론이고 여진 스스로도 잘 알고 있었다. 자신의 즐거움만 취하면 그뿐. 내켜하지 않는 여인의 의지에 반하여 강제로 취하는 것 또한 기생 년들과의 화간과는 비할 수 없는 즐거움을 준다는 사실을 새로이 깨우친 날이었다.

가뜩이나 말수가 적은 사람이었지만 그 밤 이후로는 자신의 그림자만 얼씬해도 소스라치게 놀라고는 하였으니. 그 우스꽝스러운 모양새를 보는 것도 눈앞의 쥐를 희롱하는 괴[5]처럼 나름의 즐거움이 있었다.

오늘 저녁을 안채에서 들겠다는 전갈을 듣자마자 겁에 질려 어깨를 움츠릴 것을 상상만 해도 절로 아랫도리에 힘이 들어갔다.

"오라버니께 여쭐 말씀이 있습니다."

소운의 목소리가 백일몽에 잠겨 있던 환을 끌어 내렸다.

"무슨 일이더냐?"

순간 짜증이 일어 여느 때처럼 퉁명스레 튀어나온 말을 환은 최대한 부드럽게 마무리하며 물었다. 일단 내놓은 말을 거두어 들이는 것은 불가하니 안온한 낯빛을 유지하려 애를 썼다. 앞으로 소용이 많을 물건이니 심기를 거슬러서는 안 된다는 사실을 명심하여야 했다.

"이번 혼사를 재고해주십사 아버님께,"

"네가 관여할 일이 아니다."

일고의 여지도 없이 짧게 끊고 돌아서는 말자락을 소운의 음성이 다시 붙잡았다.

"하오나 오라버니,"

"어허! 이미 어른들께서 결정하신 일을 두고 계집인 네가 나서서 왈가왈부라도 하겠다는 말이더냐!"

환의 음성이 짐짓 노기를 띠었다. 어릴 적부터 눈엣가시 같은 아이였다. 토로하자면 어미 뱃속에서 떨어진 모습을 처음 본 순

5) 고양이.

간부터 털끝만큼도 마음에 들지 않았다. 다만 한 가지 다행이라면 사내로 태어나지 않았다는 것뿐. 그나마 계집년이라 망정이지 사내놈 같았으면 진즉에 명줄을 내놓거나 사지육신 어딘가가 온전치 못하도록 조치를 해두었을 것이다. 허나, 그나마도 열다섯을 넘기면서부터는 자칫 혼기를 놓쳐 집안의 재산을 축내지 않을까 슬슬 걱정이 되던 차였다.

그런데 마침 소장원 대감이 탐을 낸다는 말을 전해 듣고 쓸모없던 물건이 이제야 밥값을 제대로 하겠구나 싶었다. 화중지병(畵中之餅)이라, 언감생심 마음속으로 품어보는 것도 죄스러운 자리에서 첩실도 아닌 내당으로 들이겠다며 청혼을 해오다니. 꿈이 아닌가 싶어 몇 번이고 허벅지를 꼬집어보기까지 했다.

헌데 이제 보니 정작 당자인 소운은 입술까지 제법 파르르 떠는 품이 예사롭지 않았다.

"혹여 가문에 누가 될 만한 짓을 할 생각일랑 말아라. 자칫 허튼 소리라도 들리는 날엔 물볼기를 칠 것이야."

환의 당조짐에 이어 어머니 계 씨의 훈육을 빙자한 쇄언이 뒤를 따랐다.

"한두 살 먹은 애도 아닌데, 아버님께서 오죽이야 잘 알아서 하실 일을 가지고 왜 나서서 오라비의 심정을 건드리는 게냐. 내 그동안 네 오라범댁을 본으로 삼아 가일층 노력하라 너에게 누차 이르지 않았더냐. 네 보기에 네 오라범댁이 어디 하나 부족한 구석이 하나라도 있더냐. 아녀자로서 반드시 갖추어야 할 부덕이며 음전한 행실이며 나무랄 데 없는 염렵한 솜씨까지. 한데 어찌 너는 네 오라범댁을 옆에서 보면서도 본받지 못하는 게야. 실

71

로 현모양처 중의 현모양처가 가장 가까이에서,"

기세 좋게 이어지던 계 씨의 목소리가 갑자기 뚝 멈췄다. 집 안팎 대소가를 막론하고 완벽한 여인이라고 칭송받는 여진에게도 약점이 있었으니 바로 자식을 생산하지 못한다는 사실이었다. 시집온 첫 해, 잉태를 하였으나 어찌 된 일인지 채 넉 달을 넘기지 못하고 핏덩이를 몸 밖으로 흘려버리고 말았다. 그 후로 여진의 몸에는 아이가 들어서질 않았다. 당시 모두가 갑작스러운 여진의 유산을 의아해했으나, 다만 소운만은 그 즈음 목도하였던 그 일과 무관하지 않을 것이라고 속으로 짐작하고 있었다.

여진이 한미한 집안의 여식이었다면 무자(無子)라 하여 어머님의 손에 의해 진즉에 집 밖으로 내쳐지고 말았을 것이다. 하지만 오라비가 지금 지키고 있는 벼슬자리가 그의 빙장의 힘으로 내어진 것이라 집안의 누구도 섣부르게 나서지 못했다. 하여, 겉으로야 다들 생산을 하지 못하는 며느리마저도 품어 아끼는 계 씨의 인자로움을 칭찬했지만 속으로야 무슨 생각이 오가는지는 모를 일이 아닌가. 어쩌면 그 어느 누구보다도 여진 스스로가 이 집에서 내처지기를 바라고 있는 건지도 모른다고, 물기를 머금은 듯 처연한 그녀의 눈동자를 볼 때마다 소운은 가끔 생각하였다.

"혼례일까지 최대한 몸가짐을 조심 또 조심하여야 할 것이다. 명심하거라. 이 오라비의 말을 허투루 들었다가는 너뿐만 아니라 네 가까이 있는 아랫것들까지 경을 치게 될 것이니."

내친김에 환이 단단히 못을 박았다. 입술을 깨물며 고개를 숙이는 모습을 본 환은 그제야 만족한 미소를 띠었다.

매
듭

마른 가지에서 떨어진 연분홍빛의 자잘한 꽃잎들이 바람이 이끄는 대로 회오리치듯 흩날리고 있었다. 국화도 이미 져버린 이 계절에 매화가 웬일인가 싶지만 소운의 방에서는 사시사철 아름답게 낙화하는 매화를 볼 수 있었다. 저 멀리서 불어오는 바람을 타고 날아온 꽃잎들이 금세라도 방바닥에 소리도 없이 가볍게 내려앉을 듯 빼어난 솜씨로 자수를 놓은 사람은 여진이었다.

시집도 가지 않은 계집애의 방에 낙화 자수가 얼토당토않다며 어머님은 처음으로 새언니에게 싫은 말씀을 하시었지만, 서안(書案) 위의 서책을 제외하면 소운이 이 방에서 가장 좋아하는 것이 저 병풍이었다.

"아가씨."

바깥에서 들리는 여진의 목소리에 소운은 몸을 일으켰다. 어제 저녁 오라비의 당조짐을 듣고 화가 끓어 종일 끼니도 거른 채 면벽을 하고 있었더니 눈앞이 잠시 아찔하였다.

방 안으로 들어서는 여진의 손에는 소반이 들려 있었다. 허리춤에 질끈 동여맨 새하얀 행주치마 때문에 바람이라도 불면 금세 휘어질 듯 가느다란 허리가 더욱 도드라졌다. 두어 번 걷어 올린 저고리 회장 아래로 드러난 손목 또한 바늘이라도 제대로 쥘 수 있을까 싶게 가느다래서 그렇지 않아도 여린 사람이 더욱 연약해 보였다.

"곰이네가 또 쫓아갔지요?"

입가에 희미한 미소를 띤 채 소운이 물었다. 며칠째 먹는 둥 마는 둥 하는 것을 보고 안절부절못하던 차에 오늘은 종일 상을 물렀더니 기어이 여진에게까지 도움을 청한 모양이었다.

"그렇지 않아도 오려던 참이었어요."

말하며 내려놓은 상 위에는 소운이 좋아하는 맑은 뭇국이 올라와 있었다. 부러 그녀를 위하여 따로 끓여낸 듯하였다.

"번거롭게."

거두절미하고 불쑥 던지는 퉁명스러운 말에 담긴 소운의 속마음을 모르지 않기에 여진은 그저 빙그레 웃고 말았다.

"어제 오라버니한테 혼났어요. 언니도 들었지요?"

쉬쉬하며 단속하기는 하였지만 그녀가 이 혼사를 기꺼워하지 않는다는 사실은 이미 이 집에서는 비밀도 아니었다.

"그리도 이 혼사가 싫어요?"

"죽도록 싫어요."

"그분을 한 번 제대로 뵌 적도 없잖아요."

단호하게 고개를 젓는 소운에게 여진이 잔잔한 목소리로 일렀다. 그녀라고 이번 혼사를 찬성하는 것은 아니었다. 하지만 시부모와 남편의 기색으로 보아 이렇게라도 다독이지 않으면 소운이 큰 경을 칠 것 같아서 불안했다.

"은애하는 사람이 아니라서 혼인하지 않겠다는 게 아니에요. 살다 보면 정이 들 수도 있는 일일 테고. 하지만."

고개를 든 소운이 여진과 눈을 맞추었다.

"아무 죄도 없는 조강지처를 내치고 후처를 들이고 또 내치고 또 들이고. 그게 벌써 대여섯 차례도 넘는다잖아요. 게다가 집 안팎으로 우글거린다는 첩들은 또 어찌하고요. 사내가 첩을 셋까지 두는 것은 말거리도 되지 않는 이 나라에서도 축첩으로 온

갖 수군거림을 들을 정도이니. 여색을 그리 탐하는 이에게 내게
줄 정이 남아 있겠어요?"

"그렇지만 아가씨를 보고 반했으니 혼인을 하겠다고 나서신 거
겠지요."

"그것도 말이 안 되잖아요. 젊은 사내도 아니고 환갑을 바라
보는 나이에 아직 스물도 되지 않은 내게 음심을 품었다는 게 더
어처구니가 없어요."

소운의 말은 여느 때보다 신랄했다. 말을 시작하는 순간 그 사
내의 눈빛이 떠오르지 않았다면 이리 함부로 말을 하지는 않았
을 것이다. 하지만 고민의 끝자락에는 늘 그 눈빛이 있는 것을
어찌한단 말인가.

"아가씨."

거침없는 말에 적잖이 놀란 기색인 여진을 보고 소운이 피식
웃고 말았다.

"염려 마세요. 오라버니가 회초리 쥐고 나설 일은 만들지 않을
터이니."

소운의 말을 듣고 다소 안심은 하였지만 여진 역시 마음은 무
거웠다. 여진이라고 해서 내키지 않아 하는 혼사를 종용할 마음
이 있는 것은 아니었다. 오히려 그 반대였다. 만일 자신이 소운
의 오라비였다면 무슨 수를 써서라도 이 혼인이 성사되지 않도
록 부모님을 말렸을 것이다.

손끝이 닿는 것도 치가 떨리게 싫은 사내와 부부로 산다는 것
이 얼마나 가혹한지 그 누구보다 그녀 스스로가 잘 알고 있지 않
은가. 지난밤의 일을 떠올린 여진의 팔목에 온통 소름이 돋았다.

불쑥, 그녀가 내뱉듯 한마디 던졌다.

"난 아가씨가 나처럼 살지 않았으면 좋겠어요."

머릿속을 거치지 않고 가슴에서 곧장 나온 말이었다.

뜻밖의 말에 놀란 듯 보이는 소운의 손을 잡고 여진이 다시 한번 타이르듯 나직이 말했다.

"벌써부터 그리 싫으면 혼인을 하고 나면 더욱더, 몸서리가 쳐지고 진저리가 날 정도로 훨씬 더 싫어질 거예요."

고개까지 가로저으며 하는 말을 들은 소운의 입술이 굳게 다물렸다.

"난 아가씨가 나처럼 살지 않았으면 좋겠어요."

강조하듯 같은 말을 덧붙인 여진이 후다닥 자리에서 일어났다. 충동적으로 행동하고 만 스스로에게 놀란 나머지 소운과 눈을 마주칠 염도 나지 않았다. 영리한 소운이니 어떤 심정으로 내놓은 말인지 모르지 않을 것이라는 생각을 하며 그녀는 별채를 나섰다.

잠시 후 방 밖에서 기척을 낸 곰이네가 안으로 들어왔다.

"에그, 이번에도 상을 그대로 물리셨네."

역시나 손을 댄 흔적이 전혀 없는 밥상을 본 곰이네가 발을 동동 구르며 안타까워했다. 처음 청혼 사실을 알았을 때부터 부쩍 기운이 없어 보이던 소운은 사주단자가 오간 뒤로는 아예 입을 닫은 채였다.

대문간이 닳을세라 섭섭이 년의 치마폭에 숨겨 들어오곤 하던 세책(貰冊)도 이즈음 들어서는 드문드문하였다. 흡사 저승사자에게 끌려 갈 날을 받아놓은 양, 하루가 다르게 부쩍부쩍 여위는 소운의 모습에 덩달아 아랫것들까지 심란해하고 있었다.

천한 것들이라 하여 함부로 업수이여기지 않고 고운 눈빛으로 따스한 말을 건네어주는 아가씨가, 제아무리 이 나라 최고의 세도가라고는 하나 환갑 잔칫날 받아놓은 늙은이에게 시집을 간다는 것은 미련한 그네들의 소견으로 생각해도 말이 안 되는 이야기였다. 하지만 심화가 끓어 아침저녁이 다르게 하루하루 야위어가는 중에도 특유의 아름다움은 더욱 빛을 발하니 실로 보는 이의 애간장을 끓게 하기에 충분하였다.

듣자하니 칠석날 가마를 내어주었던 늙은 대감이 혼담을 넣었다지. 이 와중에도 저리 고우시니 늙은이가 먼발치에서 설핏 보고도 그 미색에 몸이 달았던 게지.

"잣죽이라도 좀 끓여 올릴까요?"

작은아씨께서 손수 차려내온 상도 그대로 물리신 것을 보니 아예 식음을 전폐하기로 작정을 한 듯 보여 곰이네는 걱정스럽기 그지없었다. 고소한 잣물이라도 마시면 조금이나마 혈색이 돌아올지 모른다. 하지만 소운은 앉은 자세 그대로 도리질을 칠 뿐이었다.

바느질이나 자수에는 서툴러 늘상 바늘에 손가락을 찔리기 예사였지만 게으른 것은 싫어하여 삼경 전에는 자리에 눕지 않고 책 읽기와 글쓰기를 즐겨하던 모습은 사라지고 없었다. 벽에 기대앉거나 열린 문 사이로 멍하니 하늘을 보며 보내는 것이 하루 일과의 전부였다.

"그래, 혼인 날짜가 언제라고 하였지?"

며칠 만에 듣는 소운의 음성이 그저 반갑기만 한 곰이네가 득달같이 고개를 끄덕였다.

"내달 초 닷새라고 합니다요."

"그렇군."

이번 혼사에 대한 소문이 바람결에 올라앉아 온 장안을 휩쓸고 다녔는지, 얼마 전부터 사랑이며 안채는 손들의 발길이 끊일 새가 없이 이어지고 있는 참이었다. 덩달아 아랫것들 또한 그 어느 때보다 분주하였다. 북적거리다 못해 홍치는 소리가 날이면 날마다 담을 타고 넘는데 정작 별채만은 적막을 넘어 괴괴하기까지 하여 마치 외따로 떨어진 섬과 같았다.

"아기씨, 혹 시키실 일이라도 있으세요?"

하지만 좀 전에 입을 열어 무언가를 물었던 것이 착각이라고 생각될 정도로 소운의 입은 다시 굳게 다물렸다.

한숨과 함께 곰이네가 방을 나가고 한참 뒤 소운은 몸을 일으켰다. 일부러 부르지 않는 한은 이제 한동안 출입할 이가 없을 것이다. 무릎걸음으로 문갑 쪽으로 다가간 소운이 문갑 아래 손을 밀어 넣었다. 길게 팔을 뻗자 손끝에 단단한 것이 걸렸다. 행여 놓치기라도 할세라 조심스레 잡아 끌어내었다.

곧 흰 무명보자기가 모습을 나타내자 조심스러운 손가락이 매듭을 열었다. 잠깐 동안에 소운의 이마에는 땀방울이 맺혔다. 하지만 정작 자신은 피부에 맺힌 땀을 느끼지 못한 채 꼼꼼하게 지어진 매듭을 푸는 데에만 열중하고 있었다.

가는 손가락이 조심스레 몇 번 움직이자 한지에 싸인 작은 상자가 드러났다. 한지를 걷어내는 손가락의 움직임이 다급해졌다. 잠시 후 모습을 드러낸 것은 열 개는 족히 넘어 보이는 두툼한 금가락지들이었다.

"난 아가씨가 나처럼 살지 않았으면 좋겠어요."

오래전 그날 고통스러워하던 여진의 모습이 다시 떠올랐다. 그러자 가락지를 쥔 작은 손에 더욱 단단하게 힘이 들어갔다.

생긴 것이 호리병 모양과 비슷한 성국(瑆國)의 영토는 이웃한 융국(隆國)과 맞닿아 있는 국경을 제외하면 대부분이 바다와 접해 있었다. 토질이 비옥하여 가을이면 온갖 곡식과 열매들이 차고 넘칠 정도로 수확이 되고, 곳곳에 산재해 있는 광산에서는 금과 은은 물론이고 귀중한 철과 주석 등이 차고 넘칠 정도로 채굴되었다. 이 나라 땅 거의 대부분의 바다와 접해 있는지라 귀한 소금이 많이 났고 바지런한 여인들의 손끝은 명주며 베 등속들을 쉼 없이 만들어냈다.

하지만 바로 그것이 이 작은 나라의 불행이었으니. 차라리 초근목피를 양식 삼아야 할 정도로 빈한한 살림이었으면 애초에 이웃해 있는 융국이 호시탐탐 넘볼 일도 없었을 것이다.

본디 그 기상이 웅대하고 호전적인 융은 정치적으로 막강한 힘을 발휘했던 선황제 시절에 이르러 주변국을 차례차례 복속시키며 넓은 영토를 확보하였다. 하지만 그와 달리, 성은 외척의 정치 개입과 호족의 난립으로 왕권이 약해질 대로 약해져 있었다.

선왕 시절 세자들의 잇따른 죽음으로 시작된 크고 작은 내란은 가뜩이나 갈피를 잡지 못하는 민심을 더욱 어지럽게 하였다.

노련한 융 황제가 이 기회를 놓칠 리 없었다. 그렇지 않아도 성이 갖고 있는 막대한 철광산을 호시탐탐 노리던 황제는 이 기회를 빌어 아예 성을 복속시킬 계획을 세웠다. 형식적으로 두 나라는 형제의 의를 맺고 있지만 융국에서는 매해 막대한 공물을 요구하며 정치적 압박을 가해오고 있었다. 그리고 너무도 유약하고 나약한 이 나라의 왕은 감히 이를 거스를 엄두조차 내지 못하였다.

언젠가부터 융은 형제국이라는 가면을 벗어던지고 토끼를 눈앞에 둔 범처럼 성을 노리고 있었다. 성은 육로로는 융을 거치지 않고는 어디로도 움직일 수가 없었고 해상로 또한 열매의 씨앗을 빠짐없이 둘러싸고 있는 과육처럼 융의 수군(水軍)과 선단(船團)이 버티고 있었다. 이러한 지리적 여건만으로도 성은 융보다 실로 불리할 수밖에 없었다. 게다가 근자에 이르러서는 임금 또한 군왕으로서의 본분을 잊고 빙부에게 정사를 맡기다시피 하고 있으니. 말하기 좋아하는 호사가들은 모였다 하면 이 나라의 운도 다한 듯싶다며 혀를 끌끌 찼다.

해가 서산에 몸을 기대기 시작하면서 동녘 끝에서 다가오던 어둠이 차차 누리를 덮기 시작했다. 오가는 이들로 북적였던 저자는 차차 인적이 뜸해지더니 곧 난전에 내놓았던 물건들을 정리하는 장사치들만이 분주하게 움직였다. 햇빛 아래서 저마다 가진 쓰임새를 자랑하던 그것들은 이제 주인의 바지런한 손에 의해 차곡차곡 쟁이고 묶여 밤을 보내게 될 것이다.

긴 저자를 지나 왼쪽으로 굽어들면 객관들이 늘어선 골목이 나온다. 아주 오래전 이 거리에 처음 저자가 섰을 때 먼 데서 온 장사치들이 고단한 여정을 풀고 묵어가도록 하기 위해 하나둘씩 생겨나기 시작한 것이, 저자의 규모가 커지면서 덩달아 객관들도 늘어나서 어느덧 커다란 골목 하나를 다 차지하게 되었다.

대저 저자라는 곳이 가까운 산기슭에만 올라가도 쉬이 구할 수 있는 땔감부터 시작해서 국경 너머에서 들어온 산삼, 녹용, 우황 등의 귀한 약재, 진귀한 보석들로 만들어낸 각종 패물이며 화려한 빛깔의 명주와 돈을 주고도 구하기 어렵다는 이국의 향료까지 다양한 물건들이 모이는 터라 각각의 객관들이 상대하는 손님들 또한 달랐다.

엽전 두어 닢만 주면 탑탑한 탁주 한 잔으로 컬컬한 목을 축이고 모르는 이들 틈에 끼어 하룻밤 등을 대고 눈을 붙일 수 있는 곳이 있는가 하면 너른 방에 호화로운 침상을 갖추고 온갖 산해진미를 제공하는 곳도 있었다.

흐트러짐 없는 걸음새로 골목에 들어선 두 사내가 길 가장 안쪽에 위치한 객관으로 들어섰다. 다른 곳에 비한다면 규모는 그다지 크지 않으나 곳곳에 정갈한 주인의 손길이 머물러 사시사철 손이 끊이지 않기로 제법 이름난 곳이었다.

"오시었습니까?"

추녀 끝에 불을 밝히던 까까머리 아이가 일행을 발견하고는 서둘러 뛰어와 허리를 숙였다.

"그간 잘 있었느냐."

동후는 멈춰 서서 아이의 머리를 쓰다듬었다. 처음 보았을 때만 해도 맨질한 민머리였던 것이 어느새 손끝에 까슬한 느낌을 전할 정도로 제법 자라 있었다.

"어서 가서 주인께 우리가 왔다고 전하거라."

"예."

그 사이 아이의 인사도 받는 둥 마는 둥 하고 성큼성큼 앞서 간 견은 어느새 객관 안으로 들어서고 있었다.

"어서 옵시오."

손님을 본 집사가 재빠르게 다가와 서글서글한 목소리로 반겼다.

"요기할 것을 좀 주게."

"이쪽으로."

이 층 안쪽의 빈자리로 안내된 견은 벽을 향해 등을 진 채 자리를 잡고 앉았다. 난간 아래로 눈을 돌리자 한발 늦게 뒤따라 들어온 동후가 그를 찾는 듯 제법 넓은 실내를 눈으로 훑는 것이 보였다. 곧 그와 눈이 마주치고 계단을 오른 동후가 맞은편에 다가와 앉았다.

마침 심부름꾼 아이가 엽차를 들고 와 내려놓으며 물었다.

"무얼 드시겠습니까요?"

"요령껏 끼니가 될 만한 것으로 알아서 가져오너라."

동후의 말을 들은 아이가 두 사람을 살폈다. 나름대로 주머니 사정을 가늠해보자는 심산이 눈에 빤히 보이는 터라 동후의 한쪽 입술 끝이 비스듬히 올라섰다. 처음 보는 얼굴인 걸 보니 그들이 지난번 이곳을 떠난 이후로 일을 시작한 아이인 듯했다.

"마침 오늘 아침 들여온 질 좋은 소고기가 있는데 분부하시면 두세 가지 후딱 만들어 올리겠습니다."

"요리 들이기 전에 술도 잊지 말고."

"예예, 곧 가져다 드립지요."

자신의 제안에 그들 일행이 선뜻 응하자 제 눈이 옳았다는 것에 기분이 좋았는지 아이는 연신 굽실거리며 자리를 떴다. 아이가 멀어진 것을 확인한 후에 엽차 잔을 들어 목을 축인 동후가 말했다.

"걸음이 어찌나 빠르신지 저 같은 범인은 뒤를 따르는 것만도 힘에 겹습니다."

"아무리 해도 네 눈을 피할 수가 있겠느냐."

좀 전에 객잔 안을 살피던 날카로운 눈빛을 이르는 말이었다. 들어서자마자 곧장 견을 향해 박히던 동후의 시선은 눈 한 번 끔뻑할 사이에 그를 비껴나 마치 동행을 찾듯 객잔 안을 훑었던 것이다.

"과찬이십니다."

말수가 적고 무뚝뚝한 성정의 견으로서는 드문 칭찬의 말이었다. 그의 성격을 누구보다 잘 아는 동후의 입가에 설핏 웃음기가 앉았다 사라졌다.

술잔이 두어 순배 돌았을 무렵, 커다란 접시 몇 개를 재주 좋게 포개든 아이가 다가와 탁자 위에 차례로 내려놓았다. 잘 삶아서 차게 식힌 고기를 얇게 썰고 거기에 산초 잎을 넣어 매큼하게 무쳐낸 요리와, 가느다랗게 채 썬 고기를 버섯과 푸른 채소를 넣어 강한 불에 살짝 볶아 익혀낸 요리, 그리고 향신채 몇 가지를 넣고 맑게 끓여낸 국물까지, 세 가지 요리가 그들 앞에 놓였다. 가짓수는 많지 않았지만 불 앞에 선 이의 손맛이 제법 야무진 탓에 맛은 물론이고 향과 질감 또한 훌륭했다.

장사치로 꾸미고 길을 나선 후로는 실로 오랜만에 맛보는 진미에 동후의 젓가락이 바삐 움직이기 시작했다.

"입에 맞지 않으십니까?"

서너 젓가락 뜨고는 그만인 견을 향해 동후가 조심스레 물었다. 노정에 나서면 거칠한 잡곡밥도 마다않으시는 분이 이제 와서 새삼스레 음식 타박을 하시는 것도 아닐 테고.

"나는 이쪽이 더 구미에 맞는 것 같구나."

견이 때마침 집어 들던 잔으로 술병을 가리켰다. 그윽한 대나무 향이 감도는 맑은 술은 여태껏 마셔본 어떤 술보다 향기로웠다.

"어인 일로 술을 가까이하십니까."

"이곳의 술에서는 바람내가 나는군."

"제 입에는 지나치게 가볍고 순했습니다만. 이곳에 건너와서 느낀 것입니다만, 술맛도 만드는 땅의 성정을 따라가나 봅니다. 이건 도무지 물처럼 밍밍하기만 해서 아무리 마셔도 취하지 않는 것이 도통 술 같지도 않고."

주위를 의식하느라 잔뜩 낮아진 목소리로도 제 할 말을 다 하는 동후였다.

비워낸 술잔을 다시금 채우며 견은 동후의 말을 찬찬히 곱씹었다.

장인인 소장원에게 실권을 넘겨주다시피 한 채 그저 허수아비처럼 자리만 지키고 있는 이 나라 왕의 성정을 닮았다는 겐가. 하지만 부드러우면서도 특유의 맑은 빛과 향을 고집스레 잃지 않는 것을 보면 꼭 그런 것만도 아닌 듯했다. 문득 얼마 전 저자에서 잠시 스쳤던 젊은 여인의 맑고 또렷한 눈빛이 떠올랐다.

설빈화안(雪鬢花顔)[6]의 미모보다도, 찰나의 부딪침에 시선을 빼앗겼다는 사실에 당황한 빛이 역력한데도 끝까지 입술을 앙다문 채 낯빛을 바꾸지 않으려 애를 쓰던 고집스러움이 눈을 뗄 수 없게 하였다. 여느 여인 같으면 가마꾼들을 제압하는 모습만 보고도 소스라치게 놀라 혼절을 하고도 남았을 일이었다. 한데 꿇어앉힌 놈들을 제법 고소하다는 듯 보더니 이내 태연한 얼굴로 한마디도 지지 않고 대거리를 하는 양이라니. 발칙하다 싶으면서도 그보다 귀엽다는 마음이 앞섰던 건 무슨 까닭인 겐지.

따박따박 받아치던 붉은 입술을 떠올리자 저도 모르게 양쪽 입매가 휘어져 올라가며 동시에 눈매는 부드러운 선을 그렸다. 가체를 쓰지 않고 긴 머리를 촘촘히 땋아 내려 붉은 당지(唐只)로 매듭을 지은 것으로 보아 미혼의 처자일 것이다. 무명옷을 걸친 입성은 소박했으나 내내 곁을 지키던 나이 지긋한 여인의 태도가 공손한 것이 반가의 여식임이 분명했을 터인데.

머릿속으로 그녀의 모습을 하나하나 떠올려보던 건 문득 머잖아 그녀가 겪게 될지 모를 괴로움을 떠올리자 잠시 미안한 감이 들었다. 하지만 그도 잠시.

유약한 임금이 자리하고 있는 힘없는 나라에 태어난 이상 어

---

6) 고운 머리채와 젊고 아름다운 얼굴.

차피 언젠가는 겪게 될 일이었다. 나고 죽는 것이야 하늘의 뜻에 의해 정해진 것이니 앞으로 어떤 일을 맞닥뜨리든 그 또한 그 여인의 운명일 터. 어차피 이름도 모르는 낯선 이이지 않은가.

그리 단정 짓고 나니 여인의 모습은 금세 머릿속에서 지워졌다.

"이러다 저 혼자 요리 접시 다 비우게 생겼습니다. 식기 전에 어서 드십시오."

동후의 엄살과도 같은 채근에 견은 빙긋이 웃으며 내려놓았던 젓가락을 집었다. 어느새 그녀의 얼굴은 머릿속에서 말끔히 사라진 후였다.

"못난 놈!"

성난 목소리와 동시에 이마에 강한 충격이 느껴졌다. 주위에 부복해 있던 신하들이 놀라 내뱉는 숨소리를 들을 수 있었다. 얼굴을 때린 청자 잔은 바닥에 떨어지며 금세 두 동강이 났고 견은 이내 국화주의 그윽한 향이 얼굴을 따라 흘러내리는 것을 느꼈다. 입술 새를 비집고 나오려는 큰 숨을 연신 안으로 잡아끄는 그에게 추상과도 같은 호통이 떨어졌다.

"황자가 사냥을 핑계 삼아 사병을 이끌고 사사로이 국경을 넘나들며 노략질을 일삼고 있다는 사실을 내 모를 줄 알았더냐!"

노기를 띤 황제의 음성이 사정없이 견을 내리쳤다.

"노략질이라니, 그것은 천부당만부당한 말씀이시옵니다."

"듣기 싫다! 명색이 황자라는 자가 한다는 짓이 고작 제 사병들로 하여금 연약한 백성들을 수탈하고 아녀자들을 겁간하도록 하는 것이더냐!"

황제의 나무람에 견은 피를 쏟는 심정으로 사정을 아뢰었다.

"국경 인근의 마을은 굶주림을 이기지 못하고 월경을 한 성(理)의 군사들에 의해 하룻밤에도 수차례 침탈을 당하고 있는 상황이옵니다. 그때마다 백성들이 피땀 흘려 가꾼 곡식과 여인들을 앗기는 것은 예사이고, 이제는,"

견의 말이 계속될수록 부아가 치미는 듯 점차 얼굴이 붉어지던 황제가 이내 벽력 같은 고함을 내질렀다.

"듣기 싫다! 그럼 변방에서 올린 상소가 거짓이란 말이냐! 신휘 장군은 만고에 드문 충신 중의 충신이다. 그런데 감히 너 같은 놈이 변방의 장수가 올린 장계를 거짓이라 고한다는 말이더냐!"

황제의 말에 엎드려 있던 신하들 사이에서 낮은 웅성거림이 새 나왔다. 제아무리 화가 났다고는 하나 지금 황제의 말은 아들인 황자보다 신하를 믿는다는 의미였으니 저들이 놀랄 법도 하였다. 하지만 웅성거리는 이들보다 얼굴을 숨긴 채 만족스러운 미소를 띠는 자들이 더욱 많다는 사실을 누구보다 잘 아는 견은 더 이상의 말을 아뢰는 것을 포기하였다. 불문곡직하고 무조건 신휘 장군을 두둔하고 나서는 황제에게 더 이상 고할 말이 없기도 하였다.

여기서 이야기가 길어진다면 스스로에 대한 변명밖에 되지 않을 터였고 그런 그의 말을 황제는 더욱더 인정하려 들지 않을 것이다. 황제 앞에 서면 늘 그러하듯 속에만 담아두고 한 번도 꺼내보지 못한 말들이 혹여라도 무심결에 새어 나갈까 봐 앙다문

이가 저려왔다.

"아뢰옵기 황송하오나 폐하, 황자의 말씀이 전혀 근거가 없지는 않사옵니다. 성국은 지금 외척의 실정으로 인하여 나라가 흔들리고 민심이 피폐해져 있는 터라 군사들의 기강 또한 어느 정도는 해이해질 수밖에 없을 것이옵니다. 하여 황자께서 하시는 말씀이 마냥 거짓이라고만 할 수는,"

"듣기 싫소!"

견을 두둔하고 나선 이는 한때 그의 장인이기도 했던 심고였다. 하지만 심고의 말은 되레 황제의 불편한 심기를 부채질하는 꼴이 되고 말았다.

"대저 황실의 일원이라면 응당 몸가짐과 행실에 모범을 보여야 할 것이거늘. 어이하여 너는 황자가 노략질을 일삼는다는 말이 이곳, 내 귀까지 들어오게 하느냔 말이더냐! 정녕 네 죄를 뉘우치지 못하는 것이더냐!"

마음에 차지 않는 몇 마디 대답을 끝으로 입을 다물어버린 견의 태도가 황제의 마음에 들 리 없었다. 황제의 고함소리에 삽시간에 장내는 삭막한 침묵으로 둘러싸였다. 길게 기른 수염이 들썩일 정도로 거칠게 숨을 내쉬며 씨근거리는 황제를 제외하고는 어느 누구도 숨소리조차 내지 않았다.

이대로라면 종국에는 저지르지도 않은 죄를 뒤집어쓰고 말 것이다. 당장 무슨 수를 써서든 황제의 마음을 돌려놓지 않는다면 상황이 어디까지 갈 것인지 불 보듯 뻔했다.

"소인의 사람됨이 부족하여 벌어진 일이니 폐하께서는 부디 화를 거두소서. 진실로 뉘우치고 있사옵니다."

부복한 채로 바닥에 연거푸 머리를 찧으며 사죄를 하는 견의 모습을 보고서야 황제의 눈빛이 조금은 누그러졌다.

"물러가 다시 찾을 때까지 근신하고 있거라."

밖에서 이제나저제나 견이 나오기만을 초조하게 기다리고 있던 동후는 그의 모습을 보자마자 득달같이 달려왔다.

"어찌 되셨는지요."

"언제는 내 말을 믿어주시었더냐."

소매에 올라앉은 먼지를 떨어내듯이 동후의 말을 자른 견이 성큼성큼 걸음을 옮겼다. 생채기가 나고 피가 맺힌 이마가 붉디붉었다.

"어디로 가시렵니까?"

견의 뒤를 따라 말에 오른 동후가 물어왔다. 얼굴에 난 상처만을 생각한다면 두말할 것도 없이 응당 황자궁인 정해궁으로 향하여야 할 것이다. 하지만 이마를 적시고 있는 피보다 더욱 붉은 두 눈을 보니 가슴속 심화를 털어내는 것이 우선일 듯하였다.

아니나 다를까, 잠시 생각에 잠긴 듯하던 견이 이윽고 결정을 내린 듯 고개를 끄덕였다.

"일단은 잠시 달리자꾸나."

"예."

황궁을 벗어난 견의 애마는 거침없이 내달리기 시작했다. 견은 그렇지 않아도 빠르게 달리고 있는 말에 박차를 가하며 더욱 속도를 높였다. 뒤를 따르던 동후의 부름 소리가 들리는 듯했지만 그마저도 얼마 지나지 않아 사라졌다. 엊그제 동지를 보낸 찬바람이 한 치의 망설임도 없이 얼굴에 다가와 부딪치고는 이내 사라지기를 반복했다.

이른 아침나절, 때 이르게 흩뿌리는가 싶던 눈가루는 어느새 서리처럼 얇게 사방을 뒤덮고 있었다. 거친 쇠를 끌로 갈아낸 듯 날카로운 눈가루가 바람에 드러난 얼굴을 때릴 때마다 견은 묘한 쾌감을 느꼈다. 이대로 바람을 따라 어디론가 사라져버렸으면 좋겠구나.

퍼뜩 눈을 뜬 견이 자리에서 일어났다. 잠시 의자에 앉아 몸을 놓는다는 것이 그만 잠이 들고 말았던 모양이었다. 짧은 순간에 꿈까지 꾸다니. 더군다나 깨어 있을 때에는 의식적으로 멀리하려던 기억이 어이하여 꿈속으로 찾아들고 만 것인지. 불쾌한 기분을 털어버리려 견은 몇 번이나 주먹을 쥐었다 풀기를 반복했다.

건너편에 앉아 있던 동후가 일어나 다가왔다.

"잠깐이라도 침상에 누우시지요. 때가 되면 깨워드리겠습니다."

"얼마나 됐지?"

듣기에 따라서 애매하게 해석될 물음이었지만 오랫동안 견의 곁을 지켜온 동후는 어렵지 않게 대답했다.

"눈을 붙이신 지는 채 일각도 되지 않았고 이제 막 삼경이 되었습니다."

"선양은?"

"이제 곧 올 것입니다."

마치 기다렸다는 듯 문을 긁는 소리가 난 것은 그때였다. 발소리를 죽이고 조심스레 벽 쪽으로 다가간 동후가 벽에 걸린 족자를 떼어내자 곧 막혀 있던 벽이 미닫이처럼 옆으로 열렸다. 안으로 들어온 이는 선양. 대외적으로는 작은 객관을 소박하게 꾸려가는 이로 알려져 있지만 기실 대를 이어 융의 간자 노릇을 하는 자였다.

"미천한 몸, 존귀하신 황자마마를 뵙습니다."

조심스럽게 절을 하여 예를 갖춘 후에도 깊이 허리를 숙이고 있는 그에게 견의 하문이 떨어졌다.

"준비는 다 되었느냐?"

"예."

뒷걸음질로 조금 전 나온 벽 앞으로 다가선 선양이 멈춰 서자 견이 망설임 없이 비밀통로로 들어섰다. 그 뒤를 동후가 따르고 마지막으로 통로에 들어선 선양이 뒤돌아 돌 하나를 만지자 금세 벽이 닫혔다. 일찍이 융에서 건너온 선양의 아비가 사람들의 눈을 피하기 위해 만들어놓은 길이었다.

통로 안에 들어선 선양이 조심스럽게 앞으로 나서서 견을 인도하였다. 촛불에 의지해 다섯 정(町) 가량 걷자 이번에는 나무로 만든 문이 나왔다. 선양은 조심스레 빗장을 열고 앞을 가로막고 있는 무성한 나뭇가지들을 걷어내었다. 문을 닫기 전 그는 들고 있던 촛불을 불어 꺼서 불빛을 없앴다. 대를 이어 간자 노릇을 해온 이다운 기민한 움직임이었다. 그들이 밖으로 나온 뒤 나뭇가지들은 자연스럽게 제 모양대로 움직여 문을 감추었다.

객관의 비밀통로는 바다에 인접한 산등성이까지 곧장 나 있었다. 이곳에서 반나절 정도만 더 올라가면 왕궁이었고 아래쪽으로 내려가면 부둣가였다.

"이쪽입니다."

야심한 시각, 산중에 듣는 귀가 있을 리 만무했지만 은밀한 일에 익숙한 선양의 목소리는 귀를 기울이지 않으면 알아들을 수 없을 정도로 낮았으며 걸음도 쟀다. 마찬가지로 견과 동후 또한 어둠 속에서 산길을 나아가는 걸음에 망설임이 없었다.

평야가 대부분인 융과 달리 이곳 성국의 땅은 어느 곳으로 눈을 둘러도 온통 풀숲이 우거진 뫼밖에 보이지 않았다. 땅이 깊은 만큼 금과 구리, 철 등의 광산이 흔해서 일찍이 성이 잠깐 동안의 번성기를 맞을 수 있던 연유도 바로 여기에 있었다.

하지만 대륙의 끝자락에 위치해 융에 의해 동그마니 싸인 형국이라 육로로는 융을 거치지 않고는 어디로도 갈 수가 없는 것이 큰 흠이었다. 바닷길을 이용하려 들어도 오가는 시일이 오래 걸리는 데다, 이미 거대한 선단을 이루어 해상권을 장악하고 있는 융의 등쌀을 이겨낼 재간이 없었다. 이 나라가 자리한 위치가 스스로에게 가장 큰 위협이자 약점이 되고 만 것이다.

보통 사람 같으면 빛이라고는 찾아볼 수 없는 그믐밤의 산길, 그것도 초행인 곳을 이토록 빠르게 걷는다는 건 차마 엄두도 못 낼 일이었다. 하지만 견과 동후에게는 전혀 해당이 되지 않는 말이었다. 그대로 얼마나 걸었을까. 선양이 걸음을 늦추었다. 귀를 시끄럽게 하는 파도 소리가 멀지 않은 곳에서 들리는 것으로 보아 목적지에 가까이 다다른 듯했다.

잠시 후 그들은 웬 무덤 앞에 서 있었다. 어둠 속에서도 비석의 모양을 알아볼 수 있을 정도로 꽤나 큰 규모인 무덤의 상석 아래로 선양이 손을 넣었다. 그리고 익숙한 손길로 감춰진 손잡이를 잡아 밀자 무겁게 보이던 상석이 거짓말처럼 열리고 지하로 통하는 계단이 나타났다. 세 남자는 차례로 상석 아래 몸을 숨기고 있던 계단으로 내려갔다. 마지막으로 내려온 선양이 손을 뻗어 문을 닫자 상석은 다시 감쪽같이 본래의 모습으로 돌아갔다.

입구에 미리 준비해둔 등잔에 선양이 불을 붙이기가 무섭게 그들은 다시 움직이기 시작했다. 조금 전처럼 앞장을 선 선양이 주의를 주었다.

"만조 때라 파도가 길어 길이 미끄러울 것이옵니다."

울퉁불퉁한 돌길을 더듬으며 한참을 따라 내려가자 저만치서 철썩이는 파도 소리가 들려왔다. 걸음을 옮길수록 길은 가파르고 물소리는 더욱 거세졌다. 통로의 끝에 다다르자 선양이 잠시 멈추게 한 뒤 바깥의 동정을 살폈다.

통로 밖으로 나가자 저만치에 바깥으로 통하는 커다란 입구가 모습을 드러냈다. 그들이 서 있는 곳은 바다와 이어져 있는 거대한 동굴의 끝부분이었다. 만조 때가 되어서 동굴의 끝까지 바닷물이 차 올라와 있음에도 파도가 치는 양쪽으로 제법 넓은 공간이 있어 몸을 숨긴 채 운신하기에 적당한 곳이었다.

그 사이 동굴 입구로 나간 선양이 들고 있던 등잔을 바닥에 내려놓고 돌아왔다. 가늘게 흔들리는 저 불빛이 어둠 속에서 다가오는 이들에게 길잡이 노릇을 하여줄 것이다. 그대로 서서 바람에 남실거리는 파도소리를 들으며 얼마나 있었을까. 사경(四更)이 막 지났을 무렵 철벅철벅 노 젓는 소리와 함께 커다란 배 한 척이 그들을 향해 다가왔다.

선양이 켜둔 등불을 길잡이 삼아 유유히 동굴 안으로 들어온 배가 멈추자 선두에 있던 장수 하나가 재빠르게 배에서 내려 무릎을 꿇었다.

"황자마마를 뵙습니다."

저녁상을 물린 지 얼마 되지 않아 곰이네가 들어와 잠자리를 준비하기 시작했다. 요와 이불을 차례로 깔고 동근 베개를 놓아준 그녀가 언제나처럼 하루의 마지막 인사를 챙겼다.

"더 필요한 건 없으세요?"

책을 읽고 있던 소운이 고개를 들었다.

"없어. 곤할 텐데 유모도 이제 그만 들어가 쉬어."

"그동안 끼니를 통 거르셔서 걱정이 이만저만 아니었는데 어제오늘은 한 그릇 가까이 비우셔서 제 마음이 다 좋습니다. 좋아하시는 서책도 가까이하시고."

"어쩌겠어, 어른들이 정해놓으신 것을. 이제 와서 내 뜻대로 바꿀 수 있는 것도 아니고."

체념의 빛이 가득한 소운의 대답에 곰이네는 크게 고개를 주억거렸다.

"다른 건 몰라도 그 자리에 가시면 평생 호시호강하며 사실 수 있으실 겝니다. 저와 섭섭이도 따라가 아가씨를 평생 뫼실 거구요."

"혼자 있고 싶으니 오늘은 일찍 자리를 물려주어."

"알겠습니다."

그동안 식음을 전폐하다시피 했던 소운이 수저를 들었다는 사실만으로도 곰이네는 그저 좋아 어쩔 줄 몰라 했다.

"유모."

문지방을 나서는 곰이네를 소운이 불러 세웠다.

"왜 그러세요, 아기씨."

기다리기라도 했다는 듯 재빠르게 뒤돌아서는 그녀를 소운은 잠시 물끄러미 바라보았다.

"뭐 필요한 거 있으세요?"

불러놓고도 쉽사리 입을 열지 않자 곰이네가 갸웃거리며 물었다. 소운은 빙긋이 웃으며 고개를 저었다.

"그동안 애 많이 썼어. 잘 자라고."

"아이, 아기씨도 새삼스럽게. 이럴 때 보면 영락없는 애 같으셔요."

정말 필요한 것이 없는지 몇 번이고 다짐을 하는 그녀를 내보내고 난 뒤 소운은 촛불을 끄고 자리에 누웠다. 동지가 코앞인 초겨울의 그믐밤은 이르게 시작된 것만큼이나 길고 적막했다. 말똥하게 눈을 뜬 채로 얼마나 지났을까.

비로소 온 집 안이 정적에 휩싸이고 간혹 문풍지를 치고 지나는 얄궂은 바람소리 외에는 어떤 소리도 들리지 않자 소운은 이불을 걷어 젖혔다. 자리에서 일어난 소운이 머리맡 문갑 위의 경대 서랍을 열어 머리빗을 꺼내어 재빠른 손놀림으로 머리를 빗어 내리기 시작했다. 허리 남짓까지 남실거리는 긴 머리를 정수리에 모아 끈으로 묶은 후 촘촘하게 땋아 단단하게 매듭을 지어 말아 올렸다.

그럴 리 없지만 행여 밖에서 누가 볼세라 허리를 수그린 채 무릎걸음으로 벽 쪽으로 몸을 옮긴 후 병풍 뒤에 미리 숨겨두었던 보따리를 열었다. 자리옷을 벗고는 맨 먼저 금환을 넣은 주머니를 허리에 찼다. 옆구리를 짓누르는 묵직한 무게에 비로소 집을 떠난다는 것이 실감이 되었다.

그다음, 기다란 천으로 단단하게 가슴을 동여매고 검은색의 바지와 저고리를 집어 들었다. 간혹 가솔들 모르게 남복을 하고 담을 넘어 규옥을 찾아갈 때마다 입었던 옷이었다. 옆 나라 융국의 여인들은 말을 타거나 수레를 몰 때면 사내들처럼 통이 넓은 바지를 입는다지만 이 나라에서는 어림도 없는 일이라, 규옥조차도 남복을 한 그녀를 처음 보았을 때 한참이나 입을 다물지 못할 정도로 놀랐었다. 마지막으로 두건을 써서 머리와 얼굴이 드러나지 않도록 가렸다.

떠날 채비를 마친 소운은 마지막으로 방 안을 한 번 둘러보았다. 태어나서 지금까지 살아온 거처인지라 자신의 몸만큼이나 익숙한 공간이었다. 하지만 이젠 다 버릴 것이다. 이 방에서 갖고 나가는 것이라고는 자신이 마련한 금환 이외에는 외할머니께 물려받은 옥가락지 한 쌍과 얼마 전 여진이 우정의 징표라며 손목에 채워주었던 마노를 꿰어 만든 작은 염주가 전부였다.

병풍 뒤에서 나온 소운은 문 옆에 붙어 서서 바깥의 기척을 살폈다. 지금쯤이면 집 안 사람들 모두 세상모르고 잠이 들어 있을 테지만 그렇다고 긴장을 늦출 수는 없었다. 자칫 방심하다 들키기라도 하여 지금 이 기회를 놓치게 된다면 추후로는 목숨을 내놓지 않는 한은 이 집에서 나갈 방도가 없을 것이다.

그 생각에 소운의 입술이 힘을 실린 채 앙다물렸다. 살며시 방문을 열고 나가 마당에 내려서서 잠시 주위를 둘러보았다. 태어나서 지금까지 정 두고 살아온 곳을 떠나는 걸음이 가벼울 리가 없었다. 하지만 마음을 돌릴 생각은 추호도 없었다. 지금 떠나지 않으면 앞으로 남은 인생이 얼마나 비참해질지는 불을 보듯 뻔했다.

소운은 미리 보아두었던 나뭇가지에 발을 걸치고 한 치의 망설임 없이 담 밖으로 몸을 던졌다.

이제나저제나 문 앞을 지키며 기다리고 있던 규옥은 소운이 내는 기척을 듣자마자 재빠르게 문을 열었다.

"용케 들키지 않고 빠져나오셨네요. 혹시 못 오시면 어쩌나 걱정했는데."

그녀를 기다리며 규옥 또한 나름대로 얼마나 애를 태웠는지 목소리가 까끌했다. 불을 켜지 않은 세책점 안은 컴컴했지만 낯이 익은 곳인지라 더듬거리지 않고 방까지 찾아들 수 있었다.

규옥과 마주앉은 후에야 소운은 긴장으로 참고 있던 숨을 크게 내쉬었다. 눈치 빠른 규옥이 건넨 물그릇을 건네받은 소운은 한달음에 비워냈다.

그녀의 다급한 속마음을 모를 리 없는 규옥이 곧장 본론을 내놓았다.

"선주(船主)와는 미리 이야기가 다 되어 있으니 이대로 부두에 가시면 곧장 배에 오르실 수 있을 겝니다."

"고맙네."

"그런데,"

잠시 말을 멈추고 이마의 땀방울을 훔쳐내는 소운을 보며 규옥이 말했다.

"정말 이대로 가셔도 괜찮으시겠어요? 쉽지 않으실 거예요."

"자네도 이렇게 잘해내고 있지 않은가. 무얼 해도 늙은이의 씨받이 노릇보다야 낫겠지."

소운의 자신 있는 대답에도 규옥의 근심 어린 표정은 가시지 않았다.

"저야 어릴 때부터 궂은일에 이골이 난 년이지만 아가씨는 아니시잖아요. 손도 이리 고우신데."

유달리 희고 매끈한 소운의 손에 규옥의 시선이 멎었다.

두 사람이 서로 인연을 맺게 된 것은 지금으로부터 삼 년 전.

심부름으로 저자에 다녀온 온 섭섭이에게서 여인이 가게를 보는 세책점이 있더란 말을 듣고부터였다. 서책을 유난히 좋아하는 소운이 그 말을 듣고 호기심이 일지 않을 리 없었다. 며칠 후 초사흘 불공을 핑계로 밖으로 나온 그녀는 이내 섭섭이를 재촉하여 이곳으로 향하였다.

세책점의 주인 노릇을 하는 규옥은 원래 남촌의 바닷가 마을 사람이었다. 아들이 둘, 딸이 열넷인 집의 막내로 태어나 밥 대신 욕을 먹은 날이 더 많았을 정도로 온갖 설움을 받고 자랐다. 하지만 어릴 적부터 서로 은애하던 정인이 있어 열여섯에 혼약을 맺었다. 부르기도, 답하기도 민망한 '개녀'라는 본래의 이름 대신 규옥이라는 새 이름을 지어 불러준 이도 그였다.

한데 혼인을 보름 앞두고 그만 정혼한 이의 집에 큰 불이 나 온

가족이 몰살을 하고 말았다. 사주단자가 오가고 혼례 날이 눈앞이니 혼인을 한 것이나 다름이 없는 몸. 따라서 남편 될 이가 세상을 떴어도 응당 시댁으로 들어가는 것이 옳았고 그녀 또한 그리 하고 싶었다. 하지만 가족들은 물론이고 집까지 고스란히 불타 없어진 마당에 들어갈 곳이 있을 리 만무했다.

사정이 그리 되고 보니 동리 사람들은 그녀의 말이 나올 때마다 팔자가 드세다며 혀를 끌끌 찼고, 그렇지 않아도 눈엣가시였던 딸이 생과부가 되어 얹혀살 처지가 되자 부모는 아예 문을 지고 벽을 향해 돌아앉았다.

설상가상 그녀는 몸에 정인의 아기까지 싣고 있었다. 이제 겨우 두 달이 지나 아직 표는 나지 않았지만 머잖아 배가 불러오기 시작하면 어떤 꼴을 당하게 될지, 하물며 아기를 무사히 지킬 수 있을지도 장담할 수 없었다. 어찌하면 뱃속의 아기와 무사히 살아남을 수 있을지 고심하던 그녀는 당분간 절에 머물며 세상을 떠난 남편과 시가 식구들의 명복을 빌겠다는 뜻을 비쳤다.

말이 떨어지기가 무섭게 가족들은 기다렸다는 듯 등을 떠밀다시피 내보냈고 그녀는 곧장 도성으로 왔다. 몰래 챙겨들고 나온 집안의 패물들 중 정인이 손가락에 끼워주었던 은가락지 하나만 빼고 모조리 팔아 이 세책점을 열었다. 주위에는 남편이 몇 년째 시난고난 앓고 있는 터라 별수 없이 어린 아들을 데리고 혼자 가게를 보고 있노라고 이야기를 해두어 다들 그렇게 알고 있었다. 혼인도 하지 않은 여인이 홀로 아이를 낳아 기르며 세책점을 꾸려갈 수 있을 거라고는 감히 누구도 상상조차 하지 못하였으니, 다들 그녀의 말을 그대로 믿었다.

타고난 수완이 좋아 한동안은 장사가 잘 되었으나 워낙 글이 부족한 데다 여인의 몸이라 필사하는 이를 쉽게 구하지 못해 애를 태우고 있던 중에 만난 사람이 소운이었다. 필사할 이가 없다는 규옥의 말을 들은 소운은 선뜻 동업을 제안했다. 바느질은 더뎠지만 글씨를 쓰는 데는 유독 손이 쟀던 그녀인지라 보통의 서사(書士)보다 서너 배는 빠르게 일을 마칠 수 있었다.

나중에는 그녀에게 사정 이야기를 들은 여진의 손까지 더디나마 더해지자 세책점은 다시 예전의 활기를 되찾았다. 거기에 소운이 뒤에서 댄 돈으로 방각까지 손을 대고부터는 연일 문전성시를 이루었다. 지금 챙겨 나온 금환도 그렇게 해서 마련한 돈으로 장만해놓은 것이었다. 돈은 연일 쌓이는데 따로 둘 곳이 마땅치 않아 꾀를 냈던 것이 이리 요긴하게 쓰일 줄 당시에는 미처 알지 못하였다.

울먹이는 품이 곧장 눈물이라도 쏟을 것 같아 소운은 애써 화제를 돌렸다.

"'장인전'은 여전히 잘나가는가?"

"하믄요."

몇 달 전 필사를 시작했던 '장인전'은 저자가 스스로 나서지 않아 지은이가 누구인지는 알 수 없으나, 빙부인 상현부원군 소장원 대감에게 꼼짝 못하는 현왕의 모습을 절묘하게 풍자하여 세간에 엄청난 화제를 몰고 온 소설이었다. 한동안 '장인전'을 읽지 않은 이는 저잣거리에서 오가는 농지거리에 한마디 거들지도 못한다는 말이 돌 정도로 선풍적인 인기를 끌었다.

미처 글자를 깨우치지 못한 이들은 앞 다투어 전기수 앞으로 몰려들었고, 덕분에 장날이면 '장인전'을 읽는 소리가 골목골목을 채울 정도였다. 하여, 필사와 세책으로 돈은 제법 손에 쥐었지만 이 나라의 백성 된 입장에서 생각하자면 그런 소설이 인기가 있다는 것 자체가 서글프기 짝이 없는 일이었다.

저자의 인심은 곧 온 백성의 민심이나 다름없으니. 훗날 소운이 돌이켜 생각할 때, 융국에서는 민심이 요동치는 잠시의 틈을 놓치지 않고 정변을 일으켰으니, 어쩌면 때를 기다렸다는 듯 '장인전'과 같은 소설이 나온 것도 결코 우연은 아니었을 것이다. 누군가 나름의 목적을 가지고 의도적으로 퍼뜨렸을 것이라는, 그리고 그 누군가가 자신이 짐작하고 있는 이와 결코 다르지 않을 것이라는 가늠은 어렵지 않았다.

어쨌든 그것은 먼 훗날의 일이고, 지금 소운은 마지막이었던 필사가 한동안은 규옥의 밥벌이를 보장해줄 수 있을 거라는 생각에 다행스러워하고 있었다.

"이제 가면 우리 쇠돌이는 영영 못 보겠구나. 아쉬워서 어쩌나."

아랫목에서 곤히 잠든 아이의 머리를 쓰다듬는 소운의 모습에 규옥은 그예 눈물바람을 하고 말았다. 소운이 아니었으면 정인이 유일하게 남겨준 혈점인 쇠돌이는 물론이요, 이 세책점도 지킬 수 없었을 것이니 소운은 그녀에게 하늘이 내려준 은인과도 같았다. 비록 신분은 달랐지만 밤이면 가끔 아무도 모르게 남복을 하고 찾아와 동트기 전까지 이런저런 속엣말도 나누며 어느새 친동기간만큼이나 가까워진 두 사람이었다. 그런 그녀가 기약도 없는 험난한 길을 떠난다는데 마음이 편할 리 없었다.

그예 울컥 치솟는 눈물을 서둘러 훔쳐내며 규옥이 몸을 일으켰다.

　"그만 일어나셔야 합니다."

　규옥의 말을 들은 소운이 입술을 앙다문 채 고개를 끄덕였다. 파르르 떨리는 입술에는 미처 말로 하지 못하는 수많은 감정들이 담겨 있었다. 그 사이 소맷부리에 손을 넣은 규옥이 소운에게 작은 쌈지를 내밀었다. 엄지손가락보다 조금 큰 쌈지에는 긴 가죽 끈이 달려 목에 걸 수 있도록 만들어져 있었다.

　"이게 무엇인가?"

　"먼 길 가시는데 그냥 보내드릴 수 없어서……. 부족하지만 그저 제 정성이라고 생각하시고 받아주셔요."

　거절하려 나서는 소운의 손을 규옥이 다급하게 붙들었다.

　"아가씨가 그간 제게 베풀어주신 은혜에 비하면 턱없이 부족해서 오히려 부끄러워요. 그저 꼭 필요할 때 요긴하게 쓰세요. 그러겠다고 하셔야 제 마음이 편해요."

　맞잡은 손에서 느껴지는 뜨거운 온기에 소운은 고개를 끄덕일 수밖에 없었다. 쌈지를 목에 걸고 저고리 안으로 갈무리해 넣은 걸 보고서야 규옥은 안심을 하는 눈치였다.

　"부두에 나가시면 작은 배가 한 척 있을 것입니다. 돛대 아래 등롱을 매달고 있을 터이니 금방 찾으실 수 있을 거여요. 쇠돌어미가 보내서 왔다고 하시면 그 다음은 선주 되는 이가 알아서 할 것이에요. 그것을 타시고 먼바다에 나가면 융의 선단이 있을 것인데 아가씨는 선주가 태워주는 배에 오르시면 되어요. 그 배에서 일하는 이와도 이미 이야기가 됐다 합니다. 서두르셔요. 기다리다 지치면 자칫 돌아가버릴지도 모릅니다."

이미 머릿속으로 그림까지 그려가며 외고 있던 사실이지만 소운은 다시 한 번 귀담아 들었다. 소장원 대감에게 청혼이 들어왔다는 말을 들은 후부터 온갖 궁리를 한 끝에 계획한 일이었다. 세책 심부름을 핑계로 섭섭이를 통해 규옥에게 전갈을 보내고 서찰을 담은 서책이 오가기를 수차례. 다행히도 규옥은 선선히 그녀를 대신해 손발이 되어 움직여주었다.

"후에라도 꼭 연락을 주셔요. 쇠돌이 놈 업고 꼭 뵈러 가겠습니다."

"잘 있게."

정든 이를 멀리 떠나보내는 안타까움에 발을 동동 구르는 규옥을 뒤로하고 소운은 세책점을 나섰다. 얼굴에 와 닿는 바람이 어느 때보다 찼다.

어둠 속에서 파르라니 빛나는 괴의 눈빛에 놀란 소운의 심장이 발밑으로 툭 떨어졌다. 하지만 그녀에게는 별다른 볼일이 없다는 듯 녀석은 가느다란 울음소리를 남기더니 훌쩍 사라져버렸다. 밤눈 어두운 새앙쥐라도 발견한 것이리라.

소운은 다시 조심스럽게 걸음을 옮겼다.

한밤중의 저자는 먹물로 반죽을 해서 빚어놓은 세상처럼 온통 어둡고 사람의 흔적이라고는 찾아볼 수 없었다. 그저 눈앞에 보이는 거라고는 숨 쉴 때마다 피어오르는 입김뿐이었다. 하지만 밤길을 도와 은밀히 움직여야 하는 이에게 오늘과 같은 그믐밤은 하늘이 주신 기회와도 같았다. 어지간히 익숙하지 않고서는 쉽게 발을 뗄 수조차 없는 깊은 어둠 속을 소운은 발걸음 수를 세가며 조심스럽게 헤쳐가고 있었다.

미리 규옥이 보내왔던 약도를 소운은 다시 한 번 머릿속으로 떠올렸다. 약도를 받은 직후부터 하도 많이 들여다보아서 면경에 비친 자신의 얼굴처럼 생생했다. 세책점에서 부두까지는 그리 멀지 않은 거리였지만 세심한 규옥은 걸음 수까지 직접 재어 적어 보내왔다. 방향을 돌 때마다 자신이 서 있는 위치를 머릿속으로 그려내며 소운은 한 발 한 발 부두를 향해 가고 있었다.

마지막일 것이 분명한 모퉁이를 돌아서자 화악, 그녀에겐 익숙하지 않은 비릿한 바다 내음이 덮쳐왔다. 언제부터인지 짙은 안개가 끼어 주위를 분간하기는 더욱더 어려워졌지만 아마도 파도 소리로 짐작되는 찰박찰박하는 물소리가 규칙적으로 들리는 것으로 보아 생각대로 부두 근처에 다다른 것이 분명했다. 낮에는 사람들로 북적였을 상점들이 즐비하게 늘어선 앞을 지나며 그녀의 걸음은 뛰다시피 더욱 빨라졌다. 소운의 머릿속에는 어서 빨리 배에 올라야 한다는 생각밖에 없었다.

한 떼의 사내들이 그녀의 앞을 막아선 것은 바로 그때였다.

미리 보아둔 은신처를 향해 움직이던 견은 저만치서 들려오는 낯선 기척에 발을 멈추었다. 동시에 동후가 다가와 숨죽인 소리로 전했다.

"다가오는 자가 있습니다."

전투에 능하고 숙련된 병사들은 금시에 바뀐 견의 숨소리만으로도 재빠르게 주변으로 흩어져 몸을 숨겼다. 그 사이, 타다닥 가벼운 걸음소리는 맞은편에서 점차 가까워져오고 있었다. 소리로 보아 몸은 잰 듯하나 무예를 수련한 이 같지는 않았다. 하지만 방심해서는 안 되는 일.

"일행은 없는 듯한데, 어찌할까요."

예기치 않은 방해꾼의 출현에 동후의 음성에도 긴장한 빛이 역력했다. 제아무리 사소한 실수라고 해도 그것을 기화로 이번 일이 자칫 수포로 돌아갈 수도 있다는 사실을 그 또한 잘 알고 있기 때문이리라. 더군다나 자칫 일이 잘못되어 어긋나기라도 하면 그 자신은 물론이고 견의 목숨 또한 장담할 수 없는 상황이었으니 더더욱 신경을 곤두세울 수밖에 없었다.

"잡아."

짧은 명령이 떨어지기가 무섭게 동후가 날랜 걸음으로 바로 앞까지 다가온 방해꾼을 향해 몸을 날렸다. 단단하게 입을 틀어막고 꼼짝달싹하지 못하도록 손발을 묶어 그 앞에 대령하기까지. 거의 한순간이라도 해도 좋을 정도의 시간밖에 걸리지 않았다.

"시간이 없으니 일단 데려가기로 하지."

앞에 놓인 검은 물체를 향해 힐끗 눈을 준 견이 지시를 내리자 동후가 어렵지 않게 방해꾼의 몸을 어깨에 둘러맸다. 난데없이 나타난 이들에게 결박을 당한 것에 놀랐는지 검은 옷의 사내는 필사적으로 발버둥을 쳤다. 갈수록 몸부림이 거세지자 견이 다가갔다.

몸피는 소년의 그것처럼 작지만 검은 옷에 얼굴을 가리는 두건까지 쓰고 있는 모양새가 예사롭지 않았다. 혹 어디선가 말이 새나가 왕의 밀명을 받고 암행을 나온 자들 중 하나인지도 모른다.

"잘 들어라. 너 때문에 잠시라도 우리의 걸음이 늦춰진다면 그 자리에서 가차 없이 목을 베어 그 수급을 네 상전에게 보내겠다."

냉기가 돋는 서늘한 음성은 오랫동안 옆에서 그를 모셔온 동후마저도 일순 얼어붙게 할 정도였다. 어깨 위에 올라 있는 이의 버둥거림이 그대로 멈춘 것으로 보아 그 또한 견의 짧은 경고를 충분히 알아들은 듯했다.

"가자."

전투에 능하고 훈련이 잘 된 병사들은 견의 지시에 따라 다시 신속하게 움직였다.

궐의 뒤편에 자리한 산으로 들어선 지 한참 후에야 그들은 걸음을 멈추었다. 이대로 한 식경만 더 가면 임금이 사는 궐에 이르게 된다. 애초에 은신처를 이 산에 마련한 것도 바로 그 이유 때문이었다. 임금이 지척에 있으면 응당 초소를 세우고 번을 두어야 마땅한 일. 하지만 이미 훨씬 전부터 정사를 내팽개친 채 주지육림에 빠져 있는 왕이나 권력에 눈이 먼 권신들 중 그 누구도 설마 다른 나라에서 이런 식으로 암습해오리라고는 생각하지 못한 듯했다.

"거의 다 온 듯합니다."

은신처 인근에 다다르자 앞장서서 길을 열던 동후가 걸음을 멈추었다. 비록 체구가 작다고는 하나 사람을 어깨에 메고 산을 올랐다고는 믿기지 않을 정도로 힘든 기색은커녕 숨소리 하나도 흐트러지지 않았다. 뒤따라 온 일행들도 마찬가지였다. 배로 도착한 군사들 중에서도 발이 날래고 무예 실력이 뛰어난 이들만을 골라 나온 까닭에 가쁜 숨소리 한 번 내는 이가 없었다.

　이들이 먼저 궐로 들어가 임금을 볼모로 잡는 사이 배 안에서 기다리고 있는 군사들이 도성을 장악할 예정이었다. 도성 인근을 경계하고 있는 수비대들은 이미 융의 손 안에 들어온 지 오래였다.

거꾸로 매달린 채로 얼마나 달렸을까. 소운이 방향 감각을 잃
은 지는 이미 한참 전이었다. 허리가 반으로 접힌 채로 단단한
어깨 위에 걸쳐진 모양새로 옮겨지다 보니 자신을 메고 있는 남
자가 움직일 때마다 그녀의 머리가 규칙적으로 단단한 등에 부
딪쳤다. 그렇지 않아도 머리에 피가 몰려 정신이 혼미해진 상태
에서 계속해서 충격이 가해지니 그 고통은 배가 되었다.

소운은 자신이 이 지경에 이른 연유가 무엇인지 생각하는 것도
잊고, 그저 재갈이 물리고 손과 발을 묶인 채 짐짝처럼 옮겨지고
있다는 사실만을 어렴풋이 알아차리고 있을 뿐이었다. 하지만
곧 그마저도 서서히 잊혀갔다. 사지에서 힘이 풀리는 것을 느끼
며 소운은 저도 모르게 스르르 눈을 감았다.

쪽을 내린 물을 한 단지 들고 와 허공에 휘익 뿌려놓은 듯, 하
늘은 구름이라고는 실오라기 같은 형태 하나도 찾아볼 수 없는
진한 푸른빛을 띠고 있었다. 고개를 젖혀 하늘을 바라보고 있던

소운은 금방이라도 찌를 듯 달려드는 강한 햇빛에 눈을 반쯤 감으며 얼굴을 찡그렸다. 시선을 돌리자 대청 위 의자에 네댓 명의 남자들이 올라 앉아 있는 것이 보였다.

모두 가슴께까지 닿도록 흰 턱수염을 길게 길렀고, 소매가 넓고 길이가 뒤꿈치에 닿을 정도로 긴 홍포나 진한 청색의 관복 차림이었다. 그들 중 가운데 앉은 남자가 자리에서 벌떡 일어나며 성난 목소리로 그녀를 향해 손가락질을 했다.

"네 이년! 너 따위 하찮은 것이 감히 나를 능멸하고도 이 나라에서 살아남을 수 있을 거라고 생각하느냐!"

생면부지, 처음 보는 낯선 인물이었지만 소운은 직감적으로 그가 소장원이라는 사실을 알아차렸다. 분명히 밤을 도와 도망을 쳤는데 어쩌다 이런 상황에 놓이게 되었는지. 당황한 것도 잠시, 어디선가 험상궂게 생긴 망나니가 커다란 칼을 들고 나타났다.

"당장 저년의 목을 쳐서 그 머리를 저자에 내다 걸도록 해라!"

소장원의 명이 떨어지자마자 망나니가 그녀를 향해 다가왔다. 산발을 한 채 풀어헤친 머리칼 사이로 드러난 눈빛이 흡사 야수인 양 험악하기 이를 데 없었다. 한 걸음 한 걸음 가까워져오는 망나니를 피해보려 안간힘을 썼지만 어찌 된 일인지 꼼짝도 할 수가 없었다.

시선을 내려보니 어느새 몸은 형틀에 단단히 결박된 채였다. 발버둥을 칠수록 몸에 감긴 밧줄은 성난 뱀처럼 더욱더 몸을 죄어왔다. 그 사이 퍼렇게 날이 선 칼날은 점점 더 그녀를 향해 다가왔다. 칼을 치켜든 망나니의 팔이 높이 올라가고 여느 때보다 유독 빛나던 햇빛이 잘 벼려진 칼날에 반사되어 쨍 하고 눈을 찔렀다.

바로 다음 순간 소운은 하늘을 향해 날아가는 자신의 얼굴을, 아니, 정확히 말하자면 자신의 머리를 보았다. 잘린 목에서 뿜어져 나와 솟구친 붉은 피가 이미 표정이 사라진 얼굴을 뒤덮은 건 순식간이었다.

아악!

소리가 되어 나오지 않는 비명과 함께 소운이 눈을 떴다. 눈을 뜨기 직전부터 꿈이라는 인식은 하고 있었지만, 목이 잘려 날아가는 자신의 얼굴을 너무도 선연히 본 탓인지 현실감이 쉽사리 돌아오지 않았다.

가슴을 들썩이며 한동안 숨을 고르던 소운은 곧 온몸을 때리는 묵직한 둔통이 엄습하는 것을 느끼고는 얼굴을 찌푸리며 유모를 부르기 위해 고개를 들었다. 하지만 곧 얼음처럼 그대로 얼어붙고 말았다. 눈앞에 보이는 돌벽은 매일 아침 눈을 뜰 때마다 익숙하게 보아왔던 광경이 결코 아니었다.

놀라 몸을 일으키려던 소운은 그만 그대로 속절없이 앞으로 고꾸라지고 말았다. 정신을 차리고 보니 손발이 굵은 끈에 묶여 있는 것도 모자라 입에는 재갈까지 단단히 물려 있었다. 눈을 돌리자 돌로 이루어진 둥근 천장과 벽이 보이고 어디선가 똑똑 떨어지는 물방울 소리도 들렸다. 저만치 아른하게 빛이 들어오는 입구가 있는 것을 보아하니 아마도 깊은 산중 어딘가에 있는 동굴인 듯하였다. 대체 어찌 된 영문인지 알 수 없어 잠시 멍해 있던 그녀의 뇌리에 곧 지난밤의 일이 떠올랐다.

몰래 집을 빠져나와 세책점으로 가 규옥을 만나고, 밀항을 위해 부두로 향하던 길에 정체 모를 이들에게 붙잡혔던 기억까지 차근차근 되살아나자 소운은 일순 숨을 멈췄다. 그리고 다음 순간, 엄습하는 절망감에 그대로 눈을 감고 말았다. 지금 이 상황이 현실임을 절대 믿고 싶지 않았지만 꼼짝도 할 수 없이 묶인 팔다리가 절대 꿈이나 환상이 아님을 말해주고 있었다. 닫힌 눈꺼풀 아래 기다란 속눈썹이 파르르 떨렸다.

소장원과의 혼인이 결정되었을 때와는 또 다른 절망감이 그녀를 엄습하였다. 야밤에 길을 지나는 사람에게 무작정 달려들어 불문곡직하고 납치한 것을 보면 자신을 붙잡은 자들의 정체가 예사롭지 않다는 의미일 터. 필시 사람을 사고파는 불한당들일 것이다. 계속되는 기근으로 야산의 초근목피도 동이 나자 생활고에 시달리다 못해 산적질을 하는 자들이 도처에 출몰한다는 이야기는 그녀도 귀동냥으로 들어 알고 있었다. 그런 자들이 인신매매인들 하지 말란 법이 있을까.

그에 생각이 미치자 입술 새로 옅은 한숨이 새나왔다.

운이 없어도 유분수지. 하필이면 그 시각 그 장소에 저들이 있을 게 뭐란 말인가. 실로 불운하기 이를 데 없는 운수였다.

원치 않은 혼인을 피하기 위해 그녀 자신을 제외한 모든 것을 버리고 나선 길이었다. 일생을 걸었다고 해도 과언이 아닌 모험이 수포로 돌아간 것만으로도 충분히 절망스러운 상황이건만. 하고 많은 것들 중에 하필 사람을 사고파는 도적놈들에게 붙들려 한 치 앞을 장담하기도 힘든 지경이 되고 말았으니. 대체 이 노릇을 어찌하면 좋을지 도무지 알 수가 없어 나오는 것이 탄식

매듭 1

이요, 한숨뿐이었다.

"소리를 지르지 않겠다고 약속하면 재갈을 풀어주겠다."

난데없이 들려오는 목소리에 놀란 소운이 고개를 비스듬히 올려 목소리의 주인공을 바라보았다. 가장 먼저 눈에 들어온 것은 짙은 푸른색의 적[7]이었다. 잠시 전 꿈에서 보았던 하늘빛만큼이나 진한 푸른빛에 소운은 잠시 눈앞이 아득해져오는 것을 느꼈다. 가물거리는 눈을 다시 뜨려 애쓰는데 커다란 손이 뒤통수를 받치더니 이내 입을 막고 있던 재갈을 풀어냈다.

"하아아."

오랜 시간 동안 틀어 막힌 채 잔뜩 말라 있던 입을 통해 공기가 들어오자 소운의 입술 사이에서는 억눌린 듯한 긴 한숨소리가 새나왔다. 몸의 일부를 꼼짝 못하도록 결박하고 있던 무언가에서 풀려났다는 사실만으로도 어깨를 짓누르던 짐을 하나 덜어낸 것 같았다.

하지만 이내 견디기 힘든 갈증이 밀려들었다. 밤새 물 한 모금 마시지 못한 데다 내내 입 안을 채우고 있던 재갈이 수분이란 수분은 모조리 앗아간 탓이었다. 감각이 무뎌진 혀를 내밀어 물기라고는 한 점도 찾아볼 수 없을 정도로 바짝 말라버린 입술을 훑었지만 그럴수록 갈증만 더할 뿐이었다.

조로로록.

기적처럼 입술 위로 물방울이 떨어지기 시작했다. 소운은 허겁지겁 입을 벌린 채 물을 받아 마시기 시작했다. 입가를 구르는

---

7) 머리띠.

한 방울이 아쉬워 연신 혀를 내밀어 감질나게 떨어지는 물로 목을 축이기를 반복하며 얼마나 지났을까. 문득 머리를 스치는 심상찮은 생각에 소운은 퍼뜩 눈을 떴다.

커다란 사내의 손이 한 옴큼씩 물을 쥐어 그녀의 얼굴 위에서 떨어뜨리고 있었다. 그 모습에 화들짝 놀란 소운이 몸을 돌리며 재빠르게 옆으로 몸을 비켰다. 남우세스러운 모양새 때문에도 놀랐지만 그보다도 야릇한 기시감에 가슴이 떨렸다.

"물을 마다하는 걸 보니 이젠 좀 살 만한가 보군."

사내는 손바닥에 남은 물들을 그대로 바닥에 흘려버리는가 싶더니 이내 자리에서 일어났다.

"대체 날 어쩔 셈이냐."

돌아서던 사내의 오만한 시선이 그녀를 훑어 내렸다.

지난밤 한 올도 빠짐없이 단정하게 땋아 묶어 올렸던 것이 무색하게 엉망으로 헝클어진 머리칼과 정신을 잃은 채로 돌바닥에서 하룻밤을 보낸 탓에 얼굴 곳곳에 묻어 있는 검불이며 흙 자국에 그의 눈은 한참이나 머물렀다.

그날도 저리 당찬 시선으로 노려보더니. 그 눈빛 하나만은 변하지 않고 그대로구나.

경황 중인지 아직까지 자신을 알아보지 못하고 있는 듯 보이지만 심장을 꿰뚫을 듯 강렬하게 마주 쏘아보는 눈동자에 견은 적잖이 만족하였다.

"얻고자 하는 것이 있으면 응당 정중히 머리를 조아려야 하는 법."

처음 만났던 그날도 그리고 오늘도, 묘하게도 이 계집의 시선은 굳어버린 심장 언저리에서 맴을 돌며 미묘하게 갉작거렸다. 그러니 자꾸만 성정을 건드려보고 싶어지는 모양이었다.

"무도한 도적놈 주제에 감히!"

기껏 힘을 주어 고함을 질렀지만 밖으로 나오는 것은 한여름에 모기를 쫓는 부채의 바람소리만큼도 되지 않았다. 눈앞에 버티고 서 있는 사내가 사실은 난생처음 여인으로서의 떨림을 느끼게 하였던 자라는 사실을 알아차리지 못할 정도로 소운은 갑작스럽게 닥친 일들로 반 넘게 넋이 나가 있었다. 더욱이 견의 신분도, 타고난 성정도 아직까지 알 리 없으니. 기껏해야 귓속말보다 조금 높은 목소리로 내지르는 몇 마디 말로 그를 굴복시키기란 불가능하다는 사실 또한 알 리 없었다.

잠자코 그녀를 내려다보던 견이 툭 한마디 던졌다.

"계집인 너를 건드리지 않고 무사히 두는 것만으로도 감사해야 할 터."

놀란 소운의 눈이 점점 커지더니 이내 입을 꾹 다물고 말았다. 기껏 변복을 한 보람도 없이 들통이 나고 만 모양이었다. 하긴 간밤에 그리 어깨 위에 얹힌 채로 끌려왔던 모양새를 생각하면 들키지 않은 것이 외려 이상할 노릇이었다.

하얗게 질린 여인의 얼굴을 보고 견은 하마터면 잠시나마 동정심을 품을 뻔했다. 야심한 시각에 남복을 한 채로 마주친 상황이 아니었더라면 정말 그러했을 것이다.

어젯밤 이곳 동굴에 도착한 직후, 동후의 귀띔을 듣고 실제로 두건을 풀어보기 전까지는 붙잡은 이가 여인이라고는 상상도 하지 못했다. 어둠 속에서 잠깐 눈을 주기는 하였지만 두건 아래로

갸름하게 빠진 턱 선을 보고 그저 꽤 곱상한 녀석이겠거니 짐작하고 말았다. 융에서도 간혹 비역질에 이골이 난 용양들의 구미를 돋게 만들 법한 요염하게 생긴 사내들을 볼 수 있지 않던가.

하지만 남자의 복색으로 가리고는 있지만 저고리 깃 위로 드러난 연약한 목선과 기름한 쇄골은 잠시나마의 짐작이 큰 착각이었음을 말해주고 있었다. 처음 복면을 벗기고 드러난 얼굴을 보고 얼마나 놀랐던가. 앞으로 두 번 다시 만나기 어려울 것이라여겼던 여인을 이리 다시 보게 되다니.

허나 정체 모를 반가움도 잠시, 이내 괜한 짓을 저질렀다 싶어후회를 하였다. 규중의 여인이 달도 없는 그믐밤에 남복을 하고부둣가를 서성인 데에는 단 한 가지 이유밖에 없었다. 필시 은밀하게 정을 둔 이가 있어 밀회를 위해 집을 빠져나온 길일 터.

그간 은밀하게 이 나라 각지를 돌며 알게 된 바로는 성국의 풍습은 융국과 달라 남녀의 구별이 유별하고, 특히 양가의 여인은가족이 아닌 사내 앞에서 얼굴을 내어놓는 것도 금기시될 정도로 법도가 엄하였다.

반가의 여인이 분명한데도 그날 저자에서 번연히 얼굴을 드러낸 채 생전 처음 보는 그와 대거리를 하려 드는 양을 보고 여간내기가 아니라는 짐작은 하였었지만, 아무리 그래도 남복까지하고서 밤 외출을 할 정도의 배짱일 줄이야.

견은 정신을 잃은 여자에게로 다시 한 번 눈을 주었다. 그의손 하나만으로도 충분히 감아쥐고도 남을 정도로 가느다란 목은보는 것만으로도 절로 애처로움을 자아냈고, 긴 저고리 소매 아래의 작은 손은 생전 가야 일이라고는 해본 적이 없는 듯 보였다. 새하얀 도기만큼이나 매끄러워 보이는 저 손으로 여태껏 쥐어본 것이라야 자수바늘이 고작일 것이니.

머리를 사내처럼 정수리에 틀어 올리고 있으나 저번에 보았을 때는 촘촘하게 내려 땋아 당지를 물리고 있었으니 아직 혼인을 하지 않은 것은 분명하였다. 그러니 필시 신분이 달라 떳떳이 청혼을 넣지 못하는 사내나, 번연히 처자를 둔 작자와 밀회를 위하여 밤을 도와 집을 나섰을 터이지. 몇 해 전 세상을 등진 가혜가 절로 떠오를 만큼 실로 맹랑하기 짝이 없는 계집이었다.

"대체 나를 어찌할 생각인 게냐. 너희 같은 도적들에게 치욕을 당하느니 차라리 내 손으로 목숨을 끊고 말 것이다."

남복한 사실이 발각되어서인지 여자의 음성에는 진한 경계가 어려 있었고 그를 바라보는 눈에는 독기가 가득했다. 저 눈에서 독기를 지운 뒤 헝클어진 머리를 새로이 다듬어 만지고 제대로 차려입으면 정숙한 요조숙녀의 모습으로 돌아갈 것이다. 야심한 시각에 남복을 하고 사내와의 밀회를 위해 몰래 집을 빠져나온 여인이라고 감히 그 누가 상상이라도 할 것인가.

머릿속으로 제대로 성장(盛裝)한 소운의 모습을 그려보던 견은 이내 자조하며 고개를 젓고 말았다.

원래도 마음 줄 여인 하나 없이 주위가 삭막한 그였으니. 낳아준 어미는 씻을 수 없는 죄를 짓고 그로 인해 야차 소굴과도 같이 변해버린 곳에 아들을 버려둔 채 홀로 떠나버렸다. 처음 사내로서의 연정을 느꼈던 계집은 그저 황자의 여인이라는 꼬리표가 좋아 곁에 머무르려 하였다. 그리고 첫눈에 반하여 마음 내어주고 혼인하였던 여인에게는 훨씬 전부터 다른 사내가 있었으니.

이러니 여인의 속내란 알 수가 없다는 것이지.

견은 속으로 쓰게 중얼거렸다. 이미 가혜를 통해 계집이라는 것들이 어느 정도까지 추악해질 수 있는지 뼛속 깊이 처참하리만치 깨닫지 않았던가. 그러니 새삼스러이 놀랄 것도, 실망할 것도 없는 일이었다. 제아무리 저 여인이 그의 깊은 곳을 들여다보는 듯한 눈빛을 가졌다고 해도 말이다.

"어찌할 것인지는 두고 보면 알게 될 터이지."

갑작스레 찾아든 불쾌감을 떨치고자 함인지 견의 말투는 퉁명스럽기 그지없었다. 어쨌든 이 모든 것은 자업자득. 그녀가 앞으로 겪게 될 고초는 고작 사내나부랭이나 만나기 위해 몰래 집을 빠져나온 대가라고 생각하면 될 것이다. 이제 와 뒤늦게 후회하고 겁을 먹었다 해도 이미 돌이킬 수 없는 일이니.

자신들을 도적의 무리로 보고 있는 여인의 오해를 풀어주지 않은 채 견은 자리에서 일어섰다. 저만치에서 정찰을 마친 동후가 다가오고 있었다.

동굴의 벽은 미처 형언하기 어려울 만치 여러 가지 색들이 모였다가 점점 흩어지고 다시 한데 모여 여러 갈래의 물줄기처럼 각기 흘러내렸다. 여느 때 같으면 그저 돌벽이라고 생각하고 말았을 그것들의 생긴 양을 소운이 찬찬히 살피게 된 건 이 동굴에 갇힌 이후였다.

짐작하기도 어려울 만치 오랜 세월에 걸쳐 만들어졌을 동굴 벽의 자잘한 무늬들을 눈으로 더듬어 세던 소운이 이윽고 긴 한숨과 함께 몸을 돌렸다. 제대로 빛도 들지 않는 동굴에서 지낸 지

어림잡아 벌써 사나흘이 지났다.

날이 새고 지는 것을 직접 눈으로 보지 못해 정확한 날수는 알수가 없지만 하루에 두 번씩 내어놓는 끼니와 서른 가량의 도적들이 동굴을 들고 나는 횟수를 보아 대충 그러한 듯했다. 저들은 동굴 입구가 치자색으로 물들 무렵이면 약속이나 한 듯 떼를 지어 나갔다가 파르스름한 빛이 저만치에서 보일 무렵에야 바짓단에 이슬을 묻히고 들어왔다.

첫날, 자신처럼 붙잡혀 끌려올 여인들이 몇이나 될까, 저들이 나간 직후부터 조바심을 내며 기다렸지만 뜻밖에도 그들은 빈손이었다. 이튿날도, 그 이튿날도 마찬가지였다. 소운이 그들의 정체에 의심을 갖기 시작한 건 그때부터였다.

생각해보면 아녀자들을 납치해 내다파는 불한당들이라고 하기에는 저들의 움직임은 지나치게 날래고 민첩했다. 여느 규중의 처녀들과 달리 남몰래 세책점을 오가며 들은 풍월도 상당한 그녀였다. 근자 들어 먹고살기가 어려워진 양인들이 검을 품고 으슥한 곳에서 행인들을 위협해 금품을 빼앗는다는 말을 더러 듣기도 했으나, 자신을 납치해 온 이들은 생전 가야 동전 한 닢도 꺼내어놓는 적이 없었다. 그러한 양을 보면 도적질이나 강도질을 하는 것 같지도 않았다.

몸놀림 또한 남달라서 아주 작은 움직임도 놓치지 않고 깊은 소리를 내어 화답을 하는 동굴 안에서도 어찌 된 일인지 저들은 마치 그림자인 양 아무런 기척도 내지 않았다. 특히 첫날 그녀에게 말을 걸던, 우두머리로 보이는 이는 간혹 알아차리지 못한 새에 옆에 다가와 우뚝 서 있곤 하여 소스라친 적이 한두 번이 아니었다.

"굶어 죽겠다는 작정인 것이냐?"

어느새 다가온 사내가 손도 대지 않은 밥그릇을 턱짓으로 가리키며 묻는 말에 머릿속 생각을 싹 지운 소운이 입을 꾹 다문 채그를 노려보았다. 동굴 안에서 함께 기거하는 사내들 중 그녀에게 말을 거는 이는 이 사내 한 사람뿐이었다. 밥그릇은 그녀에게제공되었던 지난 끼니의 식사와 마찬가지로 처음 놓였던 자리에그대로 있었다. 불한당들이 주는 음식 따위 손이나 댈까 보냐.

픽!

남자의 입술이 조소로 비틀리는 것을 보며 소운은 입술을 깨물었다. 비웃듯 내려다보는 그의 눈길이 그녀의 것과 마주쳤다.

"그깟 몇 끼쯤 걸렀다고 하여 금세 숨이 끊어지지는 않을 터.네가 하는 반항이라는 게 고작 이런 것인가. 굶는 것으로 너 스스로를 혹사시키는."

죽일 듯이 노려보는 소운의 눈빛이 허공에서 그의 것과 부딪쳤다. 타고난 호기심 덕에 같은 처지의 여인네들보다 세상 물정에밝다고는 하지만 소운 역시 어쩔 수 없는 규방의 규수였다. 심장을 파고들 듯 바라보는 사내의 눈을 한참이나 마주하고 있자니그만 숨이 턱 막혔다. 오디 빛깔을 띤 눈동자가 뿜어내는 기는무시무시할 정도로 그녀를 압도하였다.

때때로 지금처럼 자신에게 향하고 있는 그의 눈빛을 발견할 때마다 체증(滯症)이라도 인 듯 가슴 한가운데가 답답하고 심장이잘근대었지만 도시 그 연유를 알 수가 없으니 답답한 일이었다.머릿속에서 뭔가 어룽거리며 떠오를 듯도 하였지만, 이른 가을 아침 흐릿한 안개에 뒤덮인 앞마당을 내려다보고 있는 듯 막막하기만 하였다.

연달아 겪은 고초들과 그로 인한 충격 때문에 납치될 당시, 수급을 상전에게 보내겠다는 말도 기억하지 못하고 있을 정도로 소운의 머릿속은 온통 뒤죽박죽 혼란 그 자체였다.

"나는 네가 부렸던 종들처럼 한두 끼 굶는 것으로 안달복달 애걸하지 않으니. 정히 굶겠다면 말리지 않겠다."

말이 끝나기가 무섭게 그의 발은 식사가 담긴 그릇을 차 올렸고 소운은 곧이어 이어질 요란한 소리를 예상하고 눈을 질끈 감았다. 하지만 한참이 지난 뒤에도 주위가 잠잠하자 소운은 천천히 고개를 들었다. 놀랍게도 바닥에 떨어져 깨어졌어야 할 그릇은 그의 손바닥 위에 얌전히 올라가 있었다.

경악하는 그녀를 싸늘하게 일별한 남자가 그대로 뒤를 돌아 멀어져갔다.

해질녘의 저자는 고단한 하루를 마치고 집으로 향하는 자들로 거리가 분주하였고, 술 한 사발로 하루의 피곤을 씻어내려는 사람들로 주막은 나름대로 북적였다.

"예미!"

커억 하는 소리와 함께 앉아 있던 평상 아래로 가래침을 뱉어낸 사내가 그래도 트일 줄 모르는 목을 풀 작정인지 사발 가득 찰랑거리는 탁주를 단숨에 들이켰다. 정수리에 대강이로 잡아 묶은 머리칼이며 꼬질꼬질 때가 전 저고리가 사내의 변변찮은 신세를 대신 말해주고 있었다.

"이보게나, 술도 급히 마시면 체한다네. 화를 술로 풀어서야 어디 되겠는가."

동행한 이가 화급히 말렸지만 기어이 한 잔을 더 비워내고서야 탁 소리를 내며 술 사발을 내려놓았다.

"자네도 생각을 좀 해보게. 올 가실에 추수한 쌀이 열 하고도 넉 섬이네. 거기에 마누라랑 딸년들이 밤낮없이 잠 못 자고 베틀에 앉아 짜낸 무명까지 더하면 우리 일곱 식구 앞으로 일 년 동안 배는 주리지 않고 살 수 있었지. 근데 말이시,"

부아가 치미는지 말을 하다 말고 사내는 한숨을 푸욱 쉬었다. 그런 동무를 다독이듯 마주앉은 이가 술잔을 채워주었다.

"내 처지 또한 피차일반인데 어찌 자네 마음을 모르겠는가. 자자, 한잔 마시고 훌훌 털어버리게."

하지만 이에 아랑곳 않고 사내는 신세 한탄을 늘어놓았다.

"올해야 조금 빠꼼했지만 작년까지 자그마치 이 년 동안 기근이 들었지 않은가. 소작료는커녕 먹을 양식도 없을 지경이라. 새끼들 곯는 꼴을 보다 못해 하는 수 없이 꿔다 먹기 시작한 것이 일곱 섬이 되지 않았겠는가. 그런데 글쎄 그것을 스물 하고도 닷 섬으로 갚으라는 것이네. 거기다 땅 빌려준 값으로 또 열 섬을 내놓으라니. 등골이 휘도록 한 해 동안 농사 지어 땅 주인 놈만 좋은 일 시키는 꼴이 되고 만 것 아닌가."

주위 사람들의 귀가 이내 그칠 줄 모르고 푸념을 늘어놓는 사내에게로 몰렸다. 그리고 그들 중 태반은 사내의 말이 끝나기도 전에 고개를 주억거리느라 여념이 없었다.

"아니 할 말로, 저어 높은 대궐에 계신다는 임금이란 양반은 장인한테 나라를 싸그리 맡기고 날이면 날마다 반반한 기생년들 불러들여 농탕질 치는 것이 하루 일과라지 않은가. 임금 하는 양이 그 모양이니 우리 사는 꼴이 이리 팍팍하지 않을 수가 있겠는가."

내내 말리는 기색이던 동행도 그 말에는 한숨을 쉬었다.

"그것뿐이면 다행이지. 소장원 대감 하는 양 좀 보소. 임금을 사위로 둔 유세가 어찌나 대단한지. 이거야 원, 임금보다 더하지 않은가. 사실 자네나 내가 부치는 땅도 따지고 보면 원주인은 소장원 대감이 아닌가."

"그 벼슬에, 그 권세에, 장자 못지않은 재산도 부족하여 장리 놀이라니. 지난밤에 세상 빛 본 개새끼도 허리를 잡고 웃을 일이네."

숨죽인 채 듣고 있던 사람들 사이에서 낮게 웃음소리가 퍼졌다.

"내 이 말까지는 안 하려고 하였는데."

주위를 두리번거리던 사내가 동행의 귀에 입을 가져다 댔다. 덩달아 주위의 평상에 앉은 자들의 숨소리도 낮게 가라앉았다.

"이럴 바에는 차라리 임금이고 나발이고 없었으면 할 때가 한두 번이 아니라네."

"예끼, 이 사람!"

듣기에 따라서 역모의 기운이 다분한 말에 일행이 손사래까지 쳐가며 질겁을 하였다. 하지만 사내는 아랑곳하지 않았다.

"자네도 생각을 하여보게. 차라리 융국 같은 큰 나라가 상국이 되어 다스림을 받게 되면 지금처럼 백성들 고혈을 쥐어짜면서까지 엉망으로 다스리지는 않을 것 아닌가. 융국으로 건너가 잠시 살다 온 불알친구 놈을 얼마 전에 만났는데, 그놈 말로는 그곳 황제는 항시 사람을 보내어 두루두루 민심을 살피니 살기 편하고, 백성을 다스림에 한 치의 미진함도 없어서 다들 우러러 존경한다 하였네."

"에이, 그래도……."

반박하는 목소리에는 그러나 힘이 없었다. 주위 사람들은 저마다 동행들과 불안한 눈빛을 주고받으면서도 조금 전 들은 융국에 대한 말을 머릿속으로 곱씹기에 바빴다. 물론 그 시각 도성 여러 곳에서 비슷한 상황이 벌어지고 있다는 사실을 그들이 알 리 없었다.

"대체 언제까지 나를 이곳에 가두어놓을 셈이냐?"

저만치에서 검을 손질하고 있는 남자를 향해 소운이 입을 열었다. 심복으로 보이는 자를 제외하고 그의 수하들이 동굴을 비운 지 한 식경이나 지난 즈음이었다.

"영영 입을 열지 않을 줄 알았더니."

고개도 들지 않은 채 무심히 대꾸하는 말에 부아가 난 소운이 분을 이기지 못하고 버럭 소리를 질렀다.

"대체 언제까지 나를 이 도적들의 소굴에 가둘 것이냐고 묻지 않느냐!"

제 분을 이기지 못하고 곡기를 끊은 지 벌써 사흘째. 눈자위는 움푹 꺼지고 양 볼은 핼쑥해졌지만 목소리에 담긴 기개만은 조금도 누그러들지 않고 그대로였다.

매듭 1

하지만 그녀를 향해 있는 견의 시선에서는 조금 치의 미동도 찾아볼 수가 없었다.

사실 견은 두고 볼수록 점점 더 그녀가 마음에 들지 않는 참이었다. 여느 여인들처럼 울며불며 매달렸다면 못 이기는 척하고 원하는 것을 들어줄 용의가 있었다. 어차피 거사가 있을 때까지만 붙잡아두었다가 그 이후에는 풀어줄 계집이었으니. 허나, 상황 파악도 못하고 저리도 무작정 도끼눈부터 뜨는 양을 보고 있노라면 그럴 마음이 싹 가시고 마는 것이다. 맹랑한 것!

제 처지도 모르고 도도하게 치켜 뜬 눈이며 매끈함을 자랑하는 오만하기 짝이 없는 턱 선과 열리는 족족 마음에 들지 않는 말만 내놓는 붉은 입술까지. 아무리 좋게 봐주려 하여도 마음에 들지 않는 구석투성이였다.

아니나 다를까, 뒤이은 그녀의 말은 기대에서 크게 빗나가지 않았다.

"대체 내가 누구인 줄 알고 이리 방자한 것이냐. 네놈들이 극악무도한 도적인 줄은 이미 짐작하여 알고 있다마는, 무고한 부녀자를 무단으로 납치하여 이리 감금하고도 무사할 줄 알았더냐! 정녕 목숨이 아깝지 않다는 말이더냐!"

"무엄하다!"

내내 잠자코 있던 동후가 결국 참지 못하고 분개하며 나선 건 이미 정해진 수순이었다.

존귀하신 천신의 자손이시며 만인지상이신 황제보다도 견을 우선으로 알고 모시는 동후였다. 제 상전에 대한 충성과 자긍이 하늘을 찌르는 동후가 그에 대한 모독을 그대로 보아 넘길 수 없는 것은 당연한 일이었다.

"그럼, 천하에 무도한 도적들에게 예라도 갖추어야 한다는 말이냐!"

하지만 소운도 만만치는 않았다. 첫날 이후 말은커녕 가까이 다가오지도 않던 자가 갑자기 나선 것에 놀랄 법도 하련만, 되레 미간에 세로 주름을 세운 채로 노려보고 있었다.

정해궁 인근에서는 동후가 지날 때마다 지난 밤 갓난애를 잡아먹은 장군이라며 말 안 듣는 아이들에게 겁을 주는 부모들이 있을 정도로 커단 체구에 얼굴 생김새 또한 우락부락하였다. 십 년이 훨씬 넘도록 동후를 곁에 둔 견도 지금까지 단 한 번도 그에게 맞서 대항하는 자를 보지 못하였을 정도였다. 한데 저 맹랑한 계집이 그 누구도 엄두를 내지 못하였던 짓을 거리낌 없이 해내고 있지 않은가. 이러니 적국의 계집임을 알면서도 눈을 뗄 수가 없는 것이지.

그 사이, 분을 이기지 못한 동후가 씩씩대며 검을 겨누려 빼어들었다.

"저분이 뉘신데. 한낱 하잘것없는 너 따위 계집이 함부로,"

"동후!"

견의 부름에 동후는 반사적으로 뒤를 돌아 재빠르게 한쪽 무릎을 꿇으며 고개를 숙였다. 행동은 공손하였지만 마음속에 끓어오른 분은 어찌할 수 없었는지 단단하고 넓은 어깨가 연신 들썩이고 있었다.

"가까이 와라."

뒤이어 벌어질 상황을 미리 알고 있었다고 하더라도 눈앞에서 벌어진 광경을 믿을 수 없었을 것이다. 황차, 무슨 일이 어떻게 벌어질지 꿈에도 몰랐던 소운의 눈에는 견의 손짓 한 번에 가볍게 반대편으로 날아가 벽에 부딪히고 이내 바닥에 고꾸라지는 사내의 모습은 놀라움 그 자체였다.

그보다 더욱 놀라운 것은 사내의 반응이었다. 그는 던져진 것만큼이나 빠르게 몸을 일으키더니 남자를 향해 부복했다. 무척이나 고통스러울 텐데도 그의 얼굴에서는 어떤 기색도 찾아볼 수 없었다.

"송구합니다."

견의 싸늘한 일별에 소운의 몸에는 일순 소름이 돋았다. 눈빛만치나 한기가 돋은 음성으로 견이 명하였다.

"저 계집의 손발을 다시 묶어라. 본디 몸이 편하면 잡생각이 많아지는 법."

소운의 어깨가 움찔하였다. 끌려온 첫날 재갈을 풀어준 뒤 잠시 그녀의 눈을 들여다보고 있던 남자는 망설임 없이 두 손과 발을 묶고 있던 끈을 잘라냈다. 도망칠 수 없을 거라고 생각했거나, 도망쳐도 얼마든지 잡을 수 있다고 자신했거나, 둘 중 하나였을 것이다. 어쨌든 몸이 자유로운 덕에 그동안에는 동굴 한쪽에 자리하고 있는 다야[8]만 한 웅덩이에서 손과 얼굴만이라도 씻을 수 있었다.

소운은 자신을 묶기 위해 다가오는 동후를 보고는 발버둥을 치기 시작했다. 다시 묶인다면 틈을 노려 빠져나가리라 마음먹었

---

8) 대야의 옛말.

던 것을 실행에 옮기기가 더 어려워지고 만다. 하지만 온 힘을 다해 몸부림을 치며 이리저리 피한 것이 무색하리만치 동후는 순식간에 그녀를 제압하고는 재빠르게 손과 발을 묶어버렸다.

"재갈은 어떻게 할까요?"

"사지만 묶어두어라."

"알겠습니다."

소운은 벽에 기대고 앉아 있는 견을 죽일 듯이 노려보았다. 칼을 품은 듯 매섭게 달려드는 그녀의 눈빛을 아는지 모르는지 그는 눈을 감은 채 유유자적한 표정이었다. 조금 전 수하를 벌한 것이 그녀에게 보여주기 위함이었음을 소운 또한 모르지 않았다. 너 따위, 언제든 마음만 먹으면 이보다 더 심한 처분도 내릴 수 있다는 의미였을 터.

그 순간 소운은 그를 오라비 환보다, 그녀를 이 지경에 이르게 한 소장원 대감보다 더 증오했다. 좋다. 내 어떻게 해서라도 이곳을 빠져나가고 말 것이다. 막연히 품고 있던 탈출에 대한 의지가 바람을 맞이한 불길처럼 활활 타올랐다.

웅장한 위용으로 앞에 서는 사람들에게 위압감부터 선사하는 거대한 대문의 모양새에 환은 몸을 부르르 떨었다. 할 수만 있다면 이 자리에서 곧장 걸음을 되돌려 줄행랑을 쳤을 것이다. 하지만 명을 받아 온 길이니 마음 가는 대로 그리 할 수는 없었다. 게다가 지금은 죽으라면 엎드려 죽는 시늉이라도 해야 할 형편.

요살스럽고 잔망스러운 년! 기어이 일을 그르칠 줄이야.

닷새 전, 소운이 없어졌다는 유모의 다급한 전갈에 아침 일찍부터 온 집안이 발칵 뒤집혔다. 처음에는 꼼짝없이 납치된 줄로만 알았다. 해서, 소장원 대감의 힘을 빌리면 조금이라도 빨리 소운을 찾을 수 있지 않을까 하여 그에게 서둘러 전갈을 보내고, 조금의 흔적이라도 찾기 위하여 온 집 안을 다시 샅샅이 뒤졌다.

고 요망한 년이 제 발로 집을 빠져나갔다는 사실을 알아챈 것은 오전이 지나고도 한참 후였다. 처음의 놀람이 어느 정도 가시고 다시 방 안을 훑던 그의 눈에 전혀 뒤챈 흔적이 없는 베개와 이부자리가 들어왔다. 횃대에 단정하게 걸린 저고리와 치마를 본 그는 유모와 섭섭이를 방으로 불러들여 소운의 옷을 뒤지게 했다. 어젯밤 걸쳤던 자리옷을 포함해 없어진 옷이 하나도 없다는 말에 환은 그제야 아차 싶었다.

제 발로 집을 나선 줄 알았으면 무슨 수를 써서라도 일하는 것들의 입을 막고 그 사이 은밀히 아이들을 풀어 찾아냈을 것이다. 혼인날까지는 달포도 더 남았으니 그 사이 조용히 뒷일을 하는 아이들을 풀어 잡아들이면 되었을 것을, 공연히 소장원 대감에게 소운이 사라졌다는 소식을 알린 꼴만 되고 말았다. 자충수도 이런 자충수가 없었다.

이 일로 고대하던 혼사가 수포로 돌아가는 것은 아닐지, 그것보다 이 일로 인해 소장원 대감의 분노를 사 화가 미치지는 않을까. 여 씨 가문 전체가 전전긍긍 어쩔 줄 몰라 하며 촉각을 곤두세우고 있는 참이었다.

하지만 소운이 사라진 것 같다는 전갈을 들은 소장원 대감은 뜻밖에도 다른 곳으로 말이 퍼지지 않도록 유념하라는 당부 외에는 별다른 말을 전해오지 않았다. 환은 오히려 그것이 더 불안했다. 혹 혼사가 어그러지기라도 하는 날에는 윗대의 어른들이 역적으로 몰려 멸문지화의 위기에 처했던 것에 버금갈 만큼 집안에 큰 위기가 닥칠 것이다. 그렇게 되느니 차라리 애초에 혼인을 진행시키지 않은 것만 못했다.

이럴 줄 알았으면 진즉에 고 요망하고 못된 것의 다리를 부러뜨려 방구석에 주저앉힐 것을.

환은 눈앞에 소운이 나타나기라도 한 듯 대문 한구석을 노려보았다. 애초, 하잘것없는 계집년의 머릿속에 글을 집어넣는 것이 아니었다. 바늘 대신 책을 끼고 있으니 헛된 바람만 잔뜩 들어 이런 엄청난 일을 벌인 것을. 내 고 괘씸한 년을 무슨 수를 써서라도 붙잡아 들일 것이다.

의지를 다지듯 헛기침을 하는 새, 문이 양쪽으로 열렸다.

"무슨 일로 오셨습니까?"

밖으로 나오던 나이 든 청지기가 환을 발견하고는 물었다. 성국에서 으뜸가는 주인의 권세를 과시라도 하듯 노복임에도 목소리에는 제법 힘이 들어가 있었다. 덩달아 환의 고개는 저절로 수그러져 내려갔다.

"대감을 뵈러 왔네. 여환이라고 전하시게."

하인이 안으로 들어간 지 얼마 되지 않아 집사가 마중을 나왔다.

"오셨습니까. 따르시지요."

집사의 뒤를 따라 중문 안으로 들어가는 사이, 경황 중에도 환은 내내 벌린 입을 다물지 못하였다. 대감의 호를 따서 청현궁(淸炫宮)이라 불리는 이곳의 어마어마한 화려함은 온 나라 백성들 사이에서 이제는 소문거리도 되지 못할 정도로 유명하였다.

오죽하면 말귀를 깨우칠 줄 아는 성국의 백성이라면 남쪽 바닷가에 사는 늙은 촌부부터 서쪽 변경에 사는 세 살배기 아이까지 다 안다는 말이 있을까. 그저 담 바깥에서 슬쩍 한 번 보는 것만으로도 일찍이 성국에서는 유례가 없다고 하나같이 입을 모을 정도였으니. 하지만 실제로 본 청현궁은 말로 들었던 것과는 비교가 되지 않을 정도로 그 위용이 실로 어마어마했다.

환은 지금 자신이 처한 상황도 잠시 잊은 채 그저 주위를 두리번거리기에 바빴다.

"대감마님."

그 사이 중문을 지나 안사랑인 듯한 곳으로 들어간 집사가 댓돌 아래서 방 안을 향해 환이 왔음을 고했다.

"드시지요."

집사의 채근에 그제야 정신이 든 환이 화들짝 놀라 댓돌 아래 혜(鞋)를 벗고서 마루로 올랐다. 방문 앞에 선 환은 숨을 한 번 고른 다음 조심스러운 걸음으로 방 안에 들어섰다.

"미천한 몸, 대감의 부르심을 받아 찾아뵈었습니다."

환이 두 손을 모아 읍하며 공손히 인사를 올렸다. 기실 따지자면 누이동생의 남편이 될 이이니 응당 손아래이지만, 눈앞의 사내가 소유한 엄청난 권력과 예순이 코앞인 그의 나이를 생각했을 때 편히 대한다는 건 엄두도 내지 못할 일이었다.

짙은 청색의 명주 저고리와 가장자리에 흑초피(黑貂皮)를 덧대고 고운누비로 누빈 먹색의 배자가 멋스러웠다. 상석에 앉아 있는 대감의 모습은 설사 임금이라 할지라도 쉽사리 건드리지 못할 위엄을 풍겼다. 그가 한 손을 들어 건너편 자리를 가리켰다.

"앉으시게."

응당 방석이 있어야 할 자리가 그저 휑하였다. 쭈뼛거리면서 권하는 대로 자리에 앉은 환에게 대감이 앞에 놓인 찻잔에 차를 따라 건네었다.

"얼마 전에 융에 사는 벗이 들고 온 것인데 맛이 제법이더구만."

잔을 든 손이 바르르 떨려 자칫 가득 담긴 차가 쏟아질 정도로 환은 긴장해 있었다.

"허허, 왜 그리 떠시는가."

"아, 아닙니다."

재빨리 한 모금을 마신 다음 잔을 내려놓고는 금방이라도 얼굴을 타고 떨어질 것 같은 이마의 땀을 소맷부리로 닦아냈다. 죽일 듯이 노려보며 당장 호통을 쳐도 할 말이 없을진대 이리 친절히 대해주시니 오히려 더 속은 바짝바짝 타들어갔다.

"그래, 그이는 아직 찾지 못하였다고."

"송구하옵니다."

집으로 들라는 대감의 명을 받든 순간부터 두려워하며 기다렸던 말이 떨어지자 환은 허리를 깊게 숙였다.

"자네가 송구할 게 무에 있는가. 다 이 사람이 덕이 없어서 그런 것을."

얼핏 부드럽지만 가시가 깊이 박힌 말에 환의 고개는 더욱더 바닥을 향하였다.

"아니옵니다. 대감께는 그저 저희가 죄인일 뿐입니다. 아버님께서도 대감 뵐 면목이 없다시며 식음을 전폐하시고, 어머님 또

매듭

한 여식을 잘못 키운 죄인이라시며 그날부터 곡기를 끊은 채로 몸져누워 계십니다."

기실 딸로 인하여 영달을 누리려던 계획이 어그러져 홧병이 난 것이지만 어떻게든 대감의 진노를 조금이라도 누그러뜨려야 한다는 생각뿐이었다. 하지만 애써 꾸며 올린 말에도 별다른 반응이 없자 환의 마음은 다시 조급해졌다.

"어디 갈 만한 데는 있는가."

"평소 시중을 들던 종을 다그치는 중입니다."

소운이 제 발로 집을 나섰다는 사실을 안 후부터 환은 그녀의 시중을 들던 곰이네와 섭섭이를 붙잡아다 죽지 않을 만큼 매질을 했다. 그러고도 분이 풀리지 않아 사지를 묶고 물 한 모금 주지 않은 채 광에 가두어둔 지가 벌써 닷새째였다. 명분이야 주인을 제대로 받들지 못했다는 것이지만 소운에게 못하는 분풀이를 대신 그들에게 하고 있다는 건 누가 보아도 뻔했다.

독한 년들! 아무리 매질을 해도 소운의 소재를 털어놓지 않는 걸 보면 정말 모르고 있는 것 같기도 하였다. 하지만 매를 내리치고 발길질을 할 때마다 아픔 때문에 비명을 지르며 몸을 뒤채는 모습을 보면 은근한 희열이 느껴져 쉽게 놓아줄 생각이 들지 않았다.

집에 돌아가는 대로 이년들을 다시 한 번 물고를 내리라. 속으로 다짐하는 사이 소장원의 말이 건너왔다.

"사내가 되어서 어찌 한번 준 마음을 쉬이 거두어들일 수가 있겠는가."

"대감!"

그 말로 이번 혼사를 되물릴 생각이 없다는 사실을 확인한 환의 얼굴에 금세 화색이 돌았다. 감격에 겨운 목소리로 거듭거듭 고맙다는 말을 반복하는 환에게 소장원이 하명을 내렸다.

"일단은 그이를 찾는 것에 전념하도록 하게."

"대감의 혜량이 또한 하늘을 덮고도 남음이옵니다."

"단, 택일된 날짜에 어김이 있어서는 아니 될 것이야. 이 사람은 약속이 어그러지는 것을 참지 못하니."

다시 말해 혼인날까지 소운을 눈앞에 대령하면 이번 혼사가 예정대로 진행될 것이지만, 만에 하나 그렇지 못할 시에는 감당하기 힘든 일이 벌어질 것이라는 에두른 경고였다. 기쁨도 잠시, 대답하는 환의 목소리가 가늘게 떨렸다.

"명심, 또 명심하겠사옵니다."

"이만 나가보시게나."

"금세 좋은 소식 들고 찾아뵙겠습니다."

"그럼 그때 보도록 하지."

엎드려 절을 올리는 심정으로 인사를 하고 밖으로 나왔을 때 환의 온몸은 땀에 잔뜩 절어 있었다. 두 개의 커다란 산 중 하나를 무사히 넘었으니 이제 남은 일도 서둘러야 했다. 그러고 보니 섭섭이란 년이 근자에 부쩍 세책점 심부름이 잦았다지. 하잘것없는 종년들만 족칠 것이 아니라 그쪽을 쑤셔봐야겠구나.

환은 잠깐 사이에 잔뜩 젖어버린 겨드랑이를 식히고 지나가는 바람은 아랑곳 않은 채 부지런히 걸음을 놀렸다.

남자에 의해 손발이 다시 묶인 지 사흘째. 저만치에서 잠들어 있는 자들의 눈치를 살피며 벽에 기대앉은 채로 소운은 두 손을 묶고 있는 밧줄을 열심히 돌벽에 문질러대고 있는 중이었다. 묶고 있는 밧줄은 그다지 두껍지 않았지만 워낙 단단히 매듭을 지어놓아 칼로 잘라내지 않는 한은 풀어내기 힘들 듯 보였다. 그때 소운의 눈에 들어온 것이 우둘투둘 거친 동굴벽이었다. 궁여지책이었고, 시간이 얼마나 걸릴지는 모르겠으나 일단 밧줄을 닳게 해서 묶인 손발을 풀고 때를 봐서 이곳을 빠져나갈 작정이었다.

등을 기대고 앉아 있는 돌벽의 자세한 생김새를 직접 볼 수 없는 탓에 결박하고 있는 줄보다 손바닥과 손목이 문질러질 때가 많았다. 그럴 때마다 긁히고 찢긴 살갗이 통증을 전해왔지만 소운은 신음은커녕 얼굴 한 번도 찡그리지 않았다.

수단방법을 가리지 않고 어떻게 해서든 이곳을 빠져나가야 한다. 어디쯤인지는 알 도리가 없으나 그 밤을 채우지 않고 이곳까지 온 걸 보면 그녀가 붙잡혔던 부두에서 그리 멀지 않은 곳임은 분명했다.

잠시 쉬었던 소운이 다시금 바쁘게 밧줄을 문지르기 시작하였다.

"일어서라."

낮은 목소리에 놀란 소운이 고개를 들었다.

어느새 다가온 견이 눈앞에 버티고 서 있었다. 혹 줄을 끊으려던 시도가 들킨 건 아닌지 소운의 가슴이 콩닥이기 시작했다. 하지만 남자의 얼굴에서는 어떤 표정도 읽어낼 수 없었다.

"일어서라지 않느냐."

말이 끝나기가 무섭게 견의 단단한 팔이 그녀의 몸을 잡아 일으켰다. 그러더니 들고 있던 단도로 그녀의 손과 발을 묶고 있던 줄을 끊어내었다. 지난 며칠간 그리 애를 썼던 것이 단 한 번의 손짓으로 스르르 사라지는 것을 보니 도리어 허탈할 지경이다.

"따라오너라."

그대로 돌아서 가는 남자를 잠시 멍하니 보고 있던 소운이 이내 걸음을 옮기기 시작하였다. 하지만 곧 오만상을 찡그리며 몸을 굽히고 두 손으로 양 다리를 부여잡았다. 오랫동안 움직이지 못하였던 탓에 있는 대로 굳어버린 다리와, 묶여 있는 사이 피가 제대로 돌지 못하였던 발이 전해오는 통증 때문에 몸을 움직일 수가 없었다.

간신히 허리를 세우고 느리게 한 걸음씩 걷기 시작하였지만 잔뜩 굳은 몸은 쉽사리 풀릴 줄을 몰라 움직일 때마다 눈물이 나올 정도로 아팠다. 하지만 소운은 그저 아무 말 없이 남자의 뒤를 따랐다.

동굴 밖으로 나간 소운의 몸이 크게 호를 그리며 뒤로 휘청 했다. 오랜 동안 밝은 빛을 보지 못한 두 눈이 갑작스레 쏘인 햇빛에 적응을 하지 못한 듯 눈앞의 모든 것이 지나치게 밝았다. 흡사 한여름의 해님과 눈싸움을 하며 쏘아보고 있는 것 같았다. 가늘게 뜬 눈을 몇 번 깜박이며 잠시 사방을 둘러보는 사이 몇 걸음 앞서 나갔던 견이 걸음을 돌려 돌아왔다.

참으로 이상한 여인이로다.

견은 동굴 입구에 선 채로 하늘을 향해 얼굴을 올린 채 서 있는 여자를 보며 생각했다. 지금껏 겪은 일만 하더라도 금시에 겁을 집어먹고 울음이라도 터뜨릴 만한데 어찌 된 일인지 저 여인은 눈물을 흘릴 줄도, 하다못해 겁을 먹은 모습을 보이지도 아니한다.

그저 그의 앞에서 지어 보이는 표정이라고는 죽일 듯이 노려보는 것뿐인데 그것마저도 보지 못하였더라면 원래 표정이 없는 이라고 자칫 착각을 할 정도였다. 귀염상을 지닌 얼굴이니 입가에 미소만 지어도 예쁠 터인데. 어찌 된 인연인지 처음 저자에서 부딪쳤을 때부터 단 한 번도 웃는 모습을 보지 못하였다.

견의 발이 저절로 그녀를 향했다. 다시 다가간 그의 인기척을 느끼고 고개를 든 그녀를 본 견의 심장이 덜컹, 한 번 힘차게 요동을 쳤다. 처음 사내로서의 연정을 품었던 가혜에게서도 느끼지 못했던 낯선 고동에 견은 잠시 움찔했다.

"많이, 불편했던 것이냐?"

미처 상상도 못했던 물음이 불쑥 입 밖으로 튀어나와버렸다. 하지만 소운은 대답 없이 그를 노려보고 있었다. 밝은 곳에서 가까이 마주하고 보니 그녀의 두 눈은 담갈색을 띠고 있었다. 본디 담갈색 눈동자를 지닌 이들이 외골수라 하였는데.

아니나 다를까, 떠도는 말대로 담갈색 눈동자에 타고난 성정이 그대로 담겼는지 그간 겪은 고초에도 불구하고 눈빛은 여전히 형형하기만 했다. 어떠한 고난이 닥치더라도 절대 무뎌지지 않을 것 같은 눈빛을 보자 우습게도 견은 마음이 놓였다.

다행이구나. 네가 성국의 여인인 이상 앞으로 어떤 일을 겪게 될지 모른다. 하지만 지금 나를 노려보는 그 눈빛에 담긴 촉기만 놓치지 않고 그대로 가지고 있다면 어떤 일이 닥치든 너는 반드시 이겨낼 수 있을 것이다.

자신과 상관없는 이를 걱정하거나 염려해본 적이 극히 드문 그였다. 그런데 이 여인이 자꾸 염려되는 것을 보면 태어날 때부터 아예 없다고 치부했던 측은지심이라는 녀석이 마음 깊은 곳 어디선가 자리하고 있기는 하였던 모양이었다.

그런 스스로가 낯설고 무안해지자 견은 그대로 돌아섰다.

"따르거라."

불씨를 피우며 일어나는 감정을 부인이라도 하듯 목소리가 퉁명스러웠다.

가혜의 죽음 이후 여인이라는 종족에 대해 그나마 가지고 있던 마지막 신뢰마저도 잃어버린 그였다. 그러니 그녀에게 이러한 마음이 드는 것은 스스로 생각하기도 참으로 낯선 감정이었으니. 하지만 이상하게도 아직 이름도 알지 못하는 이 여인에게는 마음 깊은 곳으로부터 딱히 무어라 구분 짓기 어려운 감정들이 모락모락 피어올랐다.

자신의 뒤에서 타박거리며 따라오는 발소리를 확인하자 보일 듯 말 듯 굽어 있던 견의 어깨가 다시 곧게 펴졌다. 불규칙하게 들려오는 발소리로 보아 걸음걸이가 불편한 듯했지만 뒤돌아보지 않았다.

이어진 길은 제법 험한데도 여자는 불평 한 마디 없이 뒤를 따르고 있었다. 난데없이 바깥으로 불러낸 것에 놀라기도 했으련만 자존심 때문인지 영문을 묻지도 않았다. 내색은 하지 않아도 혹여 아녀자로서 험한 꼴을 당하지는 않을까 싶어 아마도 지금쯤 겁을 잔뜩 먹었을 터. 하지만 어찌 된 일인지 견은 그녀의 자그마한 머릿속을 가득 채우고 있을 오해들을 풀어줄 마음이 들지 않았다.

잠시 후 견이 그녀를 안내한 곳은 이제는 소용이 다해서 버려진 옥 광산 한쪽에 난 작은 입구였다. 허리를 족히 절반쯤 구부려야 들어갈 수 있는 입구며, 그들이 머무는 산 중턱 뒤편으로 크게 마련된 출입구가 따로 있는 것으로 보면 오래전 이곳에서 일하는 이들이 감독하는 자들의 눈을 피해 몰래 드나들기 위해 만든 것인 듯했다. 그 역시 며칠 전 산세를 익히기 위해 혼자 나섰다가 우연히 발견한 곳이었다.

"들거라."

"대체 무엇 하자는 작정인 게냐?"

여직 잠자코 따르던 여자가 동굴 밖으로 나온 뒤 처음으로 입을 떼었다.

"들어가면 작은 샘이 있을 것이다."

견의 말이 떨어지기가 무섭게 소운의 얼굴에 기대감이 어린 엷은 홍조가 돌았다. 그들에게 붙잡힌 뒤 제대로 씻지 못했으니 무척 갑갑하기도 했을 터였다. 발그레해진 뺨의 붉은 기운을 보고 스멀스멀 올라오는 마음속 춘심을 애써 부인하며 견은 뒷짐을 진 채 일렀다.

"정확히 일각을 줄 것이다. 약속된 시간이 되어도 나오지 않으면 들어가 끌고 나올 것이니 명심하여라."

견의 말이 떨어지기가 무섭게 여자는 동굴 입구를 향해 몸을 숙였다. 삽시간에 어둠 속으로 멀어지는 뒷모습을 보며 견은 웃음을 삼켰다.

동굴 안으로 들어온 소운은 물이 찰박이는 소리가 나는 곳을 향해 뛰기 시작했다. 남자의 손길이 미리 다녀갔는지 물이 있는 곳으로 향하는 통로 바닥 곳곳에는 불이 켜진 촛불이 놓여 있어 움직이는 데는 전혀 무리가 없었다. 걸음을 옮길 때마다 찰랑이는 물소리는 가까워지더니 이내 그녀의 눈앞에 모습을 드러냈다.

순간 소운에게서 낮은 탄성이 흘러나왔다.

바닥부터 시작하여 사방이 맑은 옥에 둘러싸여 있는 샘은 언젠가 여진의 손가락에 끼워져 있던 가락지와 같은 빛을 발하고 있었다. 털썩 무릎을 꿇은 소운이 한 손을 물속에 담갔다. 차갑지도 뜨겁지도 않은 미지근한 온도의 물이 반갑기 짝이 없었다. 두 손을 물속에 넣은 그녀는 욕심껏 한 움큼 움켜쥐고는 입가에 가져다 댔다.

하아. 입술 새로 저절로 한숨이 새어나왔다. 태어나 지금까진 마셨던 그 어떤 물보다 달고 향기로웠다. 거푸 손으로 물을 움키어 마시는 소운의 입가에는 저절로 미소가 어렸다.

갈급한 목마름을 어느 정도 채우고 나자 이번에는 얼굴을 씻기 시작했다. 그동안 주위의 눈치를 보며 찔끔찔끔 씻어야 했던 것에 대한 보상이라도 하듯 아예 풀어헤친 머리 전체를 물속에 담그다시피 하고서는 그동안 머리칼과 얼굴에 쌓였던 먼지와 더러움을 씻어냈다. 비노[9] 한 조각만 있다면 예서 더할 나위가 없었

---

9) 비누의 옛말.

을 테지만, 적어도 지금 당장은 누구의 눈치도 살피지 않고 이렇게 마음껏 씻을 수 있는 것만으로도 꿈만 같았다. 마음 같아서는 옷을 벗고 샘에 풍덩 몸을 담그고 싶지만 사내가 내어준 시간은 일각뿐이니 더 이상 시간을 지체해서는 아니 되었다.

손가락으로 머리칼의 물을 짜내고 얼굴의 물기도 대강 훔쳐낸 뒤 소운은 주위를 둘러보았다. 그녀가 마주하고 앉아 있는 자그마한 샘가가 이 통로의 막다른 곳인 듯했다. 하지만 어딘가에 분명 다른 곳으로 통하는 길이 있을 것은 자명한 사실. 입술을 깨물며 망설이던 그녀가 조심스레 촛농이 눌어붙은 초들 중 가장 길이가 길어 보이는 것 한 개를 바닥에서 떼어냈다. 촛불의 온도에 적당히 데워진 밀랍이 긴장으로 차가워진 손을 보드랍게 감쌌다.

소운은 그제야 동굴 입구에서 이곳까지 오는 길에 어림짐작으로도 족히 열 개는 넘을 듯한 초들이 어둠 속에서 빛을 발하고 있었던 사실을 새삼 떠올렸다. 단지 어둠을 밝히기 위해서라고 생각하기에는 지나치게 많은 개수였다. 대체 무슨 생각으로 이 비싸고 귀한 것을 함부로 마구 켜두었는지 소운은 아무래도 사내의 속내를 알 수가 없었다.

아차, 이러고 있을 때가 아닌 것을.

삽시간에 머릿속을 채워버린 사내에 대한 생각을 털어버리려는 듯 고개를 저은 소운이 자리에서 일어섰다. 손에 들린 촛불 하나를 의지 삼은 채 그녀는 들어왔던 길을 거꾸로 되짚어 올라가기 시작했다. 분명 일각이라고 하였겠다.

길을 잃지 않도록 남자가 통로 곳곳에 놓아둔 촛불 덕분에 헤매지 않고 이곳까지 곧장 올 수 있었으니 아직 남은 시간은 넉넉할 것이다. 하지만 혹여 밖에서 지키고 있을 그에게 들킬세라 발걸음 한 번 떼는 것도 조심스러웠다.

서너 간(間)쯤 갔을까, 나무의 곁가지처럼 옆으로 나 있는 좁은 통로를 발견한 소운은 주저 없이 그 안으로 발을 들였다. 어둡고 낯선 이 길이 어디로 향해 있는지는 알 수 없으나 지난 며칠간 그녀가 겪어야 했던 고초를 생각하면 이 정도는 두려운 축에도 끼지 못했다.

소운이 들어선 길은 몸피가 가는 그녀도 겨우 지날 수 있을 정도로 폭이 좁은 오르막이었다. 통로 가장자리에서 물 흐르는 소리가 가늘게 들리는 것으로 보아 이렇게 모여든 물줄기가 좀 전의 샘을 만든 듯했다. 하지만 불빛에 반사되는 양쪽 측면의 벽 색깔은 샘가와 달리 검은 빛을 띠고 있었다. 어쩌면 이곳에서는 옥을 발견하지 못하여서 그대로 채굴을 그만둔 것인지도 몰랐다.

마음속의 불안감을 떨쳐버리기라도 하려는 듯 제법 경사진 통로를 강단지게 오르던 소운의 걸음이 뚝 멈췄다. 만일에 그렇다면 이 안에 갇힌 셈이 되는데. 명한 시각까지 모습을 드러내지 않는 그녀를 찾아 남자는 벌써 동굴 안으로 들어왔는지 모른다. 발소리는 물론 숨소리까지도 죽여가며 흔적을 없애려 애를 썼지만 어차피 폐쇄된 광산에서 갈 만한 곳은 뻔했으니 그녀는 지금 독 안에 든 쥐나 마찬가지였다. 하지만 아직 실패했다고 단언하기는 일렀으니. 그 순간,

투둑!

매듭 1

발치에 있던 작은 돌멩이 하나가 아래로 구르는 소리가 들렸다. 좁은 통로 안에서 긴 울림을 내는 그 소리에 기겁을 한 소운이 재빨리 촛불을 꺼버렸다. 어두운 동굴을 밝히는 촛불은 아예 대놓고 큰 소리로 그녀가 이곳에 있다는 사실을 사방팔방 알리는 것과 진배없었다.

혹여 자신을 뒤따라온 사내의 인기척이 들리는 건 아닌지 걸음을 멈춘 채로 소운은 귀를 세웠다. 그대로 한참을 기다려도 아무도 나타나지 않자 안도감과 함께 잠시 잊고 있었던 불안감이 엄습해왔다. 손을 내밀어 꺼진 초의 남은 부분을 더듬어 내려갔다. 초는 이제 손가락 마디 하나 정도만 겨우 남아 있었다.

그러니까, 다가오라 손짓하는 듯 보였던 빛은 모두 헛것이었던 게다. 소운은 끝이 보이지 않을 정도로 까마득한 벼랑 아래를 보며 쓴웃음을 지었다. 어둡고 좁은 동굴을 맨손으로 더듬어가며 얼마나 들어왔을까. 저만치 보이는 한 줄기 빛에 한순간 환호성을 질렀다. 이제야 살았다 싶었다. 바로 눈앞의 것도 보이지 않는 어둠 속에서 넘어져 무릎이 깨지는 것도 미처 알지 못하고 허둥지둥 그것만 보며 달렸다. 허나.

막상 밖으로 나와보니 발 디딜 자리라고는 작은 쪽마루 한 조각 정도밖에 되지 않았고 그 아래는 바닥도 보이지 않는 절벽이었다.

탄식이 절로 나왔다.

"내 운수도 이것으로 끝이로구나."

막상 입 밖으로 소리 내어 말을 하고 보니 자신의 처지가 더욱

실감이 되었다.

　지금쯤이면 그녀가 도망쳤다는 사실을 알고 뒤쫓고 있을 터다. 자신의 호의를 이런 식으로 배신했다는 걸 알면 가만두지 않을 것은 자명한 사실. 손목을 묶고 있던 밧줄의 매듭을 잘라내던 예리한 칼날의 감촉을 떠올리며 소운은 몸을 부르르 떨었다.

　소운의 머릿속에 문득 저들에게 잡혀 오던 날 밤 꾸었던 꿈이 떠올랐다. 단칼에 잘려 하늘로 치솟은 자신의 목을 보았으니 그것이 미리 죽음을 예고한 것이 아니고 무엇이었겠는가. 필시 이제 곧 죽음을 맞이하게 된다는 것을 알려주기 위한 예지몽이었던 게다. 그런 줄도 모르고.

　점사(占辭), 그중에서도 해몽으로는 성국에서 으뜸간다는 소경 점쟁이 무해가 만약 소운의 꿈 얘기를 들었으면 이는 대길(大吉) 중의 대길(大吉)이라, 앞으로는 지금까지와는 전혀 다른 삶을 살게 될 길몽 중에서도 더할 나위 없는 길몽이라고 풀이를 해주었을 테지만, 발아래 펼쳐진 끝이 아득한 벼랑을 내려다보고 있는 소운이 이를 알 길이 있을 리 만무했다. 설사 해몽을 들었더라도 정체를 알 수 없는 불한당들에게 잡혀 언제 죽을지 알 수 없는 목숨인데 그 무슨 길몽이냐 코웃음을 치고 말았을 것이다.

　이대로 눈을 딱 감고 발길을 돌려 샘가로 돌아가서 사내에게 그를 속인 대가를 치르고 말 것인지, 아니면 이 자리에서 뛰어내려 깨끗하게 이승을 하직하는 쪽을 택할지 소운은 잠시 고민했다.

　우뇌(憂惱)는 찰나였고 답은 이미 나와 있었다. 아직 제 스스로 깨닫지는 못하였지만 여소운이란 여인은 천성적으로 생에 대한

매
듭 1

의지가 강한 사람이었다.

고개를 든 소운이 눈앞의 풍경들을 빠짐없이 머릿속에 담기 시작했다.

엷게 희석한 먹물을 뿜어놓은 듯한 푸른 하늘, 흘러가는 구름 새로 빛을 발하고 있는 해, 첩첩이 떼를 지어 솟아 있는 뫼들 사이로 때 이르게 낮 구경을 나온 달. 마지막으로 저 아래 나뭇가지에 금방이라도 떨어질 듯 위태롭게 달려 있는 솔방울 하나까지 빠짐없이 새겨 넣고는 눈을 감았다. 그 어느 때보다 청량함이 느껴지는 찬바람에 젖은 머리칼들이 춤추듯 날린다. 어쩌면 앞으로 두 번 다시 혼자서는 볼 수 없을 풍경이고 느낄 수 없는 공기일 것이다.

그렇게 한참을 있다가 이윽고 큰 숨을 한 번 내쉰 뒤 눈을 떴다.

그래, 이것으로 되었다.

그대로 돌아서려는 찰나, 그녀를 붙잡는 음성이 있었다.

"그래서, 결국 죽기로 결심한 것인가?"

놀란 소운이 고개를 들자 동굴 입구의 벽에 기대선 채로 자신을 보고 있는 사내가 눈에 들어왔다.

"한참을 지켜봤지. 이대로 뛰어내려 목숨을 버릴 것인가, 아니면 다시 한 번 도적들의 소굴로 기어들어가 목숨을 구걸할 것인가. 꽤 오래 고민을 하더군."

사내의 빈정거림에 소운의 눈썹이 치켜 올라갔다. 대체 무슨 말을 하고 있는 건가. 그러다 이내 고개를 끄덕였다. 조금 전 그녀의 모습을 보고 오해를 한 듯했다.

"난……."

미처 말을 끝낼 새도 없었다. 팔을 뻗은 사내가 강한 힘으로 그녀의 팔목을 움켜쥐었다.

"겁이 없다는 건 익히 알고 있었지만 목숨마저 함부로 내버릴 정도로 무모한지는 미처 알지 못하였다."

좀 전의 여유로움은 삽시간에 사라지고 한 마디 한 마디마다 남자의 목소리에서는 분기마저 느껴졌다. 짓씹듯이 내뱉는 말, 팔을 쥐고 있는 강한 악력, 무엇보다 자신을 향해 있는 두 눈에 담긴 분노에 소운은 일순 아연하고 말았다. 늘 냉정한 듯 보이던 이 사내가 지금 그녀에게 화를 내고 있었다. 그것도 스스로 제어하지 못할 만큼.

"그동안 꽤나 당돌하게 굴기에 계집이라도 같이 말 상대는 할 수 있을 정도로 제법 용기 있다고 생각하였는데 그도 이제 밑천이 떨어진 건가? 아니면 그 밤, 그대를 기다리다 지쳐 이제는 다른 여인의 품을 찾았을 정인이 야속해서 그만 명줄을 내어놓기로 한 것인가? 그대 또한 은애하는 사내의 마음을 얻기 위해서라면 하나뿐인 목숨도 아깝지 않다 내어놓는, 그런 여인인 것인가?"

금방이라도 그대로 낭떠러지로 떨어질 듯 눈을 감아버리는 소운을 발견한 직후부터 견은 격분하였다. 분노로 눈이 먼 그에게는 마음속 깊은 곳에 애써 봉인해두었던 가혜의 마지막 모습이 지금 팔을 부여잡고 있는 여인과 겹쳐 보였다. 수줍게 내어준 연정을 조롱하고는 이미 마음속에 그리고 몸 안에 다른 사내의 흔적이 고스란히 남아 있다며 잔인하게 난도질하던 말이 눈앞에서 고스란히 재현되었다. 자신이 지금 붙잡고 있는 여인을, 마지막으로 내미는 손도 뿌리치고는 미련 없이 세상을 등졌던 가혜로 착각할 정도로 견은 분노하고 있었다.

사정을 알지 못하는 소운에게 견의 말은 미처 이해되지 못한 채로 머릿속으로 흘러들어와 자리를 잡았다.

말이 끝날 때마다 힘을 주어 당기는 그의 손길에 소운의 팔목은 이제 저리다 못해 퍼렇게 멍이 들 지경이었지만 당최 손을 놓을 생각이 없어 보였다. 악력을 견디다 못해 화가 난 소운이 그의 팔을 뿌리쳤다.

"그 무슨 되다 만 소리를 하는 것이냐! 여인에게 목숨을 버릴 만한 가치가 있는 사내가 정녕 존재할 것이라고 생각하는 네놈의 자만은 대체……."

미처 말을 맺을 사이도 없었다.

아차 하는 순간, 발을 딛고 서 있던 좁은 공간이 갈라지는 소리가 들리는가 싶더니 그녀의 몸은 허공을 부유했다. 강한 힘이 허리를 잡아 동굴 안으로 끌어당기지 않았더라면 그대로 추락하고 말았을 것이다.

견은 재빠르게 잡고 있던 소운의 팔목을 잡아당기며 다른 팔로 그녀의 허리를 감싸 안았다. 고된 훈련과 함께 다져진 그의 본능은 그녀의 몸이 흔들린 바로 그 순간부터 잠시의 머뭇거림도 허락하지 않았고 그 덕에 소운은 목숨을 부지할 수 있었다. 날랜 움직임이 아니었다면 어찌 되었을지 상상하는 것만으로도 눈앞이 아찔했다.

고개를 든 소운의 눈이 견의 것과 만났다. 그의 눈빛은 흡사 허공을 가르고 날아와 도망가는 사슴을 발톱으로 잡아채는 맹금류처럼 날카롭게 빛을 발하고 있었다. 야릇한 기시감에 소운의 미간이 좁혀졌다. 이 눈빛, 전에 분명 마주친 적이 있다.

허나, 바깥 외출이 자유롭지 않은 탓에 그녀가 볼 수 있는 사내라고는 부친과 오라비를 빼면 집안의 노복들이 전부였다. 허면 대체……. 작년 한식에 새언니 여진이 무엇을 먹고 체했는지까지도 금세 떠올릴 수 있을 정도로 기억력이 비상하니, 이 기시감은 절대 그녀의 상상에서 기인한 것이 아닐 터.

감사 인사는 애초에 바라지도 않았다. 하지만 가슴이 맞닿은 것도 모자라 허리가 억세게 휘감긴 채인데도 놓아달라는 말도, 품에서 빠져나가려는 시도도 하지 않은 채 물끄러미 자신을 바라보고만 있는 그녀의 모습에 견은 두 눈을 가느스름하게 떴다.

그 모습에 소운은 어렴풋이 잡힐 듯 안달하게 했던 기시감의 정체를 떠올릴 수 있었다. 틀림없다. 지난 칠석에 절에 다녀오던 길에 저자어름에서 마주쳤던 바로 그 눈이다. 처음 본 사내인데도 자신을 향해 있는 두 눈을 본 순간 왠지 모르게 가슴이 덜컹거리며 정수리가 흡사 벌에라도 쏘인 듯 쩽 하고 갈라지는 듯한 충격에 유모의 품으로 파고들고 말았었지. 낯선 사내와 대거리를 하는 모습에 혼비백산하던 곰이네의 얼굴도 떠올랐다.

상황에 어울리지 않게도 무언가를 가늠하는 듯 한참이나 그를 쳐다보던 작은 얼굴이 이내 놀람으로 가득해졌다. 이유를 묻지 않은 채 그 모습을 지켜보고 있던 견은 자신이 그녀를 오해하고 있었다는 사실을 서서히 깨달았다. 지금 그를 향해 있는 저 눈빛에 담긴 생기는 절대 스스로를 포기할 수 있는 사람의 것이 아니

매듭

었다.

비록 머리는 산발이 되어 온통 흐트러지고 어두운 동굴 속을 헤매느라 얼굴과 두 손 여기저기에는 상처가 나 있었지만 세상을 떠나기 얼마 전부터 생기라고는 찾아볼 수 없었던 가혜와는 절대 달랐다. 초라하다 못해 해괴한 몰골을 하고 있는 이 여인의 얼굴은 생에 대한 강렬한 집착과 애정이 담겨 있었다.

그러한 그녀를 보며 견은 참기 힘든 갈증이 다시 엄습하는 것을 느꼈다. 그리고 본능적으로 알았다. 지금까지 한 번도 느껴본 적 없었던 지난 며칠간의 갈급한 목마름은 그녀로 인해 기인한 것이며 또한 당연하게도 그녀만이 해갈의 충족감을 줄 수 있다는 사실을.

붉은 입술을 향해 견이 천천히 얼굴을 내렸다. 놀람에 흡뜬 소운의 두 눈이 다가든 공격에 곧 감기고 말았다.

제 四 장

여소운이라 하오

오늘은 어찌 된 일인지 견을 비롯한 그의 수하들이 도무지 밖으로 나갈 생각을 하지 않은 채 하루 종일 동굴 안에 처박혀 시간을 보내고 있었다. 그가 동굴에 있는 건 예사였지만 수하들까지 바깥출입을 하지 않고 있는 건 소운이 이곳으로 끌려온 그 밤이후 처음이었다. 대신 저들은 하루 종일 검과 창을 매만지고 화살촉을 점검했다. 이는 견도 예외는 아니어서 그의 손 안에서 예리한 검날이 발하는 푸른빛을 보고 있던 소운이 아찔함을 느낄 즈음에야 검을 쥐고 있던 손을 놓았다.

대체 무슨 일을 앞두고 있기에 저리 세심하게 무기들을 손보는 것인지. 매일 밤 그들이 동굴을 나설 때마다 배라먹을 도적놈들, 관군들에게 붙잡히어 죽지 않을 만큼만 흠씬 두들겨 맞았으면 좋겠다고 생각하긴 했지만 그거야 말 그대로 마음뿐. 자존심 때문에 차마 인정하기는 싫지만 어찌 되었든 그녀의 생사는 저들에게 달려 있으니, 소운으로서도 저들의 움직임을 눈여겨볼밖에 다른 방법은 없었다. 하물며 지금처럼 두 손과 발이 묶여 움쭉달

매듭

싹도 할 수 없는 상황이고 보면 더더욱 그리하였다.

소운은 지난 며칠간 그러했던 것처럼 허리 뒤로 단단히 묶인 손목을 벽에 문지르며 속으로 이를 갈았다. 이리도 단단히 묶어 놓은 채 나가서 노략질을 하다 그대로 관군들의 손에 붙잡혀 죽 어버리기라도 한다면 그야말로 사면초가의 신세, 이곳에서 살아 나갈 방법이 요원할 것이 아닌가.

갑자기 묶인 팔다리가 참을 수 없으리만치 답답해지자 원망을 담은 눈초리가 견을 향해 쏘는 듯 날아갔다. 잠시나마 내보였던 신뢰를 저버리고 탈출을 시도했던 것이 불과 이틀 전. 말 그대로 벼랑 끝에서 구사일생으로 목숨을 부지하기는 했지만 이리도 냉 혹하리만치 팔과 다리를 꽁꽁 묶어 잠시의 자유도 허용하지 않 을 거라고는 미처 상상도 하지 못하였다.

소운은 일순 치밀어 오르는 분을 삼키느라 온몸에 힘을 주었 다. 치솟는 화를 짓누르기 위해 입술을 깨물던 그녀가 일순 퍼뜩 놀라며 몸을 움찔했다. 그날 뜨겁게 부딪쳐 오던 사내의 입술이 떠오른 탓이다.

세책점에서 가장 돈이 되는 책은 뭐니 뭐니 하여도 남녀 사이 의 애사(愛事)를 다룬 염정소설이었다. 지난 몇 년간 규옥과 동업 을 하는 사이 수많은 책을 필사해오며 소운 또한 시중에 떠도는 온갖 염정소설은 하나도 빠짐없이 두루 섭렵했다고 해도 과언이 아니었다.

인기 있는 염정소설 가운데에는 두 정인이 제법 농탕질을 치 는 장면이 등장하는 작품들도 수두룩하였다. 입술을 맞댄 채 혀 를 번갈아 빨아대는 망측스러운 짓을 하는가 하면 벌거벗고 누워 서로의 몸을 어루만지는 대목이 나오기도 하였다. 하여, 아직 사내의 손 한 번 제대로 잡아본 적이 없는 그녀이지만 남녀 사이에 일어나는 일들이야 훤히 꿰고 있다며 자부하던 차였다.

헌데 단순히 글자로 읽어내려가던 것과 직접 겪은 것은 천양지차였다. 더운 입술이 자신의 것을 덥석 물고 빨아대던 것을 떠올리자 얼굴로 화악 뜨거운 열기가 번졌다. 한 글자 한 글자 읽으며 책장을 넘길 때에는 상상도 하지 못했던 감각은 다시 떠올리는 것만으로도 절로 진저리를 치게 하였다.

순간 마치 기다리기라도 하였다는 듯 견이 쥐고 있던 검에서 고개를 들더니 그녀를 향하며 보일 듯 말 듯 씨익 한쪽 입 꼬리를 올렸다. 분통이 터질 만치 느물스러운 미소에 결국 분함을 참지 못하고 입술을 깨물던 소운은 아차 싶어 서둘러 입을 꾹 다물었다.

제발 한 번만 나와 눈을 맞추고 쳐다보아다오. 그럼 두 번 다시 다가올 엄두를 내지 못하도록 사납게 쏘아보아줄 터이니.

지난 이틀 동안 그리도 다짐을 하였을 때는 쳐다도 안 보더니. 이틀간의 각오를 떠올리며 표정을 가다듬을 새도 없이 견의 눈은 무심히 그녀를 비껴갔다.

분한 마음에 발이라도 구르고 싶은 심정이었다. 하지만 만일 그랬다가는 아직까지도 자신이 그 일에 연연하고 있다고 알려주는 것이나 다름이 없을 터. 무방비 상태에서 덥석 입술을 빼앗긴 것도 분하다 못해 원통할 노릇인데, 맞붙었던 입술이 떨어진 순간부터 마치 아무 일도 없었다는 듯 전과 꼭 같이 구는 사내에게 자존심마저 내바칠 수는 없었다.

매
듭
1

그나저나 저 사내는 대체 무엇을 하는 작자인가. 소운은 새삼 그에 대해 호기심이 솟았다. 칠석날 오후 저자에서 보았을 때 저이는 분명 삿갓으로 얼굴을 감추고 있었다. 죄를 지어 수배가 내려져 관군들이 그를 잡기 위해 혈안이 되어 있지 않은 한은 얼굴을 감출 일이 무에 있을까. 그렇다면 진실로 도적질을 하다 쫓기는 신세라는 말인가. 하지만 단순히 그럴 것이라고 치부하고 넘기기에는 의심 가는 구석이 한두 가지가 아니었다.

무심결에 하는 말이나 행동을 보면 지체 있는 가문에서 어릴 적부터 글월깨나 읽으며 자란 것은 분명해 보였다. 제아무리 영특하고 재주가 뛰어나다고 해도 정실의 몸을 빌어 태어난 반가의 자손이 아니면 글월 한 자도 제대로 깨우치기 어려운 것이 이 나라의 현실이다. 타고난 출신이 빈한한 부모는 어떤 노력으로도 자신과 같은 길을 가는 자식의 앞길을 바꾸어줄 수가 없었다.

그렇다면 좁은 견문의 그녀도 쉽사리 알아차릴 정도로 지체 높은 그가 어찌하여 이런 곳에 터를 잡고 노략질을 하고 있는 것일까. 기실 노략질을 한다는 것도 그녀의 짐작일 뿐, 단 한 번도 무엇인가를 전리품으로 가져오는 것을 보지 못했다. 첫날 두려워하며 떨었던 것과 달리 부녀자들을 납치해 팔아넘기는 이들도 분명 아니었다. 아직까지 그녀처럼 붙잡혀 들어온 여인들이 한 사람도 없으니 말이다.

동굴 안을 한 바퀴 휘저은 소운의 눈길이 다시금 견과 그의 수하들에게 머물렀다. 그저 먹고살기 힘들어 도적질에 나선 양인들이라고 보기에는 저이를 비롯해 모두들 지나치게 몸이 날래고 재다. 뿐만 아니라 사내의 말이 곧 왕의 뜻이라도 되는 양 무조

건 복종했다. 마치…….

뒤이은 상상에 소운은 고개를 젓고 말았다. 말도 안 된다. 저들이 어찌 군인일 수 있겠는가. 만일 그녀의 생각대로 저들이 군적에 이름을 올린 자들이라면 이곳에 있을 이유가 없지 않은가. 더군다나 멀쩡히 제 갈 길 가고 있는 그녀를 납치해 올 까닭은 더더욱 없었다.

자신이 보기에도 얼토당토않은 추측을 그저 너무 오랫동안 묶인 채 갇혀 지내어 머릿속 생각만 많아진 탓으로 돌리며, 소운은 지난 며칠간 그래왔듯 손목에 단단히 매듭지어진 밧줄을 돌벽에 열심히 문질러댔다.

저만치 보이는 동굴 밖이 유잣빛이 되었다가 잘 익은 홍시처럼 붉게 물든 후 이내 어두워지기 시작하자 견은 수하들을 한데 모았다. 그 모습에 소운의 귀가 쫑긋하였다. 비록 그녀가 있는 곳과는 거리가 제법 있는 데다 목소리마저 낮은 탓에 무슨 말을 하는지는 알 수 없었지만, 불빛에 비친 사내들의 얼굴과 목소리에 하나같이 어린 결연함만은 어렵지 않게 읽어낼 수 있었다.

견의 말이 끝나자 수하들은 제각기 무기를 챙겨 하나둘씩 동굴을 빠져나가기 시작했다. 그들의 뒷모습에서 지금까지 보아왔던 것과는 완연히 다른 비장함을 읽어낸 소운은 알 수 없는 막막함을 느꼈다. 망설이던 끝에 마지막으로 남은 견을 향해 입을 열었다.

"이대로 두고 갈 생각이냐."

지난번 일 이후로 그녀가 먼저 말을 거는 것은 처음이었다. 두 번 다시 그와는 말도 섞지 않을 것이라 홀로 굳게 다짐했던 맹세를 깬 탓은, 저들의 하는 양으로 보아 아마 다시 이곳으로는 돌아오지 않을 것이라는 짐작 때문이었다.

하지만 맨 뒤에 남아 밖으로 나가는 수하들을 지켜보고 있던 남자는 그녀의 목소리에도 쉽사리 말문을 열지 않았다. 혹시 잘못 듣지는 않았을까 싶어 조바심에 다시 한 번 입을 열려는 찰나 그의 목소리가 들려왔다.

"그렇지 않으면?"

여느 때보다도 낮은 음성은 폭이 좁고 긴 동굴 안에 깊숙이 퍼지더니 가슴팍으로 휘감기듯 파고들었다. 앞으로의 거취를 고민하고 있던 소운도 순간 움찔할 정도였다. 하지만 내내 노심초사하였던 것이 무색할 정도로 너무도 태평한 대답에 잠시 주춤하던 소운의 이마에는 이내 힘줄이 섰다.

혹여 그가 이대로 발길을 돌려 가버리고 자신의 힘으로 아플만치 단단히 묶인 팔다리를 풀지 못하면 어느 곳에 있는지도 모르는 이 굴 속에서 그녀는 홀로 외로이 죽어갈 것이다. 아니 할 말로 지금 장검을 쥐고 있는 저 손을 한 번만 내려 그으면 이대로 세상을 하직할 수도 있는 일이건만 어찌 저리 태평한지.

"혹여 네놈들이 관군에게 붙잡혀 몰살이라도 당하는 날에는, 나 또한 예 갇힌 채로 죽음을 면하기 어렵겠으니 묻는 말이 아니냐."

여느 때와 다른 저들의 움직임에 속으로 별별 상상을 다 하며 속을 태웠으니, 저이의 속도 한번 뒤집혀보라지 하는 심산으로 부러 비틀린 대답을 하였건만 돌아온 건 코웃음뿐이었다.

"걱정 말거라. 유약하기 짝이 없는 성군의 관군에게 그런 기대 따윈 하지 않아도 좋을 터이니."

지나치게 자신만만한 말에 소운은 눈을 들어 그를 똑바로 쳐다보았다.

수하들이 한 사람도 빠짐없이 동굴 밖으로 나간 것을 확인한 견이 온전히 그녀를 향해 몸을 돌렸다. 가끔 저이는 조금 전처럼 흡사 이 나라와는 상관이 없는 사람처럼 말할 때가 있었다. 어투 또한 지금껏 그녀가 들어왔던 것과는 달랐다. 억양이 조금 더 낮고 무거웠으며 미세한 차이지만 발음 또한 달랐다.

그녀가 저자를 누비며 바깥세상을 더 많이 접했더라면 그가 사용하는 단어와 말투가 융의 그것과 비슷하다는 것을 금세 알아차렸겠지만, 안타깝게도 평시에 접한 사람이라고는 집안사람들과 규옥이 전부라고 해도 과언이 아니었으니. 뭔가 다르다는 생각을 하면서도 그 이유는 알지 못했다.

"마음 같아서는 지금 당장 너를 풀어주고 싶지만 아직은 때가 아니니 기다려라."

조롱기 가득했던 앞서의 대답과 달리 진중한 투에 자신을 진정 남겨두고 갈 작정임을 알아차린 소운이 소리를 지르며 묶인 몸을 사납게 뒤채기 시작했다. 쯧! 하는 소리와 함께 혀를 차며 다가온 사내가 그녀 앞에 한쪽 무릎을 꿇고 앉았다.

"가만있으면 오죽이나 좋으련만."

그럴 줄 알았다는 듯 손에 들고 있던 천으로 그녀에게 재갈을 물렸다. 소운이 필사적으로 몸부림을 쳐보았지만 애초에 무리였다. 뒤통수에 재갈의 매듭을 지은 후 사내는 금방이라도 덤벼들어 죽일 듯 노려보는 소운의 뺨을 만졌다.

"이제 고생도 얼마 남지 않았다. 금세 돌아올 터이니 잠이나 한숨 푹 자두어라."

견의 손이 목 언저리 어딘가를 만지기가 무섭게 소운의 몸이 힘을 잃고 늘어졌다. 기다렸다는 듯 견은 무너지는 몸을 받아들어 그녀를 뉘었다. 여느 때 같으면 그냥 무시하고 말았을 물음에 답을 해주느라 예상했던 것보다 시간이 다소 지체되었지만 가냘픈 등을 받치고 있는 움직임은 어느 때보다 조심스러웠다.

지난 며칠간 밤마다 이곳을 돌며 지리를 익힌 탓에 그렇지 않아도 날랜 군사들의 걸음걸이는 어둠 속에서도 햇빛 아래 있는 듯 민첩하고 쟀다.

"잘 들어라."

왕궁이 내려다보이는 산등성이까지 단숨에 올라간 견은 군사들을 한데 모았다. 짙은 어둠 속에서 형체만 겨우 보일 정도였지만 허리를 곧추세운 채 서 있는 단단한 몸에서 풍기는 늠름한 기상은 앞에 선 자들의 입에서 절로 충성의 맹세가 나올 정도로 웅대하였다.

낮지만 굳건한 목소리로 견이 명을 내렸다.

"잠시 후 너희는 저곳을 치게 될 것이다. 궐을 지키고 있는 자들 중 왼팔에 붉은 띠를 두르고 있는 이들은 이미 투항을 한 자들이니 살려두어도 좋다. 하지만 그 외에 앞을 가로막는 것들에게는 한 치의 인정도 베풀어서는 안 될 것이야."

"예!"

낮지만 힘이 실린 대답에 견은 고개를 끄덕였다. 이마에 두른 푸른빛의 띠가 하나로 묶어 길게 늘어뜨린 머리칼과 함께 바람을 따라 휘날렸다.

견은 선양을 통해 미리 손에 넣어 손바닥처럼 꿰고 있는 궁의 단면도를 머릿속에 떠올리며 왕의 침전이 있는 쪽을 가리켰다.

"잘 보아 두어라. 저곳이 성의 왕이 침수를 드는 곳이다. 왕의 침전은 입 구(口) 자 모양의 방 안에 우물 정(井) 자가 든 형태이고 내실은 그 중앙에 있다. 그곳에 들어가기 위해서는 먼저 바깥을 지키고 있는 군위들을 쳐야 할 것이다."

견은 고개를 들어 다가올 일에 대한 긴장감과 기대감으로 젖어 있는 병사들의 얼굴을 하나하나 바라보았다.

"잊지 말아라. 우리는 이곳에 전쟁을 하러 온 것이 아니다. 우리의 목적은 이미 오래전부터 융의 속국이나 다름없으면서도 감히 주제도 모른 채 형제의 관계 운운하며 불손하고 방자하게 구는 성국의 왕에게 예를 가르치기 위함이다. 현왕(現王)인 겸은 감히 제 분수를 잊고 황제 폐하께 마땅히 갖추어야 할 도리마저도 망각하고 있으니. 이제 그의 무릎을 꿇려 신하로서 당연히 갖추어야 할 예를 익히게 할 터. 만일 너희 중 누구든지 헛된 공명심에 사로잡혀 일을 방해하는 자가 있다면 그 자리에서 목숨으로 값을 치러야 할 것이로되. 다만 이번 거사에 공을 세운 자는 내 친히 황제 폐하께 진언을 올려 후한 상을 내림에 어긋남이 없도록 할 것이다."

견의 말이 떨어지기가 무섭게 군사들의 얼굴은 금세라도 황금 다발을 눈앞에 두고 있는 듯 환해졌다. 지난 열흘 동안의 염탐으

로 이번 거사의 성공을 확신하고 있는 그들에게 견의 호언장담
은 손 안에 들어온 떡이나 마찬가지였다.

잔뜩 기대에 부풀어 있는 군사들을 향하고 있던 견의 입가에
보일 듯 말 듯 미소가 어렸다.

지금 그의 눈앞에 포진하고 있는 자들은 천하에 능히 겨룰 자
가 없다고 하여도 좋을 만큼 막강한 군사력을 자랑하고 있는 융
에서도 그 무예와 용맹이 하늘을 찌르는 자들이었다. 융국 최고
군위대의 무사라는 자부심으로 매일같이 검술을 단련했던 그들
이니, 성에 도착한 뒤에 제대로 검 한 번 마음대로 휘두르지 못
한 채 꼼짝 못하고 엎드려 있어야 하는 것이 답답하기도 했을 터
였다. 그런데 드디어 제대로 된 실력을 발휘할 기회가 주어진 것
이다. 견의 마지막 말은 실력만큼이나 황제에 대한 충성심 또한
맹목적인 저들의 마음속에 혹여 실 한 자락만치라도 자리하고
있을지 모를 자만과 공명심에 대한 대비책으로 던져둔 것이었
다.

이들이 대궐을 장악하는 동안 궐 밖에서는 임금의 오른팔이며
심지어 궁외왕(宮外王)이라고까지 불리는 소장원을 비롯한 주요
대신들의 집을 급습할 계획이었다. 궁을 치는 사이 배에 남아 있
던 군사들과 이미 육로를 통해 성에 들어와 있는 군사들이 연합
하여 도성을 장악할 것이다.

몇 달 전부터 동후와 미리 잠입해 들어와 직접 살펴본 바로는
이 나라는 어이가 없을 정도로 외적의 침입에 무방비한 상태였
다. 귀족들과 재력이 탄탄한 지방의 호족들이 저마다 사병(私兵)
들을 거느리고 있다고는 하나 이는 자신들의 위치를 공고히 하

기 위함일 뿐, 왕에게는 하등 득 될 것이 없었다.

성의 허점은 그뿐만이 아니었다. 융과 맞닿아 있는 국경 지대를 제외하면 영토의 대부분이 바다에 둘러싸여 있는데도 이들은 해상을 방비할 만한 군사력 또한 전혀 갖추지 못하고 있었다. 각 해안마다 수군(水軍)이 있다고는 하나 그들이 보유하고 있는 군선(軍船)이라는 것은 융의 상선 규모의 절반만큼도 되지 않았다.

나라의 사정이 이러할진대 현왕(現王)은 정무를 모두 빙부의 손에 맡겨둔 채 임금으로서의 제 본분을 하지 않고 있었다. 나랏일은 나 몰라라 팽개치고 궁궐 안 경광 좋은 곳에 연못을 파고 정자를 만들었다. 그리고는 시와 서화에 능하다고 이름 난 기녀들을 그곳으로 불러들여 시절가(時節歌)를 지어 부르며 음풍농월로 시절을 보내는 것이 하는 일의 전부였다.

처음에는 문재(文才)가 있는 여인들을 가까이하다가 나중에는 전국 각지에 사람을 풀어 미모가 빼어난 여인들을 뽑아 올리도록 했다. 그리고 마음에 드는 여인을 진상한 이에게는 벼슬을 내리는 것도 모자라 어마어마한 포상을 하니, 미관말직의 아전나 부랭이부터 미색을 지닌 여인이라면 눈이 벌게져 유부녀와 처녀를 가리지 않고 빼앗아 왕에게 올리느라 혈안이 되어 있었다.

견이 보기에 현왕은 타고난 운에 장인인 소장원의 야심이 더해져 보위에 오르기는 하였으나 본디 왕의 재목은 아니었던 자였다.

"축정시[10]가 되면 도성의 군사들 또한 급습을 개시할 것이다.

---

10) 새벽 2시.

맴

하여, 묘초시[11]가 되기 전에 이 나라의 왕은 황제 폐하께 신하로서의 예를 맹세하게 될 것이다."

견의 말이 끝나기가 무섭게 군사들 사이로 무거운 비장감과 굳은 결의가 일렁였다. 무릇 군에 몸을 담고 있는 자들이 으뜸으로 삼는 덕목은 주군에 대한 충성이다. 충(忠)을 위해서라면 죽음도 불사하는 것이 주군을 섬기고 나라와 백성을 지키는 자의 도리라고 굳게 믿고 있는 것이다. 그런 만큼 대국 옆에 붙은 자그마한 속국 주제에 감히 그동안 형제의 의를 외치며 눈엣가시처럼 굴었던 성의 임금이 황제 폐하께 무릎을 꿇는 상상만으로도 그들의 전의는 활활 불타올랐다.

마음대로 움직여주지 않는 발이 또다시 바위 위의 작은 자갈돌을 밟고 미끄러졌다.

"으윽!"

두 팔이 허공을 휘젓는가 싶더니 이내 그대로 무릎을 꿇은 채 주저앉고 말았다. 벌써 몇 번째인지. 이젠 통증마저도 느껴지지 않은 다리를 매만지며 소운은 다급하게 내려왔던 산길을 원망스러운 눈으로 올려다보았다. 하지만 그 잠깐 사이에도 우거진 나뭇가지들이 서로 스치는 기척만으로도 가슴이 콩닥거렸다. 금방이라도 사내가 다시 쫓아 내려와 자신을 붙잡고 묶어 앉힐 것만 같았다. 다급한 마음만큼 쉽게 움직여주지 않는 몸이 못내 원망스러워 두 무릎 위에 팔꿈치를 얹은 채 한숨을 쉬었다.

---

11) 새벽 5시.

하지만 그것도 잠시. 이내 고개를 들고 몸을 일으킨 그녀는 산 아래로 다시금 걸음을 옮기기 시작했다. 서두르지 않으면 다시 붙잡히고 말 거라는 불안감이 더해지자 급한 경사를 지나면서도 도무지 속도를 줄이거나 멈출 수가 없었다.

견이 다시 동굴 안으로 찾아든 것은 정신을 잃고 쓰러졌던 그녀가 눈을 뜬 지 얼마 되지 않아서였다. 목 언저리 어딘가를 누르는 느낌을 받고 그 뒤로 기억이 없는 것으로 보아 그녀를 잠재우기 위해 무엇인가 수를 썼던 것이 분명했다.

분한 마음을 누르지 못하고 이를 가는 그녀의 뒤로 발소리가 들리자 소운은 일순 불안감에 숨을 죽였다. 다가오는 이가 누구인지 알 수는 없으나 일단은 정신을 잃은 척하는 편이 나을 것이라는 생각에 눈을 꼭 감았다. 가시 방석에 몸을 앉힌 듯 온몸이 날을 세우며 긴장을 했다.

하지만 어이없게도 한 발 한 발 다가오는 발소리는 사내의 것이었다. 보지도 않고 어찌 알 수 있었는지는 그녀 또한 영문을 알 수 없었지만 아무튼 다가오는 이는 분명 그 사내였다. 우습게도 사실을 알아차리기가 무섭게 날카롭게 곤두서 있던 신경이 점차로 무뎌지며 긴장으로 잔뜩 움켜쥐고 있던 손에 스르르 힘이 풀렸다.

곧장 서걱 하는 소리와 함께 등 뒤로 묶여 있던 두 손이 자유로워졌다. 발치로 다가간 그가 발목을 묶고 있던 밧줄을 잘라내는 동안 소운은 몸을 일으켜 서둘러 재갈을 풀었다.

"이제부터 너는 자유다."

그녀를 보고 있는 견의 표정은 첫날, 이곳에서 막 눈을 뜨고 마주했던 그때와 지나치리만치 흡사했다.

"사는 곳이 어디인지 모르나 서두르는 편이 좋을 것이다. 이곳을 내려가거든 혹여 부두나 궁성 근처에는 얼씬거릴 생각도 말고, 만일 집이 그 근방이라면 우선 다른 곳으로 몸을 피해라."

"대체……."

줄줄이 쏟아내는 사내의 말은 소운으로서는 모두 이해하기 어려운 것들이었다. 말을 하는 내내 사내에게서는 거치른 쇠 냄새가 풍겼고 검은 옷 이곳저곳에는 얼룩이 굳은 채로 배어 있었다. 점점이 흩뿌려진 얼룩을 보고 있던 소운은 차마 그것의 정체를 떠올리고 싶지 않아 눈을 질끈 감고 말았다. 대체 그녀가 잠들어 있던 지난 몇 시진 동안 어디서 무슨 일이 벌어진 것일까. 이 사내의 정체는 정녕 무엇이란 말인가.

"본의는 아니었다만 그동안 고초를 겪게 한 것에 대해서는 미안하게 생각하고 있다. 추후 기회가 생긴다면 이번 일은 꼭 갚을 것이니. 이대로 보내는 것을 너무 서운타 생각하지 마라."

그 말을 끝으로 사내는 냉정하게 몸을 돌렸다. 그대로 가버릴 것이라는 생각이 들자 소운이 다급하게 입을 열었다.

"여소운이라 하오!"

하필이면 왜 이 순간 자신의 이름을 가르쳐줄 마음이 생겼는지 소운으로서도 알지 못한다. 하지만 그의 뒷모습을 보는 순간 앞으로 다시는 그를 만날 수 없을 것이라는 생각이 들었고 무슨 말이든 해야 한다는 갈급증이 불쑥 일었다.

허나 작별 인사를 입 밖으로 내기에는 어쩐지 구질구질하고 또한 구차한 듯하였다. 하여, 선뜻 이름을 알려주는 것으로 대신한 것이다. 순식간에 뇌리에서 교차한 속내 때문인지 소운의 목소리는 여느 때보다 높았으며 또한 다급하였고 날카롭기도 했다.

그녀의 목소리가 마치 떠나는 발을 묶기라도 한 것처럼 사내의 걸음이 멈추었다. 이마를 가로질러 머리 뒤쪽으로 단정하게 매듭지은 푸른색의 머리끈이 그의 움직임에 따라 허공에서 잠시 팔랑이다 이내 조용히 내려앉았다.

"견이다."

그 한마디뿐이었다. 그리고 사내는 소운에게서 멀어져 갔다.

"견."

동굴을 나온 후부터 소운은 계속해서 그가 남긴 마지막 말을 되뇌고 있었다. 그녀가 이름을 가르쳐준 직후였으니 그도 자신의 이름을 알려주었던 것이 분명했다. 하지만 '견'이라니. 비록 뜻은 다르겠지만 개와 같은 음[犬]이니 사람의 이름으로는 거의 쓰지 않는 발음자이다. 어떤 뜻을 가진 글자를 쓰는지 짐작은 가나 확실히 알 수 없고 앞으로도 알 길이 만무하나 참으로 희한한 이름이었다.

게다가 그녀와 달리 성(姓)도 없이 달랑 이름 한 자뿐이었다. 이웃해 있는 융국은 이 나라와 달리 귀족을 제외하면 성을 가진 백성이 드물다는 말을 들은 적이 있다. 그렇다면 혹시 그 또한 융에서 건너온 사람이라는 말인가.

점차 가지를 뻗는 생각 때문에 혼란스러워하던 소운이 발부리의 돌을 발견하고 황급히 손을 뻗어 머리 위의 나뭇가지를 잡으며 막 내디디려던 발을 재빠르게 거두어 옆으로 옮겼다. 하마터

면 또 넘어질 뻔한 순간을 간신히 모면한 그녀는 잠시 그 자리에
선 채로 머릿속 잡념을 털어버리기라도 하려는 듯 도리질을 치
고는 다시 산을 내려가는 것에만 집중하기 위해 애를 썼다.

산을 내려와서야 소운은 견이라는 사내가 왜 자신에게 신신당
부를 했는지 그 이유를 알 수 있었다. 거리에서는 그동안 보지
못했던 복색을 한 사내들이 창검을 손에 쥔 채 오가는 이들을 매
와 같은 눈으로 감시를 하고 있었고, 그나마 사람의 흔적을 찾기
도 쉽지 않았다. 익숙하지 않은 길목을 두리번거리며 규옥의 세
책점으로 향하는 길을 찾는 동안 소운은 자신에게 쏟아지는 의
심 어린 시선들에 바짝바짝 몸이 타들어가는 지경이 되었다. 그
나마 산을 내려오다 발견한 작은 계곡에서 얼굴을 비롯해 겉으
로 드러난 부분을 대강이나마 씻은 것이 다행이었다. 적어도 수
상쩍은 부랑아로는 보이지 않을 터이니 말이다.

한참이나 헤매다 드디어 세책점이 있는 눈에 익은 골목을 발견
한 소운은 순간 무릎이 꺾일 정도로 안도감을 느꼈다. 이제야 살
았구나 싶었다. 맥이 풀려 제대로 떨어지려 하지도 않은 발을 겨
우겨우 옮겨 세책점 앞에 다다랐다.

하지만 어찌 된 연유인지 주먹을 쥔 손이 아프다 못해 감각이
무뎌질 정도로 문을 두드려도 잠긴 문 안쪽에서는 인기척이 들
릴 줄을 몰랐다. 허탈감과 그보다 더한 절망에 맥이 빠진 소운은
닫힌 문에 그대로 몸을 기댔다. 처음부터 세책점만을 목표로 하
였기에 이곳이 아니라면 어디로 가야 할지 알 수가 없었다. 집을
떠날 때도 보이지 않았던 눈물이 금세라도 쏟아질 것 같아 참느
라 몇 번이나 숨을 가다듬었다.

그렇게 얼마나 있었을까. 안에서 낮은 발소리가 들리는가 싶더니 이내 조심스러운 기척과 함께 겨우 밖을 내다볼 수 있을 정도로 문이 열렸다.

"세상에, 아가씨!"

잔뜩 경계심을 품은 표정으로 밖을 내다보던 규옥은 난데없이 나타난 소운을 보고 귀신이라도 마주친 양 질겁을 했다. 그날 밤 그대로 배를 타고 먼 곳으로 떠난 줄 알았던 사람이 갑작스레 나타나니 놀라지 않으면 외려 이상할 터.

"그간 무탈하였는가."

도깨비라도 본 듯 놀라는 그녀에게 소운이 이제야 마음이 놓인다는 얼굴로 웃어 보였다. 하지만 그간 쌓인 피로와 걱정으로 인하여 노심초사하였던 탓인지 규옥의 눈에는 그 미소마저도 잔뜩 얼굴을 찡그린 듯 보였다.

사라진 소운을 찾기 위해 소장원 대감과 그녀의 집안에서 풀어놓은 이들이 도성은 물론이고 온 나라를 이 잡듯이 뒤지고 있다는데. 그동안 대체 어디서 무얼 하고 계시다 이제야 나타나신 겐가. 게다가 이리도 수상한 시국에 말이다.

"들어가도 되겠는가."

그동안 기력이 쇠할 대로 쇠한 데다, 안에서 대답이 없던 잠깐 사이에 머릿속을 오가던 수많은 상념들 때문에 소운의 목소리는 어느 때보다 힘이 없었다. 그제야 정신을 차린 규옥이 뒤늦게 화들짝 놀랐다.

"에구머니, 내 정신 좀 보게. 어서 들어오셔요."

그녀는 제대로 문이 열리지 않도록 문 앞에 가져다두었던 돌확을 낑낑대며 옆으로 치우기 시작했다.

"자, 잠시만 기다리셔요. 아유, 이거야…… 원. 웃차!"

소운이 안으로 들어서자마자 규옥은 다시금 돌확을 밀어 문을
막았다. 나무절구도 아니고 워낙에 무거운 저것으로 어찌 문을
막아두었는지 미처 물을 여력도 없었다. 그 엄청난 무게에 진을
빼면서도 규옥은 기어이 돌확을 밀고 끌어 원하는 자리에 놓아
두었다. 그러더니 이번에는 처음부터 그것을 치우지 않으면 아
예 문이 열리지 않도록 바짝 붙여두었다.

규옥의 뒤를 따라 살림방으로 들어가는 동안 묘한 감정이 인
소운은 새삼스러운 눈으로 세책점 안을 가득 채운 책들을 살폈
다. 지난번 이곳을 나설 때 채 보름도 못 되어 다시 돌아오리라
고 어디 상상이나 했던가.

방 안으로 들어간 소운이 잠시 두리번거렸다.

"쇠돌이는?"

잠잘 때를 제외하고는 한시도 어미 곁에서 떨어지려 하지 않는
아이가 보이지 않아 묻자 그제야 규옥이 가슴 높이로 나 있는 벽
장문을 열었다. 어두운 벽장 안에서 웅크린 채 앉아 있던 아이는
어미의 얼굴을 보자 기꺼워하며 날듯이 품에 안겼다. 그런 아들
의 등을 몇 번 다독이고 내려놓으며 규옥이 일렀다.

"아가씨께 인사드려야지."

"오랜만에 뵙습니다. 그동안 잘 지내셨습니까?"

어미의 품을 파고들던 조금 전의 어리광은 금세 사라지고 양
손을 배 앞에 가지런히 모은 채 허리를 꾸벅 숙이며 인사를 하였
다. 그 모습이 제법 의젓하면서도 한편으로 여섯 살 아이답게 깜

찍하여 미처 수상쩍은 경황을 가늠할 틈도 없이 소운은 미소를 지으며 고개를 끄덕였다.

"나는 잘 지냈느니라. 우리 쇠돌이도 어머님 말씀 잘 듣고 글공부도 열심히 하였느냐?"

"예. 소학을 외우며 습자를 열심히 하고 있습니다. 허나 오늘은 서당에 가지 못해 쳇줄을 받지 못하였습니다."

또랑또랑하던 아이의 목소리는 대답의 끝에 이르러 잠시 힘을 잃었다

"허면, 쳇줄은 내 조금 있다 써줄 터이니 잠시만 기다리거라."

시무룩하던 아이의 얼굴은 소운의 말에 금시로 밝아졌다. 하지만 금세라도 정신을 잃을 듯 파리한 소운의 얼굴을 본 규옥이 고개를 저었다.

"아가씨도 참."

그러더니 이내 아들을 돌아보며 일렀다.

"쇠돌아, 부엌에 가면 부뚜막 위에 감자 삶은 것이 있으니 먹고 있어. 대신 조금 전처럼 이 어미가 부르면 재깍 와야 한다."

손을 내저으며 당부 또한 잊지 않고 아이를 방 밖으로 내보낸 규옥이 소운의 앞으로 재우쳐 앉았다.

"대체 어떻게 되신 겁니까. 전 영락없이 그날 밤으로 이곳을 떠나신 걸로만 알고 있었는데."

따로이 듣는 사람도 없건만 규옥의 말소리는 주위를 경계하는 듯 낮으면서도 빨랐다. 얼굴에는 염려하는 기색 또한 역력하였다.

"부두로 향하던 길에 사고가 있어서 배를 타지 못했어. 풀어놓

자면 긴 이야기가 될 터이니 차차 하기로 하고. 자네는 그간 별일 없었는가?"

집을 떠나 오늘까지 보름 가까운 지난 시간 동안, 지금까지 살면서 상상도 해보지 않았던 일들을 겪은 그녀였다. 하지만 막상 그동안 있었던 일을 말로 설명하려니 어디서부터 어떻게 시작을 해야 할지 두서를 찾기 힘들어서 소운은 규옥에게로 말머리를 돌렸다.

"별일이 다 무업니까."

말이 끝나기가 무섭게 고개부터 젓는 규옥을 보자, 저간의 사정 이야기를 듣기도 전이건만 그간 그녀가 겪었을 시달림이 곧 눈에 보이는 듯했다.

"다들 쉬쉬하고 있기는 하나 소장원 대감과 아가씨의 집안에서 아가씨를 찾기 위해 풀어놓은 자들이 이 나라 곳곳 뒤지지 않은 곳이 없다 들었습니다."

침을 뚝뚝 흘려가며 잔뜩 고대하고 있던 혼사가 어그러졌으니 집안 전체에 난리가 났을 것이다. 특히 그중에서도 오라비 환이 얼마나 길길이 날뛰었을지. 직접 보지 않고도 분노의 크기를 짐작하기란 어렵지 않았다.

"허면 자네에게도……."

행여나 규옥이 자신을 도왔다는 사실이 발각되었을 것에 생각이 미치자 소운은 쉽사리 입이 떨어지지 않았다. 올케 여진을 제외하면 겉으로 드러내지 않은 채 감추고 있는 환의 흉포한 성정을 누구보다 잘 알고 있는 까닭이다. 처음 떠날 궁리를 하고 규옥에게 말을 넣기 전에 며칠이나 고민하며 망설였던 것도 환 때문에 그녀가 겪게 될지 모를 고초를 염려한 때문이었다.

일순 찾아든 생각에 미처 말도 끝맺지 못하는 그녀를 다독이듯 규옥이 고개를 저었다.

"섭섭이가 그동안 이곳으로 아가씨 심부름을 다닌 것을 어찌 알았는지 그 댁에서 보낸 자들이 몇 번이나 찾아왔었습지요. 개 중에는 점잖은 자들도 있었습니다만, 그놈의 왈짜패들은 골목 입구를 막고 서서 어찌나 법석을 떨어대는지. 이 골목 장사치들 이 그놈들에게 아주 학을 뗐습니다."

호들갑스럽지 않은 성격의 규옥이 이 정도까지 얘기하는 걸 보 면 그동안 겪었을 고초가 어떠했을지 보지 않고도 짐작이 갔다. 그저 그녀가 드나드는 세책점인 줄만 알았을 때도 그 정도였는 데, 하물며 규옥이 뒤에서 밀항을 도왔다는 정황이 발각되기라 도 했으면 어떠하였을지 상상만 해도 아찔했다.

"용케도 들키지 않아 다행이야."

소운은 안도감에 몇 번이고 가슴을 쓸어내렸다. 이번 혼사로 챙길 이득에 누구보다 큰 꿈에 부풀어 있던 오라비이고 보면 그 녀를 찾기 위해서 무슨 짓이든 서슴지 않았을 것이다. 조금 전 깜찍하게 인사를 하던 쇠돌이를 떠올리자 절로 몸이 떨렸다. 그 리고 그제야 자신이 저지른 짓이 얼마나 엄청난 것인지 실감이 났다.

"원래 아가씨를 태우기로 했던 선주는 아가씨를 내려드리고 그 밤을 도와 남해로 해녀들을 실으러 가기로 약조가 되어 있었습 지요. 아마도 아가씨께서 제 시간에 당도를 하지 않으니 그대로 제 갈 길을 간 모양입니다. 제 고향에서 본 바로는 배 타는 사내

매
듭 1

들의 입이라는 게 돌아가는 팽이보다 더 빠르답니다. 해서, 한동 안 이곳에 얼쩡거릴 일이 없는 자로 미리 손을 써두었었지요. 그 렇지 않았으면 들통이 나도 한참 전에 났을 것입니다."

여환의 패거리들이 일으킨 소동을 다시 떠올리는 것만으로도 진저리를 치며 규옥은 어깨를 부르르 떨었다. 그러던 그녀의 눈 이 문득 소운의 얼굴에 멎었다. 경황 중에 얼른 알아차리지 못해 서 그렇지 그녀의 얼굴은 지난번에 봤을 때보다 훨씬 더 상해 있 었다. 살이 빠져 양 볼은 패이고 입술은 풀기라고는 찾아볼 수도 없이 트고 말라 있었다. 그동안에 있었던 일은 차차 시간을 두고 듣더라도 우선은 요기라도 시켜야 할 듯했다.

"아이 참, 내 정신 좀 봐. 아직 식사도 못하셨지요? 후딱 차려 올 터이니 잠시만 기다리셔요."

미처 말릴 겨를도 없이 서둘러 일어나 방 밖으로 나간 규옥이 금세 소반을 들고 들어왔다.

"오실 줄을 몰랐던 터라……. 찬이 허술해서 어째요. 그래도 시장하실 터인데 우선은 이걸로 잠시 요기라도 하셔요."

딱해하는 말과 달리 소반 위에는 바지락을 맑게 끓여낸 국을 비롯해 나박나박 썬 무로 담가 맞춤하게 익은 김치와 들기름에 달달 볶아낸 고사리나물이며 어슷하게 저며 잘박하게 볶아낸 오 이나물까지, 소박하지만 정갈한 음식들이 올라와 있었다. 화려 하진 않았지만 평소의 엽렵한 솜씨를 보여주기에는 모자람이 없 는 음식들이었다.

말갛게 우러난 바지락 국물에서 무럭무럭 피어오르는 김을 본 소운은 그간 긴장감과 불안 때문에 잊고 있었던 허기가 한꺼번에 밀려드는 것을 느꼈다. 숟가락 가득 맑은 국을 한껏 떠서 한 모금 마시자 얼마나 배가 고팠는지 비로소 알 수 있었다. 수저를 쥐고 있는 손의 움직임은 시간이 갈수록 빨라졌고, 허기로 철골(徹骨)이 되다시피 했던 배가 조금씩 불러올수록 우습게도 마음이 놓이며 안도의 한숨이 흘러나왔다.

"일단 요기만 하셔요. 저녁에는 장을 봐다가 제대로 한 상 차려드리겠습니다."

바지런히 움직이는 수저를 보는 규옥은 일견 뿌듯해하면서도 한편으로는 안타까워하는 기색이 역력하였다. 그러나 말이 끝나기가 무섭게 갑자기 무언가 생각난 듯 고개를 내둘렀다.

"아유, 어쩌나. 이제 보니 장이 제대로 설지나 모르겠네."

그녀의 말에 뒤이어 소운이 물었다.

"참, 그러고 보니 오던 길에 낯선 복색을 한 자들이 이곳저곳에서 보이던데. 무슨 일이 있는 겐가?"

생각해보면 대낮에 규옥이 세책점의 문을 걸어 닫고 있는 것도 전에 없던 일이었다. 문을 열 때도 경계하는 기색이 역력하지 않았는가. 장사하는 집에서 출입구를 돌확으로 막아놓지를 않나, 게다가 서당에 가지 못했던 쇠돌이는 그녀가 처음 방에 들어왔을 때 닫힌 벽장 안에 숨겨져 있었다. 경황 중에 알아차리지 못했지만 돌이키면 수상한 것들투성이였다.

수상쩍어하는 그녀에게 규옥이 도리어 반문했다.

"모르고 계셨습니까? 어젯밤에 융국의 군사들이 쳐들어와 나라님 계시는 궁궐을 단번에 집어삼켰다 합니다."

놀란 소운의 손에서 수저가 뚝 떨어졌다. 규옥의 한마디에 조금 전까지 맹렬하게 밀려들던 허기가 삽시간에 사라졌다. 순간 지난 밤 비장한 기색으로 동굴을 나서던 견과 그 일행이 떠오른 것은 그녀 또한 그들에게서 무언가 심상치 않은 기색을 읽어냈다는 의미일 터. 저고리 곳곳에 마른 피가 배고 쇳내를 품은 채로 되돌아온 견의 모습을 떠올린 소운이 소스라치며 몸을 떨었다.

"아까 아가씨가 보셨다는 자들이 필시 융의 군사들일 겝니다. 간밤에 쇠돌이 녀석 잠투정이 어찌나 사나운지 새벽에 깼었는데, 평소 같으면 간혹 순라 도는 소리만 들리고 조용할 바깥이 여느 때와 다르게 제법 소란스럽지 뭡니까. 이 골목이 원체 장사치들이 사는 곳이라 야심한 시각에도 별의별 일들이 무시로 일어나긴 하지만 족히 수백은 될 법한 장정들의 발소리가 한꺼번에 들리지를 않나, 저 먼 데서는 사내들 웅성거리는 소리가 들리는가 싶으면 칼 쓰는 소리도 들리는 것 같기도 하고. 아무튼 기척이 예사롭지 않더란 말입니다. 그래 무섬증이 들어 미처 불도 켜지 못하고 저 녀석만 안고 밤을 꼬박 새웠지요."

"혹여 부두나 궁성 근처에는 얼씬거릴 생각도 말고 만일 집이 그 근방이라면 우선 다른 곳으로 몸을 피해라."

소운의 머릿속에 문득 몇 식경 전에 들었던 사내의 말이 떠올랐다. 노파심에서 나온 단순한 당부였을까, 아니면 정말 무엇인가를 알고 하는 말이었을까. 하지만 답은 이미 나와 있었다. 그동안 보여준 그의 모습으로 봐서는 아무런 근거 없이 그저 해본 말은 분명 아니었을 것이다. 그렇다면 정녕 그가 융의 간자란 말인가. 머릿속에 복잡한 생각들이 오가는 사이 규옥의 말은 계속되었다.

"한데 날이 밝자마자 옆집 여편네가 득달같이 쫓아왔지 뭐여요. 골목 입구에 방이 붙었는데 까막눈이라 도통 무슨 말인지 알 수가 없으니 읽어달라구요. 그래도 제가 아가씨 덕에 몇 자나마 글을 깨치지 않았습니까. 해서 쫓아나가 읽어보니 여차저차한 사정으로 당분간 도성의 수비는 융의 군사들이 하게 될 것이니 너희는 불안해하지 말고 지금껏처럼 살면 된다고 적혀 있겠지요. 하지만 도성이 다른 나라의 손에 넘어갔다는데 언제 무슨 일이 생길지, 어디 당최 불안해서 견딜 수가 있어야지요. 그래서 아까도 아가씨 오신 줄도 모르고 문 두드리는 소리에 놀라서 쇠돌이 녀석부터 답삭 벽장 안으로 밀어 넣었지 뭡니까."

이곳으로 오는 내내 혹여 아는 얼굴을 만나지는 않을까 신경을 쓰며 잔뜩 긴장했던 탓에 소운은 골목 어귀에 붙었다는 방도 발견하지 못했다. 만일 보았다 하더라도 서둘러 몸을 숨겨야 한다는 불안감에 미처 읽을 정신도 없었을 것이다.

"아마 한동안은 이곳에 계셔도 별일 없을 겝니다. 소장원 대감도 그렇고, 아가씨 아버님이나 오라버니 되시는 분도 이 일로 정신이 없으실 테니까요. 하룻저녁에 임금님 계시는 궁궐이 저들의 손에 넘어갔다는데 무슨 정신이 있겠어요."

아닌 게 아니라 규옥의 얘기가 사실이라면 오라비이든 소장원 대감이든 그녀를 찾아 나설 경황은 없을 터이니 짧게 생각하면 다행이라며 가슴을 쓸어내릴 일이었다.

"저 같은 무지렁이야 우리 도성을 앞으로 영영 융국 군사들이 지키든 우리 군사들이 지키든 제발 별일 없이 이대로 조용히 살기만 했으면 좋으련만. 한데 그거야 높으신 분들 뜻대로 되어갈 일이니, 무슨 일이 벌어질지 어찌 알겠어요. 설마 전쟁 같은 우환이 생기지는 않겠지요?"

규옥의 마지막 물음에는 두려움이 담겨 있었다. 하지만 소운도 쉽사리 답을 해줄 수 없는 문제였다. 규옥의 말대로라면 지난 하룻밤 사이 도성과 임금이 융으로 넘어갔고, 그건 곧 이 나라의 거의 대부분이 저들의 손에 들어갔다는 것을 의미했다.

융국은 성국보다 군사적으로나 경제적으로 훨씬 강한 나라였다. 그런 그들이 군사들을 앞세워 전면전을 하지 않고 조용히 잠입해 들어와 도성을 손에 넣었다는 건, 전쟁이 아닌 다른 방법으로 이 나라를 손아귀에 넣고 저들의 뜻대로 좌지우지하겠다는 심산으로 보였다. 하지만 만일 이쪽에서 죽기 살기로 덤비기로 작정을 한다면 조용히 성국을 집어삼키려 했던 융은 감추고 있던 발톱을 드러내어 이 나라와 백성들을 가차 없이 할퀴고 말 것이다.

나라님과 조정 대신들에게는 안된 말이지만 현재의 상황이 그러하다면 규옥의 말대로 앞으로 당분간은 소장원 대감이나 오라비 모두 그녀를 찾는 데 신경 쓸 겨를이 없을 것이다. 그 생각에 심란한 와중에도 소운은 가슴을 쓸어내렸다. 앞으로 전쟁보다 더 무섭고 혹독한 시련이 자신을 기다리고 있을 줄은 꿈에도 알리가 없었던 이때의 그녀는 그저 규옥의 말처럼 조용히 이 사태가 진정되기를 진심으로 바랐다.

"너는 고개를 들어라."

거침없는 하대를 들은 왕의 수염이 굴욕감으로 파르르 떨렸다. 아직 불혹도 되지 않은 나이건만 턱과 볼을 덮고 있는 수염은 벌써 한참 전에 무서리가 내린 빛이었다. 지금 옥좌를 차지하고 앉아 임금과 대신들을 굽어보고 있는 견을 기개 넘치는 무사라고 한다면, 그 아래 부복한 채 고개를 숙이고 있는 왕은 흡사 지천명을 넘긴 유약한 학사처럼 보였다.

하지만 견의 눈에는 젊은 나이와 도무지 어울리지 않는 희끗한 수염이 왕으로서 지녀야 할 근엄함이나 점잖음으로 보이지 않았다. 흡사 초설(初雪)이 내린 직후부터 대개는 춘분 무렵까지도 높다란 지붕이 온통 눈으로 뒤덮여 있는 현 부인의 집을 보는 것 같아 벌써부터 진저리가 쳐질 지경이었다. 온화한 춘풍에도 도무지 그 기세를 수그릴 줄 모르고 단단하고 차갑게 얼어붙은 눈이 지붕 위를 차지하고 있는 광경을 멀리서 보고 있노라면, 이미 흘러가버린 옛 꿈을 아직도 놓지 못하는 어리석은 고집을 대변하는 것 같아 비위가 다 상하였다.

머릿속에 떠오른 불유쾌한 광경을 애써 무시하며 견은 다시 한 번 하명을 하였다.

"너, 겸은 고개를 들라 하지 않느냐!"

아마도 어릴 적 선대왕에게 불렸던 것을 제외하면 그 누구도 감히 소리 내어 입 밖으로 내지 못한 왕의 아명(兒名)이 거침없이 불리자, 임금의 뒤로 부복해 있던 신하들 사이 여기저기에서 숨죽인 울음소리가 들려왔다. 적국의 황제라면, 하다못해 태자만 되었어도 이리 치욕스럽지는 않았을 터인데. 한낱 황자에 불과한 자의 앞에서 자신들의 왕이 무릎을 꿇고 있는 것만으로도 참기 힘든 모멸이거늘. 소리를 죽인 흐느낌은 좀처럼 잦아들 기미를 보이지 않았다.

견의 냉랭한 눈이 그들을 일별했다. 대관절 바라는 것이 무엇이관데 숨 쉬는 것까지 참아가며 저리들 끄억끄억 울어대고 있는 것인가. 지금 저렇듯 쉽게 울고 있는 자들 중에서 그간 진정으로 왕과 이 나라를 위하여 간언을 올린 자가 과연 몇이나 되겠는가.

견을 올려다보는 현왕의 얼굴도 파랗게 질려 있었다. 비록 적통자로 태어난 것은 아니라고 하나 왕가의 종친으로 태어나 거칠 것 없이 살다가 용상에 오른 이다. 그런 만큼 지금의 이 상황을 참아내기 힘든 것은 당연했다.

하지만 침의 차림으로 융의 군사들에게 둘러싸인 채 잠에서 깬이래 그는 꼼짝없이 견의 지시에 따르며 움직이고 있었다. 궁궐 안 후미진 전각에 볼모로 잡혀 갇혀 있는 대비나 처첩들, 혹은 자식들의 안위를 염두에 두어서가 아니었다. 그저 타고난 성정이 유약하고 거칠지 못한 탓에 견의 손가락이 가리키는 대로 조종을 당하고 있는 것이다. 더군다나 그동안 곤란하거나 귀찮은 상황이 벌어질 때마다 늘 앞서 나서서 수족이 되어주던 빙부를 당장은 의지할 수 없는 까닭에 왕은 더욱 위축되어 있었다.

"나는 고귀한 천손의 자손이신 대융국 황제 폐하의 명을 받고 이곳에 왔다. 하니, 이곳에서 내가 하는 말은 곧 황제 폐하의 명으로 알고 한 치의 어긋남도 없이 새겨들어 받들어야 할 것이다. 뿐만 아니라 궐 안팎에서 우리 군사들을 대함에 있어서도 반드시 합당한 예를 갖추되, 대접에 소홀함이 있어서는 안 될 것이다."

왕의 굳게 다물린 입술 안쪽에서 피가 맺히는 듯하더니 곧 가느다랗게 턱을 타고 흘렀다. 동시에 두 눈을 질끈 감았다 뜬 왕이 머리를 조아리며 답하였다.

"예."

동시에 신하들의 깊은 한숨소리가 어전 안을 채웠다. 좀 전까지 흐느끼며 울던 자들은 너무도 순순히 견에게 굴복을 하는 왕의 모습이 믿기지 않는 듯 서로의 얼굴을 두리번거렸다. 왕의 너무도 짧은 저 한 마디 대답으로 이 나라를 송두리째 융의 손아귀에 가져다 바친 것이나 다름이 없다는 사실을 그들 또한 아는 까닭이었다. 하지만 대답과 함께 이미 모든 것을 체념한 듯 왕의 눈에서는 어떠한 의지도 찾아볼 수가 없었다.

견의 말은 계속되었다.

"그동안 우리 폐하께서는 너희가 융국을 대함에 있어 신하로서 몸을 낮추고 삼가는 마음으로 상국에 대한 예를 갖추지 아니하고, 감히 형제의 의를 운운하며 도발하는 것을 크게 언짢아하시었다. 그래서 황자인 나를 보내시어 마땅한 예를 가르치시려 함이니. 추후로는 황제 폐하를 섬김에 조금 치의 부족함도 있어서는 아니 될 것이다."

이번에는 단 한순간의 망설임도 없이 왕이 고개를 조아렸다. 일국의 왕이라는 작자가 으름장 몇 마디에 스스로의 본분을 저버리는 시간은 그저 짧기만 하였다.

"하오나."

그동안 잠자코 있던 신하 중 하나가 뒤쪽에서 허리를 꼿꼿이

맨
답

세우며 고개를 들었다.

"황자께서 말씀하신 바와 달리 예로부터 융과 성은 군신이 아닌 형과 아우의 관계였사옵니다. 이는 성국의 태조이신 태성대왕께서 이 나라를 건국하셨을 당시부터 그러하였으니 사료(史料)에 보면,"

견이 손을 드는 것과 동시에 어전을 빙 둘러서 있던 융의 군사 몇이 달려들어 그 신하를 끌어냈다. 볼썽사납게 질질 끌려와 내던지다시피 자신의 앞에 팽개쳐진 사내를 견이 싸늘한 눈으로 응시했다.

"조금 전 쉽게도 지껄였던 말을 다시 한 번 해보아라."

하룻밤 사이에 세상이 바뀌었다는 사실을 아직까지도 제대로 인지하지 못하고 있는 듯하여 견은 한 번 더 기회를 주었다. 학사 나부랭이로 보이는 중년의 신하는 이내 허리를 바르게 세우더니 목청을 가다듬었다.

"감히 아뢰옵니다. 태성대왕의 업적을 기록한 '건국기'를 보면……."

군사들의 손에 거칠게 끌려나오는 동안 사모는 어디론가 사라지고 매무새도 있는 대로 흐트러져 흡사 유곽에서 기녀와 농탕질을 치고 나오는 행색임에도 아뢰는 말투만은 사뭇 진지해서 보기에 우스꽝스럽기 짝이 없었다.

"동후!"

견의 부름에 동후가 재빠르게 앞으로 나섰다. 그렇지 않아도 상전의 한쪽 입가가 비스듬히 올라가는 것을 보고 명을 기다리고 있던 참이었다.

"주제도 모르고 감히 함부로 주둥이를 나불거리는 저놈의 목을 쳐라."

오싹하리만치 낮은 음성으로 떨어진 하명에 널찍한 어전에는 고요한 파문이 일었다. 부복해 있던 신하들은 떨어뜨린 고개를 바쁘게 움직이며 서로를 향해 눈빛으로 지금의 정황을 묻고 있었다. 대놓고 저항을 한 것도 아니고 그저 말 몇 마디 하였을 뿐인데 갑자기 참(斬)을 명하는 이유를 알지 못한 까닭이었다.

냉랭한 눈으로 그들을 지켜보고 있던 견이 속으로 고개를 저었다. 지난 시절, 잇따른 변고로 왕위 계승을 두고 혼란이 벌어졌을 때에도 변변히 나서서 제대로 칼 한 번 휘두르는 이 없이, 뒷방을 지키고 있던 늙은 여인의 말 한마디로 비어 있는 용상의 주인을 결정한 자들이다.

그러한 자들이니 말 한 마디에 목이 날아갈 지경에 이른 지금의 상황을 선뜻 납득할 수 없는 것이다. 이는 결사항전까지는 기대도 하지 않았지만 침의를 입은 채로 너무 쉽게 항복을 해버린 저들의 왕 또한 마찬가지일 터.

융과는 달라도 너무 다른 저들의 성향을 직접 마주하고 보니 견은 실로 어처구니가 없었다. 어찌 된 노릇인지 사내라는 것들이 한낱 나이 어린 여인의 기개만도 못하지 않은가. 지금쯤 깨어나 밧줄을 풀기 위해 몸부림을 치고 있을 그 여인이 이 자리에 있었다면 목청껏 힘을 다해 부당함을 주창하며 그에게 할 수 있는 힘껏 덤비고도 남았을 것이다.

미처 막을 사이도 없이 물길이 흐르듯 자연스레 그녀를 떠올렸다는 사실에 놀란 견이 잠시 움찔하였다. 하지만 이내 머릿속 생각을 털어버리고 앞으로 끌려나와 있는 자에게 집중을 하였다.

"하오나 신(臣)이 아뢰고자 하는 것은,"

갑작스러운 견의 명에 누구보다도 놀랐을 그가 군사들에게 잡힌 팔을 빼려고 필사적으로 버둥거렸다. 설마 하는 안이한 생각 한편으로는 이대로 정말 목이 잘릴지도 모른다는 절박함과 공포가 눈에 가득하였다.

그런 그에게 견은 조소로 답하며 입을 열었다.

"너는 조금 전 분명히 나에게 스스로를 신(臣)이라고 칭하였다. 그것은 곧 황제 폐하를 대신해 이 자리에 있는 나를 신하의 예로 대하고 있다는 의미일 터. 조금 전 네 녀석이 잘난 입으로 나불거린 대로 우리 폐하와 겸이 형제의 의로서 맺어진 사이라면, 너는 군자 된 자로서 하늘 아래 두 주군을 섬긴 셈이니 마땅히 불충의 죄를 받아야 할 것이다. 또한,"

잠시 말을 멈춘 견은 그의 발아래 엎드려 있는 자들을 둘러보았다.

"우리 폐하를 신하된 예로 섬긴다는 의미에서 칭신(稱臣)을 하였다면, 앞서 '건국기'를 들먹인 것은 일구이언으로 감히 나를 희롱한 것이다. 존귀하신 황제 폐하를 대리하고 있는 나를 희롱한 것은 곧 폐하를 우롱한 것이나 마찬가지이니. 너는 죽음으로도 미처 다 씻을 수 없는 죄를 지은 것이다."

견의 말에 어전의 공기는 섣달의 그믐밤처럼 차갑게 얼어붙었다. 그동안 영토가 넓고 군사력이 우위에 있는 것을 제외하면 그 나머지 모든 면에서 용국보다는 자신들의 나라가 우세하다는 자만에 빠져 있던 그들이었다. 하여, 비록 갑작스러운 공격에 무방비로 당하기는 했지만 견을 잘 구슬리기만 하면 큰 손실 없이 이번 일을 수습하고 그를 돌려보낼 수 있을 거라고 낙관하고 있었다.

예리한 견이 그러한 정황을 포착하지 못했을 리가 없다. 그래서 저들에게 지금의 상황을 보다 확실하게 이해시킬 기회를 노리던 차에 뜻밖에 저 운 나쁜 놈이 제 스스로 그의 손 안으로 들어온 것이다.

견의 힘찬 목소리가 어전을 갈랐다.

"존귀하신 황제 폐하를 희롱한 저 발칙한 놈의 목을 당장 베어라! 또한 저놈의 부모와 형제, 그 아들들 또한 즉각 참하라. 죽은 자들의 처첩은 용으로 데려가 노비로 삼되 딸들은 우리 군사들에게 내주어 아비의 죄를 대신 속죄하게 할 것이다."

명이 떨어지기가 무섭게 잘 벼려진 동후의 검날이 사내의 목을 갈랐다. 공중으로 솟구치고 금세 뒤따라 솟은 피로 칠갑이 된 목은 이내 바닥에 떨어져 데구루루 굴렀다. 경솔하게 입을 놀린 탓으로 앞으로 남은 가족들에게 닥칠 불행에 미처 슬퍼할 겨를도 없이 그대로 숨이 끊겼다.

갑작스럽게 벌어진 이 상황에 어느 누구도, 감히 그 어떤 누구도 숨조차 쉬지 못해 어전 안은 먼지 날리는 소리까지 들릴 정도로 적요해졌다. 오로지 들리는 것이라고는 몸과 분리된 목이 구르며 내는 기이한 소리뿐.

또로로록.

툭!

뭉툭한 소리가 멈춘 곳은 벽 쪽에 엎드려 있던 신하의 앞이었고 여봐란 듯이 자신을 노려보고 있는 산발한 핏덩어리의 기괴한 모습에 젊은 신하는 비명소리 한 번도 제대로 내지 못한 채 그대로 거품을 물고 혼절하고 말았다. 하지만 어느 누구도 쓰러진 그를 도와 옮기려는 노력 따위는 하지 않았다. 자신들의 용상을 차지한 채 서 있는 저 남자가 얼마나 쉽게 흉포해질 수 있는지를 너무도 확실한 방법으로 목도했기 때문이다.

겁에 질린 채 굳어 있는 자들에게 경멸의 눈초리를 던진 견은 그대로 일어서서 어전 밖으로 나왔다.

"좋은 본보기가 되었을 것입니다."

그의 뒤를 따르는 동후는 자못 흡족한 기색이 역력하였다. 그 또한 저들의 분위기를 알아차렸기에 견의 처분만을 기다리고 있던 차였다. 따르는 자에게는 한없이 너그럽지만 그렇지 않을 시에는 가차 없는 견의 성품을 누구보다 잘 알고 있는 그였다. 더구나 이 일은 황제 폐하의 명을 받들어 온 것이니 처분에 망설임이 있어서는 절대 아니 되었다.

지금 이 순간도 견의 일거수일투족이 황궁에 보고되고 있다는 사실을 동후는 물론이고 견 스스로도 잘 알고 있었다. 조금이라도 황제의 의심을 사는 언행이 있을 시에는 귀국한 뒤 추궁을 받을 건 뻔했다.

만약 변경에 주둔해 있던 신휘 장군이 그동안 황제에게 거짓 장계를 올렸다는 사실이 발각되지 않았으면 과연 그들은 어떻게 되었을지. 만고의 충신으로 알려진 장군의 죄상이 밝혀지지 않았다면 견은 사병을 이끌고 국경을 넘어 성을 노략질한다는 누명을 쓰고 호된 죄과를 치러야 했을 것이다. 견의 이름을 들먹이기만 해도 두 눈에 날을 세우고 달려드는 황후가 이때다 싶어 가뜩이나 견을 못마땅해하는 황제를 충동질했을 건 빤한 순서였다.

동후는 융으로 떠나오기 사흘 전 밤을 떠올렸다.

"밀지(密旨)다."

환궁하자마자 불러들인 견이 무턱대고 던진 한 마디에 동후는 잠시 어리둥절하였다.

"무슨 말씀이십니까?"

아무 말 없이 낮게 일렁이는 촛불에 시선을 주고 있던 견이 한참 후에야 그에게 고개를 돌렸다.

"하늘의 도우심으로 누명은 벗었다만 그 대가가 꽤나 비싼 듯하구나."

"하오면……."

"사흘 후에 떠날 것이다. 국경을 넘어야 하니 단단히 채비를 갖추어야 할 것이야."

"성국…… 입니까?"

어림짐작으로 묻는 말이었지만 되돌아오는 표정만으로도 대강의 사정을 짐작할 수 있었다. 대관절 황제께서는 어인 연유로 밀지를 통하여 명을 내리신 것인가. 미욱하기 짝이 없는 백성의 그릇으로는 도통 알 수가 없는 노릇이니 답답하기만 하였다.

"곧장 궐을 치고 왕을 손에 넣으라 명하셨다."

"하면 정변을 일으키라는 명이 아니오니까. 한데 밀지라니요. 이는 곧 떳떳하게 움직일 수가 없다는 뜻이 아니고 무엇이오니까."

동후는 제법 얼굴까지 붉혀가며 항변을 하였다.

제아무리 근본이 해이해지고 기강이 무너졌다고는 하나 임금을 위시해 한 나라의 도성을 손에 넣는 임무였다. 자칫 일이 조금이라도 어그러졌다가는 저들에게 목숨을 내놓아야 하는 상황에도 얼마든지 처할 수 있었다. 더군다나 밀지를 통해 전해진 명이고 보면……

동후는 눈앞이 아득해오는 것을 느꼈다. 뒤이은 견의 말은 그의 불안함에 쐐기를 박았다.

"실패하게 될 경우 황제 폐하나 우리 조정에서는 그 일에 대해 전혀 아는 바가 없으며 내가 독단으로 벌인 일이라고 할 것이다. 성국에서도 의심은 하겠지만 이미 사병까지 동원하여 월경을 하였던 전적이 있으니 이만치나 구미에 맞는 맞춤한 구실을 찾을 수는 없겠지."

말끝에 소태와도 같은 쓴맛이 배어났다.

실패할 경우 무사히 귀국을 하더라도 혹독한 처벌을 받게 될 것은 뻔하였다. 설사 그에 대해 의구심을 가진 이가 있다고 하더라도 사방이 적막한 견의 옆에 서서 편을 들어주기 만무했을 터. 그러니 이번 일이 자신의 손에 떨어진 것도 필시 황후의 노림수가 크게 작용을 했을 것이라고 견은 혼자 짐작하고 있었다.

동후가 보기에 이번 임무는 성공하면 목숨을 부지하고 무사히 귀국하는 것을 다행으로 여겨 기뻐하고, 실패했을 시에는 황제가 아들을 베기 위해 보낸 칼을 성국의 왕이 대신 휘둘렀다고 여기고 기꺼이 목숨을 내놓아야 하는 일이었다.

마마 또한 그 사실을 누구보다 잘 알기에 저리도 씁쓸해하고
계시는 것이겠지.

천만다행으로 이번 거사가 성공을 거두기는 했지만 호시탐탐
견을 견제하고 노리는 황후를 생각하면 마냥 좋아할 일만도 아
니었다. 이번 성공으로 혹여 황제의 사랑이 조금이라도 옮겨 갈
까, 앞으로 황후는 더욱 고삐를 틀어쥐고 호시탐탐 견을 노리며
그가 실수하기만을 고대할 것이다.

"곤하구나."

잠시 멈춰 선 견이 나직하게 말했다. 그의 얼굴에는 그 어느
때보다 피곤이 짙게 깔려 있었고 특히 핏발이 잔뜩 선 두 눈은
보기만 해도 제 눈가가 절로 자욱해지는 느낌이 들 정도였다. 그
들 모두 아직 피 묻은 옷도 갈아입지 못하였을 정도로 거세게 몰
아친 하룻밤이었다.

"잠시 쉴 터이니 물러가라."

그 말을 끝으로 견은 그를 위해 마련된 전각으로 걸음을 옮겼
고 허리를 숙여 인사한 동후는 눈으로 상전을 배웅했다. 분부를
거스르는 것을 무엇보다 싫어하는 성품이시니 부르시기 전에는
방해해서는 안 될 터였다.

그동안 날을 있는 대로 세웠던 긴장 때문인지 멀어지는 뒷모습
에서 강퍅함이 뚝뚝 떨어진다. 이번 임무를 부여받은 뒤로 견은
단 하룻밤도 편히 잠을 이루지 못했다. 더욱이 지난 몇 달간은
낯선 이 나라 곳곳을 염탐하고, 거기에 각지에서 들어오는 간자
의 보고를 더해 작전을 구상하는 데에 몰두를 하느라 하루에 두

시진 이상 눈을 붙여본 지가 언제인지 까마득하였다.

견이 지난 몇 달간 필사적이다 싶을 만치 이번 임무에 매달린 연유를 동후는 알 것도 같았다. 스스로를 대단하다 여기지 않고 이 세상에 미련 또한 크게 없는 분이니 자신의 목숨이 아까워 그리 사력을 다하지는 않았을 것이다. 아마도 자신의 판단 여부에 의해 자칫 목숨을 잃을지도 모르는 군사들 때문에 가지고 계신 모든 역량을 쏟아 부으며 이번 임무에 열중을 하셨을 터이지.

함께 지내며 쌓인 시간만큼이나 견의 성품을 잘 안다고 자부하는 동후는 스스로 내린 결론에 만족하며 뒤돌아섰다.

하지만 전각 뒤편으로 돌아간 견이 곧장 야트막한 담을 뛰어넘어 어젯밤까지 자신들의 은신처였던 동굴로 향하고 있다는 사실을 동후는 까맣게 몰랐다. 그저 말이 퍼지는 것을 막기 위하여 가두어놓은 계집 따위는 이미 그의 머릿속에서 사라진 지 오래였으니. 앞으로 시간이 한참 흐른 후에, 그러니까 융으로 귀국하고 난 뒤 한가로운 어느 날 문득, 그런 일이 있었지 하며 떠올릴 수 있었을지도 모른다.

여느 때였으면 견도 마찬가지였을 것이다. 그깟 계집 따위 무에 그리 대단하다고 피에 젖은 옷을 미처 갈아입을 생각도 하지 못한 채 곤한 몸을 이끌고 나설 일이던가. 그것도 자신의 부관에게 거짓말까지 해가면서. 하지만 지름길을 통해 은신처로 향하는 견의 발걸음은 지난밤 그 어느 때보다도 빨랐다.

누구보다 견을 잘 안다고 자부하는 동후도, 심지어 견 스스로도 알아차리지 못한 미묘한 반란이 마음 깊은 곳에서 야릇한 미풍과 함께 시작되고 있었다.

제五장.
서서히 죄어 오는 올가미

천천히 책장을 넘기던 소운이 담 밖에서 들려오는 거간꾼들의 실랑이를 들으며 미소를 지었다. 거간비를 응당 닷 푼은 챙겨야 할 일을 서 푼 오 리밖에 받지 않았다며 나무라는 사내와 그 정도면 족하였다는 사내가 다투는 중이었다. 결국 한참이 지나서야 두 사람은 서로 오 리씩 내어 탁주 한 사발씩 마시기로 결정을 내리고는 자리를 떴다.

융의 군사들이 도성을 점령한 지 벌써 세이레가 지났다. 그 사이 언제 그런 일이 있었냐 싶게 사람들은 일상으로 빠르게 돌아와 있었다. 활기를 되찾은 저자는 전처럼 호객을 하는 상인들의 외침과 장을 보러 나온 아낙들의 호들갑스러운 웃음소리로 가득 찼다.

혹여 그녀를 찾기 위해 다시 사람을 보내올까 봐 거듭거듭 고심을 하던 소운과 규옥도 결국은 세책점의 문을 열기로 하였다. 외려 문을 닫아걸고 있는 것이 더욱 의심을 살 수도 있었다. 손님이 드나드는 낮에는 지금처럼 방에서 책을 읽거나 필사를 하면 될 일이었다. 쇠돌이에게도 손님 앞에서 절대 소운에 대해 아는 척을 하거나 말을 하면 안 된다고 철저히 일러두는 것도 잊지 않았다.

예전 거처의 절반도 채 되지 않는 비좁은 방에서 세 명이 먹고 자며 복작거리지만 소운은 어느 때보다 행복했다. 아버지나 오라비의 눈치를 보지 않고 마음껏 책을 읽고 필사를 하고 틈틈이 규옥과 쇠돌이에게 글도 가르치고 있었다. 전에도 가끔 들를 때면 규옥에게 쉬운 글자들을 일러주곤 했지만 늘 시간에 쫓겨서 제대로 가르칠 기회는 없었다. 하지만 이제는 마음껏 배우고 가르치니 그 즐거움이 서로 배가 되었다. 영특함에 노력까지 더해지자 규옥의 실력은 날로 일취월장하였다.

하지만 여유로운 시간도 서서히 막바지를 향하고 있었으니.

"아무래도 세책점 문을 다시 닫아야 할까 봐요."

저녁상의 설거지를 마치고 들어와 앉은 규옥이 걱정스럽게 말을 꺼냈다.

"융국에 보낼 여인들을 모으고 있다지?"

낮에 세책점에 들른 손님의 말을 방 안에서 엿들은 소운이 물었다. 그러자 수다쟁이 단골 아낙에게 들은 이야기를 규옥이 줄줄이 쏟아냈다.

"융에서 전쟁을 안 하는 대신에 공물을 어마어마하게 내놓으랬다나 봐요. 그 나라의 황자라는 이가 황금이며 말, 명주, 짐승 가죽에 온갖 곡식, 그것도 모자라 여인들까지 보내라고 날마다 임금님을 아주 들들 볶는대요. 자기 나라 황제의 명을 받아 이번 정변을 주도한 사람도 바로 그 사람이구요."

문득 올케 여진에게 생각이 멎자 소운의 가슴이 불길한 예감으로 두근거리기 시작했다. 비록 혼사는 이루어지지 않았지만 어찌 되었든 임금의 빙부인 소장원 대감과 혼약을 맺고 그 줄이 닿아 있으니 이번 정변에 그녀의 집안도 온전하지는 못했을 것이다. 그 정도는 그녀도 짐작하고 있었다. 하지만 전쟁을 하지 않는 걸 보면 사람들을 마구잡이로 잡아 죽이겠다는 작정은 아닐 터이니 겁을 조금 주는 데에서 끝날 것이라고 애써 위안을 삼곤 했었다.

　한데 걱정은 여진이었다. 융국에 보내기 위해 조정에서 여인들을 그러모은다는 얘기를 들은 직후부터 소운은 내내 여진이 마음에 걸리던 차였다. 처녀와 유부녀의 구분을 두지 않는다고 하니 아이도 없는 여진이 물망에 오르는 건 당연할 터. 게다가 오라비라면 조정에서 미처 내놓으란 말을 하기도 전에 먼저 나서서 '예 있소.' 하며 여진을 그들 앞에 내던지고 그로 인해 생길 잇속을 챙기고도 남을 위인이었다. 자신의 아내라고 해서 품고 보호할 사람이 절대 못 된다는 사실을 잘 아는지라 불안한 마음이 이리도 가시지 않는 것이다.

　"아직까지는 아이가 있는 여인들을 봐준다고는 하는데 그게 또 어찌 될 줄 알겠어요. 그러다가도 모자라면 닥치는 대로 긁어모으겠지요."

　규옥의 말끝에도 걱정이 가득 실렸다. 갑작스러운 사고로 정혼자가 죽은 후 뱃속의 아이를 지키기 위해 집을 떠나 와 없는 남편도 만들어낸 그녀이니, 앞으로 벌어질지도 모를 일을 생각하면 오죽이 답답하기도 할 터이다.

맺음 ₁

"내일은 나가봐야겠어."

"아가씨."

깜짝 놀란 규옥이 소운의 손목을 붙들었다.

"그러다가 혹시라도 아가씨를 추적하는 이들과 마주치기라도
하면 어쩌시려구요."

저자에 떠도는 풍문에 따르면 지난 정변 이후로 소장원 대감은
궁에 거의 갇혀 있다시피 하고 있다니 따르는 수하들도 느슨해
졌을 것이다. 자고로 말은 채찍을 휘두르는 손이 사라지면 제자
리에 서 있거나 제멋대로 움직이게 마련이다. 게다가 이번 일로
대감의 권세 또한 전 같지 못하고 급격하게 내리막일 테니 그를
따르는 이들 또한 크게 줄어들었을 것은 자명한 이치.

문제는 오라비 환이었다. 계집질에 한량놀음 이외에는 크게 이
름을 떨치지 못한 사람이니 가만히 앉아 풍문으로 그가 어떻게
지내고 있는지 알아내기란 불가능했다. 하지만 어떻게 해서든
그의 동태를 파악해야 앞으로의 움직임을 결정할 수 있으니, 그
녀가 택할 수 있는 선택의 폭은 넓지 않았다.

시국이 이러하니 이제 와 대감과의 혼사를 강요하려 들지는 않
을 것이다. 하지만 속이고 달아난 것에 대한 대가는 반드시 치르
게 하고야 말겠지. 공녀가 되어 여진과 나란히 끌려가는 그림은
지금 그녀가 생각할 수 있는 가장 미약한 벌이었다.

규옥의 만류에 소운은 한 발짝 뒤로 물러섰다.

"그래도 집으로 사람을 보내서 사정이 어찌 돌아가고 있는지
알아보기는 해야 해."

그 참에 그녀를 내내 좌불안석하게 만드는 여진의 안부도 알아

볼 요량이었다.

"제가 다녀오겠습니다. 올케 되시는 분의 친정에서 심부름 온 이로 가장을 하면 되겠지요."

규옥이 선뜻 나섰다. 중간에 넣은 사람이 실수라도 해서 자칫 발각이 되기라도 하면 절대 아니 된다는 것을 잘 알기에 자청한 것이다.

하지만 소운은 고개를 저었다.

"다른 사람을 넣는 게 나을 듯싶어."

"하지만 그러다가 자칫……."

무심결에 말을 하다 아차 싶었는지 재빠르게 입을 다문 규옥이 엄지와 검지로 자신의 입술 가장자리를 꾹 잡아 비틀었다. 포구 어귀의 마을에서 나고 자란 그녀는 뱃사람들이 믿는 속설들을 맹신하는 경향이 있었다. 그래서 입 밖으로 나오는 말, 특히 부정적인 말은 단 한 마디라도 하지 않으려 조심하고 애를 썼다. 그러다가도 입방정을 떨었다 싶어지면 서둘러 조금 전처럼 입술을 쥐고 비틀었다. 그리 하면 흉사가 될 말이 비틀려 묶여서 입 밖으로 나오지 못한다고 믿고 있었다.

"이곳에 찾아왔다던 자들이 아직도 집에 드나들 것이야. 오가다 자네 얼굴을 알아차리기라도 하면 어쩌려고."

그간 세책점에 심부름을 다녔던 섭섭이 또한 제법 엽렵(獵獵)하다고는 하나 거짓말에는 영 서툰 아이였다. 자칫 집 안에서 규옥을 보고 아는 기색을 비치기라도 했다가는 금세 들통이 나고 말 것이다. 그러한 생각을 듣고 나자 규옥 또한 더 이상 고집을 부릴 수는 없는 모양이었다. 잠시 생각에 잠겼던 그녀가 손바닥으로 세워 앉은 무릎을 탁 쳤다.

"하면 앞집 옹기장이네의 새댁이 어떨까 싶습니다. 입도 무거운 편이고 눈치도 빠르니 손씻이만 섭섭지 않게 챙겨주시면 족히 해낼 겝니다."

다음날, 규옥의 부름을 받고 온 이는 올봄에 시집왔다는 열네 살의 어린 새댁이었다. 쪽을 찌어 구리 비녀를 꽂은 머리가 안쓰러워 보일 정도로 앳된 얼굴이라, 새댁이라는 호칭보다는 여느 처녀아이처럼 이름을 부르는 편이 훨씬 더 어울릴 듯하였다.

"전에 우리 쇠돌 아범이 모시던 댁의 아가씨라네."

규옥이 소운을 가리키며 거짓으로 소개를 하였다.

"안녕합시오."

어린 새댁이 소운을 보고 꾸벅 인사를 하였다.

양가의 처자를 이리 가까이서 마주대하기는 처음인지, 규옥이 소운을 처음 보고 그러하였듯 인사하는 모양새가 어색하기 짝이 없었다. 하지만 다소 낡기는 하였으나 깔끔한 입성이며 말끔히 씻어낸 듯 보이는 얼굴이 소운의 마음에 들었다. 전날 저녁, 내일은 아는 댁 아가씨의 심부름을 해주어야겠다는 규옥의 부름을 듣고 새로 신경을 쓰고 온 기색이 역력한 까닭이다.

"내 긴한 사정이 있어 자네에게 부탁을 해야 할 처지라네."

"분부만 합시오."

손씻이가 제법 묵직할 거라는 언질을 미리 주어서인지 나이 어린 새댁은 연신 허리를 굽실거렸다. 넘쳐날 것 없는 살림에 한나절 심부름으로 쥐게 될 돈을 생각하면 기껍지 않을 리가 없었다.

"제운동에 있는 여 대감 댁 작은마님께 마님의 친정에서 보낸 심부름꾼으로 가장하고 서찰을 전해야 하네."

자세한 설명은 하지 않은 채 할 일을 간단히 일러주자 그녀는 자신 있게 고개를 끄덕였다.

"진정으로 자신이 있는 겐가?"

"신명을 다해 열심히 하겠습지요."

다짐을 하는 말에 대답하는 투가 꼭 이제 갓 글을 배운 자가 책을 읽는 듯 어색하기 짝이 없었다. 하지만 작은 눈에 담긴 진지함에 소운은 마음의 결정을 하였다.

소운의 눈짓을 받은 규옥이 그녀를 돌려 앉게 하더니 백통비녀를 빼고 낭자머리를 풀어 빗기기 시작했다. 얼레빗으로 엉킨 머리를 대강 풀고 다시 참빗으로 한참이나 빗어 내리고 난 뒤 댕기를 물려 곱게 땋기 시작했다. 시집간 딸에게 행주냄새 풍기는 부녀자를 심부름 보내는 법은 없으니 처녀 행세를 시키려는 것이다.

그동안 소운은 그녀가 미리 알아두어야 할 것들을 조목조목 이르기 시작하였다.

"작은마님의 친정댁은 봉서동에 있네. 대문을 열어주는 이에게 봉서동 마님의 심부름을 왔다고 하면 그분에게 안내해줄 것이야."

"작은마님께서 저를 보시고 모르는 아이라고 하시면 무어라 여쭐까요?"

"집사어른의 막내딸 아지라고 말씀드리면, 못 본 새에 많이 컸구나 하고 반가워하실 것이야."

언젠가 여진에게 들었던 이야기를 떠올리며 소운이 알려주었다.

"아씨께서 시집가실 때 저야 아직 아이였으니 몰라보시는 것도 당연합지요."

어린 새댁은 소운이 일러준 말을 자연스럽게 입에 익히려는지 그 사이 조곤조곤한 투로 홀로 연습을 하였다. 새댁이라고는 하나 나이 탓인지 아직까지 애티가 많이 남아 있는 탓에 머리를 땋아놓고 보니 영락없이 어린 처녀였다.

머리단장을 마친 규옥이 일어나 벽장문을 열더니 곱게 매듭지어진 보따리를 꺼내 풀기 시작하였다. 보따리 안에서 나온 연자색 저고리와 남색치마를 본 새댁의 두 눈이 휘둥그레졌다.

"방 안에 마님과 단둘이 남게 되기 전까지는 무슨 일이 있어도 절대 서찰을 꺼내놓아서는 안 되네. 반드시 바깥의 기척이 완전히 끊긴 것을 확인하고 전해야 해."

"물론입지요."

빛깔 고운 옷이 어지간히 마음에 드는지 새댁은 차려입은 저고리 고름을 조심스러운 손길로 연신 쓰다듬으며 고개를 끄덕였다. 시집간 딸에게 기운 옷을 입힌 심부름꾼을 보내는 친정어머니는 없을 것이라며 전날 밤 닫힌 포목점 문을 두들겨 사 온 옷이었다.

"서찰을 읽으신 후에는 내 안부를 물으실 게야. 그러면 그저 무탈하게 잘 지내고 있다고만 하게. 아무리 다그치셔도 어디에서 지내고 있다는 말은 절대 입 밖에 내어서는 안 되네. 그건 무슨 일이 있어도 명심해야 하네."

잠시 후, 거듭 당부를 하는 소운에게 걱정하지 마시라는 말을 자신 있게 남긴 새댁이 세책점을 나섰다.

"마음 편히 갖고 계셔요. 들키지 않고 좋은 소식을 갖고 올 것입니다."

좁은 방 안을 서성이며 초조한 기색을 감추지 못하는 소운을 규옥이 몇 번이나 다독였다.

"여소운이라 하오."

당돌하기 그지없는 목소리가 떠오르자 한 일 자를 그리고 있던 입매의 한쪽 끝이 보일 듯 말 듯 풀어졌다.

남자의 복색을 한 데다 그들에게 붙잡힌 뒤로 제대로 매무새 한 번 다듬을 겨를이 없어 그 모양새가 초라하다 못해 험하기 짝이 없었지만, 그녀는 견이 지금까지 본 그 어떤 여인보다도 당당했으며 굴하는 기색 또한 찾아볼 수 없었다. 흔하디흔해 이젠 터럭 끝만큼의 감흥도 주지 못하는 눈물 따위로 읍소하려 들지도 않았고, 여인의 교태로 그를 굴복시키려 하지도 않았다. 오히려······.

하마터면 죽을 뻔한 그녀를 구해낸 후 난데없이 입맞춤을 퍼붓던 그림이 떠오르자 견은 몸을 들썩이며 자리를 고쳐 앉았다. 갑작스러운 입맞춤에 어지간히 놀랐는지 잔뜩 굳어 있던 그녀······. 아, 소운이라고 하였었지.

겁을 먹고 꼼짝도 못하고 있는 소운의 입술을 양껏 들이마시며 보드라운 입 안과 혀를 음미했었다. 아무리 되돌려 생각해도 제 스스로도 유린이라도 해도 부족하지 않을 정도였다. 더군다나 마주 댄 입술은 밤을 도와 정인을 만나러 나온 여인이라는 처음의 추측이 무색할 정도로 서투르기만 하였다.

허나 되새겨 떠올릴수록 희열감은 새롭기만 했다. 속눈썹 파닥거리며 교태를 부리던 궁녀의 품에 안겨 동정을 잃었던 순간보다 훨씬 더 짜릿한 입맞춤이었다. 막중한 임무를 눈앞에 두고 있던 차에 속에서 저들끼리 똘똘 뭉치고 있던 긴장이 한꺼번에 터져 나왔다고 치부하면 그뿐이지만 그 또한 사실이 아니라는 건 견 자신이 더 잘 알고 있었다.

하지만 잠시 잠깐의 인연에 불과했던 그녀를 떨쳐버리지 못하고 이렇듯 추억하고 있는 것은 기억에 남을 만한 입맞춤이나 그녀의 용모 때문이 아니었다. 삶에 대한 애착과 희구로 가득 차 있던 그녀의 눈이 무엇과 비할 수 없을 만치 그를 사로잡고 놓아주지 않았다.

단순히 방해꾼을 치워야 한다는 목적으로 끌고 왔던 자가 저자에서 난생처음으로 깊은 인상을 남겼던 여인임을 알아차린 순간 엄습하던 반가움이라니. 찰나라고 해도 좋을 짧은 순간 눈을 뗄 수 없게 만들던 여인을 다시 마주하게 될 줄이야. 얼핏 물정 모르는 아이처럼 보이지만 세상을 아는 사람만이 가질 수 있는 눈을 자신도 모르게 그리워하고 있던 모양이었다.

스스로 늘 여인에게는 담담하게 구는 편이라고 생각했던 그였다. 보드라운 여인의 품이 생각날 때마다 더러 찾곤 하는 화희마저도 가끔은 무심하다며 내어놓고 서운한 기색을 보이지 않았던가. 한데 어찌 소운에게는…….

무사히 잘 돌아갔겠지. 지친 얼굴에 남루한 남복을 걸치고 있었으니 여인답지 못한 험한 행색에 관군이나 위병들에게 붙잡혀 고초를 겪고 있는 건 아닌지. 무탈하게 귀가하는 것을 지켜봤어야 했을지도 모른다고. 아니, 적어도 이름을 밝혀왔을 때 사는 곳까지 알아내어 무사히 돌아갔는지 정도의 근황은 알고 있어야 했다는 생각이 떠오른 건 그녀를 풀어주고도 한참이나 시간이 지난 후였다.

이제 견이 그녀에 대해 아는 것이라고는 여소운이라는 이름 석 자와 생김새뿐이었다. 더욱이 이 나라 사람들은 바깥의 사람들에게 집안 여인들의 이름을 드러내지 않는 것이 관습이라고 하니. 우연이라면 모를까, 앞으로 소운을 다시 만난다는 건 거의 불가능할 것이다.

물론 굳이 알아보자고 작정하면 못할 것도 없지만 가혜가 세상을 떠난 후로는 이미 여인과의 인연의 끈은 더 이상 없다고 치부하고 사는 그였다. 그저 다만 지금은 자신의 안에 존재하고 있는 줄도 몰랐던 감정의 일렁임을 차분히 치켜보고 있는 중이었다.

사내의 눈으로 여인을 본 것이 얼마 만인지. 하지만 조금 더 시간이 흐르면 지금 낮게 찰랑이고 있는 물결은 금세 파문으로 바뀔 것이고 그러다 마침내는 점점 고요해지고 말 것이다.

"마마, 상현부원군 소장원이 뵙기를 청하고 있습니다."

문 밖에서 들려오는 동후의 목소리에 머릿속의 소운은 금세 사라지고 당면한 일로 가득 채워졌다.

"들여라."

분부가 떨어지자 곧 문이 열리고 소장원이 모습을 드러냈다.

거사가 있던 날 밤, 가장 먼저 붙잡아 들여 감옥에 가둔 자가 소장원이었다. 그동안 염탐한 결과 현왕이 가장 믿고 의지하는 그를 먼저 제압하지 않으면 이번 정변이 성공하기 힘들다는 사실을 예상했기 때문이었다. 빙부가 곁에 있는 한은 왕은 그를 믿고 쉽게 무릎을 꿇지 않았을 것이다. 과연 그 짐작은 틀리지 않아서 무슨 결정이든 혼자서 내려본 적 없던 임금은 금방 견이 내민 손을 붙잡았다.

소장원을 풀어주라는 명을 내린 건 오늘 아침이었다.

명을 내리며 짐작했던 대로 불과 몇 시진 지나지 않아 소장원은 제 발로 찾아들었다. 하고자 하는 말이 있어도 제대로 아뢸 기백조차 갖추지 못한 심약한 왕이 아마도 장인의 등을 떠밀었을 테지만 그 또한 견과 독대할 기회를 내내 기다리고 있었을 터.

고요하지만 날카로운 견의 시선이 그를 주시했다.

"상현부원군 소장원, 황자마마께 문후 드리옵니다."

조심스럽게 절을 올리고 난 소장원이 허리를 숙이고 선 채로 좌정하라는 견의 명을 기다렸다.

하지만 견은 그저 묵묵히 그 모습을 지켜보고 있었다.

노회한 책략가인 소장원은 당연히 융국의 고위 관리들과도 줄을 잇고 있었다. 그러니 견에 대한 정보도 가지고 있을 것은 당연했다. 아마도 그가 보낸 군사들에게 붙잡히는 순간부터 가지고 있는 융의 인맥을 모조리 동원해서 견을 쳐낼 방안을 강구했을 것이다.

전일 어전에서 이번 기습이 황제 폐하의 명에 따른 것이라는 사실을 밝히지 않았더라면 지금쯤 필시 소장원의 밀명을 받은 자가 융으로 향하고 있었을 것이다. 어쩌면 그의 경고에도 불구하고 벌써 융으로 사람을 파견했을지도 모를 일. 어차피 호락호락한 인물은 아니니 말이다.

견으로부터 좌정하라는 명이 떨어진 것은 그로부터도 한참이 지난 뒤, 숙이고 있던 허리와 무릎의 통증으로 부원군의 온몸이 덜덜 떨릴 지경이 되어서였다. 갑자기 닥친 변고만으로도 맑은 하늘에 날벼락이었을 터인데, 감옥 안에서도 잠 한숨 이루지 못하게 훼방을 놓도록 명하였으니 지금쯤이면 몸도 마음도 지칠 대로 지쳤을 것이다.

"그래, 용건은?"

이마를 가로지르며 흐르는 땀방울을 무시한 채 견이 물었다. 그렇지 않아도 붉어졌던 소장원의 얼굴이 흡사 잘 익은 당초처럼 벌겋게 열이 올랐다. 임금의 빙부라는 신분으로 온갖 권세를 누리고 살았던 자이니 대놓고 하는 하대가 익숙할 리 없었다.

하지만 그러한 기색은 금세 숨긴 채 평온한 목소리로 입을 열었다.

"이 미천한 늙은 몸이 배움이 모자라고 용렬하여 감히 황제 폐하의 노여움을 샀으니, 이제 그 죄가 천하를 덮고도 남을 만치 크옵니다. 하지만 다행히도 어진 폐하께서 하해와 같은 너그러움으로 소인의 죄를 굽어 살피어주시었으니 그 은덕을 어찌 다 갚을 수 있을 수 있겠습니까. 마땅히,"

"용건을 물었느니."

장황하게 이어지는 인사치레를 듣고 있던 견이 말을 끊었다. 무안한 듯 소장원이 헛기침으로 목을 가다듬으며 말하기를.

"황송하오나 마마, 폐하께서 명하신 조공에 대해 아뢰올 말씀이 있어 이리 무례를 무릅쓰고 찾아뵈었사옵니다."

"조공에 무슨 문제라도 있느냐?"

"그것이 아니오라……."

천하의 소장원도 말을 꺼내기가 쉽지 않은 듯 잠시 머뭇하였다.

"명하신 공물이 저희가 마련하기에는 다소 과한 듯하여,"

날이 선 목소리가 미처 끝도 내지 못한 말을 잡아채었다.

"그 말인즉, 공물을 바치지 않겠다는 게로구나."

"천부당만부당하신 말씀이옵니다!"

흡사 피부를 뚫을 듯 날카로운 반문에 소장원이 펄쩍 뛰며 부인을 했다.

하지만 역시 얼굴에는 괴로운 기색이 역력하였다. 감옥에 갇혀 있었다고는 하나 그 역시 전일 어전에서 발생한 일을 빠짐없이 모두 전해 들은 바였다. 비록 황제의 명으로 파견된 자라고는 하나 감히 임금이 보는 앞에서 그의 신하를, 그것도 어전에서 참했다니.

이는 곧 성국이 저들의 손에 넘어간 것이나 다름없다는 뜻이었다. 또한 눈앞에 있는 자의 성품이 결코 유하다고 할 수 없으며, 따라서 절대 만만히 봐서는 안 될 위인이라는 의미이기도 했다.

해서, 견의 처소에 들기 전부터 혹여 조금이라도 견의 심기를 건드릴까 염려하여 단단히 긴장을 하고 있는 차였다. 하지만 예까지 찾아든 이상 아무 소득도 없이 갈 수는 없는 일이었다.

이윽고 속으로 크게 한 번 한숨을 내쉰 소장원이 입을 열었다.

"아뢰옵기 황공하오나 저희 성국은 거거년부터 시작된 극심한 가뭄으로 인하여 대한(大旱)이 들었사옵니다. 그 탓으로 거년과 금년까지 삼 년 내내 농사를 제대로 짓지 못하여 근래에 보지 못했던 흉작이었사옵니다. 하온데 상국(上國)에서 조공으로 명하신 것들 중 곡물의 양은 쌀이 십만 석, 보리가 칠만 석, 대두(大豆)와 조, 수수가 각각 오만 석씩이니. 이는 작년 가을에 추수했던 양을 훨씬 넘는 것이옵니다. 해서, 제아무리 백성들을 재촉하여 거두어들인다 하여도 도무지 불감당이라 이리 어렵사리 청을 드리옵니다. 부디 혜량하여주옵소서."

잠자코 소장원의 말을 듣고 있던 견이 입을 열었다.

"그토록이나 대한이 들었다면 덩달아 산짐승들도 씨가 말랐겠구나."

뜻밖의 말에 소장원은 힐끗 견의 기색을 살폈다. 하지만 표정 없는 얼굴에서는 그 의중을 읽을 길이 없어 잠시 망설였다. 어차피 나선 걸음이었다. 기왕 입을 열었으니 끝을 맺자 싶어서 기백 있게 아뢰기 시작하였다.

"아뢰옵기 송구하옵니다만, 하문하신 것과 크게 다르지 않사옵니다. 연이은 한발(旱魃)로 인하여 이제는 초근목피도 씨가 마를 지경이라. 굶주림에 지친 백성들이 제 스스로 활과 화살을 만들어 산으로 들어가 먹을 것을 구하니, 사냥을 업으로 삼는 자들마저도 제대로 입에 풀칠을 하기가 힘들 지경이라 하옵니다. 상황이 이러한지라 공물로 바칠 짐승 가죽 또한 질이 좋지 않고 그 양이 부족할 것으로 사료되옵니다."

"그리 심한 대한이 삼 년간이나 들었다면 당연히 양잠도 힘들었을 터. 바칠 명주와 무명의 양은 충분하느냐?"

"그것이……."

"산짐승이 씨가 말랐다니 응당 바닷고기들 또한 무사하지는 못하였겠구나. 공물로 바칠 말린 물고기는 충분한 것이냐?"

"명을 내리신 즉시 관군을 보내어 어부들을 닦달하고는 있사옵니다만……."

"제대로 거두어 먹이지 못했을 터이니 말들도 멀쩡하지는 않을 것이고."

조롱하는 듯, 추궁하는 듯한 말투는 노련한 소장원도 대화의 갈피를 제대로 잡기가 어렵게 했다. 다만 그는 지금 무슨 수를 써서든 조공으로 보낼 공물의 양을 줄이고 이번 사태로 인한 피해를 최소화해야 한다는 마음뿐이었다.

"황공하옵니다. 마마께서 이 나라의 사정을 조금만이라도 헤아려주시기를 소인, 간청드리옵니다."

융에서 요구하는 대로 바치고 나면 이 나라의 국고는 금세 텅텅 비고 말 것이다. 순진하기 이를 데 없으며 겁 또한 많은 왕은 국고야 비든 말든, 심지어 내탕고를 털어서라도 저들이 원하는 대로 쥐여주고 한시바삐 떠나게 할 작정이라지만 소장원의 생각은 달랐다.

사실, 백성들을 지금보다 조금 더 쥐어짜기만 하면 조공의 양을 채우는 것은 일도 아니었다. 하지만 당장이 문제가 아니었다. 그가 볼 때 지금 저들의 요구는 겨우 시작에 불과했다. 해를 거듭할수록 융에서는 점점 더 많은 양의 공물과 공녀들을 내어놓으라 것이고, 그때마다 거절할 명분도 만들어내지 못한 채 고스란히 들어주어야 할 것이다.

하지만 그가 진실로 우려하는 건 그로 인하여 현왕과 조정에 대한 백성들의 신망이 서서히 사라지는 것이었다. 백성들이라는 것들이 대개 본 바 없고, 배운 바 없는 무지렁이들이니. 민심 또한 실바람에도 제 몸 가누지 못하고 흔들리고 마는 것은 당연한 일이었다. 들리는 바로는 이미 숱한 백성들이 도성을 활보하는 융의 군사들을 마치 한 나라 사람들을 대하듯 하고 있다고 하질 않는가.

이런 차에 혹독하게 닦달해가며 뒤주에 쌀 한 톨 남지 않을 때까지 거두어들이기를 반복하다 보면, 어느새 민심은 떠나고 종국에는 저마다 융에 충성을 맹세하겠다며 나설지도 모르는 일이었다. 그러기 전에 어떻게든 견을 구슬려 공물의 양을 줄이고 백성들의 마음을 돌릴 방도를 찾는 것이 급선무였다.

고개를 든 소장원의 눈길이 힐긋 견의 얼굴을 훑고 지났다.

그동안 황실에서 경원시하고 있는 황자에 대한 이야기는 이런저런 자들에게 제법 듣기는 하였지만 실지로 직접 보기는 오늘이 처음이었다. 공식적으로 폐위가 된 것은 아니었지만 위리안치(圍籬安置) 된 것이나 다름없는 신세로 살고 있는 어미가 명문가의 영애인 데다 미색 또한 뛰어났다더니. 비옥한 밭에 황실의 피가 더해져서인지 과연 생김새만으로 보아서는 어느 한 군데 부족함이 없는 귀골이었다. 다소 작은 키에 우락부락하게 생긴 황제와 태자를 두고 비교하니 더욱 그러하였다.

하지만 그래보았자 물정도 모른 채 잠깐의 성공에 도취되어 세상이 온통 제 손에 들어온 것 마냥 구는 애송이일 뿐이었다. 저 따위 풋내기야 그에게는 하루 저녁 입가심 정도밖에 되지 않았다. 조금 어렵긴 하겠지만 적당히 장단 맞추며 사정조로 잘 구슬리면 얼마든지 뜻대로 좌지우지할 수 있을 터.

아니나 다를까, 견의 입에서 떨어진 다음 말도 그의 기대와 크게 다르지 않았다.

"너희의 형편이 그렇다니 강제할 수는 없는 일."

그러면 그렇지. 네깟 녀석이 어찌 내 언변에 넘어가지 않고 배길 수 있겠느냐.

고개를 숙인 소장원의 입가가 보일 듯 말 듯 완만하게 호를 그렸다.

하지만 다음 순간 떨어진 견의 말은 일생을 정치판에서 구르며 온갖 권모술수로 마침내 누구도 따를 수 없는 권세를 손에 쥔 소장원마저도 경악하게 하기에 충분하였다.

"대신 모자라는 건 전부 사람으로 채워라. 말 한 필, 곡식 한 섬, 모피 한 장이 부족할 때마다 무조건 여인 한 사람으로 대신하게 하라. 특히 그중에서도 귀한 호피는 부족한 개수의 배를 계산해서 더하되, 다만 잡곡은 석 섬에 여인 한 명을 대신하게 할 것이다."

단호한 견의 명이 이어질수록 소장원의 얼굴은 점차 사색이 되었다.

"화, 황자마마!"

그야말로 혹 떼러 왔다 도리어 혹을 붙이게 되어버린 어이없는 상황이었다. 대체 어떻게 하면 타개할 수 있을지 소장원은 빠르게 머리를 굴렸으나 당황한 때문인지 뾰족한 수가 도통 떠오르지 않았다. 다만 여러 해 전 융국을 방문하였을 때 들은 말만이 뒤늦게 떠올랐다.

벗으로 지내는 대신의 집에서 술잔을 기울이며 이런저런 이야기를 나누다 마침내 견에게로 화제가 옮겨갔을 때였다. 새삼스레 주위를 살핀 그가 나직이 말하기를.

"생모가 그리 험악한 방법으로 초강수를 두지 않았더라면 아마도 황제의 사랑은 태자가 아니라 황자에게 더 기울었을지도 모르네. 젊은 시절 현 부인을 생각하시는 마음이 워낙에 애틋하기도 하시었지만 황자 또한 누구 못지않게 영민하고 뛰어난 분이니. 다만 모후의 어리석음 때문에 태어나신 직후부터 황후의 눈 밖에 나다 보니 황제께서도 쉬이 드러내어 손을 잡아주실 수 없는 것이지. 게다가 빈한하기 그지없었던 극 씨 가문이 황후를 배출한 뒤로는 날개를 단 것과 달리, 융에서 손꼽히는 명문가였던 현 부인의 가문은 급격히 그 빛을 잃지 않았는가. 그러니 당연히 황자 또한 주위가 쓸쓸할 수밖에 없는 것이지."

비록 직접적으로 언급하지는 않았지만 타고난 황제의 재목이라 불리는 태자와 비해도 손색이 없다는 투의 말을 듣고 의아해했던 그였다. 하나, 지금에 이르러 직접 견을 대면하고 보니 그 말뜻이 십분 이해가 되고도 남음이 있었다.

비록 황후가 눈엣가시처럼 미워한다고는 하나 따지고 보면 단 둘뿐인 황자 중 하나가 아닌가. 그 이유만으로도 업수이봐서는 아니 되었을 일이었다. 황후와 태자를 저주하여 죽이려고까지 했던 그의 어미에게 극형을 내리는 대신 사가로 내보내고 지금까지 살려둔 것만 보아서도, 평소 황제가 그를 미워한다는 세간의 평은 사실이 아닐 공산이 컸다.

어쩌면 황후가 황자를 지극히 염오(厭惡)하는 것도 이제는 스무 해가 훌쩍 넘은 저주 사건 때문이라기보다 태자인 아들의 위치를 더욱 공고히 하려는 어미로서의 당연한 견제일지도 몰랐다. 또한 이는 견이 황위를 이을 태자 추(鎚) 못지않은 인물이라는 사실의 방증이기도 했다.

소장원은 그러한 사실까지 미리 가늠하여 염두에 두지 못하였던 스스로의 어리석음과 오만에 속으로 땅을 치고 한탄을 하였다.

그 사이에도 견의 말은 계속되었다.

"일찍이 황제 폐하께서 너희를 어여삐 여기시는 마음이 없었다면 대군(大軍)을 보내시어 이 나라를 철저히 파괴하도록 하시었을 것이다. 그랬다면 전쟁으로 인하여 군사 모두를 잃었을 터이고 성이라는 나라는 흔적도 없이 사라졌을 테지. 헌데 목숨 값 대신이라는 물품들을 내놓지 못하겠다니. 사람 수로라도 채워야 하지 않겠느냐."

"하, 하오나 마마."

융과 전면전을 벌였다면 물론 대패를 당하였을 것은 의심할 여지 없는 사실이었지만 막상 확신에 찬 말을 듣고 보니 심화가 끓어오르는 것은 어쩔 수 없었다. 당황스러운 와중에도 소장원은 상한 자존심에 이를 지그시 사려물었다.

하지만 이어지는 견의 말은 더욱 불을 붙였다.

"성국의 여인들은 본디 손이 바지런한 데다 성품 또한 온순하고 온후하여 집안어른들과 남편을 공경하는 데 있어 모자람이 없다 들었다. 그러니 융국에 와서도 주인을 봉양하여 최선을 다할 것이니 공녀에게 그보다 더한 소양이 어디 있겠느냐."

더듬거리며 채 대답도 제대로 하지 못하고 있는 소장원에게 견이 마지막으로 쐐기를 박았다.

"미리 일러두는 터이지만 서른을 넘긴 여인들은 절대 불가이며 스물다섯을 넘긴 여인들의 수가 전체의 이 할을 넘어서도 안 될 것이다. 또한 천민의 소생 또한 제외해야 하느니. 만일 이를 어겼다가 적발될 시에는 황제 폐하께서 엄한 벌을 내리실 것임을 명심하거라."

연이은 충격으로 잔뜩 얼어버린 소장원을 바라보는 견의 입매가 조소로 가느다란 선을 그었다. 상대보다 우위에 있음을 믿어 의심치 않는 승자의 미소였다.

외척의 수장으로, 수렴청정을 했던 대비보다 왕이 더 믿고 따른다는 것이 소장원을 염탐하였던 간자들의 일치된 보고였다. 그러니 어떻게든 기세를 꺾어 수중에 넣어야 이번 일이 수월하게 마무리될 것으로 보고 미리 강수를 둔 것이다.

만일 그가 소운의 정혼자였다는 사실을 알았더라면 견은 더욱 더 무섭게 다그치며 더 이상 몸 돌릴 곳도 찾을 수 없는 구석으로 몰아갔을 것이다. 하지만 소장원에게는 다행스럽게도 견은 소운에 대하여 그만큼의 정보를 갖고 있지 못하였다.

그만 물러가라는 견의 말이 떨어지기가 무섭게 절을 올린 소장원은 관복 자락이 휘날리도록 사라졌다. 더 이상 지체했다가는 행여 혹 하나라도 더 붙일까 겁이 난 때문이었다. 물론 그 뒷모습에 잠긴 시름은 결코 적지 아니하였으니.

매
듭

잠시 후 기척을 내고 동후가 들어왔다.

"어떠하더냐?"

"세자를 볼모로 보내는 문제를 두고 대신들 저마다 의견들이 분분합니다. 장차 보위를 이을 세자 대신 대군과 공주를 보내는 것으로 슬슬 뜻이 모이고 있습니다. 조공에 관해서는 임금은 내 탕고를 털어서라도 어떻게든 빨리 해결을 지으려고 합니다만, 소장원과 그를 따르는 몇몇 대신들이 나서서 반대하고 있습니다."

보지 않아도 그 야단법석을 알 수 있을 것 같아 절로 코웃음이 나왔다.

"모자란 물건 대신 사람으로 채우라 하였으니 이제 곧 야단들이 나겠구나."

"다소 뜻밖이긴 하나 신료들 중에는 벌써부터 처첩이나 딸을 공녀로 바치겠다며 명단에 이름을 올린 약삭빠른 자들도 제법 있습니다. 그간 조정이 뒤숭숭해서인지 다들 제 살 길 찾아 줄을 대는 데 이골이 난 듯합니다."

쯧!

마뜩찮은 얼굴로 혀를 찬 견이 이번에는 저자의 동향을 물었다.

"백성들은 아직까지는 우리 군사들을 별 위화감 없이 따르고 있습니다. 이걸 두고 지나치게 경계심이 없다고 해야 할지, 아니면 충심이 부족하다고 해야 할지 모르겠습니다만. 이들은 지금 껏처럼만 살 수 있으면 어느 쪽에서 다스리든 상관없다고 생각하고 있는 것 같습니다."

하지만 곧 본격적으로 공물을 거두어들이고 아내나 딸들과 이별을 하게 되면 그러한 안이한 마음가짐은 흔적도 없이 사라지고 말 것이다.

"보름 후에 우리는 일차 분의 조공과 함께 이곳을 떠날 것이다. 그 사이 저들은 무슨 수를 써서든 조공의 양을 줄여보려 안간힘을 쓰겠지."

"정말 여인들을 그리 많이 데리고 가실 생각이십니까? 얼핏 헤아려도 그 수가 실로 엄청납니다."

조금 전 밖에서 들었던 말의 진의를 묻는 말에 견이 피식 웃었다.

"미처 다 데리고 살지도 못할 계집들을 데려가 무엇에 쓴단 말이냐."

"하오시면."

"감히 나와 협상이라는 걸 하려 드는 것을 보고 적당히 상대해주었을 뿐이다."

잠시 고개를 들어 무언가 생각하던 견이 앞으로 몸을 숙이며 동후를 가까이 다가오게 하였다.

"은밀히 이 나라 선왕들의 왕릉이 어디 있는지를 알아보아라."

낮은 목소리로 내리는 명에 동후는 영문을 알지 못하면서도 고개를 끄덕였다.

심부름을 갔던 새댁은 저녁 준비를 할 무렵이 되어서야 돌아왔다. 한나절 내내 비좁은 방 안을 방바닥이 닳도록 서성대던 소운은 그녀가 들어서자마자 손부터 잡아끌어 앉혔다.

"어찌 되었는가?"

자리에 앉자마자 미처 숨도 돌리기 전에 소운이 그녀에게 재우쳐 물었다. 잠시 숨을 고를 겨를을 주어야 한다는 것을 알면서도 다급한 마음이 앞섰다.

"송구합니다."

새댁은 품에 넣어 갔던 서찰을 그대로 꺼내 내밀었다.

소운은 어젯밤 접은 자국이 그대로 선명한 서찰을 망연자실 바라보았다. 조금 전과 달리 입이 떨어지지 않았다. 어떤 대답을 듣게 될지 덜컥 겁이 난 까닭이다. 그저 심부름꾼에게서 나올 말만 기다리고 있었다.

바라는 소식을 가져오지 못한 것이 죄스러운 탓인지 새댁의 목소리에는 힘이 없었다.

"아가씨께서 말씀하신 작은마님은 그 댁에 아니 계셨습니다."

"아니 계시다니?"

열어본 흔적도 없이 그대로 되돌아온 서찰을 본 순간부터 뛰기 시작한 심장이 털썩, 발밑으로 떨어져 내려 굴렀다.

"어찌 된 영문인지 봉서동에서 심부름을 왔다 하여도 작은마님께서는 댁에 아니 계신다는 대답밖에 들을 수가 없었습니다. 그러다 이내 내쫓기다시피 밀려 문 밖으로 나오게 되었습지요. 한데 아무리 생각을 하여도 그대로 돌아와서는 아니 될 것 같아서 대문이 보이는 입구에 그저 앉아 기다렸습지요."

방문이 열리더니 그새 세책점을 걸어 닫은 규옥이 들어왔다. 그녀의 손에 들린 물그릇을 본 새댁의 눈이 금세 애처로운 빛을 띠었다.

"아가씨."

규옥의 부름에 소운은 한숨과 함께 고개를 끄덕였다. 종일토록 나가 있었으니 목이 마르고 배도 고픈 것이 당연할 터. 알아 왔다는 사정을 한시바삐 듣고 싶었지만 일단은 목부터 축이도록 하는 것이 도리였다.

소운의 허락이 떨어지기가 무섭게 규옥의 손에서 물그릇을 받아 달게 마신 새댁이 휴우, 한숨을 쉬더니 금세 이야기를 이어갔다.

"한참이나 기다렸더니 제 키만 한 비를 든 머슴 녀석이 나오겠지요. 마침 지나던 엿장수한테 산 가락엿을 하나 물려주며 살살 꾀어 물어봤습니다. 봉서동 마님의 심부름으로 온 길인데 작은 마님을 도통 뵐 수가 없으니 어찌 된 일이냐구요. 이대로 갔다가는 마님께 혼쭐이 날 것이 뻔하니 귀띔이라도 하여달라 통사정을 하였습지요."

"그랬더니?"

"처음에는 입을 꾹 다물고 도리질만 치는 것을 아예 붙잡고 애원을 하였더니……."

기세 좋게 이어나가던 말이 어찌 된 일인지 쉽사리 나오지 아니하였다. 다급한 마음에 입만 달싹거릴 뿐 제대로 입을 열지 못하는 소운을 대신하여 규옥이 재촉을 하였다.

"무슨 영문인지 어서 고하지 않고 뭐 하는가. 아가씨께서 애타하고 계시지 않은가."

애가 탄 소운은 그녀 앞으로 바짝 다가앉았다. 눈물이 찔끔 날 정도로 규옥에게 옆구리를 꼬집히고서야 새댁이 입을 열었다.

"어, 저어, 그러니까 그것이……. 작은마님의 남편 되시는 분께서 그분을 융국에 보내기로 하셨다고……."

차마 뒷말을 잇지 못하고 새댁은 고개를 수그렸고 소운의 어깨에서는 힘이 빠져나갔다. 방 안에는 잠시 적막이 흘렀다. 남은 말을 뒤이어야 한다는 책임감 때문인지 잠시 후 새댁은 어렵게 다시 입을 떼었다.

"노복 아이 말로는 어제 오후에 짐을 챙겨 궐로 들어가셨다 합니다."

"하아!"

소운의 입에서 절로 탄식소리가 흘러나왔다. 그간 여진이 견뎌내야 했던 세월들이 떠오르자 순식간에 눈앞이 아득해져왔다. 대체 이 일을 어쩌면 좋단 말인가. 소운은 눈앞에 없는 오라비 환을 향해 이를 갈았다. 그토록 힘겨운 시간을 보내게 한 것도 모자라 이제는 다른 나라에 제물로 바치다니.

"이 일을 대체 어쩝니까."

망연자실하여 입을 다물어버린 소운에게 규옥이 다가앉으며 걱정스레 물었다. 넋이 나간 소운을 대신해 새댁에게 손씻이를 후하게 쥐여준 뒤, 오늘 일에 대해서는 절대 함구를 해야 한다며 몇 번이고 다짐을 받고 들어온 길이었다.

젊은 여인들을 모아서 융에 보낸다는 말이 얼마 전부터 쉬쉬하면서 은밀히 돌기는 하였다. 그 때문인지 이 나라의 백성을 융국에 보내는 일은 없을 것이니 염려치 말라는 방문(榜文)이 저자에 붙기도 하였다. 하지만 방에 쓰인 글을 곧이곧대로 믿는 백성은 거의 없었다. 그리도 흉흉한 풍문이 도는 데에는 반드시 까닭이 있다는 것이다.

해서 과년한 딸이 있는 집에서는 미리부터 겁을 먹고 사내아이가 있는 집이라면 불문곡직, 무조건 청혼부터 넣고 보는 실정이라. 얼마 전에는 열여섯 살 먹은 딸을 둔 골목 입구 포목상이 일곱 살 먹은 주막집 아들에게 매파를 보내기도 하였다. 알부자라는 말이 돌 정도로 큰살림을 이루고 사는 포목상에서 빈한하기 짝이 없는 주막집의 어린 아들에게 청혼을 한 이유는 단 하나, 나어린 딸을 이름도 성도 모르는 먼 나라 어느 놈의 노리개로 보내지 않으려는 안간힘 때문이었다. 일반 백성들도 이러할진대, 하물며 남편이라는 작자가 나서서 자신의 처를 바친다는 소리는 산전수전 다 겪은 규옥도 고금에 처음 듣는 소리였다.

걱정스러운 규옥의 눈길이 소운에게 멎었다. 조금 전부터 그녀는 아예 입을 딱 닫고 있었다. 그저 입술 새로 흘러나오는 건 깊은 시름이 담긴 한숨뿐. 그렇지 않아도 초췌해진 얼굴은 잠깐 사이에 아예 핏기를 잃어가고 있었다.

간혹 들은 바로는 올케라고는 하여도 친동기나 매한가지로 지냈다 하던데, 다른 이도 아닌 오라비 되는 이가 직접 저들의 손에 넘겨주었다니 그 충격이 얼마나 클 것인가.

쇠돌 아비가 세상을 떠났을 때 행여 짐이 된 그녀를 떠맡을까 싶어 구박이 자심하던 오라비와 올케가 새삼 떠올랐다. 하지만 매정하기 짝이 없던 그들도 아가씨의 오라비에 비하면 한없이 너그럽게 느껴질 정도였으니.

그때였다. 저 밖에서 닫혀 있는 세책점 문을 세차게 두드리는 소리가 들렸다. 험악하게까지 들리는 갑작스러운 소리에 놀란 두 쌍의 눈동자가 허공에서 마주쳤다. 잠시 숨을 죽이고 있는 사이 아예 문을 부술 듯 밀어대며 발로 걷어차기까지 하는 기척마저 들리는 것이 예사롭지 않았다.

"아가씨."

"어서 쇠돌이를."

마침 찐 감자 한 알을 입에 문 채 방으로 조르르 들어오던 아이를 규옥이 답삭 안아 올렸다. 그 사이 자리에서 일어난 소운이 벽장문을 열었고 규옥은 아이를 재빠르게 밀어 넣은 뒤 당조짐을 하였다.

"밖에서 무슨 소리가 나든 어미가 문을 열기 전까지는 절대 기척을 내서는 아니 된다. 혹여 작은 소리라도 냈다가는 너와 나는 물론이고 아가씨까지 잡혀 갈 테니."

이전에도 겪어본 일이라 아이는 겁먹은 눈동자를 굴리면서도 순순히 고개를 끄덕였다. 그 사이 소운은 부엌으로 나가 부뚜막 옆 나뭇단을 쌓아놓은 틈으로 숨었다.

"누구시오?"

밖으로 나간 규옥이 문으로 다가가며 물었다. 당황한 기색을 숨기려 최대한 애를 쓰고 있지만 그도 어쩔 수 없는지 목소리가 적잖이 흔들리고 있었다.

"문 열어라!"

거친 사내의 목소리에 놀란 나머지 규옥의 숨결이 흐트러졌다. 하지만 이내 가다듬으며 애써 태연하게 대답하였다.

"세책점은 문 닫았으니 내일 오시오."

"당장 열지 않으면 부술 것이다!"

"대체 뉘신데,"

미처 말이 끝나기도 전에 날카로운 소리와 함께 돌쩌귀가 날아가고 나무로 된 문은 바닥으로 그대로 떨어졌다. 문이 사라진 출입구로 우람한 사내들이 이내 우르르 몰려들었다.

"에구머니나!"

놀란 규옥이 외마디 비명을 질렀다.

"어디에 숨겼느냐!"

사내들 중 우두머리로 보이는 이가 바짝 다가서며 물었다.

"무슨 말씀이신지."

잠자코 노려보던 사내의 커다란 손이 규옥의 얼굴을 향해 거침없이 날아갔다. 물에 흠뻑 적신 가죽이 치고 지나간 듯 한쪽 얼굴에서 불길이 일었다. 순식간에 흘러내린 코피는 이내 터진 입술에서 목덜미로 주르르 흘러내렸다. 갑작스러운 충격에 규옥이 비틀거리며 가장 가까이 서 있는 책장을 붙잡았다. 너무나 세게 후려친 탓인지 오히려 아픔 대신 불에 덴 듯한 뜨거움만 느껴졌다.

미처 정신을 차릴 겨를도 없이 다른 쪽 뺨으로 다시 한 번 손이 날아들었다.

"이년이 어쭙잖은 주둥이로 감히 누굴 우롱하려 드느냐! 정녕 뜨거운 맛을 봐야 정신을 차리겠구나."

그 사이 안으로 들어간 사내들이 방 곳곳을 헤집기 시작하였다. 초라하나마 날마다 쓰다듬고 아끼던 세간살이들은 무뢰배들의 발길질에 의해 사정없이 부서지고 깨졌다. 양반들도 줄을 선다는 나전장(螺鈿匠)에게 부탁하여 두 해가 다 되도록 기다렸다 장만한 옥갑이 방바닥을 구르더니 이내 산산조각이 났다. 아껴 쓰다 나중에 쇠돌이가 커서 혼인을 하면 며느리에게 물려주리라 작정하고 마련한 것이었다.

난도질이 된 살림살이들로 아수라장이 된 방 안으로 뛰듯이 들어간 규옥이 울부짖었다.

"왜들 이러십니까."

하지만 돌아오는 건 가차 없는 폭력이었다.

"아이쿠!"

거센 발길질에 배를 맞은 규옥이 바닥에 나뒹굴었다. 명치가 막힌 듯 엄청난 고통에 미처 숨도 쉬지 못하고 있는 사이 힘을 실은 발길질은 연이어 그녀의 몸을 가격했다. 본능적으로 손을 들어 머리를 가렸지만 고작 그것으로 건장한 사내들이 작정하고 가하는 매질을 이겨낼 수 있을 리 만무했다.

몇 명의 사내들이 바닥에 나뒹군 규옥의 몸을 주먹과 발로 사정없이 짓밟는 사이 나머지 사내들의 눈은 이내 닫힌 벽장으로 향했다. 조금 전 규옥의 따귀를 때린 사내가 턱짓을 하자 금세 벽장문이 열렸다.

소리를 내었다가는 모조리 끌려간다는 말 때문에 세워 모은 양 무릎 사이로 얼굴을 묻고 있던 쇠돌이는 문 사이로 피로 칠갑이 된 어미의 얼굴을 보자마자 금세 울먹이기 시작하였다.

"어머니."

난생처음 보는 무참한 어머니의 얼굴 옆으로 금세라도 죽일 듯 노려보는 우락부락한 사내들의 모습에 겁을 먹은 쇠돌이가 기어이 울음을 터뜨렸다. 그런 아이의 멱살을 잡은 채 벽장에서 끌어내 그대로 번쩍 들어 올린 사내가 규옥을 향해 물었다.

"이대로 손을 놓으면 어떻게 될까?"

"아이고, 나으리. 어으흐흑……."

아들의 모습에 반쯤 정신이 나간 규옥이 털썩! 소리가 나도록 무릎을 꿇었다. 그리고는 곧장 사내의 바짓부리를 잡고 매달려 덜덜 떨며 흐느끼기 시작하였다.

"대체 저희 모자가 무슨 죄가 있다고 이러십니까."

붙잡혀 올려진 쇠돌이의 몸은 이미 천장과 맞닿아 있었다. 그 높이에서 건장한 사내가 작정을 하고 패대기를 친다면 앞으로 온전한 사람 구실을 하지 못할 정도로 심하게 다칠 것은 자명했다. 만에 하나 하늘이 도와 크게 다치지 않더라도 그대로 고이 두고 갈 놈들이 아니라는 사실을 알기에 규옥의 울음소리는 커져만 갔다.

"네년이 여 씨 댁 아가씨를 숨기고 있다는 걸 모르는 줄 아느냐."

"아닙니다요."

고개를 저으며 극구 부인을 했지만 돌아오는 것은 코웃음뿐. 무뢰배들의 눈빛은 그들이 이미 사실을 알고 왔음을 말해주고 있었다.

"봉서동은 진즉부터 초상집이나 다름이 없다. 한데 때 아닌 문안비(間安婢)[12] 보낸다는 게 말이 되느냐. 오전에 심부름 왔던 년

---

12) 출입이 자유롭지 못한 부녀자 사이에서 정초에 새해 인사를 전하기 위하여 보내던 여자 하인.

이 이미 실토를 하여 알고 온 것이니 아가씨가 어디 숨었는지 어서 불어라!"

"저는 정말 모르는, 아악!"

아이의 멱살을 잡고 있던 사내가 그대로 떨어뜨리기라도 할 듯 팔을 움직이자 규옥이 자지러지는 비명을 질렀다. 멱살을 잡힌 채로 사내의 손아귀 힘에 의지하여 허공에 대롱대롱 매달린 쇠돌이는 너무 놀란 나머지 제대로 울음소리도 내지 못하고 파랗게 질려 있었다.

"한 번만 더 물으마. 이번에도 제대로 된 대답이 나오지 않으면 이 아이는 개구리처럼 패대기가 쳐질 줄 알아라."

"하, 하오나 저, 저는."

"그만두어라!"

눈물을 줄줄 흘리며 신음과 같은 소리만 내는 사이로 찌를 듯 날을 세운 추상같은 목소리가 들려왔다. 무작스럽기 짝이 없는 폭력이 가해지는 소리를 결국 참지 못한 소운이 부엌과 맞닿아 있는 방문 앞에 서 있었다.

"귀한 아가씨를 뵙습니다."

우두머리 사내가 느물거리며 인사를 하는 사이 패거리들이 차례로 그의 뒤에 정렬하여 섰다. 거들먹거리는 무뢰배들을 소운이 쏘듯이 노려보았다.

"잔말 말고 어서 아이부터 내려놓아라."

"어느 분의 명이신데. 당연히 들어드려야지요."

조금 전의 험악하기 이를 데 없는 기색이 순식간에 가신 사내가 쇠돌이를 가뿐히 바닥에 내려놓았다. 황급히 무릎걸음으로 기다시피 다가가 아들을 끌어안는 규옥의 얼굴은 처참하기 이를 데 없었다. 잠깐 사이에 눈동자가 보이지 않을 정도로 눈두덩은 부어올랐고, 피가 엉긴 채로 멍이 들기 시작한 양 볼과 턱은 차마 눈 뜨고 보기가 힘들 정도로 참혹했다. 터져 피가 흐르는 입술 사이에는 어느새 빠졌는지 앞니가 사라지고 없었다. 아이를 안는 손의 움직임이 부자연스러운 것으로 보아 팔이나 손도 부러진 듯하였다.

소운의 용기로 위기는 넘겼으나 혹여 다시 쇠돌이를 빼앗아 갈까, 규옥의 눈은 여전한 두려움과 걱정으로 가득하였다.

"누가 보내서 온 것이냐?"

소운의 물음에 사내가 고개를 숙이며 조롱하듯 대답하였다.

"오라버니 되시는 분께서 아가씨를 애타게 찾고 계시온지라."

그대로 눈을 감은 소운의 얼굴에서 빛이 사라졌다.

매
듭

제六장.
아니 멀리 보이는 낯선 땅

난생처음 탄 배는 당연하게도 극심한 멀미를 동반하였다. 바람이 불고 파도가 일렁일 때마다 이리저리 움직이며 요동을 쳐대는 통에 똑바로 몸을 가누고 앉아 있기도 힘이 들었다. 같은 배에 오른 여인들은 모두 해서 백여 명이나 될까. 그녀들은 차마 선실이라고 부르기도 어려운 배의 가장 아래쪽 넓은 공간에 짐짝처럼 한데 밀어 넣어져 운반되고 있었다. 배에 오른 직후부터 소운은 나무로 된 선체의 벽에 세운 무릎을 모아 기대고 앉은 채로 파도를 견디고 있었다.

바닥에 널브러진 이들 사이에서 지친 신음소리가 간간이 흘러나왔다. 비위가 약한 이들은 부두에 매어진 배에 발을 올린 순간부터 멀미를 하기 시작하였고, 먼바다로 나오면서 멀미를 하는 이들은 점점 늘어갔다. 토구가 있다고는 하나 불시로 치밀고 올라오는 것들을 모두 감당할 수는 없었다.

처음에는 체면과 예의 때문에 토악질도 꾹 참고 있던 여인들은 그렇지만 계속해서 치밀어 오르는 욕지기를 견디지 못하고 결국

장소를 가리지 못하고 속을 게워내기 시작했다. 급한 대로 서둘러 옷자락을 입에 대어 막으려는 이들도 있었지만, 미처 그럴 겨를도 없이 바닥에 쏟는 이들이 대부분이었다. 다만 바닷가에서 온 여인들은 그나마 덜 하는 듯하지만 그들 또한 먼바다로 나온 뒤로는 견딜 수가 없어 하였다.

"우우욱!"

저만치에 누워 있던 여인 하나가 몸을 웅크리며 토악질을 했다. 하지만 계속된 멀미로 멀건 위액까지 남김없이 모조리 게워 낸 지가 이미 오래전이었다. 고통스러운 신음소리와 함께 한참이나 구역질을 하던 여자가 갑자기 울음을 터뜨렸다.

"흐흐흑……."

얼핏 보아서는 소운과 비슷한 나이 같으나 건괵(巾幗)[13] 아래 드러나 있는 목덜미가 땋아 내린 머리채 없이 말끔한 것을 보면 젊은 부인인 듯하였다. 낮은 흐느낌은 점차 시간이 갈수록 통곡소리로 바뀌어가고 있었다.

"저러고 있다가 또 군졸들이 조르르 뛰어 내려오면 어떡하려고."

소운의 발치에 모로 누워 있던 젊은 처녀아이가 흡사 노인처럼 혀를 끌끌 차며 투덜거렸다. 나지막한 그 말에 주위의 몇몇 여인들이 사시나무 떨듯 진저리를 치며 몸을 웅크렸다. 여인이라 하여 사정을 보아주거나 하지 않고 무지막지하게 대하는 저들의 행태를 매일같이 직접 목도하는 까닭이었다.

---

13) 부인들이 머리를 꾸미기 위하여 사용하였던 쓰개의 하나.

매
듭 1

항구를 떠난 지 보름 정도 지나자 멀미에 시달리다 탈진한 여인들 중에서 이토록이나 괴로울 바에는 차라리 죽는 것이 낫겠다며 바다에 몸을 던지기 시작하는 이들이 생겨났다. 그녀들은 하루에 한 번 바깥 공기를 쐬는 틈을 타 갑판에 매달리곤 하였다. 하지만 목숨을 각오한 듯 눈을 부릅뜬 채 그녀들을 지키고 있는 융국의 군사들이, 팔자 좋게 죽겠다는 여인들을 가만 두고 볼 리 만무했다.

병졸들은 자살을 기도하는 여인을 발견하는 즉시 뒤통수를 때려 혼절시킨 후 다시 배 밑바닥으로 질질 끌고 내려가고는 하였다. 생각지도 못한 흉포한 대응 방식에 심약한 여인들은 더러 정신을 잃기도 할 정도로 겁을 집어먹었다. 그 와중에도 간혹 뛰어내리는 데 성공한 여인들이 없는 것도 아니었으나 그때마다 군졸 두엇이 뒤이어 뛰어들어 단 한 사람도 빠짐없이 건져내곤 하였다.

하지만 아무리 그리 하여도 여인들의 자살 시도는 멈출 줄을 몰랐다. 오늘도 역시 마찬가지여서 처자 하나가 죽겠다며 바다에 뛰어들려다가 창대로 호되게 맞고 정신을 잃은 참이었다. 저들의 매질은 참으로 교묘하여 창대를 별반 세게 휘두르는 것 같지도 않은데 한 방 맞은 이는 곧장 혼절을 하고 말았다.

그러나 자진을 시도하는 것보다 저들이 더욱 싫어하는 것이 있었으니 바로 여인들의 울음소리였다. 공녀로 차출이 되어 잠시 궁에 머무를 때부터 귀에 못이 박이도록 들었던 말이, 앞으로 무슨 일이 있어도 절대 눈물을 보여서는 안 된다는 당조짐이었다.

성국의 대신들도, 융국의 사신들도 하나같이 입을 모아 하는 말이라는 것이 언감생심 여인의 몸으로 존귀하신 황제 폐하를 가까이서 모실 수 있는 광영을 입었으니 이는 가문의 영예요, 또한 그 아비의 기쁨이라. 하니, 응당 기꺼워함이 옳거늘. 이러한 사실을 망각하고 눈물을 보이는 것들은 심중에 요사한 생각을 품고 있다 간주하여 융으로 떠난 이후에도 남은 가족들이 무사치 못할 것이라 엄포들을 놓았다.

그중에서도 공녀들을 감시하던 성국의 관리라는 작자가 하는 말은 더욱 가관이라. 슬하에 아들 여섯, 딸 하나를 두었다는 그는, 든든한 아들이 여섯이나 된다 하여 이제껏 부러워하지 않는 이가 없어 목에 힘을 주고 살았는데 이즈음 들어서는 도리어 딸을 많이 둔 자들이 한량없이 부럽다고 하였다. 이미 한참 전에 시집을 가 자식을 넷이나 낳은 맏딸이 막내로 태어났거나 혹은 올해로 열두 살인 손녀가 두세 살만 더 나이를 먹었어도 망설임 없이 공녀로 바쳤을 것이라 서슴없이 호언장담을 하였으니 그야말로 점입가경이었다.

훌쩍거리는 소리가 점점 더 커져가자 조금 전 투덜거렸던 처녀가 참지 못하고 자리에서 몸을 일으켰다.

"거 고만 좀 하시오!"

생긴 것은 도토리처럼 조고만 하여도 제법 성마른 성격인지 낮지만 날이 선 목소리는 소운이 듣기에도 꽤나 위압적이었다. 한참이 지나도 울음소리는 그칠 줄 모르고 도리어 가세하는 이들마저 생기기 시작하니 마음이 급해진 모양이었다.

그도 그럴 것이 우는 소리를 참다못하고 융의 군졸들이 내려오기라도 했다가는 한 사람도 빠짐없이 일렬로 서서 비좁은 선실 안을 밤새 빙빙 돌아야 했다. 자진을 하려는 여인들은 서둘러 제압할 필요가 있으니 폭력이 허용되기도 하였지만 단순히 울음소리가 거슬린다는 이유로 함부로 대할 수는 없는 일이었다. 어찌되었든 그녀들은 황제에게 바쳐질 진상품이니 말이다. 하여, 그 대신 잠도 재우지 않고 밤새 걷는 벌을 주는 것이다.

쏘아붙이는 말에 흐느끼던 여인이 고개를 들었다. 눈물로 온통 뒤범벅이 된 얼굴을 하고서도 파르르 입술을 떨며 비죽이는 것이 다시 한바탕 거하게 눈물을 쏟을 기색이었다. 그런 여인을 처녀아이가 사정없이 나무라며 쏘아붙였다.

"운다고 하여 딱히 별다른 수가 생기는 것도 아니고. 도리어 저들에게 들키기라도 하면 예 있는 모든 이들이 밤새 눈 한 번 붙이지 못한 채 선실 안을 돌게 된다는 것을 잊었소? 피차일반. 어차피 서로 다 같은 처지인데 조금이라도 편하도록 배려는 해주지 못할망정 왜 경망을 떨어 해를 주려 하시오?"

눈을 매섭게 번득이며 나무라는 말에 그때까지도 제법 요란하던 훌쩍거림들이 금세 잦아들었다. 옆에서 하도 섧게 울어대니 절로 나오는 것이 신세 한탄이라. 해서 울기는 하였으나 꼬박 동이 틀 때까지 한 번도 쉬지 못할 것을 생각하면 나오던 눈물도 도로 쑥 들어갈 지경이었다.

"네 아비의 관직이 무엇이냐?"

자신보다 나이도 어려 보이는 처녀 아이가 무람없이 나무라는 것에 빈정이 상하였는지 여인이 잠시 훌쩍거림을 멈추고 물었다.

"무엇이면, 무엇 하려 물으시오?"

어이없다는 듯 되쏘아붙이는 말을 듣자 여인이 눈을 세모꼴로 키웠다. 소운을 비롯하여 공녀로 차출된 여인들의 거의 대부분이 벼슬아치의 딸이거나 며느리였다. 그러니 여인의 신분 또한 결코 만만하지는 않을 터인데, 나이도 어린 처녀아이가 조금도 삼가는 기색 없이 함부로 대하자 자존심이 상한 모양이었다. 그 때문인지 조금 전까지 울음을 쏟던 얼굴에는 꾸짖는 기색이 역력하였다.

"네 건방이 하늘을 찌르는 것으로 보니, 저 먼 데 시골의 아전 아치나 될 것 같아 묻는 것이다. 본디 촌마을에서는 아전이 사대부 노릇을 한다지 않니."

제법 확실하게 기를 죽였다고 여겼는지 여인이 비소를 날리고 몸을 돌리려는 순간 한 치의 어김도 없이 대꾸가 흘러나왔다.

"촌리의 습속을 그토록이나 잘 꿰뚫고 있는 것을 보니 그쪽이야말로 대대로 구실바치 노릇을 하였던 게로구만."

"뭐야?"

벌컥 소리를 지른 여인이 종국에는 분을 참지 못하겠는지 몸을 일으켰다. 질세라 계집아이도 턱 끝을 치켜들며 노려보았다.

"그만들 하시오!"

방 한쪽에서 누군가 그녀들을 나무랐다.

"어차피 공녀로 이름을 올린 순간부터 다 같은 처지인데 울어서 무엇을 할 것이며, 앞으로 두 번 다시 못 볼 아비의 벼슬은 알아 무엇을 할 것이라고 다투는 것이오! 계속된 멀미증으로 기운은 소진하였으나 예서 더 소란을 피우면 치맛자락을 찢어서라도 재갈을 물릴 작정이니 더는 입을 열지 마시오. 그래야 다들 잠시라도 눈을 붙일 수 있을 터이니."

그 말에 동조하는 기색을 보이는 고개를 끄덕이는 여인들이 꽤 있었다. 처음에야 그저 같은 처지라는 사실 하나만으로 서로를 측은히 여기며 위해주었지만 점차 시간이 갈수록 몸도 마음도 모두 고단하니 날카로워질 수밖에 없는 것이다.

더 이상 대들지 못한 젊은 부인이 자못 분한 듯 처녀아이를 노려보았다. 그런 그녀를 향해 혓바닥을 쏘옥 내밀던 처녀아이가 소운과 눈이 마주치자 씨익 웃어 보이더니 이내 자리에 누웠다. 잠시 후 언제 소란이 벌어졌는가 싶게 선실 안은 다시금 조용해졌다.

소운의 무감한 눈이 여인에게 가 닿았다. 다투던 중에 말은 그리 하였어도 제법 소심한 성품인지 다시 웅크린 채 누워 있었다. 눈에 띌 정도로 어깨가 들썩이는 것을 보니 차마 소리도 내지 못한 채 울고 있는 것이 분명하였다. 남편도 있는 여인이 어인 사정으로 공녀로 차출이 된 것일까.

소심하고 여리기 짝이 없이 여진 또한 저 여인처럼 선단(船團)의 어느 배 한구석에서 지금 울고 있는 것은 아닌지. 배에 오르기 직전까지도 무던히도 여진을 찾았건만 도무지 모습을 볼 수가 없어서 애를 태우는 중이었다.

부디 무사하여야 할 터인데.

갑판 위에서는 오늘도 자진을 시도하다 발각이 된 여인 때문에 소란이 일었다. 소운의 시선이 여인의 양쪽 겨드랑이에 팔을 넣어 끌고 가는 군사들의 움직임을 따라갔다. 함께 그 모습을 보고 있는 다른 이들의 반응 역시 그녀와 별반 다르지 않아서, 처음에는 상상도 못했던 폭력에 다들 경악했지만 그것도 반복되다 보니 이제 다들 무디어진 모양이었다. 물론 스스로를 건사하기도 힘든 상황이라 남의 사정에 일일이 신경을 쓸 겨를이 없다는 편이 더 옳을 터였다.

소운은 그들에게서 눈을 거두고는 바다를 향해 몸을 돌리고 얼굴에 부딪치는 바람을 음미하였다. 다행히도 배를 처음 탔음에도 다른 이들에 비해 멀미는 그리 심하지 않았다. 다만 파도가 요동을 칠 때마다 다른 이들이 토악질을 심하게 하는 걸 보면 어쩔 수 없이 속이 뒤집어지는 것을 제외하면 크게 고생은 하지 않는 편이었다.

"바람이 춥지 않으셔요?"

찬바람을 피하려는지 무릎을 모은 채 잔뜩 웅크리고 옆에 앉아 있던 처자가 물었다. 어젯밤 젊은 부인과 실랑이를 벌이고 눈이 마주치자 웃던 처녀아이였다. 밝은 곳에서 보니 오랜 여행과 계속되는 멀미로 인해 행색이 거칠고 눈이 퀭하니 낯빛이 파리한 것을 차치하고라도 제법 빼어난 미색이었다.

"답답한 것보다 나아서요."

"하긴, 여기 올라오면 저 아래로는 다시 내려가고 싶지 않아요."

지독한 냄새를 떠올리는 듯 그녀는 어깨를 떨며 진저리를 쳤다. 그러더니 이내 제 소개를 하였다.

"도가 성을 쓰는 우경입니다."

"여소운입니다."

"그럼 혹시……."

소운의 이름을 들은 우경이 금세 떠오른 생각에 무슨 말인가를 하려는 듯 입을 열다가 이내 말끝을 흐렸다. 하는 양이 그녀가 소장원과 혼약을 맺었던 일을 알고 있는 이인 듯했다. 다행히 눈치가 빠른 이인지 내켜하지 않아 하는 기색을 금세 알아차리고는 입을 다물어주는 것이 소운으로서는 다행일 뿐이었다.

하지만 속내를 감추는 데는 서투른 것이 분명했다. 궁금증을 드러내지 않으려 애를 쓰는 얼굴에 도리어 호기심이 역력하게 드러난 것을 보고 소운은 속으로 쓴웃음을 지었다. 부친과 오라비가 그토록 자랑스러워하던 혼처였으니 소문은 온 도성에 널리 널리 퍼졌을 터. 거기에 소장원 대감과 조금이라도 연을 잇기 위해 노심초사하던 이들이 혼사를 두고 분기에 차 떠들어댔을 말들까지 더하면 과연 도성에서 그 사실을 모르는 이가 몇이나 되었을까.

"아까 올라오는 중에 저들이 하는 말을 들으니 이제 융까지 얼마 남지 않은 모양이에요."

잠시 후 호기심이 어느 정도 가신 모양인지 우경이 한숨과 함께 다시 말을 건넸다.

소운은 속으로 날짜를 꼽아보았다. 벌써 달이 한 번 차고 또다시 기우는 중이니 달포가 다 되어가는 셈이다. 배 위에서 보낸 지난 시간은 다시 떠올리는 것만으로도 진저리가 쳐졌다. 태어나서 가장 길고 지루한 시간이었다. 소운의 생각은 곧 동굴에서 보냈던 때로 흘러갔다.

처음에는 사람을 사고파는 무도한 놈들에게 붙잡혔다는 생각에 겁을 먹기도 하였다. 하지만 풀려나기 직전까지도 막연한 두려움의 어느 한구석에는, 견이 있는 한 저들은 절대 자신을 해하지 않을 것이라는 알 수 없는 믿음이 꼭 부싯돌이 일으키는 불꽃정도 크기만큼 항상 있었다.

지금도 알 수는 없었다. 그것이 벼랑 끝에 서 있던 자신을 자살하려는 것으로 오인하고 붙들었던 사내, 견이라 했던 그로 인해 기인한 것인지. 아니면 아무리 애를 써도 찾을 수 없는 별다른 이유가 있었는지.

"제발 어서 도착해 이 배에서 내리기만 했으면. 육지 한번 밟는 게 소원이 돼버렸어요."

우경의 목소리에 소운은 내내 머릿속에 박힌 채 떠날 줄 모르던 깊은 눈빛에서 빠져나왔다. 고개를 들어 망망대해를 보자 소운은 비로소 얼마나 먼 곳까지 와버렸는지 실감이 났다. 어떻게든 나고 자란 나라를 떠나겠다는 처음의 계획이 이렇게 이루어지게 되는 건가.

그녀의 입가에 속절없는 조소가 걸렸다.

그날 피투성이가 된 채 아이를 안고 울부짖는 규옥을 뒤로하고 사내들의 손에 끌려간 곳은 우습게도 그녀가 살던 집도 아니요, 소장원 대감 앞은 더더욱 아니었다. 가마에 실린 채 그녀가 당도한 곳은 뜻밖에도 성 밖의 허름한 빈집이었다. 바로 얼마 전까지 무녀가 기거했었는지 곳곳에 무구(巫具)가 널려 있고, 방에는 신을 모신 흔적이 아직까지 남아 있어 자못 을씨년스럽기까지 하였다.

빈 방에 밀어 넣어진 채로 얼마나 있었을까. 철벽을 친 채 밖에서 지키고 있을 것을 알기에 탈출은 애초부터 꿈도 꾸지 못하였다. 다만 불안한 마음을 조금이라도 다스릴 수 있을까 하여 불규칙하게 잇대어진 천장의 서까래를 멍하니 바라보며 머릿속으로 몇 번이나 그것들을 떼어냈다 제대로 이어 붙이기만을 반복하였다.

그렇게 한참이 지나고 이윽고 문이 열리더니, 그 사이 전갈을 받았을 환이 방 안에 모습을 드러내었다. 소운을 발견한 환의 눈에 곧장 불길이 일었다. 순식간에 거센 발길질이 그녀를 향해 날아오기 시작하였다. 미처 피할 겨를도 없었다. 등과 배, 가슴, 팔과 다리 할 것 없이 환의 발길질은 한참이나 계속되었다. 오라비의 매질과는 비교할 수도 없는 억센 무뢰배들의 발길질 앞에 사정없이 나뒹굴던 규옥을 떠올리며 소운은 간신히 비명을 삼켰다.

그대로 한참이 지나서야 환의 발길질이 잠시 멈추었다. 하지만 좀 전의 매질로는 분이 풀리지 않았는지 그는 벌게진 얼굴로 연신 거친 숨을 몰아쉬었다.

"감히, 하잘것없는 너 따위 계집년이 나를 속이고 그것도 모자라 궁지에 몰아넣어?"

그러더니 고통 때문에 숨도 제대로 쉬지 못한 채 바닥을 뒹구는 그녀에게 다가왔다. 그러더니 검은 무늬가 든 당혜를 신은 발끝으로 그녀의 뺨을 톡톡 건드렸다.

"겨우 이 정도로 네 년이 저지른 짓을 용서받을 수 있다고 생각하는 건 아니겠지. 응?"

환이 발짓을 할 때마다 거친 혜(鞋)의 앞코가 뺨을 치고 지나가

기를 여러 차례. 탁탁, 환이 발을 움직일 때마다 고개를 외로 꼬듯 얼굴이 이쪽저쪽을 향하여 번갈아 움직였다. 앞코에 묻어 있던 자그마한 흙 얼룩이며 먼지, 검불 등 정체를 알 수 없는 것들이 거칠어진 얼굴로 옮겨가고 있었다.

앙다문 입술이 모멸감으로 인하여 점차 하얗게 질려갔다. 얼굴을 치고 있는 저 발이 지나다녔을 곳을 생각하니 매질로 인한 아픔이나 앞으로 닥칠 일에 대한 공포는 잠시 잊혔다. 그럴 정도로 지금 환의 발짓은 몹시도 굴욕감을 느끼게 했다. 측간이며 마구간이며 수많은 곳을 딛고 다녔을 발로 이리 굴욕을 당하는 것보다 차라리 규옥처럼 엉망이 되도록 맞는 것이 낫겠다 싶을 정도였다.

소운은 정신을 놓지 않으려 애를 쓰는 한편으로 입술을 질끈 깨문 채 말문을 닫았다.

잘못했다거나 용서해달라는 말을 들으면 분명 환의 폭력은 다시 시작될 것이 뻔했다. 자신의 아래 굴복하는 자들에게는 더욱더 가차 없고 매몰차게 구는 그의 본성을 잘 아는 까닭에 소운은 이를 그러물며 터지려는 신음을 그저 안으로만 삼켰다.

"내가 그동안 네 년으로 인하여 당하였던 수모를 생각하면 치가 떨려 견딜 수가 없을 지경이다."

무참한 상황에서도 자못 분해 견딜 수 없어 하는 목소리를 듣자 소운은 속으로 비웃음을 흘렸다.

그래, 채 스물도 되지 않은 어린 누이를 환갑이 코앞인 늙은이의 몇 번째인지도 모르는 후실로 넘겨줄 만치, 그리도 권세가 탐이 나더이까? 치가 떨릴 만치 수모를 당하였다 하시었소? 혹, 수

모라 여기었던 그 눈초리들이 기실은 어린 누이를 팔아먹으려 한 오라버니를 경멸하는 것은 아니었소? 오라버니가 겪었다는 그 수모가 스스로의 탐욕에서 기인한 것인 줄을 정녕 모르고 계시는 것이오?

본디 어리석은 바탕에 미처 뜻을 이루지 못한 탐욕까지 더해지자 우매함이 더욱 심하여진 인간이 여환이었다. 그러니 이 와중에도 한참이나 어린 누이의 머릿속으로 무슨 생각이 오가는지 알아차릴 리 만무하였다. 그저 제 키를 훌쩍 넘은 욕심에 눈이 먼 탓에, 코앞까지 다가왔던 소장원이라는 대어를 분수도 모르고 내던진 누이에 대한 노여움만 계속해서 곱씹고 있었다.

"네 년의 여생을 다 바쳐 갚아도 내 분을 풀기에는 모자랄 것이다."

환의 목소리에는 여지껏 접하지 못하였던 독기마저 어려 있었다. 막상 분노의 화근인 소운을 눈앞에서 보고 있으려니 더욱 분기가 치미는 듯 보였다.

무엇이 그리도 분하고 억울한 것인지. 제법 이까지 갈아가며 하는 말을 듣고 있으려니 온몸에 소름이 돋았다. 난생처음 당한 육체적인 폭력과 그로 인한 정신적, 육체적인 고통. 또한 오라비와 부친에 대한 분노를 참아 누르느라 반쯤 넋이 나간 지금의 상황도 본능적인 혐오를 가시게 할 수는 없었다. 어릴 적 대숲에서 여진에게 가하던 잔인함을 목도하였을 때의 기억이 생생하게 떠오르자 절로 진저리가 쳐졌다.

"너로 인하여 우리 집안이 입은 엄청난 손실과 땅에 떨어진 가문의 명예를 생각하면 마땅히 목숨으로 사죄를 해야 할 것이다."

꼭 부르쥐고 있던 주먹이 그예 스르륵 풀리고 말았다.

역시나……. 처음 예상하였던 대로 기어이 목숨을 내놓아야 할 모양이었다. 오라비의 잔혹함을 모르고 있던 바가 아니니 놀랄 일 또한 아니었다.

외따로 있는 빈집이었다. 설사 그녀를 죽여 자결로 위장을 한다고 하여도 누구 하나 의심할 이 없을 터. 혹여 의심이 갈 만한 구석을 발견한다 하더라도 부모 몰래 집을 떠났던 여식이니 가문의 명예를 위해서라도 다들 나서서 그녀가 자결한 것으로 덮을 것이 뻔했다.

어떠한 죽음일까. 아마도 목을 매게 하겠지. 그것이 자진으로 위장하기에는 가장 쉬울 터이니. 소운의 눈이 조금 전 머릿속으로 한참 동안이나 잇대고 붙였던 서까래에 닿았다. 결국 저곳에서 마감을 하게 되는 것인가.

이리 될 줄 알았더라면 마지막 그날, 동굴에서 묶인 끈을 풀어 주던 견에게 동행이라도 청하여볼 것을. 그리 하였더라면 적어도 이리 허망하게 세상을 저버리지 않아도 되었을 것이 아닌가. 실로 어리석기 짝이 없는 뒤늦은 후회에 스스로에 대한 조소가 이는 한편으로, 마지막이라고 생각하자 허리에 열기가 번지며 절로 힘이 들어갔다.

견의 단단한 팔에 휘감겼던 바로 그 자리였다. 어이하여 목숨이 경각에 달린 이 순간에도 그가 머릿속에서 떠나지를 않는 것인지. 도무지 그 영문을 알 수가 없지만 이리 된 이상 아무래도 상관없었다.

한편, 적당히 겁을 주며 소운의 눈에 두려움이 번져가기를 기대하고 있던 환은 자신의 기대에 미치지 않은 그녀의 반응에 적잖이 실망을 하는 중이었다. 간특한 년! 영악한 줄이야 익히 알고 있었으나 저리도 독물일 줄이야. 대놓고 죽이겠다 위협을 하는데도 눈 한 번 꿈쩍도 않으니. 눈앞에서 까딱하며 올라가는 손의 모양만 보고도 금세 겁을 먹고 몸을 움츠리는 여진과는 달라도 너무도 달랐다.

저것이 계집이기에 이나마라도 쓸모가 있는 것이지. 사내로 태어났더라면 불공대천의 원수가 되고도 남았을 노릇이 아닌가.

예상보다 훨씬 더 밋밋한 반응에 가지고 노는 재미도 없어지고, 이제 슬슬 본론을 꺼내야 할 듯하자 환은 목을 가다듬었다.

그리고는 자못 나무라는 투로 말하기를.

"네 죄상이 실로 고약하니. 사대부가 여식의 신분으로 감히 집안을 저버리고 야반도주를 한 것이 그 첫 번째이다. 그로 말미암아 부모형제의 염려가 실로 자심하였으니 네가 저지른 불효가 하늘에 닿고도 남음이 있을 것이야. 또한."

잠시 말을 끊은 채 노려보는 눈은 제법 고약한 심술이 그득 차 있었다. 퉤엣! 더러운 방바닥에 한껏 끌어올린 가래침을 뱉은 후 환이 뒷말을 이었다.

"무릇 여인이라는 것들은 제 정절을 목숨보다 귀하게 여겨야 하는 법이거늘, 이를 가벼이 여긴 것이 네 두 번째 죄이다. 더욱이 혼인을 앞두고 있는 몸이라면 응당 몸가짐을 조심하며 더욱 삼가는 것이 당연한 도리거늘. 외려 제 스스로 나서서 정조를 더럽혔으니. 아무리 변명을 하여도 그 죄는 절대 가벼이 여길 수 없을 터. 평소 네 몸가짐을 미루어 짐작하건대 집을 나가 있는 동안 어떤 작자들과 어찌 어울려 지냈을지 묻기도 무섭구나."

아무리 하여도 오라버니나 그 막돼먹은 무뢰배들에 비하겠습니까.

잠자코 듣고 있던 소운이 속으로 조소하였다. 상상하는 것만으로도 끔찍한 혼인을 피하기 위하여 집을 나온 것을 모를 리 없건만 실정(失貞)은 무엇이며, 또 대놓고 무뢰배 취급을 하는 것은 또 무엇이란 말인가.

하지만 본디 세상만사를 저 좋을 대로, 오로지 제 주관으로만 판단하는 환이 그런 데까지 생각을 할 수 있을 리 만무하였다.

"아울러 너의 행실로 인하여 가문의 명예가 땅에 떨어졌으니 조상님들께 지은 죄업이야 더 말할 것도 없다."

단연코 억지가 분명하였지만 그에 대해 상대할 가치도 느끼지 못하였기에 소운은 그저 입을 꾹 다문 채 그에게서 나올 다음 말을 기다렸다.

"그러니 네 년은 이제 다시는 여 씨 집안에 발을 들여놓을 수 없다. 또한 정절을 지키지 못한 죄인이니 소장원 대감에게 몸을 의지할 수 없다는 건 두말할 나위도 없는 일. 허나, 너로 인하여 금이 간 가문의 명예와 대감께 저지른 죄에 대해서는 응당 책임을 져야 할 터. 이 모든 것을 더 이상 쓸모가 없어진 네 몸뚱어리로 대신하여라."

활처럼 고운 선을 그리고 있던 눈썹이 꿈틀하였다. 몸으로 대신하라는 말이 무슨 의미인지 쉽사리 알 수 없는 까닭이었다. 아무리 하여도 설마 기루(妓樓)에 내어놓겠다는 말은 아닐 터이고.

그대로 되었다는 듯 뒤돌아 나가려던 환이 무엇인가 생각났다는 듯 다시 몸을 돌렸다.

"예서 벗어나려 혹여 허튼 짓이라도 했다가는 너를 숨겨주었던 계집과 그년 자식 놈의 목이 날아간다는 사실을 명심해야 할 것이다!"

규옥과 쇠돌이를 언급하는 말에 소운의 얼굴이 금세 해쓱해지고 말았다. 그 모습이 적잖이 만족스러운 듯 입가에 고소를 지으며 환이 문 밖으로 모습을 감추었다.

한참 후에야 소운은 몸을 일으켰다. 치맛자락을 쥐고 그나마 깨끗한 부분을 찾아내어 얼굴을 닦아내기 시작하였다. 조금 전 거침없이 퍼붓던 발길질에 어느 한 곳 아프지 않은 구석이 없었지만 일단은 얼굴에 남아 있을 오라비의 더러운 신발 자국부터 지우고 싶었다.

얼마간 문지르다 보니 여진이 떠올랐다. 그간 언니도 이리 살았겠지. 아무도 보지 않는 곳으로 찾아들어 사람들의 눈을 피하며 오라비가 낸 상처를 홀로 어루만졌겠지. 언젠가 보았던 그때처럼.

문득 머리를 스치는 생각에 소운의 심장은 걷잡을 수 없을 만치 뛰기 시작하였다. 이제야 오라비의 말이 무슨 의미인지 알아차린 것이다. 여진처럼 자신도 이대로 융의 공녀로 보내버릴 심산인 것이다. 아내도 공녀로 바치겠다고 내놓았는데 눈엣가시 같은 누이야 말해 무엇 하겠는가. 다만, 소장원 대감과의 일도 있고 하였으니 요란 떨지 않고 조용히 처리하겠다는 심산임이 분명해 보였다.

한번 물꼬를 튼 생각은 쉼 없이 흐르고 이어졌다.

처를 공녀로 내놓았다 하여 이미 보이지 않게 쑥덕거리는 말들이 이미 많을 터인데, 이 와중에 누이까지 공녀로 내놓는다고 하면 아버님이며 오라비를 경원시하는 이들이 더욱 늘어날 것은 자명했다. 해서, 그녀만큼은 드러내지 않고 조용히 보내겠다는 심산이렷다. 그제야 비로소 왜 오라비가 집 대신 이곳으로 끌고 오도록 하였는지 알 수 있었다.

그녀의 짐작은 틀리지 않아 그로부터 이레가 지난 뒤 소운은 자신을 끌고 왔던 사내들의 손에 다시 이끌려 가마에 올랐다. 이번에 도착한 곳은 태어나서 지금까지 한 번도 본 적이 없는 커다란 배 여러 척과 셀 수도 없이 많은 사람들이 모인 부두였다.

"융에 도착한 이후에는 여러 대신들의 첩으로 보내질 거라지요?"

물어오는 우경의 눈은 두려움으로 가득 차 있었다. 함께 온 여인들끼리 나누는 말로 미루어 아마도 그렇게 될 것이라 소운도 짐작하고 있는 바였다. 소운은 좌우 양 옆과 앞뒤에서 나란히 움직이고 있는 다른 배들로 시선을 돌렸다. 저 안에는 얼마나 많은 여인들이 태워졌을 것이며 그들은 또 얼마나 많은 눈물을 흘리고 있을 것인가. 부디 언니만은 잘 버텨주어야 할 텐데.

"참, 들으셨어요? 이번에 나라님 계시는 궁궐을 기습했던 우두머리가 융국 황제의 아들이랍니다. 우리 오라버니 말씀으로는 키는 육 척 장신에 체구는 어마어마하게 크고 얼굴 또한 엄청나게 험악하답니다."

우경의 말에 소운은 저도 모르게 귀를 쫑긋했다. 무의식적으로 견이 떠오른 까닭이었다. 하지만 견의 생김은 우경이 말한 이처럼 험악하지 않으니 그는 황자가 아니로구나, 하다가 신세가 이리 된 와중에도 그런 생각까지 하고 있는 것이 한심하기도 하고 우습기도 하여 스스로를 조소하였다.

그 사이에도 우경의 말은 계속되었다. 혹여 매처럼 노려보며 지나는 군졸들의 귀에 들릴까 염려해서인지 자세히 귀를 기울이지 않으면 들을 수 없을 정도의 낮은 목소리로 쉬지 않고 조잘거리고 있었다.

"게다가 성격은 얼마나 흉포한지. 바른 말 하는 우리 대신들의 목을 그 자리에서 뎅겅뎅겅 베어버렸대요. 그것도 임금님 계시는 어전에서요. 어전 이곳저곳에 떨어진 목이 도르륵도르륵 구르는 소리가 요란하고 피가 여기저기 난무하였다니. 쉴 새 없이 여러 명이나 베고도 성이 차지 않았는지 우리 임금님 목에도 칼을 들이댔다지 뭐예요. 어유, 생각만 하여도 얼마나 끔찍해요. 우리 오라버니께서 말씀하시기를 성국의 여인들이 이리 끌려가는 이유도 다 그 황자 때문이라고 하셨어요."

마지막 말에 달포 전에 헤어진 가족을 떠올렸는지 눈가가 촉촉해지는 우경의 모습을 소운은 그저 무단히 바라보고만 있었다. 여태까지의 강단진 모습 대신 혹여 군졸들에게 들킬까 바다를 보는 양 고개를 외로 꼬고는 서러움 담은 눈으로 울먹이는 양을 보아하니 오라비가 직접 나서서 공녀로 이름을 올린 자신과 달리 강제로 뽑혀서 이곳까지 오게 된 모양이었다. 그러니 그저 잠시 언급하는 것만으로도 저리 슬퍼하는 게지.

헤어진 오라비가 애달파 가슴앓이를 하는 우경과 달리 소운은 앞으로 두 번 다시는 환의 얼굴을 보지 않아도 된다는 사실 한 가지만으로도 마음이 홀가분하기 그지없었다. 융으로 향하는 배에 오르고서야 그리도 심한 매질을 가하면서도 얼굴만은 때리지 않은 까닭을 깨닫고 이를 갈았던 그녀였다. 옷 속에 감춰진 몸의 멍은 융에 도착할 무렵이면 자연스레 사라지겠지만 얼굴에 상처를 냈다가는 여러모로 곤란해졌을 것이다. 후에 누이에게 매질까지 해가며 공녀로 보냈다더라 하는 뒷말이 돌 수도 있고, 자칫 얼굴의 상처 때문에 소운이 공녀 심사에서 탈락할 수도 있었다.

잔인한 본성만큼이나 그러한 쪽으로 머리를 쓰는 데는 뛰어난 인물이었다. 아내와 누이를 공녀로 보낸 것도 이를 기화로 융에 인맥을 만들어두자는 심산이었을 터. 겨우 그런 연유 때문에 자신과 가장 가까운 사이인 두 여인을 이국 땅 낯모르는 남자의 첩으로 내어주다니. 생각하면 생각할수록 분이 났다.

배에 올라 깊게 든 멍과 그로 인한 통증 때문에 제대로 펴지지도 않는 허리로 간신히 자리를 잡아 앉은 후부터 소운은 머릿속으로 계책을 세우기 시작했다. 이대로 고분고분 순응하며 저들의 뜻대로 살 생각 따위는 애초부터 없었다. 택일까지 마친 혼인도 거부하고 남복을 한 채 달아났던 그녀였다. 한데 첩, 그것도 타국의 이름도 얼굴도 모르는 자의 첩이라는 운명을 순순히 받아들일 리 없었다. 융에 도착하는 대로 어떻게든지 기회를 봐서 달아날 생각이었다.

"저기 좀 봐요!"

수평선을 지켜보고 있던 우경의 목소리가 갑자기 높아졌다. 갑판을 지키던 병사들 또한 술렁이기 시작했다. 소운은 고개를 들어 우경이 손가락 끝으로 가리키는 곳을 바라보았다. 그동안 질리도록 보아온 바다 대신 수평선 너머 땅덩이가 서서히 그 모습을 드러내기 시작했다. 배가 다가갈수록 점점 더 커지는 검은 빛의 덩어리를 소운은 말없이 바라보고 있었다.

그리고 선두에 선 배의 갑판 위에서 자신과 같은 광경을 바라보고 있는 견의 존재를 그녀는 당연히 알지 못하였다.

잗다랗게 종종거리는 환관의 걸음은 짧은 보폭을 만회하기 위함인지 걸음걸이에 비해 제법 그 속도가 빨랐다. 태자의 분부로 태자궁으로 향하는 길목의 입구에서부터 견을 기다리고 있던 환관은 한 걸음 옆으로 비켜나 길잡이 노릇을 하는 내내 이전과는 달리 고개를 살랑거리며 어울리지 않는 미소까지 보내었다.

사내를 탐하는 용양도 아닐진대 수염 자국이라고는 찾아볼 수 없는 매끈한 얼굴로 저리도 생긋거리는 양을 보고 있자니 도시 무어라 해야 할지. 본디 무뚝뚝하고 마음에 없는 말은 못하는 동후를 제외하면 귀국한 직후부터 마주친 거의 모든 이들의 반응이 똑 저러하니, 어지간히 무덤덤한 견으로서도 당혹스러운 일이었다.

태자의 처소에 다다르자 환관보다 앞질러 견이 아뢰었다.

"견이옵니다."

"들어라."

안에서 명이 떨어지자 시중드는 이가 문을 열기 위하여 재빠르게 나서는 것을 견이 한 손을 들어 물러나게 하였다. 그러고는 직접 문을 열었다.

앞서 자신의 목소리로 당도하였음을 아뢴 것도, 직접 문을 여는 것도 오랜만에 뵙는 태자에 대한 예의라고 여겼기 때문이었다.

문을 열자 사막과도 같은 열기를 품은 후끈한 공기가 한껏 그를 향해 달려들었다. 황궁까지 말을 타고 달려오는 내내 냉기를 가득 품고 부딪쳐오던 매서운 한기가 무색할 정도로 넓은 방 안은 훈풍이 가득했다. 날이 추워질 무렵부터 방 곳곳에 두는 여러 개의 커다란 황동 화로는 반짝반짝 윤이 났고 늘 그렇듯 발갛게 불을 품은 숯이 타고 있었다.

이곳이 태자의 개인 처소라는 사실을 말하여주듯 커다란 침상 위의 비단금침에도 붉은 비단에 황금색 실로 용이 수 놓여 있었다. 융국은 예로부터 천신과 함께 수신(水神)을 모시는지라 두 곳 모두에서 거한다고 알려진 용을 매우 신성시하였다. 해서 황제와 태자가 사용하고 걸치는 모든 것에는 반드시 용 문양을 새기거나 수를 놓았다.

금침 위에는 커다란 호피가 통째로 자리한 채 그 위용을 자랑하고 있었다. 황제와 태자의 처소마다 놓여 있는 호피는 흠 하나 찾아보기 힘들 정도로 매끄럽고 윤기가 나는데 이는 융에서도 제일가는 포수인 달무의 솜씨였다. 그는 날카로운 화살촉 대신 뭉툭하고 무거운 촉을 화살에 달아 사용하는 특이한 사냥법을 가지고 있었다.

달무가 쏜 화살을 맞은 짐승은 그 자리에서 죽지 않고 기절을 하기 때문에 그가 바치는 짐승 가죽에서는 사냥하는 중에 불가피하게 생길 수밖에 없는 칼자국이나 화살촉으로 인한 생채기를 찾아볼 수가 없었다. 그러한 연유로 달무의 손을 거쳐 나온 짐승 가죽이나 털은 상품 중에서도 특상품이라, 융의 내로라하는 인사는 물론이고 옆 나라에서도 그의 솜씨를 얻고자 하는 이들이 수두룩하였다. 하지만 얼마 전 외국으로의 반출을 엄히 금하는 황명이 내려진 후 거의 대부분이 황궁으로 들어오고 있었다.

방 가운데 의자에 앉아 있는 태자를 향해 견이 절을 세 번 올리고 다시 허리를 숙이며 읍하였다.

"존귀하신 태자마마를 뵙사옵니다."

운명의 장난으로 한 아비의 자식으로 같은 날 태어난 것도 모자라 세상에 나온 시각 또한 같았으나 태자 추는 엄연히 융의 다음 황제가 될 존귀한 존재. 하여, 동갑인 형제라 하여도 반드시 군신의 예를 갖추어 대하는 것이 당연한 도리였다. 하물며 견은 대역 죄인을 어미로 둔 몸이 아닌가. 그러니 지금처럼 태자와 얼굴을 마주하고 있는 것만으로도 황송해 몸 둘 바를 몰라 해야 할 처지였다. 그것이 미처 말을 배우기 전부터 그가 들어 익힌 법도였다.

여느 때처럼 허리를 세운 채 그의 인사를 받은 태자가 자못 흐뭇한 얼굴로 탁자 건너 자신의 맞은편에 놓인 의자를 가리켰다.

"앉거라."

"황공하옵니다."

다시 공손히 고개를 숙여 인사를 표한 견이 몸가짐을 바르게 하고 자리에 앉았다.

탁자 위에는 술과 음식들이 성대하게 준비되어 있었다. 반으로 갈라 불 위에서 통째로 구워낸 어린 돼지며, 고명을 얹어 시루에

쪄낸 여러 가지 생선들, 두툼하게 저미고 칼집을 내어 양념한 장에 재었다가 숯불에 살짝 구워낸 소고기와 양고기, 곶감을 비롯하여 여러 가지 말린 과일까지 커다란 탁자가 비좁을 정도로 가득 채우고 있었다.

탁자 아래로 눈을 내려 커다란 동이를 확인한 견은 오늘 안으로 정해궁으로 돌아가기는 틀렸음을 미리 짐작하였다. 오늘처럼 처소로 부름을 받을 때마다 으레 술도 함께 곁들이는 데다 오늘은 또한 귀국 후 첫 대면인지라 미리 예상하고 있던 일이었다. 하지만 다음 순간 일어난 일은 뜻밖이었다.

술병을 집어든 태자가 견의 잔에 술을 채워주겠다고 나섰던 것이다.

"제가 감히 어찌."

놀란 견이 술병을 받기 위해 서둘러 손을 내밀었지만 태자는 고개를 저으며 기어이 먼저 잔을 받기를 권하였다.

"나라에 큰 공을 세우고 돌아온 형제에게 내가 술 한 잔 내리겠다는데. 이리 기다리게 하는 것도 불충이니."

거듭 권하는 태자의 말을 이기지 못하고 결국 견은 잔을 들어 술을 받았다. 그러고는 서둘러 술병을 건네받아 태자의 잔을 채웠다.

"자, 들자꾸나."

"황공하옵니다."

단숨에 비운 잔을 내려놓은 형제가 다시 서로의 잔에 술을 가득 따랐다.

"고아주(羔兒酒)이옵니까?"

잔을 채우는 향기에 견이 묻자 태자가 웃으며 고개를 끄덕였다.

어린 양을 잡아 사나흘 동안 푹 고은 뒤 그 물로 빚은 술이라하여 흔히 비위가 약한 자들은 꺼리기도 하였다. 하지만 태자와견 모두 고아주 특유의 풍미를 즐겨했기 때문에 두 사람이 대작하는 자리에는 빠지지 않는 술 중 하나였다.

"그간 고생이 많았다."

잠시 흐뭇한 얼굴로 그를 바라본 태자가 다시금 단숨에 잔을비워냈다.

"그래, 듣자하니 하국(下國) 왕의 기를 있는 대로 꺾어놓았다지?"

자못 유쾌하게 묻는 물음에 견이 또한 웃으며 공손히 답하였다.

"실로 과찬이시옵니다. 직접 가보니 비록 왕의 자리를 차지하고 용상에 앉아 있기는 하였으나 장인의 기세에 눌려 허수아비나 다름없는 자였사옵니다."

"네 보기에 소장원의 기세가 그리 대단하더냐?"

"대단하다기보다는 단순하기 그지없는 겸과 달리 노회하기 짝이 없는 자였던지라."

"오호, 그럼 그자의 기 또한 네가 꺾어주었겠구나."

말이 채 끝나기도 전에 태자가 한발 앞서 나섰다. 상상만으로도 만족스러운 듯 지어 보이는 웃음 때문에 작은 눈은 금세 두툼한 눈두덩에 덮였다.

태자는 친탁을 하였고 견은 외탁을 하였기에 형제라고 하기에는 두 사람의 생김새가 사뭇 다른 편이었다. 그렇지만 이와 달리 성품이나 기질이 놀랄 정도로 비슷한 구석이 많은 두 사람이었다. 자라는 동안 황후의 끊임없는 간섭과 훼방에도 사이가 서먹해지지 않을 수 있었던 데에는 그런 이유도 무시할 수 없었을 것이다.

"황제 폐하를 대리하여 간 자로서 어찌 하국의 신하 따위가 함부로 기어오르는 양을 두고 볼 수가 있었겠사옵니까. 소신은 그저 폐하에 대한 충정이 명하는 대로 실행하였을 따름이옵니다."

자신이 융국을 떠나는 마지막 순간까지 어떻게든 조공의 양을 줄이기 위해 안간힘을 쓰던 소장원을 떠올리며 견이 답했다. 앞으로 궁곤하게 될 나라와 백성을 진정으로 염려하여 안달을 한 것이라면 한 번쯤 눈 감아줄 용의가 없었던 것도 아니었다. 하지만 그의 염려는 오로지 손에 움켜쥔 지위와 권세가 모래처럼 빠져나가고 있는 데에만 집중되어 있었으니 더욱더 가차 없이 조일 수밖에 없었던 것이다.

"그나저나 선왕의 유골을 고스란히 빼앗겼으니 성에서는 야단이 났겠구나."

자못 고소해하는 태자의 말에 견 또한 빙긋이 웃음을 지었다.

소장원이 이르는 대로 요구하는 공물의 양을 절반으로 딱 잘라내며 더 이상은 불가능하다고 버티는 한편으로 세자만은 절대 볼모로 내놓을 수 없다고 고집을 부리는 임금 때문에 협상은 한동안 교착상태였다. 초조한 것은 저들뿐만이 아니었다. 비록 정변을 일으켜 왕을 손 안에 넣었다 하여도 그곳은 엄연한 적국. 군사의 숫자로만 따지면 한참이나 뒤졌으니 만일 저들이 죽을힘을 다하여 덤비기라도 하면 승리를 장담할 수만은 없는 상황이었다. 저들 또한 그 사실을 모를 리 없으니 이 핑계 저 핑계를 들어 버티며 시간을 끌고 있던 것이다.

그때 왕을 불러들인 견이 내밀어 보인 것은 선대왕과 왕비, 그리고 아들이 임금이 된 덕에 추존을 받아 사후에 왕의 자리에 오른 왕의 생부의 유골이었다. 궐을 접수한 뒤 동후에게 은밀히 명을 내려 미리 도굴을 하여 감추고 있던 것들이었다.

처음에는 믿지 못하겠다는 듯 연신 고개만 젓던 임금은, 그렇지만 부친을 입관할 때 부장하였던 옥 벼루를 확인하자 종내는 흐느끼기 시작하였다. 효를 국가의 기틀로 삼고 돌아간 자의 영령을 산 자보다 더 떠받드는 성국의 풍습에 비추어 볼 때 붕어한 왕의 유골을 빼앗겼다는 사실은 망극하기 그지없는 사건이었다. 죽음 이후의 세상 또한 살아서의 세상과 별반 다르지 않다 여기는 저들이니, 선왕들의 유골이 적국의 손에 넘어갔다는 사실이 알려지는 날에는 온 백성들이 들고 일어나 차라리 살아 있는 임금과 바꾸고 말겠다며 덤비고도 남음이 있을 것이었다.

생각지도 못한 뜻밖의 상황에 임금을 비롯한 신료들은 분루를 감추지 못하였다. 하지만 이로써 지난하였던 협상에서 승기를 잡고 종국에는 원하는 바대로 뜻을 이룰 수 있었으니 융국의 입장에서 보자면 실로 대단한 기지였다.

드물지만 견의 성격이 그대로 드러난 대응이었다. 일단 적으로 간주하여 반드시 무너뜨려야겠다고 마음먹은 자들에게는 한 치의 자비도 없이 수단 방법을 가리지 않는 그였다. 해서, 반대편에 선 자들의 입에서는 그가 이름자로 쓰는 글자가 아마도 견(堅)

이 아니라 견(犬)일 것이라는 비아냥마저도 간혹 흘러나올 정도였다.

"살아 있는 아들을 내어줄 수 없다니 별수 있습니까. 죽어 땅속에 묻힌 아비라도 파 올 밖에요."

견의 대답을 들은 태자가 금세 박장대소를 하였다.

"아마도 너와 같은 배포를 지닌 이는 온 나라를 뒤져도 찾기가 어려울 것이다. 너의 기지로 인하여 앞으로 성국은 절대로 우리 국(國)의 명을 허투루 할 수 없을 것이니."

"황송하옵니다."

융의 군사들 중에서도 무덤을 파헤치고 죽은 자의 유골을 꺼내 옮긴다는 것에 더러는 반대하는 자가 없지는 않았지만, 시시때때로 보이던 성국 조정의 오만함이 그러한 목소리들을 자연스레 꺾어주었다. 자고로 상대를 이길 자신이 없으면 나를 죽이고 납죽 엎드려야 하는 법이거늘.

한참을 웃던 태자가 이내 표정을 가다듬으며 다시 한 번 치하의 말을 건넸다.

"네가 임무를 완수했다는 전갈을 받으시고 폐하께서도 몹시 흡족해하시었다."

"그만치나 짓궂으신 분인 줄은 진정으로 몰랐사옵니다."

슬쩍 진심을 넣은 타박에 태자가 빙그레 웃었다.

"놀랐느냐?"

"미리 언질이라도 주시지 않구요."

거사를 명하였던 황제의 밀지가 실은 태자의 청에 의해 작성되었다는 사실을 알게 된 것은 귀국한 이후였다. 생각해보면 이번처럼 사람을 보내어 은밀히 염탐케 한 후 약점을 잡아 단숨에 적의 심장부를 기습하는 방식은 도통 속내를 숨길 줄 모르는 황제의 성품과는 맞지 않았다.

평소의 성격대로라면 수족으로 여기는 자를 대장군으로 임명하고 대대적으로 거병을 하여 국경부터 시작해서 전면전을 벌이는 것이 옳았다. 만일 신휘 장군이 오랫동안 거짓을 고해왔다는 사실이 밝혀지지만 않았어도 진정으로 그리 하였을 것이다. 어차피 성을 집어삼키기 위하여 호시탐탐 칼을 간 것이 이미 수년 전부터가 아니던가.

"내 너에게 미리 언질을 주었다면 그것이 어찌 밀지이며 또한 밀명이라 할 수 있었겠느냐. 너 또한 폐하의 명이라 여기었으니 온 힘을 다하여 뜻을 이룬 것이 아니겠느냐."

다소 농이 섞인 말인 줄 알면서도 견이 정색을 하고 고하였다.

"내리신 밀지가 태자마마의 명이라는 사실을 알았어도, 소신 신명을 다하였을 것이옵니다."

"아마도……."

뒷말을 잇지 않으니 의미를 제대로 파악할 수 없는 말을 남기며 태자가 고개를 끄덕였다. 지난 세월 동안 익숙하도록 보아온 모습이었다.

본래도 도통 무슨 생각을 하는지 알 수 없는 표정과 누구에게도 속내를 드러내는 법이 없어 좀처럼 의중을 읽기 어려운 태자였으니. 밀지를 받은 직후부터 내내 뭔가 톱니가 제대로 맞지 않는다는 생각에 의아해하면서도, 설마 태자가 자신의 뜻대로 황제를 움직일 수 있을 거라는 상상은 한 번도 해본 적이 없었다.

유쾌한 듯 웃으며 잔을 비워내는 태자를 물끄러미 바라보고 있던 견은 그제야 속으로 제 무릎을 쳤다. 진즉에 알아차리지 못한 어리석음에 머리를 치고 싶을 정도였다.

　몇 해 전, 태자가 아끼어 곁에 두었던 궁녀가 다른 사내와 통정한 사실이 발각되어 태자궁이 발칵 뒤집힌 적이 있었다. 당시 눈물로 용서를 호소하는 애첩을 더할 나위 없이 지극히도 부드러운 눈으로 바라보며 그녀의 손에 단도를 쥐여주던 태자가 아니던가.

　황제 폐하께 성에서의 성과를 보고하는 그를 여느 때보다 훨씬 냉랭한 눈으로 노려보던 황후를 생각하면, 태자의 심중에 어떤 생각들이 오가고 있는 것인지 견은 더욱 의문증이 일었다. 하지만 어차피 궁금해한다고 해서 알아지는 것은 아니었으니.

　무심코 고개를 돌리던 견의 시선 끝에 한구석에 부복한 채로 뱀처럼 눈알을 굴리며 살피는 환관 하나가 들어왔다. 견과 눈빛을 마주친 환관은 찔끔 놀라 어깨를 부르르 떨며 다시금 고개를 숙였다. 머잖아 저놈의 입을 통해 황후에게 이 방에서 오갔던 말이 들어가겠구나, 견은 생각하였다.

　밀지 건으로 견이 아직도 서운해한다 여기고 있었는지 태자가 슬쩍 화제를 바꾸었다.

　"내 듣자하니 그 늙은 여우가 곧 혼인을 하려던 차였다더구나."

　늙은 여우라 함은 곧 소장원을 가리킬 터였다.

　"예에?"

　머리 가득 총총하던 백발이며 희게 바랜 수염을 떠올린 견이 놀라 반문하였다가 이내 자신의 실수를 깨닫고는 즉각 고개를 숙였다.

"송구하옵니다."

"두 분 폐하가 계시는 자리도 아니니 편하게 대하라. 술잔을 쥐고서도 지독하리만치 예의를 차리면 내 어찌 너와 마음 편히 대작을 할 수 있겠는가. 하면 그 또한 불충인 것을."

가벼운 농으로 견의 긴장을 풀어준 태자가 다시 조금 전의 화제를 이어갔다.

"수 해 전 혼인을 앞둔 장남이 사고로 급사를 한 이후에 부원군에게 묘한 집착증이 생긴 듯하더구나. 와병 중인 늙은 본실이 더 이상 자식 생산을 하지 못한다 하여 내쫓은 후로, 오로지 아들을 얻자는 일념 하나로 처첩을 들이고 내치기를 마치 의복을 갈아입듯 하였다니."

"허면 그들 중 누구도 남아를 생산하지 못한 것입니까?"

견의 물음에 태자가 다소 경망스럽다 싶을 정도로 킬킬거리는 웃음을 흘렸다.

"남아가 다 무엇이냐. 늘그막에 그나마 남아 있던 정기를 어린 계집들 다리 사이에서 모두 소진하였는지 아예 자식 생산을 못 하는 것을. 자식이 빈한 것이 제 운수인 줄을 모르고 조강지처 내쫓고 어린 계집들만을 줄지어 탐하니 삼신할미 눈에 곱게 보일 리가 있느냐. 점지하였던 자식도 그저 앗아갈 지경인 것을."

태자의 말에서는 조롱기가 뚝뚝 떨어졌다. 그 역시 태자의 신분에 걸맞게 태자비빈 이외에도 가까이 두고 있는 궁녀들 또한 상당하였지만, 어찌 된 일인지 여인을 탐하는 뭇 사내들에게는 경멸을 감추지 아니하였다. 그래서인지 가혜가 세상을 뜬 이후에도 다른 여인을 가까이하지 않는 견을 향해 간혹 기꺼운 기색을 비치기도 하였다.

"한데도 또다시 혼인을 하려 하였단 말씀이십니까?"

"오가다 만난 어린 처녀 아이에게 첫눈에 반해 아예 몸이 달았다지 무어야. 매파를 보내 정식으로 청혼을 하고 혼삿날까지 받아두었는데 네가 끼어드는 바람에 그르치고 말았던 게지."

견이 두 사람 사이에 직접적으로 끼어들어 훼방이라도 놓은 양 즐거운 기색이었다.

"그것 참. 그래서 저를 쳐다보는 낯빛이 내내 그리도 좋지 않았나 봅니다."

견의 농을 들은 태자가 결국 호탕한 웃음을 터뜨렸다.

"늙은이가 단단히 망령이 든 게지. 그러지 않고서야 한 갑자를 살고도 계집 욕심에 눈이 멀 리가 있겠느냐. 그런 자가 나라를 쥐고 있으니 그 모양새가 되지 않았겠느냐."

소장원이 혼인을 앞두고 있었다는 사실은 견도 간과하고 있던 바였다. 그도 그럴 것이 그가 소장원에 대한 정보를 최종적으로 정리할 즈음에는 이미 혼인이 정해진 지 한참이 지난 후였고 저자를 들썩이게 하였던 사람들의 뒷공론도 한 차례 지난 뒤였기 때문이었다. 폭풍이 지난 뒤의 바다가 고요하듯이 본디 시끄러운 소문일수록 남은 자리는 말끔한 법이었다.

한데 태자는 추문에 불과하였을 사실을 어찌 저리도 소상히 알아내어 술자리의 농거리로 삼을 수 있는 겐지. 나름대로 요소요소에 간자를 심어두었을 것이라 짐작은 하고 있었지만 이렇게나

직접적인 방법으로 확인을 하게 될지는 견도 미처 알지 못하였다.

"며칠 전 좌보(左輔)가 내게 들러서 해준 이야기이니라. 소장원 그자가 우리 융에도 제법 인맥을 만들어두었더구나."

찰랑이는 잔을 들어 입술로 가져가던 태자가 마치 견의 생각을 읽기라도 한 듯 짧은 한마디로 가려운 곳을 긁어주었다. 뒤이어 한 모금 머금은 술을 목으로 넘기는 짧은 순간 견의 머릿속에는 온갖 생각들이 스쳤다.

좌보라면 병마를 총관하는 자리이니만치 이국(異國)의 상황에도 밝아야 하는 것이 당연하지만, 조금 전 태자가 들려준 사실은 단순한 정보 수집의 범주를 넘어선 수준이었다. 이는 즉, 이미 개인적으로도 상당한 친분을 쌓고 있다는 의미일 터.

"내게 청이 있어 꺼낸 말이 분명해 보이지 않느냐?"

"신의 생각 또한 마마와 다르지 않사옵니다."

상대의 머릿속을 읽고 속내를 알아차려 대응 방안을 모색하는 데에는 누구보다 탁월한 태자였으니. 좌보가 무슨 목적으로 자신을 찾아들었는지 그 연유 또한 이미 간파하고 있을 터. 앞으로 태자가 그를 어떻게 다루는지 지켜보는 것도 흥미로울 것이라는 생각이 들었다.

"정변 이후로 혼사도 유야무야되었다는데. 백발이 성성한 늙은이에게 시집을 가려 했던 그 처녀가 지금쯤 네게 고마워하고 있을지 아니면 여생 동안 두고두고 원망할지 궁금하지 않느냐? 사정을 듣고 난 이후에는 잠깐 동안이지만 그 계집을 이 나라로 불러들여 속내를 듣고 싶을 정도로 궁금증이 일더구나. 계집질에 이골이 날 대로 난 늙은 여우를 순식간에 사로잡았다면 그 미색이 보통이 아닐 터인데. 만일 그리 하였으면 그 계집으로 인하여 얻을 즐거움 또한 만만치 않았을 터이니 여러모로 일거양득이 되지 않았겠느냐."

"분부만 내리십시오. 그깟 계집 하나 붙잡아 들여 대령하는 게 무에 어렵겠습니까."

견의 대답이 자못 유쾌한 듯 태자는 비운 잔을 내려놓으며 크게 소리 내어 웃었다. 오늘 그를 불러들인 목적이 끝난 것을 안 견도 조금 전보다는 마음 편하게 술잔을 들었다.

어서 몸을 움직이라며 툭툭 치며 을러대는 병사들의 창끝보다 더욱더 견디기 힘든 것은 길 양쪽으로 늘어서 있는 사람들의 시선이었다. 그들은 지금까지 단 한 번도 본 적이 없는 희귀한 동물들을 구경하듯 노골적으로 쳐다보고 있었다. 더러는 그녀들을 향해 손가락질을 하기도 하고 또 더러는 저희들끼리 입을 모아 수군거리기도 하였지만 쳐다보는 눈길이 보내는 의미는 단 하나. 성국의 왕이 그들의 황제에게 충성을 맹세하는 의미로 보내왔다는 여인들에 대한 점잖지 못한 호기심이었다. 특히 구경꾼들의 거의 대부분을 차지하고 있는 사내들은 공녀들의 몸을 노골적으로 훑으며 마른 입맛을 쩝쩝 다셨다.

달포가 넘도록 익숙하지 않은 파도에 시달리며 멀미 때문에 금방이라도 죽을 듯이 고생할 때는 무슨 수를 쓰든 일단 육지에 발만 디디면 살 것 같았다. 실지로 검은 빛을 띠고 있는 땅이 아니 멀리 눈에 들어왔을 때는 그저 단단하게 발을 디딜 수 있는 땅이 저만치에 보인다는 사실만으로 다들 얼마나 안도를 하였던가. 멀미로 인하여 기력이 쇠진하다 못해 혼절하다시피 했던 이들도 육지가 보인다는 소식을 듣자 이제 살겠다 싶었는지 눈을 뜨고 벌떡 일어나 앉았을 정도였다.

하지만 늘 그렇듯 온 마음을 다 걸었던 기대는 봄볕 아래의 눈처럼 허무하게 녹아내리고 마는 법인 것을. 한여름 뙤약볕에 빙고(氷庫)에서 갓 꺼내어 파르르한 김을 피워 올리는 얼음덩이를 보는 양 신기해하던 눈들은 점차로 노골적인 조롱과 음란한 야유로 변하여갔다.

"고것들 차암. 맛나게도 생겼다."

누군가의 말에 거리를 메우고 있던 사내들이 키들거리기 시작했다. 곧이어 누군가 뒤를 이어 말하였다.

"암만. 맛으로만 따진다면야 본시 성국 기집을 따를 것들이 없지."

"그렇다마다. 손님 북적이는 기루치고 성나라 기집 없는 곳을 보지를 못하였네."

"고년들 속살 맛이 얼마나 찰진지……."

한두 사람씩 합세를 하여 오가는 말들은 과채의 껍질을 벗기어내듯 점차로 민망한 지경까지 이르러 맨 정신으로 듣고 있노라니 무참하기 그지없었다. 어차피 노리갯감을 만들 목적으로 끌고 온 여인들이니 거리낌 따위가 있을 리 만무했다.

공녀들 중 사내를 모르는 처녀들은 처음에는 머리 위로 오가는 말들에 의아해했지만 차츰 눈치로 무슨 의미인지 알아차리게 되자 두 손으로 얼굴을 가리며 어찌할 줄을 몰랐다. 젊은 부인들 또한 민망하기는 마찬가지라, 음란한 시선에서 얼굴이나 몸을 조금이라도 감추고자 허리까지 꺾어가며 고개를 숙이고 소매를 들어 얼굴을 감추려 애를 썼다. 사내들의 노골적인 시선에 익숙하지 않은 여인들로서는 흡사 발가벗긴 채로 내던져진 것과도 같은 극도의 수치심이 들었던 것이다.

다른 데 정신이 팔려 있으니 걸음이 느려지는 것은 당연지사. 빨리 이 행렬이 끝나 어디든 좋으니 사람들의 시선에서 벗어났으면 하여 조급증에 몸 달아하던 소운으로서는 답답하기 그지없었다. 이리 공개적으로 융국의 백성들 앞에 얼굴을 드러내게 하고 음담을 고스란히 듣게 하는 것도, 공녀라는 새 신분을 단단히 각인시키려는 저들의 의도임을 어찌 알지 못하고 제 얼굴 가리는 데에만 급급하단 말인가.

갑갑증에 울화가 터질 지경이었다. 낯선 자들에게 고스란히 구경거리가 된 지금의 상황도, 공녀라는 일찍이 꿈도 꾸어보지 않았던 자신의 처지도, 이곳 어딘가 있을 여진도, 도무지 끝이 날 것 같지 않은 이 행렬도, 모두들 하나같이 그녀의 숨통을 조여왔다.

그때였다.

"후훅!"

소운의 앞에서 가던 여인 중 하나가 기어이 울음을 터뜨리고 말았다.

긴 당지를 허리 아래까지 드리우고 양발을 모은 채로 흐트러짐 없이 걷는 뒷모습만 보아도 퍽이나 음전해 보이는 처자였다. 자홍빛의 당지를 보자 소운은 우경의 이름을 기억해내었다. 이곳

까지 오는 동안 힘든 여정에서도 퍽이나 상냥하게 굴었던 이였
다. 그런 그녀의 울음소리에 다들 내내 참고 있던 눈물들을 툭툭
쏟아내기 시작하였다.

융국에서 명한 대로 이번에 공녀로 공출된 이들은 한 명도 빠
짐없이 모두 반가 출신이었다. 대부분은 소운처럼 혼인을 하지
않은 처녀였고 그 나머지는 여진처럼 아이를 두지 않은 젊은 부
인들이었다. 자세한 속사정까지는 알 도리가 없지만 출신 배경
만 보아도 태어나면서부터 일평생을 누군가의 보살핌을 받으며
볕 바른 곳에서 곱게 피어난 꽃 노릇만 하고 살아온 여인들이었
다. 그러니 사내들의 눈요깃감으로 전락했다는 사실은 크나큰
충격일 수밖에 없었다.

아마도 난생처음이었을 모멸감과 모욕감에, 산 설고 물 선 낯
선 땅에 끌려왔다는 두려움까지 더해지자 행렬은 금세 눈물바다
가 되었고 당연히 그대로 멈추었다. 양쪽에서 호위를 가장한 감
시를 하고 있던 병사들이 서로 난감한 눈빛을 주고받았다.

배에서 내리기 전, 공녀들에게 직접적으로 달려들지 않는 한
구경꾼들이 무슨 말을 하든, 어떤 행동을 하든 막아서지 말고 그
대로 두라는 명을 받았던 그들이었다. 그러니 남자인 자신들이
듣기에도 거북살스럽기 짝이 없는 음담패설이 오가도 제지하지
않았던 것이다. 하지만 행렬이 계속해서 느려지는 것은 또 다른
문제였다. 이대로 가다가는 목적한 곳에 당도하기도 전에 해가
저물 판이었다. 수백이나 되는 공녀들이 한꺼번에 묵을 곳이 있
을 리 만무하였고, 노숙을 할 수도 없는 형편이니 이들이 딱해하
는 것도 당연했다.

울음소리를 듣다 못한 한 병사가 하는 수 없다고 생각했는지 행렬의 앞쪽으로 달려갔다.

얼마 지나지 않아 말을 탄 장수가 그녀들을 향해 다가왔다.

"누구냐!"

구경꾼들의 웅성거림마저도 일순 잠재울 만큼 위협적인 목소리였다.

"존귀하신 황제 폐하를 뵈오러 가는 길에 감히 눈물을 보이는 요망스러운 계집이 대체 누구냔 말이다!"

당장에라도 검을 빼들 기세였다. 울음소리는 불시에 시작된 것만큼이나 빠르게 사라졌다.

"목적지에 다다를 때까지 한 번이라도 훌쩍거리거나 걸음을 멈추는 계집이 있다면 그 자리에서 참할 테니 그리 알아라!"

단호한 말과 함께 장수가 행렬의 선두로 나아갔고 병사들은 창대로 그녀들의 몸을 밀치며 서두르기를 재촉하였다.

처음에는 환청인 줄 알았다. 짧은 시간 동안 연달아 생각지도 못한 일을 겪었으니 머릿속 어딘가가 잘못될 만도 하다고 생각하였다. 그래서 이리 환청이 들리는 것이리라. 하지만 끈질긴 부름이 쉬지 않고 계속되자 소운이 고개를 돌렸다. 동시에 낯익은 손길 하나가 그녀를 붙들었다.

"아가씨."

눈물범벅이 된 채로 눈앞에서 울먹이고 있는 이는 분명 여진이었다.

"세상에!"

용수철처럼 일어난 소운이 그녀를 와락 끌어안았다. 두 여인은 한참 동안이나 그대로 부둥켜안은 채 움직일 줄을 몰랐다. 영문을 모르는 주위의 다른 처자들이 덩달아 눈시울을 적실 정도로 애달픈 모습이었다.

얼마나 지났을까. 입술을 깨문 채로 소리 죽여 흐느낌을 내던 여진이 간신히 멈추는 기미가 보이자 소운은 조금 전 앉아 있던 방 한쪽 구석으로 그녀를 이끌었다. 가까이 앉아 있던 처녀아이가 옆으로 몸을 움직여 자리를 만들어주는 것을 보고 소운은 고마움을 담아 목례를 하였다. 온종일 계속되었던 익숙지 않은 강행군으로 그녀 또한 손가락 하나 까딱하기 싫을 정도로 지쳐 있을 것인데.

공녀들은 해가 지고도 한참이 지나서야 숙소에 도착할 수 있었다. 하지만 목적지에 닿았다고 하여 곧장 고단한 다리를 펴고 쉴 수 있었던 것은 아니었다. 저들은 배에서 내린 순서대로 줄을 지어 걸어온 그녀들을 무작위로 추려내어 다시 새로이 무리를 지었다. 그런 뒤 나란히 붙어 있는 다른 객관으로 한 무리씩 보내는 데만 하여도 한참 시간이 걸렸다. 혹여 배로 오는 동안 도망이라도 모의했을까 봐 저러는 것이라고들 하였다.

숨 쉬는 것도 귀찮다고 생각할 만치 지쳐 있던 소운의 눈이 다시 빛을 찾았다. 이끄는 대로 맥없이 끌려 다닐 때에는 피곤과 배고픔에 속중으로 역정이 치밀어 올랐지만 결과적으로는 그 덕에 이리 여진을 만났으니 아예 운이 없는 것은 아닌 모양이었다.

"이게 어찌 된 일이어요. 아가씨 없어지고 나서 다들 얼마나 찾았는데요. 대체 어디서 어떻게 지냈어요? 여긴 또 어떻게 온 거구요?"

행여 옆 사람 귀에 들어갈세라 여진이 잔뜩 목소리를 낮추며 속삭이듯 물었다. 하지만 평소답지 않게 연달아 쉴 새 없이 묻는 양이 소운을 만난 것이 퍽이나 반가운 듯 보였다.

소운은 대답 대신 손을 맞잡고 있는 여진을 잠시 찬찬히 살폈다. 못 본 사이에 마음고생, 몸 고생이 얼마나 자심하였는지 웃고 있는 양 볼이 움푹 꺼진 것이 보기에 딱할 정도였다. 긴 뱃길에 다들 핼쑥해져 있는 중에서도 유독 도드라지게 야윈 것을 보면 저 소심한 성격에 그간 속중으로 겪은 고초가 어느 정도였을지 짐작하고도 남음이 있었다.

"배를 타기 전에 언니 얘기는 들었어요. 오라버니가⋯⋯."

묻는 말에 대답하기 전 소운은 우선 사과부터 하려 입을 떼었다. 하지만 미안함에 도무지 얼굴조차 제대로 들 수가 없었다. 자신의 잘못은 아니지만 어쨌든 혈육이 저지른 일이었다. 여진이 오라비를 남편으로 만나지 않았더라면 겪지 않았을 고통이 아닌가. 혹여 여진을 만날 수 있지 않을까 싶어 성을 떠나기 전부터 그리도 두리번거렸던 것도 그녀에게 사과를 하기 위해서였다.

"아가씨가 무슨 잘못이라고. 그러지 말아요."

잡은 손을 토닥이며 여진이 고개를 저었다. 눈두덩이 쑥 들어간 탓에 옆으로 가느다랗게 기다란 눈매가 커다래지다 못해 동그스름하였다.

"하지만⋯⋯, 내가 정말 언니 볼 면목이 없어요."

기어이 고개를 떨어뜨리고 마는 소운을 되레 여진이 다독였다.

"그래도 난 이렇게라도 아가씨 만나서 얼마나 좋은데. 그러지 말고 어떻게 지냈는지 얘기 좀 해보아요."

혹여 다시 눈물바람이라도 하여 시선을 모을까 싶어진 여진이 화제를 돌렸다. 문득, 제 몸 잠시 편하고픈 마음에 저들에게 밀고라도 하는 이가 없으리라는 보장이 없다는 생각이 든 탓이었다. 원래도 눈물 보이는 것을 병적으로 싫어하는 저들이었다. 그런 데다 도주의 위험 때문인지 서로 연고가 있는 이들은 이미 멀찍이 떨어뜨려놓았다. 한데 시누올케 사이인 여소운, 송여진이 손 붙잡고 울더란 말이 저들의 귀에 들어갔다가는 어렵사이 만난 소운과 꼼짝없이 다시 헤어져야 할 판이었다.

"그날 밤 아가씨가 스스로 도망한 거 맞죠?"

여진의 물음을 시작으로 소운은 지난 일들을 차근차근 풀어놓기 시작하였다. 세책을 하여 마련해두었던 돈으로 밀항을 하려 했다는 이야기부터, 한동안이나 그녀의 말은 멈출 줄을 몰랐다. 물론, 견과 그의 일행에게 붙잡혔던 사실은 숨기고 그저 도적들에게 붙들렸다가 방심하는 새에 밧줄을 풀고 도망쳤다고만 하였다.

집으로 심부름꾼을 보내었다가 여진이 공녀가 된 사실을 알았다는 대목에서는 두 사람 모두 다시금 눈시울이 붉어졌다. 뒤이어 세책점에 난입한 자들에게 규옥과 쇠돌이가 고초를 겪었다는 말에는 여진도 탄식음을 내었고, 성 밖의 무당집에 끌려간 뒤 환이 한 짓을 이야기하면서는 누가 먼저랄 것도 없이 깊은 한숨이 새나왔다.

의지할 사람 하나 없는 낯선 땅에서 재회한 기쁨도 잠시, 곧 자신들이 무슨 연유로 이곳까지 보내진 것인지를 떠올린 두 여인의 눈이 절망으로 흐려졌다.

견이 왔다는 전갈을 들은 화희(花姬)가 버선발로 뛰어 나왔다. 문 앞에 우뚝 선 견을 본 그녀가 우뚝 멈춰 서더니 이내 처녀처럼 수줍어하며 얼굴을 붉혔다.

"오셨사옵니까."

견의 뒤에 서 있던 동후는 늘 그러하였듯 화희가 뿜어내는 요염함에 속으로 숨을 한껏 들이마셨다.

홍람화로 만든 연지로 물을 들였을 입술은 도톰하니 어여뻤고 양 볼은 발그레하여 평소보다 더욱 오랜 시간을 들여 동경(銅鏡)[14] 앞에 앉아 공들여 염장(艷粧)[15]을 하였음을 알 수 있었다. 풀어헤치면 발목까지라도 닿을 듯 탐스러운 긴 머리는 촘촘히 땋아 올려 은으로 만든 채(釵)로 고정하고 있었는데, 비취와 산호로 장식이 된 첨(尖)을 얹은머리의 뒤쪽으로 꽂아 흡사 밤바다와도 같은 먹빛의 머리칼에 그대로 보석이 박힌 듯 아름다웠다. 대외적으로 황자의 애첩으로 알려진 여인답게 실로 그 미색이 눈이 부셨다.

"오랜만이구나."

짧은 인사 한마디에 가슴이 떨린 화희는 그냥 그대로 주저앉고 싶었다. 열넷의 나이에 아비 손에 끌려 기루(妓樓)의 문턱을 넘은 이후 뭇 사내들을 숱하게 겪었지만 이만치나 가슴을 뛰게 하는 남자는 견이 처음이었다.

연향이 넌 그녀더러 유독 황자 앞에서만 암향을 풍기며 색을 흘린다고 틈이 날 때마다 면박을 하곤 하지만, 기실 질투로 인한 분을 이기지 못하고 나온 말이라는 건 모르는 이가 없었다. 당장 지금만 하여도 얼마나 아름답고 늠름하신지. 저분을 그저 황자

---

14) 거울.

15) 예쁘고 아리땁게 단장함.

라는 신분 때문에 사모하는 것이 아니었다. 오히려 견을 보고 있노라면 차라리 황자가 아니었으면 얼마나 좋을까, 늘 안타깝고 아쉬웠다.

저자의 파락호나 한량이라면 색(色)으로 꼼짝없이 묶어 곁에 두어도 누구 하나 나서서 뭐라 할 사람이 없을 테고, 그러면 바라는 대로 언제까지나 함께일 수 있을 터인데. 하긴, 애초에 색으로 묶일 분이 아니시니 이 또한 백일몽인 것을.

화희는 서둘러 머릿속 복잡한 생각을 털어버리고는 눈앞의 견에게 오롯이 집중하였다. 긴 속눈썹을 파르르 떨며 수줍은 듯 짓는 미소가 사내들의 간장을 녹이기에 실로 족하였다.

"그간 잘 지내었느냐?"

화희의 인도에 따라 안으로 들며 견이 물었다. 대답 대신 희고 고운 손이 우람한 팔을 살포시 잡아 이끌었다.

좌정을 한 견에게 날듯이 사뿐히 절을 올린 화희가 흰 잇속을 드러내 보이며 물었다.

"주안상 마련할까요?"

"하면 찻상을 들이려 하였느냐."

농처럼 들리는 타박에 밉지 않게 눈을 흘기는 얼굴에서도 교태가 뚝뚝 흘렀다.

굳이 따로이 명하지 않아도 황자가 들었다는 전갈이 닿은 부엌간에서는 이미 음식 채비가 한창일 것이다. 드물지만 황제가 궁 밖으로 잠행을 나올 때면 빠지지 않고 들른다는 소문이 돌 정도로 기루 흥영각(興永閣)의 명성은 자자했다. 그러니 견을 태운 말이 이곳으로 향하는 골목으로 접어든 직후부터 벌써 부산스레 움직이고 있었을 터.

역시나, 그리 오래 기다리지 않아 술상이 들었다. 화려하게 멋을 부려 꾸민 갖가지 안주들이 교자상으로 가득하였다. 상을 가운데 두고 마주앉은 화희가 주병(酒瓶)을 들었다. 기다란 소맷자락 사이로 드러난 팔목이 그저 보고만 있기에도 아까울 정도로 눈부시게 희고 고왔다. 백옥을 깎아 만든 잔에 맑은 술이 찰랑하게 채워졌다.

한 모금 머금은 채 술의 향을 음미하는 듯 눈을 감고 있는 견을 갈망이 담긴 여인의 눈이 지켜보고 있었다. 마음 같아서는 당장이라도 그의 무릎에 기대어 앉아 단단한 다리에 볼을 부비고도 싶었고 너른 가슴에 으스러져라 안기고도 싶었다. 하지만 점잖으신 황자께서는 절대 곁을 내주지 아니하시지.

시무룩한 빛이 잠시 나타났다 이내 사라졌다. 견의 허락이 떨어지기 전에는 절대로 곁에 가까이 다가가서는 안 된다는 사실을 경험으로 체득한 그녀였다.

몇 년 전 처음 황자가 이곳을 찾아들었을 때, 얼마나 기뻤던가. 남자다운 늠름한 기상에 한눈에 빠진 나머지 황자라는 그의 신분은 아예 눈에 들어오지도 않았었다. 하지만 어찌 된 일인지 견은 그녀를 앞에 두고 술병만 비우다 돌아갔다. 기녀가 된 이후로 술시중을 들었던 분과 운우지정을 나누지 않은 것은 그때가 처음이었다.

하지만 황자를 모셨으니 좋겠구나 하는 동료들의 부러움이 섞인 비아냥에도 사실을 밝히지 않은 건 융국의 최고가는 기녀로서, 여인으로서의 자존심 때문이었다. 그날 이후로도 혹여 황자께서 찾아주시지 아니할까 내내 고대를 하였다. 그리고 기대가 무색하지 않게 보름이 지나지 않아 황자는 다시 그녀를 찾았지만 이번에도 술잔만 비울 뿐 가까이하려 들지 않았다.

그런 일이 몇 번이나 반복이 되자 화희의 머릿속은 온갖 궁리로 바빠졌다. 행여 수줍어하셔서 그리 하시나. 돌아간 부인과 극진한 정을 나누었음을 융국 사람이라면 모르는 이가 없는데, 복을 벗은 지 얼마 되지도 않아 기녀를 찾은 것이 부끄러우신 것인가. 사내가 일 년을 수절하였으면 차고도 넘칠 만큼인 것을.

곁으로 다가가 앉아 팔뚝에 살포시 몸을 기대었다. 열 계집 마다하지 않는 것이 사내인데, 하물며 내 눈짓 한 번에 넘어오지 않는 사내가 그동안 어디 있었던가 하는 생각은, 하지만 교만이었다.

황자는 망설임 없는 손짓으로 단번에 그녀를 뿌리쳤다. 이 역시 기녀가 된 이후로 처음 있는 일이었다. 술과 여인의 품을 찾아 기루를 찾은 사내가 기녀가 내민 손을 마다하다니, 상상도 할 수 없는 일이었다. 민망함과 난감함, 창피함에 얼굴을 붉히며 어쩔 줄 몰라 하는 그녀에게 견이 일렀다.

"나는 앞으로도 계속 이곳으로 술을 마시러 올 생각이다만. 네가 이리 치근치근 굴면 다른 방을 달라고 해야겠구나."

지극히도 다정하게 들리는 목소리였다. 그래서 더욱 잔인하였다.

"송구하옵니다."

서둘러 부복을 한 그녀가 머리를 조아렸다. 난데없는 눈물이 치맛자락으로 톡톡 떨어졌다. 잔뜩 얼어붙은 채로 처음 사내의 몸을 받아들였을 때도 이리 아프지는 아니하였다.

"됐다. 그것이 어찌 너의 잘못이겠느냐. 내가 여기 오는 것은 여인을 품고자 해서가 아니다. 그저 마음 편히 술잔을 기울이기 위함인데, 혹여 나로 인하여 네가 불편하다면 안 될 일."

"아니옵니다."

화희는 서둘러 고개를 저었다. 분세수로 곱게 단장한 얼굴에 혹여 얼룩이라도 생길까 싶어 서둘러 눈을 깜박여 고여 있던 눈물을 떨어뜨렸다.

그 순간 융국 최고의 기녀는 우습게도 자신을 여인으로 보지 않겠다는 사내에게 빠져버렸다. 그리고 한번 피어오른 연정은 수 해가 지난 지금도 처음의 모양 그대로 타고 있었다.

"성국에서 큰 공을 세우고 돌아오셨다 들었사옵니다. 경하 드리옵니다."

지난 시간을 떠올리는 사이 자칫 격해진 감정이 혹여 겉으로 드러나기라도 할까 주의하며 화희가 말하였다. 그녀의 인사에 늘 그러하듯 견은 살짝 고개를 끄덕이는 것으로 답례를 하였다. 무심한 분 같으니.

"들어오다 보니 바깥쪽의 전각이 꽤나 시끄럽더구나."

"성국에서 온 공녀들이 머물고 있어 그리 하나 봅니다."

"공녀?"

화희의 대답을 들은 견의 눈썹이 꿈틀하였다. 황제의 명에 따라 공녀들을 포함한 공물들을 싣고 오긴 하였지만, 배에서 내린 이후로 그들이 어떻게 되었을지는 지금까지 한 번도 생각해보지 않았다.

"한 사나흘 정도 되었나 보옵니다. 저들 중 쓸 만한 아이들을 골라 며칠 후에 있을 태자마마의 탄신연에 내보내기로 하였다 들었사옵니다."

아마도 성국에서 보내온 여인들 중 단연 미색이 돋보이는 아이들을 추려 탄신연에 내보낼 것이다. 선보인 여인들 중 황제와 태자가 마음에 드는 아이들을 고르고 나면, 그날 함께 자리한 대신들에게 차례가 돌아갈 것이고. 그들에게 미처 선택을 받지 못하였거나 여러 이유로 탄신연에 나가지 못한 여인들은 황제 폐하의 하사품이라는 명목으로 이곳저곳에 보내지게 될 것이다.

"안색이 미편해 보이십니다. 혹여 불편하신 곳이라도……."

공녀에 관한 화제가 나온 뒤 견의 낯빛이 급격히 흐려지자 화희가 조심스레 그의 눈치를 살폈다. 요번에 성국에서 데리고 오신 공녀 중 따로이 마음에 두신 여인이 있는 건 아닌지. 홀로 은애하는 마음이 깊어서인지 마음속 투기 또한 만만치 않은 그녀였다.

대답 없이 견이 술잔을 막 입술로 가져가려는 찰나, 밖에서 전갈이 들려왔다.

"동후입니다."

동후의 이름을 들은 화희의 이마에 잠시였지만 가는 주름이 나타났다 사라졌다. 그가 모습을 보이면 얼마 지나지 않아 견이 자리를 뜨는 것을 잘 아는 까닭이다.

"들라."

잔을 내려놓으며 하는 말이 끝나기가 무섭게 금세 문이 열리고 동후가 안으로 들어왔다. 주저 없이 견의 곁으로 다가가 귓속말을 하는 동후의 옆얼굴로 화희의 질시 어린 시선이 날아갔다. 자신은 단 한 번도 저만치 다가가 본 적이 없는데 어이하여 저 우락부락한 이는 저리도 친근히 다가설 수 있는 것인지.

동후의 보고를 듣는 사이 모처럼 느긋하게 늘어져 있던 견의 몸이 여느 때의 날카로움으로 무장한 듯 팽팽하게 힘이 들어갔다.

"사실이냐?"

낮은 반문에 동후가 짧게 고개를 끄덕였다. 그것으로 끝이었다. 견은 미련 없이 자리를 털고 일어났다.

"벌써 이리……."

문을 나서는 그의 뒤를 화희가 서둘러 따르며 아쉬움에 붙잡아 보았지만 귓등으로도 들리지 않는 모양이었다. 다시 들르겠다는 말 한 마디 없이 사라지는 견의 뒷모습을 애달픔을 담은 두 눈이 배웅하였다.

기어이 그리 되고 만 것인가.

공녀들이 머무르고 있다는 전각에서 소운을 보았다는 보고를 들은 직후부터 머릿속으로 계속적으로 반복해서 되뇌는 말이었다. 상념이 깊을수록 걸음걸이는 더욱 빨라졌다.

한편 잠자코 뒤를 따르는 동후의 속내 또한 복잡하였다. 좀 전에 홍영각에서 그녀를 발견하고는 얼마나 놀랐는지. 하지만 놀람도 잠시, 혹시 나중에라도 그녀가 견이 황자임을 알아차리고 성국에서 함께 은신하였다는 말을 퍼뜨려 곤란을 당하지는 않을까 걱정이 되었다. 해서 바삐 보고한 것인데, 뜻밖에도 저리 당황하실 줄이야.

"여인들이, 그것도 공녀들이 있는 곳에서 어찌 칼이 난무를 한단 말이냐!"

아무 상관도 없는 동후에게 예리한 말끝이 날아갔다. 묵묵히 뒤를 따르던 동후가 질책하는 말에 흠칫 놀랐다. 간혹 수하들이 잘못을 저지르거나 실수를 할 때면 그 경중에 따라 벌을 내리실 뿐, 자신의 기분 여하에 따라 잡죄거나 호통을 치시는 분이 아니었기에 그럴 수밖에 없었다.

화희를 찾으실 때면 늘 그러하듯 새벽까지 술잔을 기울이실 것을 알고 파적 삼아 이곳저곳을 기웃거린 것이 발단이었다. 잔심부름을 하는 아이에게서 다른 쪽 전각에 공녀들이 머무르고 있다는 얘기를 듣고 호기심에 그곳을 찾아 담 위에 올라앉았다. 한데 감지되는 기운이 퍽이나 수상하였다.

우락부락한 사내 열대여섯이 마당 한가운데를 둘러싸고 있었다. 자세히 살피니 그 중앙에 여인이 하나 서 있었는데, 어둠 속이지만 멀리서 보기에도 어찌나 가냘프고 가느다란지 바람만 살짝 불어도 그대로 휘익 쓰러질 것만 같았다. 험악한 분위기에 동후가 미간을 모았다.

공녀라 함은 분명 황제 폐하께 올리는 살아 있는 진상품인데 이 늦은 시각에 어찌 저리도 험악한 기세로 포위하고 있는지. 그의 눈이 다시 한 번 여인에게 가 멎었다. 때마침 사내 하나가 옆으로 몸을 움직였고 다음 순간 동후의 입에서 거친 욕이 쏟아져 나왔다. 거친 손에 옷이 찢겨나가 이미 절반쯤 발가벗겨져 있는 여인은, 미처 낙엽이 되지 못하고 나뭇가지에 붙은 채 겨울을 맞은 나뭇잎처럼 무참하게도 떨고 있었다.

그때 어둠 속에서 키가 작은 남자가 앞으로 나서며 목소리를 높였다.

"네 이년! 존귀하신 황제 폐하의 부름을 받은 몸으로 감히 자결을 하려 들다니!"

얼핏 사내라는 것을 알아차리기 어려울 정도로 높게 갈라지는 음성은 홍영각 당주의 것이 분명하였다. 별 볼 것 없이 그저 그런 기루였던 홍영각을 이 나라 최고의 명소로 일구어낸 자답게 계집처럼 작은 몸집에서는 무시할 수 없는 기가 뿜어져 나왔다.

기척을 내지 않은 채 잠자코 이어지는 당주의 말을 듣고 있던 동후의 미간이 서서히 가는 선을 그리기 시작하였다. 무릇 공녀라 함은 황제에게 바쳐진 것이니 그 소유권 또한 황제에게 있는 법. 하여, 황제가 아니면 그 누구도 쉽게 손을 댈 수도 없을뿐더러 그 주인이 정해지기 전에는 함부로 해서는 안 되는 존재였다.

그래서 배를 타고 오는 동안 더러 눈에 거슬리는 여인들이 있어도 잠시 잠깐 겁만 주고 말았던 것이다. 한데 저자의 하는 짓과 말을 보고 있자니 폐하께 보이기 전 잠시 맡아두고 있는 자의 것이라고 하기에는 실로 오만하기 그지없었다.

"겁을 먹어 그런 것이라 하지 않았소! 낯선 사내들 앞에서 강제로 옷을 벗으라 하니 정숙한 여인이라면 뉘라서 그 엄청난 수치를 감당할 수가 있었겠소. 저 여인에게 탓을 하고 벌을 주기 전에 자신이 어찌 행동하였는지 스스로를 먼저 돌아보시오!"

당주의 말이 끝나기가 무섭게 낯설지 않은 여인의 목소리가 밤하늘을 갈랐다. 마당 깊숙한 곳 어둠 속에서 들리는 목소리에 동후의 몸이 일순 긴장하였다. 마치 여제(女帝)라도 되는 양 위엄과 기품이 담긴 한편으로 다소 오만하기까지 한 목소리와 말투를 한데 가질 수 있는 여인은 그다지 많지 않았다.

잠시 후 환히 밝힌 횃불 사이로 보이는 얼굴은 동후에게 자신의 짐작이 틀리지 않았음을 확인해주었다. 오랫동안 곁에서 모신 그마저도 쉽사리 범접할 수 없는 기를 지닌 황자의 시선을 덜덜 떠는 와중에도 피하지 않고 맞서던 당찬 모습이 새삼 떠올랐다. 동후가 알기로 그나마 담이 큰 여인은 성국의 그녀가 거의 유일하였다.

역시나 반가의 여인이었군. 동후가 새삼스러운 눈으로 소운을 살폈다. 애초의 요구대로 이번에 성에서 보내온 공녀들은 모두 반가의 여식이거나 부인이었다. 행여 융의 심기를 거스르기라도 하여 빼앗긴 선대왕의 유골이나, 인질이 된 것이나 다름없는 생모와 공주들에게 해가 갈까 염려한 성국의 왕이 그들이 제시한 조건을 철저하다 싶을 정도로 고스란히 받아들인 탓이었다.

남복을 하고 있을 때에도 제법 미색이라고 생각하였지만 여인의 옷을 제대로 찾아 입자 타고난 미모가 더욱 빛을 발하였다. 화려하게 꾸며 빛이 나는 것이 아닌 제가 가지고 있는 빛을 자연스레 발산하였기에 더욱 눈을 끄는 여인이었다. 주위의 사내들 또한 이를 알아차리지 못할 리가 없어서 여인을 향한 면면에 탐심이 스멀스멀 어리기 시작하는 것이 어둠 속에서도 뚜렷이 보였다.

"처녀도 아닌 것이 옷을 벗는다 하여 그것이 죽을 일이라도 된다는 말이냐?"

매
듭

당주의 추상같은 일갈에도 소운은 조금도 굴하는 기색을 보이지 않았다.

"하면, 처녀가 아닌 여인은 어느 사내 앞에서든 옷을 벗어도 된다는 말이오? 이곳 융국은 어떠한지 모르나 우리 성국에서는 무릇 여인은 지아비 앞에서도 몸가짐을 단정히 해야 한다고 배우며 자랐소. 한데 처녀 점고를 하겠다며 다짜고짜 옷부터 벗기려 하면 어느 여인인들 그 수치감을 견딜 수가 있단 말이오! 더군다나 성국의 풍습은 혼인한 여인과 미혼의 여인을 머리 모양으로 구별하는 바. 조금 전 그대의 명을 받은 불한당들에게 차마 입에 담기에도 참담한 꼴을 당할 뻔한 언……, 아니, 저 여인은 분명 유부녀의 머리 모양새를 하고 있질 않소. 그런데 왜 굳이 옷을 벗게 하느냐는 말이오!"

자리에 있던 여인들 모두 제 답답한 심화를 털어내어준 듯한 소운의 말에 고개를 끄덕이는 것을 보며 동후는 자리를 떴다. 비록 겉으로 드러내어 내색은 하지 않지만 저 당돌한 여인의 안부를 내내 궁금해하던 분이 바로 지척에 계시었다.

"네 이년! 이런 건방진 년을 보았나!"

한 마디도 지지 않고 따박따박 달려드는 소운에게 심화가 상한 당주가 와락 소리를 질렀다. 그동안 간간이 성에서 온 공녀들이 잠시 잠깐씩 들어오기는 했지만 이번처럼 한꺼번에 많은 수가 들기는 또 처음이라 적잖이 기대를 하고 있던 차였다.

공녀들은 그의 주변에 널린 계집들처럼 사내에게 능숙한 것들이 아니었기에 옷고름에 손만 대도 까무러칠 듯 놀라며 벌벌 떨기가 일쑤였다. 그것들의 옷을 벗겨 한 줄로 세운 뒤 공포와 수

치심으로 어쩔 줄을 몰라 하는 앞을 노닐 듯 지나며, 가슴이며 허리며 몸 이곳저곳을 톡톡 치고 만져대면 금세 기절이라도 할 듯 자지러지곤 하였다. 그 모습을 보고 있노라면 흡사 제왕이라도 된 듯한 기분에 한껏 고조되어 즐기고는 하였던 것이다. 더군다나 처녀가 아니라면 적당히 즐겨도 아무런 티도 나지 않으니 더욱 거리낄 것이 없었다. 한데 이번에는 하필이면 첫판에 유독 겁 많은 계집을 고르는 바람에 그만 일이 커지고 말았던 것이다.

며칠 후 태자의 탄신일에 맞추어 황궁으로 들여보내기 전까지 흠집 생기지 않게만 즐기면 되겠거니 했던 안이한 생각이 화를 부른 셈이었다. 하필이면 저 고약한 계집이 장도 길이의 머리꽂이를 지니고 있었을 줄이야. 강제로 옷을 벗기려 드는 사내들에게 머리꽂이를 뽑아 휘두른 후 마당으로 뛰쳐나와 목을 긋고 죽겠다며 저리 버티고 있었다.

당주의 탐욕스러운 눈이 다시 한 번 마당 가운데 있는 여진에게로 향했다. 긴 목을 타고 흐르는 소담하고 긴 머리칼, 찢긴 옷 사이로 드러난 매끈한 어깨, 꼭 동여맨 치마말기 위로 솟은 가슴, 아직까지도 손에 쥐고 있는 장도까지. 모든 것이 사내들의 음심을 동하게 하기에 충분하였다.

처녀가 아니니 몸에 자국만 남기지 않는다면 잠시 품고 즐긴다 하여 티가 날 것도 아니요, 이전의 다른 계집들이 그러했듯 이곳에서 어떤 꼴을 겪든 제 입으로 나서서 발설할 수도 없었다. 해서, 색욕을 채우기에는 안성맞춤인 계집이다 싶어 안심을 하였건만 이리 사단을 만든 것이다.

틀어 올린 머리 모양만으로 봐서는 유부녀가 분명하나 사내의 눈길만 받아도 화살 맞은 사슴처럼 화들짝 놀라 주변을 살피며 도망갈 궁리부터 하는 것이 사내를 그다지 많이 겪어보지 못했음이 분명하였다.

겁결에 죽겠다며 숨겨두었던 장도를 빼들기는 했지만 어지간히도 심약한지 이가 딱딱 맞부딪칠 정도로 부들부들 떨고 있었다. 저리 약해빠졌으니 누구에게 보내지든 얼마 견디지 못하고 제 손으로 목숨을 끊든지, 아니면 미색을 시기하는 이의 손에 쥐도 새도 모르게 죽임을 당하고 말 것이다. 어차피 금세 세상을 떠날 계집인데 그 사이라도 좀 즐기면 어떠한가.

한데 당사자가 죽겠다며 칼을 빼든 것도 모자라 입바른 계집까지 하나 나서서 수하들 앞에서 자신을 몰아세우고 있었다.

"아무리 계집을 팔아 먹고사는 장사치라고는 하나 부끄러운 줄을 아시오!"

약점을 찌르고 드는 소운의 한마디에 당주의 분이 극에 달하였다. 여진의 뒤편에 서 있던 수하 하나가 그의 눈짓을 받자 잽싸게 여진의 손목을 비틀어 장도를 빼앗았다. 툭, 하는 소리와 함께 장도가 떨어졌고 여진은 그만 힘없이 풀썩 주저앉고 말았다.

다가간 당주가 서슴없이 머리채를 휘어잡았다.

"아악!"

여진이 고통스러운 비명을 질렀다. 몸피는 작으나 여느 사내보다 억센 아귀힘을 가지고 있는 당주였다. 마당 한곳에 몰려서서 조마조마하게 그 모습을 보고 있던 공녀들에게서도 낮은 신음과 비명소리가 뒤섞여 나왔다.

당주의 손이 마치 말고삐를 죄듯 여인의 머리채를 쥐고 당기자

가느다란 목이 한껏 뒤로 젖혀졌다. 비어 있는 한쪽 손을 내밀기가 무섭게 곁에 있던 수하가 건넨 검을 그대로 여진의 목에 갖다 대었다. 놀라 숨을 들이마시는 소리가 여기저기서 들렸다. 눈앞에서 벌어진 광경에 놀라 혼절해 넘어가는 여인들도 있었다.

파르란 검날의 빛이 새하얀 목덜미 위를 가르고 지나갔다.

"아악!"

더 이상 참지 못하고 소운은 비명을 질렀다. 분명히 비명을 질렀다고 생각했다. 하지만 극한의 공포에서 비명은 소리가 되어 나오지 못하였고 그녀는 숨도 쉬지 못하고 그대로 얼어붙고 말았다. 자신이 무모하게 나선 탓에 여진이 목숨을 잃고 말았다는 충격에 이대로 정신을 놓고 싶었다.

하지만 당주가 쥐고 있는 검에는 거짓말처럼 피 한 방울 묻어 있지 아니하였다. 석상처럼 굳어 있던 소운의 몸이 부들부들 떨리기 시작했다. 당주는 공포에 질린 나머지 숨조차 멎어버린 여진의 머리칼을 더욱 바투 쥐었다.

"너희가 아직 모르는 모양인데 지금 이 자리에서 이까짓 계집의 목숨 하나 앗는 것은 죄도 되지 않는다. 이곳은 노국(奴國)인 성이 아니라 융제국이며 너희는 이 나라에 공물로 바쳐진 것들이니 사람이 아니란 말이다."

당주는 자신의 말이 계속되는 동안 기세 좋게 덤벼들던 건방진 계집의 대거리가 멈추었다는 것을 알고는 자못 의기양양했다. 분을 이기지 못하여 눈에 불을 켜고 덤비며 거칠게 씨근덕거리던 숨소리도 이제는 거의 들리지 않았다. 여기서 더욱 그의 비위를 거슬렀다가는 정말 이 계집년의 목이 떨어져 나갈지도 모른다는 사실을 이제야 깨달은 듯하였다.

혹여 정말 불미스러운 일이 일어날까 하여 불안한 눈길이 자신의 손끝에서 떠날 줄을 모르는 것을 보자 당주는 그제야 미약하게나마 분이 풀렸다. 짐작하건대 겨우 그 정도 일로 죽겠다며 소동을 벌이다 정말로 죽음이 턱 앞까지 다다르게 된 이 계집과는 각별한 사이임이 분명했다. 그러지 않고서야 이런 와중에 나서서 제 입으로 명을 단축할 이유가 없었다.

때도 상황도 모르는 채 마구 덤비지만은 않는 것을 보면 무턱대고 무모한 것만도 아닌 듯한데.

아쉬움을 담은 작은 눈이 소운을 훑었다. 동그란 이마, 작은 귓불, 도톰한 아랫입술, 소담한 가슴과 잘록한 허리 생김생김도 그러하고 성정머리도 그러하고……. 넉넉잡아 이레 정도만 침상 안에 넣고 딱 붙어 가르치면 극진한 몸재미를 선사하고도 남음이 있을 터인데.

당주는 속으로 탄식을 연발했다. 다만, 처녀라서 손을 댈 수가 없으니. 아쉬울 뿐이로세. 계집 장사로 일평생을 보낸 당주는 여인을 보는 눈이 귀신같아, 얼굴은 물론이고 옷으로 감추어진 몸의 생김 또한 눈앞에 펼쳐진 책처럼 읽어낼 수 있었다. 그런 당주의 눈에 소운은 오랜만에 보는 진품(珍品)이요, 진미였다.

쩝! 입맛을 다신 당주가 혼이 반쯤 빠져나간 듯 눈에서 빛이 사라진 여진에게로 향하였다. 대신 너는 오늘 밤 철저하게 내 것이다. 한 발짝 다가서서 여인의 얼굴에 아랫도리를 가져다 댔다. 진저리를 치며 몸을 피하는 것이 느껴지자 기대감에 바지춤은 더욱 부풀어 올랐다.

"저것들을 모두 안으로 들여보내고 단단히 감시를 하거라. 이 년은 별실에 넣도록 하고."

분수도 모르고 함부로 까불다가는 목이 날아갈 수도 있음을 알 게 되었으니 오늘 밤부터는 다들 고분고분할 것이다.

그때였다. 심상치 않은 표정으로 다가온 집사가 귓속말을 하였다. 전언을 들은 당주가 날카롭게 반문하였다.

"사실이냐!"

"그러하옵니다."

대체 무슨 일로 그분께서. 오랜만에 황자가 들기는 하였지만 늘 그러하였듯 이곳과는 가장 멀리 떨어진 화희의 방에서 머물 다 갈 것이라고 생각했기에 그다지 신경을 쓰지 않고 있던 참이 었다. 한데 왜 갑자기 부르시는 겐지.

"어서 가자."

"오랜만이군, 당주."

기루의 본관에 있는 자신의 방으로 들어선 당주는 상석에 좌정 을 하고 있는 견을 보자 우뚝 멈추어 섰다.

"천한 몸이 황자마마를 뵙사옵니다."

몸을 낮추어 절을 하던 당주는 방 안을 가득 채우고 있는 알 수 없는 기운에 숨이 탁 막히는 것을 느꼈다. 잠자리에 드는 때를 제외하면 거의 모든 시간을 보내는 곳이었다. 한데 지금처럼 갑 갑하게 숨을 죄어온 적은 일찍이 없었으니, 이는 아마도 황자에 게 묻어 온 기운 때문이리라.

슬쩍 고개를 들던 당주는 견과 눈이 마주치자 자신도 모르게 몸을 부르르 떨며 화급히 허리를 숙였다. 타고난 서늘한 기운에 평소에도 감히 가까이 다가갈 수 있는 자가 드문 분이라는 것은 익히 알고 있던 사실이었다. 하지만 오늘 밤의 이 압도적인 기운은 그것과도 달라서, 마치 도망갈 길이 막힌 채로 덜덜 떨고 있는 눈앞의 먹잇감을 어떻게 요리할까 궁리하는 범과 같았다.

"요즘 황제 폐하를 위해 많이 애를 쓰고 있다지?"

"백성 된 자로서 마땅히 해야 할 일을 하는 것뿐이온데, 그리 치하해주시니 몸 둘 바를 모르겠사옵니다."

몇 마디 대답하는 사이 당주의 등줄기로 식은땀이 흘렀다. 공손한 대답을 들은 견이 픽 웃었다. 산전수전 겪으며 예민할 대로 예민한 당주의 귀에는 어쩐지 그 웃음소리가 꼭 가소롭다며 비웃는 듯 들렸다.

"그래, 이번에 들어온 공녀들 중에는 쓸 만한 아이가 있던가?"

간혹 홍영각에 들를 때면 화희 이외에는 관심도 두지 않던 황자였다. 그런데 갑작스레 공녀에 대해 물어오자 마치 조금 전의 일을 들키기라도 한 듯하여 입 안이 마르고 침이 썼다.

"저야 어찌 알겠사옵니까. 그, 그저."

"그저?"

다음 말을 재촉하듯 견이 부드럽게 물어왔다. 허나, 느긋한 그와 달리 당주는 사시나무처럼 떨고 있었다. 진정 알고 묻는 겐가. 온화한 듯 치장한 표정이 실은 가장 무섭다는 사실을 잘 알고 있는 당주였다.

"조금 전 아뢰었던 것처럼 황제 폐하의 성심을, 으아악!"

미처 말이 끝나기도 전에 당주의 자그마한 몸이 벽에 날아가

부딪쳤다. 복부를 가격한 단 한 번의 발길질이었다. 충격으로 숨이 막혀 꺽꺽거리면서도 당주는 곧바로 무릎을 꿇고 부복하였다. 늘상 곁을 떠나지 않던 수하가 조금 전의 일을 보고 일러바친 것이 분명하였다.

"마, 마마!"

"네 감히 그 더러운 주둥이로 황제 폐하를 입에 담으려 하느냐."

뇌까리듯 낮은 일갈에 바닥을 짚고 있는 당주의 손이 안으로 곱아들었다. 일생을 바쳐 일구어온 모든 것들이 이대로 물거품이 될 수도 있다고 생각하자 몸의 고통보다도 더한 두려움에 휩싸였다.

"사, 살려주십시오!"

공녀를 희롱했다는 사실이 알려졌다가는 가진 것을 모두 잃게 되는 것은 물론이요, 대역 죄인으로 목숨을 잃게 될 것이었다.

"어리석은 것!"

"마마."

급기야 당주의 눈에서 눈물이 흘러 굵게 주름진 얼굴을 타고 흘러내렸다. 아비도 모르는 노류장화의 사생아로 태어나 지금의 위치에 오기까지 거치른 세파에 수없이 단련된 그였지만, 막상 목숨이 경각에 달하고 보니 어떻게든 살아야겠다는 생각밖에 들지 않았다.

"한 번, 이번 딱 한 번뿐이었사옵니다. 공녀들에게 손을 댄 것도 아니옵고 그, 그저…….."

공포로 뒤범벅이 된 머리로 거짓을 고하려니 말이 막이고 꼬였다.

"마마, 부디…… 부디 살려주십시오!"

나오지 않는 핑계 대신 거듭거듭 머리를 조아리기 바빴다. 하지만 견에게서는 그 어떤 답변도 나오지 않았다. 그렇게 목을 죄는 듯한 시간이 얼마나 지났을까. 견이 자리에서 일어섰다.

"그동안의 일은 내 알 바가 아니나 한 번만 더 오늘과 같은 일이 반복된다면 내 그 자리에서 네놈의 목줄을 딸 것이다. 아니, 그보다는 대역 죄인이 되어 갖은 고문을 받다가 죽는 것이 월등히 고통스럽겠구나."

목숨을 건졌다는 안도감에 당주의 머리는 더욱 바닥을 향했고 눈에서는 다시금 눈물이 뚝뚝 떨어졌다.

"다사(多謝)하옵니다, 마마. 마마의 너그러우심이 하늘에 닿……,"

"시끄럽다!"

버릇처럼 나오는 아첨을 견이 싸늘하게 끊어냈다.

"다만, 앞으로 무슨 짓을 하든 내 눈이 항상 네놈의 머리 위를 따라다니고 있다는 것을 명심하여라."

그대로 견이 문을 박차고 나간 뒤에도 당주의 몸은 좀처럼 제자리를 찾지 못하였다.

잠시 후 들어온 집사가 손을 도와 일으켜 세울 때까지도 그는 걷잡을 수 없이 떨고 있었다. 놀라 달려 나간 집사가 가져온 청심환을 세 알이나 거듭 삼킨 뒤에도 발작과도 같은 떨림은 멈출 줄을 몰랐다.

한참이 지난 뒤에야 어느 정도 안정을 찾은 당주가 입을 열었다.

"황자는."

"그대로 가시었습니다."

그제야 한숨을 한 번 크게 내쉰 당주가 명하였다.

"지금 당장 공녀들이 있는 전각의 출입문을 모조리 잠가라. 시중드는 것들은 전부 여인으로 바꾸고 그 수를 지금보다 다섯 곱절로 늘려라. 그리고 조금이라도 몸에 위해를 가할 물건은 모두 빼앗아야 한다."

"허나 모다 여인으로 채우자면 수가 모자랄 터인데요."

"부족하면 기녀들로 채워라. 흥영각의 문을 닫는 한이 있더라도 그리 하여라. 아니, 지금 당장 흥영각의 문부터 닫아라. 공녀들이 모두 이곳을 떠날 때까지는 다시 문을 열지 않을 것이다. 그리고 좀 전의 일을 주둥이 함부로 놀리지 못하도록 단단히 이르고."

"하면 별실의 계집은……."

말이 떨어지기가 무섭게 노한 당주의 손바닥이 집사의 뺨을 갈겼다.

"멍청한 것!"

"송구합니다."

그제야 조금 전의 사단이 아까 전각에서의 일 때문인 것을 알아차린 집사의 얼굴도 해쓱해졌다.

"언니!"

쓰러질 듯 들어서는 여진을 발견한 소운이 한달음에 달려가 그녀를 안았다.

"괜찮아요."

손을 들어 보이며 안심을 시키는 그녀의 몸을 소운이 재빠르게
훑었다.

"아무 일도 없었어요."

그녀가 무엇을 걱정하고 있는지 아는 여진이 서둘러 안심을 시
켰다.

"별실에 갇혀 있었는데 웬 여자가 들어오더니 여기까지 데려다
주었어요."

지치다 못해 곧 쓰러질 것 같은 표정이었지만 언젠가처럼 공허
한 눈빛도 아니었고 입술을 깨문 흔적도 없었다.

"하아."

소운은 그제야 제대로 마음을 놓으며 후들거리는 다리를 간신
히 가누었다. 죽음처럼 방 안을 메우고 있던 정적도 서서히 자취
를 감추기 시작하였다. 다들 저마다 안도의 한숨을 내쉬며 다행
이라며 한 마디씩들을 하였다.

"어서 이리 앉아요."

소운에게 안기다시피 부축을 받은 여진이 방 가장자리에 앉아
벽에 몸을 기댔다. 그 사이 갈아입혔는지 찢겼던 옷은 새것으로
바뀌어 있었지만, 파리한 입술은 물기라고는 찾아볼 수 없으리
만치 바짝 말라 있었다.

"걱정이 많았지요?"

경황 중에도 여진은 소운의 손을 꼭 쥐며 물었다.

언제 돌아올지 모르는 여진을 기다리는 동안 소운을 더욱더 고

통스럽게 한 것은, 어린 시절 목도하였던 대숲에서의 일이 머릿속에서 반복적으로 되풀이되는 것이었다. 무서워서 비명 한 번도 제대로 지르지 못하고 꼼짝없이 오라비에게 겁간을 당하던 여진의 모습이 생생하리만치 떠올라 미칠 것만 같았다.

"이대로 꼼짝없이 언니하고 헤어지게 되는 줄 알았어요."

금방이라도 터져 나올 듯한 눈물을 안간힘을 다해 눌러 참으며 말하였다.

"어휴, 시집 아니 가겠다고 혼자 도망갈 때는 언제고."

소운의 마음을 풀어주기 위한 농까지 하는 걸 보니 충격이 어느 정도는 가신 듯 보여 그나마 조금 안심이 되었다. 곁에 있던 다른 처자들 또한 마음이 놓이는 듯 더러는 빙긋이 웃음을 짓기까지 하였다.

그때였다. 문이 열리는 소리가 들리자 방 안은 삽시간에 긴장 어린 정적으로 채워졌다. 모두들 긴장한 얼굴로 열린 문으로 시선을 주었다. 하지만 놀랍게도 안으로 들어온 이들은 전과 같은 우락부락한 장정들이 아닌 다소곳한 차림새의 여인들이었다.

스무 명 남짓이나 될 법한 여인들이 허리를 숙이며 단정하게 인사를 하자 그들 중 가장 연장자로 보이는 여인이 앞으로 나섰다.

"오늘부터 아씨들의 시중을 들게 되었습니다. 혹여 생활하시다 불편한 점이 있으시면 기탄없이 말씀하여주십시오."

융에 들어와서는, 아니, 융으로 향하는 배에 몸을 실은 뒤로 처음 받아보는 깍듯한 인사에 다들 어안이 벙벙해 있었다. 그도 그럴 것이 난데없이 나타나 시중을 들겠다는 여인들의 용모가 하나같이 나무랄 데 없이 빼어나서 도시 그런 일을 할 이들로는 보이지 않았기 때문이다.

그 사이 여인의 말이 이어졌다.

"황궁에 들어가실 때까지 아씨들께서 안전하게 머무실 수 있도록, 혹여 위해가 갈지도 모르는 물건들은 저희가 보관하고 있겠습니다."

한마디로 조금 전 여진이 갖고 있던 것과 같은 물건이 있으면 알아서 내놓으라는 얘기였다. 저마다들 눈치를 살피는 동안 여인의 눈짓을 받은 이들이 하나둘씩 공녀들 앞에 서서 두 손을 내밀고는 머리를 조아렸다.

"잘 부탁드립니다, 아씨. 혹여 여집사 어른께서 언급하신 물건을 갖고 계시면 내어주십시오."

말투는 완곡하였지만 오히려 그래서 더욱 거절하기 어려운 힘이 있었다. 주위를 두리번거리며 눈치를 살피던 공녀 하나가 여미고 있던 치맛자락을 들추고는 손가락 길이의 장도를 꺼내는 것을 시작으로 하나둘씩 몸에 감추고 있던 것들을 꺼내놓았다. 더러는 그런 물건은 갖고 있지 않다며 완강하게 거부를 하기도 하였지만, 자신을 주시하고 있는 시선이 주는 압박감을 끝내 이기지 못하고 내어놓기 일쑤였다.

"그런 것 따위 갖고 있지 않네."

소운은 자신의 앞에 선 여인을 향해 차게 대꾸하였다. 하지만 냉랭하기 짝이 없는 말에도 물러설 기미를 보이지 아니하였다.

"아씨는 없다고 생각하실지 몰라도 저희 눈에는 위험한 것들이 자꾸만 뜨이니 어찌 이대로 물러설 수가 있겠습니까. 다시 한 번 생각해주시어요."

이리도 융통성 없이 완곡하게 구는 건 아마도 저네들의 상전에게서 엄히 명을 받았기 때문일 터. 하지만 소운의 입장에서는 참으로 답답할 노릇이었다. 환이 조금만 허술하였더라면 그녀도 여진이나 다른 처자들처럼 저런 물건들을 한두 개쯤 어렵지 않게 몸에 감출 수 있었을 것이다. 허나, 누이의 독한 성품을 아는 환은 그녀의 몸을 샅샅이 뒤져 날카로운 것이라고는 바늘 한 개도 지니지 못하도록 하였다. 혹여 목이라도 맬까 하였는지 갈아입으라며 넣어준 옷의 고름은 매듭도 간신히 지을 만큼 미리 짧게 끊어내져 있었고, 그나마도 눈만 흘겨도 찢어질 정도로 낡았을 정도였다.

당연히 지금 걸치고 있는 옷 또한 집에 있을 때 같았으면 곰이네나 섭섭이에게도 입히지 않았을 정도로 헌 옷이었다.

"그리 눈에 뜨인다면 자네가 직접 확인하든지."

도무지 물러서려 들지 않는 여인이 답답해진 소운이 자리에서 일어나 두 팔을 양 옆으로 벌렸다.

"얼마든지 뒤져도 좋으니."

도리어 재촉하는 그녀에게 여인이 송구하다는 듯 짧게 고개를 숙이고 다가왔다.

"관두어라."

다른 이들로부터 여집사라 불리는 여인이 그들에게 다가왔다.

"하지만 아씨께서 뒤져도 좋다고 하셨습니다."

행여 방심했다가 나중에 자신에게 불똥이라도 튈까 봐 저어되는지 조심스레 답하는 말에 집사가 고개를 저었다.

매
듭 1

"그만하면 됐다. 아씨는 자리에 앉으셔요."

조심스러웠지만 지금까지 받았던 중 가장 철저했던 수색을 끝내고 한데 모인 여인들이 다시 문 앞에 섰다.

"내일부터는 황궁에 들어가시었을 때 꼭 갖추어야 할 범절을 알려드릴 것입니다. 혹여 자칫 법도에 어긋난 처신을 하셨다가는 고국에 계신 가족들께 누가 될 것이니 명심하여 익히셔야 할 것입니다. 또한 의복이나 개짐과 같이 긴히 필요한 물건이 있으면 문 앞에 있는 여인들에게 언제든 말씀하십시오."

집사의 말이 끝나자 여인들은 처음 들어왔을 때나 마찬가지로 정중하게 절을 한 뒤 밖으로 사라졌다.

"출궁한 여관(女官)이 공녀들의 감독을 맡았습니다. 그동안 흥영각 기녀들에게 예절을 가르치고 감독하는 일을 하였다는데, 오늘 밤 당주가 그녀에게 공녀들 관리에 대한 전권을 맡겼다고 합니다."

"가자."

동후의 짧은 보고를 들은 견이 다른 말 없이 타고 있던 준마의 궁둥이를 채찍으로 가볍게 쳤다. 그와 지난 몇 년을 함께해온 영리한 말은 그 신호를 알아차리고 빠른 속도로 걷기 시작하였다.

"그나저나 참으로 당돌한 계집이 아닙니까."

그와 속도를 맞추어 나란히 걸으며 동후가 제법 감탄스럽다는 듯 말하였다.

"처음 봤을 때부터 여간내기가 아니라고 알아보긴 하였습니다만."

평소 제 분수도 모르고 데데하게 굴던 당주를 혼내준 까닭인지 동후의 음성에서도 제법 즐거운 기색이 묻어났다.

당주가 저지르고 있는 짓거리를 보고하는 동후에게서 소운의 이야기를 들은 건 정말이지 뜻밖이었다. 소운의 이름을 알지 못하는 동후가 '성국에서 남복을 하고 있던 계집'이라고 고하는 순간 견은 자신도 모르게 몸을 일으키고 말았다.

분부한 공녀의 수를 채워놓으라며 성의 왕을 닦달하긴 하였지만 그것은 어디까지나 자신에게 주어진 임무를 완수하기 위해서였을 뿐, 일단 목표한 수를 배에 태워 무사히 융의 땅에 내려놓은 뒤에는 그녀들에 대해 까맣게 잊고 있었다. 전에도 몇 차례 그러하였듯 황궁으로 들어간 공녀들은 황제의 구미에 따라 제 갈 길이 결정이 될 것이기에 아무런 관심도 갖지 않았다.

허나, 동후에게서 소운을 보았다는 얘기를 듣는 순간 가슴에서 열이 솟았다. 훔치듯 베어 물었던 붉은 입술의 감촉이 마치 조금 전의 일인 양 선연히 되살아났다. 아무도 부르지 않는 자신의 이름을 처음으로 소리 내어 알려준 여인이었다. 간혹 허공에 소운이라는 글자를 눈으로 써보면서도, 다시 인연 닿을 일 없으니 얼굴 떠올릴 일이 없으리라 생각했던 여인이었다.

그 때문이었을 것이다. 소운을 그토록 겁먹게 한 당주에게 스스로의 목숨을 구걸하도록 만든 이유는. 황제 폐하의 여인인 공녀를 감히 희롱하였다는 죄목은 당주를 겁박하기 위한 핑계에 불과했다. 목숨을 바칠 정도로 대단스럽게 여기는 충심은 애초부터 가지지 못한 그였다. 하니, 황제에게 바쳐진 공녀들 따위야 누가 어찌하든 아무 상관도 하지 않았고 지금까지도 그래왔다.

한데 마당 가운데에서 목에 칼이 겨눠진 채 떨고 있는 여인에 게서 눈을 떼지 못하는 소운의 모습을 보자마자 삽시간에 피어 오른 오만가지 감정들은 일순 그를 잠식하고 말았다. 그중에서 도 가장 먼저 터져 나온 것은 역시나 분노였다. 소운을 저리도 슬프도록 만든 자에 대한 분노. 그래서 정작 자신의 손으로 그녀 를 저곳에 세워두었다는 사실은 애써 외면한 채 그로서는 가장 손쉬운 방법, 즉 황제에 대한 충심을 연기하며 단숨에 당주를 궁 지로 몰았던 것이다.

머릿속 생각들을 정리하는 사이 묵묵히 말을 몰던 견이 물었 다.

"태자마마의 탄신연이 닷새 뒤라 하였지?"

"그러하옵니다."

난데없이 태자의 탄신연을 확인하는 것에 다소 의아해하며 동 후가 대답하였다.

"무엇을 올려야 기뻐하실지 고민을 해봐야겠구나. 가자!"

말을 재촉하여 속도를 높이는 견의 뒤를 동후가 서둘러 뒤따랐 다. 오늘 밤, 그의 상전은 어쩐지 전과 다른 것 같다며 속으로 연 신 고개를 갸웃거리고 있었다.

제
八
장.

태자의 탄신연

용국은 천신의 아들이신 천자께서 아홉 마리의 용을 하늘에서
거느리고 내려와 건국하신 나라이다. 천자는 자신을 모시기 위하
여 땅으로 내려온 아홉 마리의 용에게 각각 소임을 부여하시었
는데, 이를 충실히 수행한 아홉 용의 공은 건국의 기틀을 다지는
데 크나큰 힘이 되었다.

세월이 지나 천자께서 황제의 자리에 계신 지 어언 삼백 년, 현명
하신 황제의 선정으로 나라는 태평하였고 백성들의 살림살이는
윤택하였다. 태평성대가 이어지자 황제께서는 그간 나라 곳곳에
흩어져 있던 용들을 다시 황궁으로 불러들이셨다. 그리고 그간의
노고를 치하하며 이르시기를, 이제는 다시 본향으로 돌아가도 좋
다 말씀하시었다. 하지만 구룡(九龍)은 하나같이 입을 모아 이곳
에 머무를 수 있기를 황제에게 간청하였다.

구룡의 충심을 어여삐 여기신 황제께서는 각각 비와 눈, 곡식과
강, 산, 하늘, 바다, 해를 지키라는 새로운 명을 내리시는 것으로
저들의 청을 허락하시었다. 하지만 그중 황금빛을 띤 황룡은 한

맨드
님 ₁

시도 황제의 곁을 떠나지 않고 늘 곁에 머무르며 보필하기를 게을리 하지 아니하였으니, 황제 또한 황룡을 마음으로부터 깊이 아끼시었다.

그러던 어느 날 황궁에 갓 들어온 계집나인 하나가 황룡이 잠든 사이, 그만 황룡의 붉은 여의주를 훔치는 일이 벌어지고 말았다. 얼마 전 우연히 여의주를 본 계집나인은 난생처음 접한 찬연한 아름다움에 마음을 뺏기고 말았던 것이다. 여의주를 갖고 싶은 마음이 날이 갈수록 간절해진 나머지 계집나인은 그만 병까지 날 지경이었다. 환관으로 위장하고 황궁에 잠입해 있던 이웃나라의 간자가 그런 그녀를 충동질하였다. '대체 망설이는 까닭이 무엇이냐. 황제가 지닌 보물이 얼마인데 그깟 구슬 하나 없어진다고 하여봤자 누군들 신경이라도 쓸 것 같으냐.' 황제를 보호하는 황룡의 여의주가 사라지면 곧 황제의 기운도 함께 사라질 것이라는 생각에 간자는 한껏 부추겼고, 결국 욕심에 눈이 먼 계집나인은 황룡이 기거하는 방에는 절대 들어가서는 안 된다는 가르침을 어기고 말았다.

하지만 소원하던 여의주를 훔친 계집나인은 황룡이 머무르고 있는 침각을 채 벗어나지도 못한 채 그만 목숨을 잃고 말았다. 황룡의 정수로 가득 찬 여의주의 기운에 도리어 자신의 정기를 빼앗긴 까닭이었다. 삿된 인간의 기를 머금게 된 여의주는 본래의 순정한 기운을 찾아 본디 있던 하늘로 솟구치고 말았다.

뒤늦게 사실을 알아차린 황룡은 이것으로 지상과의 인연이 영영 끝났다는 사실을 알고는 슬피 울며 천자에게 작별인사를 올린 뒤 하늘로 올랐다. 황룡이 떠난 뒤 하늘에서 보름 동안 붉은색의 비가 내려 세상은 온통 붉은 물로 뒤덮였고, 그해 난 곡식들 중에서 온통 붉은 빛을 띠지 않은 것이 없었다.

한편, 황룡과 헤어짐을 크게 슬퍼하셨던 천자께서는 황룡의 형상을 그리거나 조각하도록 하여 눈길이 머무시는 곳마다 늘 함께하시었다.

융국 건국기 '고기전(古記傳)'

태자의 탄신연이 열리는 황궁 안 서경전(瑞慶殿)에 들어서자마자 소운의 눈에 띈 것은 상석의 단상 위에 놓여 있는 의자였다. 각기 크기와 놓인 위치가 교묘하게 다른 세 개의 의자에는 모두 용이 조각되어 얹혀 있었다. 그것으로 보아 각각 황제와 황후, 태자의 것인 듯했다. 용을 발견하자마자 이 나라의 건국신화를 떠올린 것도 지난 며칠간 질리도록 들었던 교육의 효과라는 생각에 그녀는 잠시 씁쓸해졌다.

갑자기 느려진 걸음에 혹여 실수라도 하여 질책을 당할까 안달이 났는지 뒤에서 따라오던 처녀가 옆구리를 제법 아프게 콕콕 찔러댔다. 그제야 퍼뜩 정신을 차린 소운이 앞에 선 처녀의 뒤통수에 눈을 고정하고는 속도를 맞추었다.

지금 그녀와 함께 들어온 공녀들은 모두 혼인을 하지 않은 처녀들로, 이곳에 들지 못한 공녀들은 황궁 안의 다른 곳에서 대기 중이었다. 황궁에서 나왔다는 여관(女官)들은 장장 사흘에 걸쳐 공녀들의 집안과 나이, 그중에서도 특히 용모를 몇 번이고 확인하여 탄신연에 들어가게 될 이들을 고르고 골라 추려내었다. 그리고는 다시 그들의 용모를 꼼꼼히 확인하여 들어갈 순서대로 줄을 세웠다. 물론 그녀들의 선두에 선 이는 함께 볼모로 보내진 공주 세 명이었다.

도성 곳곳에 흩어져 있던 다른 공녀들과 달리 그동안 황궁에서 머물렀다는 공주들의 얼굴에도 긴장한 기색이 역력하였다. 행렬의 맨 앞에 서기 위해 열을 맞추어 선 공녀들의 옆을 지나는 모습을 얼핏 보니, 진한 화장으로 감추려 애를 쓴 것이 무색하도록 창백하여 분수도 모르고 가엾은 마음이 들 정도였다.

서경전에 모여 있던 신료들의 두런거림은 공녀들이 들어서는 것과 동시에 멈추었다. 그러더니 곧 점잔을 가장한 수백 쌍의 눈들이 그녀들의 일거수일투족을 좇았다. 표정은 제각각이었지만 동심동덕(同心同德)이라. 지금 그들의 머릿속을 채우고 있는 생각들은 별반 다르지 않았다.

들기로 성의 계집들은 엽렵하고 싹싹하여 거느리기에 으뜸이라고 하였다. 이번에 온 공녀들은 그 어느 때보다 숫자가 월등히 많다고 하니 혹여 내게도 한 명쯤 떨어지지 않을까.

번들거리는 얼굴들 가득 번져 있는 탐욕을 보고 있노라니 소운은 그만 눈앞이 아찔해졌다. 저들 중 누군가에게 보내져 노리개가 되어야 한다고 생각하니 금세라도 토악질이 나올 것만 같았다.

"황제 폐하 듭시오!"

목청 좋은 환관의 외침에 신하들은 무릎을 꿇고 허리를 깊이 숙였다. 공녀들도 물론 예외는 아니었다. 황제가 들고 태자가 들고 황후가 든 후까지도 모두 종잇장처럼 몸을 접고 있어야 했다. 공녀들은 황제가 따로이 명하기 전까지는 절대 고개를 들거나 허리를 펴서는 아니 되고 처음 부복한 자세 그대로 있어야 한다며 누누이 강조하였던 여관의 가르침 때문이었다. 그녀는 혹여 범절을 제대로 지키지 않아 황제의 노여움을 살 경우에는 고국에 있는 가족들에게 그 화가 미칠 것이라는 위협과도 같은 말을 몇 번이고 반복하며 신신당부를 하였다.

하지만 소운이 지금 그 말을 따르고 있는 이유는 단 하나. 황궁 안 어디엔가 있을 여진 때문이었다. 이미 지난번 기루에서의 소동으로 여진과의 각별한 사이가 알려진 마당에 혹여 잘못 처신했다가 그 여파가 여진에게 미치지는 않을까 두려웠다. 오라비와 살면서 여인으로서 온갖 치욕과 수모를 겪은 여진이었다. 그것으로도 모자라 앞으로 겪게 될 시련 또한 결코 만만치 않을 터인데 자신까지 나서서 험한 꼴을 더해줄 수는 없었다.

소운은 이를 악문 채로 무릎 앞으로 반듯하게 모은 자신의 두 손에만 시선을 고정하려 애를 썼다. 의식적으로 귀도 닫은 터라 넓은 별궁 안을 오가는 어떤 말도 그녀에게는 들리지 않았다. 오로지 머릿속을 채우고 수없이 반복되는 한마디에만 신경을 기울였다.

도망하지 못하면 자결하리라.

환에게 붙들린 이후부터 한시도 마음 깊은 곳에서 떠나지 않고 있는 결심이었다. 한번 품은 마음은 고요한 강물 위를 보이지 않게 지나며 쉼 없이 물결이 일으키는 바람처럼 그렇게 그녀를 흔들고 있었다. 제 나라에서도 정실이라고는 하나 늙은 사내의 씨받이 노릇을 하게 될 것이 죽기보다 싫어 밀항까지 시도하였던 그녀였다. 하물며 적국에서 생판 모르는 자의 노리개라니. 상상하는 것만으로도 끔찍하였다.

여인을 겁간하는 사내가 얼마나 끔찍스러운지, 겁간을 당하는 여인의 고통이 얼마나 큰 것인지 이미 여러 해 전에 목도해 알고 있지 않았는가. 그러니 도망하지 못할 바에는 차라리 죽고 말 것이다.

이를 악물며 다시 한 번 결의를 다지는 사이에도 어디선가 은밀한 눈으로 자신을 살피는 시선이 있다는 생각에 절로 진저리가 쳐졌다.

"공녀들은 황제 폐하께 예를 올리라."

입술 안쪽이 터지는 아픔에 저도 모르게 얼굴을 찡그리는데 때마침 환관의 명이 들려왔다. 미리 교육을 받은 대로 고개를 들자 맨 앞의 공주들이 궁녀들의 도움을 받으며 일어서는 모습이 보였다. 공녀들도 앞줄부터 순서대로 자리에서 일어나며 몸을 세웠다. 꽤 오랫동안 부복해 있었던 탓에 다리가 저려 제대로 힘이 들어가지 않았지만, 모두들 절대 몸가짐이 흐트러져서는 아니 된다는 의무감으로 버티고 있었다.

잠시 후 선두의 공주를 위시해 네 명씩 한 줄을 이룬 백 명의 공녀들이 황제 앞에 섰다.

"미천한 성의 백성들이 존귀하신 황제 폐하를 뵙사옵니다."

공주의 선창에 백 개의 목소리가 곧 하나가 되어 뒤를 따랐다.

"황제 폐하를 뵙사옵니다."

"너희는 고개를 들어라."

깊게 허리를 숙인 그녀들에게 황제가 하명하였다. 조심스레 허리를 편 소운의 눈에 높은 단의 중앙을 차지하고 있는 황제의 다리가 들어왔다. 황제보다 조금 뒤쪽에 보이는 치맛자락은 아마도 황후의 것일 터이고 황제의 오른편에는 태자가 자리하고 있을 터. 목을 반듯하게 펴면 저들의 얼굴을 보고 직접 확인할 수 있겠지만 제아무리 담이 큰 그녀라 할지라도 황제의 얼굴을 똑바로 쳐다볼 엄두는 나지 않았다.

다만, 아까부터 끈질기게 따라붙고 있는 시선의 정체가 점차로 궁금해지기 시작하였다. 대체 어떤 자이기에 이리도 신경을 곤두서게 하는지. 마음 같아서는 당장 고개를 들고 살피고 싶었지만 역시나 눈에 띄는 짓은 하지 않는 것이 좋겠다는 생각이 몸을 더욱 수그리게 하였다. 자고로 어진 군주란 백성 스스로 존경하여 절로 고개를 숙이게 만들어야 하는 법이거늘. 문득 소장원의 눈에 뜨였던 날을 떠올리자 절로 고소가 머금어졌다. 어이하여 다스린다는 자들은 이리도 하나같이 오만하단 말인가.

"태자는 어찌 생각하느냐?"

공녀들의 모습이 자못 만족스러운 듯, 황제의 묻는 목소리에 기꺼워하는 기색이 역력하였다.

"소자, 일찍이 여인을 가까이한 적이 없어서 잘 모르겠나이다."

태자의 농에 서경전 곳곳에서 가벼운 웃음소리가 터져 나왔다. 황제의 음성이 다시 뒤를 이었다.

"나 또한 황후 이외에는 여인을 가까이한 적이 없어서, 도대체 눈길을 어디에 두어야 할지를 모르겠느니."

조금 전보다 더욱 커진 웃음소리가 너른 별궁 안을 채웠다. 황제가 이번에는 황후를 향해 물었다.

"그래, 황후가 보시기에는 어떠하오?"

자리에 앉은 이후부터 제법 날카로운 눈으로 공녀들의 면면을 살피던 황후가 답하였다.

"소첩의 눈에는 모두 나무랄 데 없는 미색이오니 이는 실로 폐하의 홍복이시옵니다. 허나, 단 한 가지 염려되는 점은 아름다운 것일수록 가시가 날카롭다고 하니, 행여 두 분 용체에 해가 가지나 않을까 싶어 저어될 뿐이옵니다. 두 분께서는 천하절색이 곧 경국지색임을 항상 명심하시고 늘 경계하셔야 할 것으로 아옵니다."

황후는 평소에도 투기가 심하여 황제의 사랑을 독차지하는 궁녀가 있다는 말을 들으면 분을 참지 못하였다. 그 즉시 불러다 엉뚱한 누명을 씌워 죽지 않을 정도로 매질을 하거나 심할 경우에는 얼굴을 인두로 지지는 것도 예사인 그녀의 입에서 과연 나올 법한 대답이었다. 황후의 성품을 잘 아는 신료들은 역시나 하며 속으로 고개를 끄덕였고, 멋모르고 서 있던 백세 명의 공녀들은 그녀의 말에 오금이 저렸다.

경국지색이라는 말을 굳이 강조하여 언급하는 것도 이들 중 앞으로 황제의 총애를 받게 될지 모르는 여인에게 미리 경계를 하겠다는 의도가 다분하였다. 아니나 다를까, 자신의 말을 듣고 겁에 질린 공녀들의 면면을 확인한 황후가 만족스러운 낯으로 황제에게 고하였다.

"다들 인물이 출중한 것을 보니 그간 황자의 노고와 공이 적지 아니함을 알겠습니다. 아니 그렇사옵니까, 폐하."

"나 또한 그리 여기고 있음이오."

그렇지 않아도 견에게 흡족함을 느끼고 있던 황제가 기분 좋게 고개를 끄덕였다.

　"황자는 앞으로 나오라."

　황제 일가가 올라 있는 단 아래 서 있던 견이 명을 듣고 걸어 나왔다. 태자의 탄신연이라 그 또한 남청빛의 관복을 갖추어 입고, 금사로 수를 놓은 다색의 요대(腰帶)를 둘러 예를 따르고 있었다. 황제께 공손히 읍을 올리고 두 손을 모으는 모습이 실로 나무랄 데 없이 단정하여 절로 감탄이 나올 정도였다.

　하나 겉보기와 달리 견의 머릿속은 복잡하였다. 태어나 지금까지 단 한 번도 황후에게 치하의 말을 들어본 적이 없는 까닭이다. 지금까지 그를 대하는 황후의 태도란, 문안 인사를 올리기 위해 들면 쉬는 중이니 다음에 들라는 말로 문전박대를 하였고 그렇게 문후를 여쭙지 못한 채 사나흘이 지나면 불경하다며 불러들여 나무라는 식이었던 것이다.

　한데 대체 무슨 꿍꿍이로 신료들까지 있는 자리에서 저리도 다정히 구시는지.

　"황자는 들어라. 짐은 그간 무엄하게도 감히 제 스스로 융의 형제국임을 자처하는 성국의 오만함을 다스리고자 심중으로 벼르던 차였다. 한데 이제 와 네가 타고난 충심으로 성심을 헤아리고 황명을 받들어 저들에게 일깨움을 주고 돌아왔으니 그 공이 가히 크구나."

　"황공하옵니다."

　지금껏 유례가 없던 황제의 치하에 신료들 사이로 가벼운 술렁임이 지나갔다. 듣고 있는 견 또한 얼떨떨하기는 마찬가지였다.

매듭 1

기실 뒤이어 어떤 말을 듣게 될지에 대한 불안함이 더 컸다.

황자에게 치하의 말이 익숙하지 않기는 황제도 마찬가지였으나 지난밤 황후와 약조한 바를 지키기 위하여 말을 이었다.

"내 너를 각별히 여겨 치하하는 의미로 강현성(剛賢城)을 내리노니. 그곳의 백성들을 잘 다독이고 다스려 황실에 도움이 될 수 있도록 전심을 다해야 할 것이다."

"폐하의 하해와 같은 은혜에 미천한 소인 몸 둘 바를 모르겠사옵니다."

견이 크게 당황하며 허리를 숙였다. 하지만 한편으로는 이것으로 자신에 대한 경계를 절대로 늦추지 않는 황후의 속내를 알게 되었으니 오히려 안심이 되기도 하였다. 구밀복검(口蜜腹劍)이라. 여느 때에 비추어 얼토당토않던 치하에는 다 그럴 만한 까닭이 있었던 것이다.

강현성은 얼마 전까지만 해도 그의 장인이었던 심고의 소유였다. 신휘 장군이 거짓 장계를 올려온 것이 발각된 후 황제는 당시 국상(國相)이었던 심고에게 태만의 죄를 물어 그가 갖고 있던 대부분의 재산을 몰수하였다. 강현성은 그때 빼앗긴 소유지들 중의 하나였다. 그런데 그것을 자신에게 하사한 것이다.

가혜가 세상을 떠난 후 그렇지 않아도 그를 눈엣가시로 여기고 있는 심고였다. 비록 지금은 신휘 장군의 일로 국상의 자리에서 물러나 있다고 하나 원래 가혜의 집안은 황후를 등에 업은 채 막강한 세력을 휘두르고 있는 극 씨 가문과 비하여도 뒤지지 않을 정도의 세도가였다. 그런 가문의 수장인 심고가 마음만 먹는다면 황자라는 신분 이외에는 아무런 배경도, 세력도 갖지 못한 견을 추락시키는 건 식은 죽 먹기보다 쉬울 것이다.

황후의 의중 또한 이와 크게 다르지 않을 터.

한편, 난데없는 황명에 좌중에 있던 심고는 차마 내지르지 못한 비명을 깊은 숨소리로 대신하고 있었다. 비록 황제에게 빼앗겼다고는 하나, 대대로 내려온 강현성을 다른 사람도 아닌 견에게 내어주게 될지는 몰랐던 것이다. 황상의 앞만 아니었다면 당장 주저앉아 땅을 치고 통탄할 일이었다.

딸을 잃은 뒤 견을 향한 심고의 미움은 하늘을 찔렀다. 기실 그는 믿고 기댈 뒷배 하나 없는 견을 처음부터 탐탁지 않아 하였다. 든든한 의지처가 없는 데다 부황의 사랑마저도 차지하지 못한 황자는 향촌 구석 아전보다 더 못한 처지이니. 하지만 하나뿐인 딸이 간절히 원하고 사정하니 하는 수 없이 허락한 혼인이었다.

그러나 혼례를 올린 지 채 일곱 달 만에 가혜가 출산 중에 세상을 떠나자 심고는 견을 불구대천의 원수 보듯 하였다. 딸을 죽음으로 이끈 때 이른 산고는 자신의 거센 반대에도 불구하고 제 뜻을 굽히지 않고, 황자와 혼인하기만을 고집하였던 까닭과 그 맥이 다르지 않다고 생각하였기 때문이었다.

혼인 전에 포태만 하지 않았어도 급작스럽게 닥친 산통에 허둥거리다 딸을 놓치지는 않았으리라. 하여, 그는 미처 혼례도 올리기 전에 보배와도 같은 딸에게 포태를 하게 한 견을 도저히 용서할 수가 없었다. 간혹 견이 변방에서 성의 백성들을 노략질한다는 신휘 장군의 거짓 장계도 실은 모두 심고가 뒤에서 손을 쓴 탓이었다.

속내는 다르지만 황제의 명에 마치 약속이나 한 듯이 불편한 기색이 역력한 견과 심고를 지켜보며 황후는 속으로 웃음을 삼켰다.

돌아간 아이의 이름이 가혜라 하였던가. 황후는 견과 심고의 여식이 혼인한다는 사실을 알게 된 순간부터 전전긍긍, 불편한 속내를 감추지 못했었다. 심고의 집안이 융에서도 내로라하는 명문가라는 사실은 차치하고라도 요직을 두루 거쳐 국상을 눈앞에 둔 심고가 어떤 식으로든 견에게 힘을 실어주게 되는 것을 원치 않았기 때문이다.

하지만 그녀로서는 다행히도 혼례를 올리고 첫 해가 다 가기도 전에 심고의 여식은 산고(産苦)로 목숨을 잃고 말았다. 혼인한 지 일곱 달 만의 일이었다. 견이 심고의 사위가 된다는 것을 알고 밤잠까지 설쳐가며 고민했던 것이 무색할 정도로 하늘은 그녀의 편에 서주었다.

한편, 처를 잃은 아들과 여식을 잃은 사돈을 번갈아 바라보고 있는 황제의 마음은 겉보기와 달리 편치 아니하였다. 그렇지 않아도 곁에 마음 둘 이 하나 없는 견에게 도리어 원수를 만들어준 셈이 되고 말았으니. 지난 밤 견을 치하하는 의미로 강현성을 내주자는 황후의 청을 끝까지 거절했어야 한다고 뒤늦게 후회를 하였지만 이미 복수난수(覆水難收)인 것을.

서로 다른 생각들을 하고 있는 사이 서경전 안에는 잠시 묵직한 침묵이 흘렀다. 그리고 이내 황제의 말이 이어졌다.

"너는 부디 성에 거주하는 백성들의 마음을 헤아려 선정을 베풀도록 하라. 또한,"

잠시 말을 멈춘 그의 눈이 공녀들에게 머물렀다.

"오늘 네게 공녀 선택의 우선권을 줄 것이다."

대신들이 다시금 술렁이기 시작하였다. 강현성을 통째로 안긴 것도 모자라 황제보다도 먼저 공녀를 선택할 수 있도록 하시다니. 저리도 분에 넘치도록 상을 내리셨다가 나중에 황후 폐하의 강짜를 어찌 당해내시려고. 무엇보다도 걱정스러운 마음이 앞서는 그들이었다.

"폐하, 제가 어찌 감히."

견 또한 극구 사양하는 양을 보였지만 거절하는 말 속에는 그다지 열의가 담기지 않았다. 아마도 오는 중에 미리 눈여겨둔 아이가 있는 게지. 황제는 속으로 웃음을 삼켰다. 아비로서 아무런 계산속 없이 줄 수 있는 것이 고작 계집뿐이라는 사실이 다소는 민망하였지만 어찌할 것인가.

"괜찮으니 네 뜻대로 고르거라. 몇이 되든 관계치 않을 것이니."

거듭되는 황제의 권유와 재촉에 견은 못 이기는 척 공녀들 앞으로 나섰다. 지난 며칠간 기다리며 고대하던 순간이었다.

눈앞의 공녀들을 꼼꼼히 고르고 살피는 듯 걸음은 느렸지만 그의 관심은 오롯이 소운에게로 향해 있었다. 서경전으로 공녀들이 줄을 지어 들어선 순간 견의 눈은 단숨에 소운을 찾아냈다. 가까이 다가가 확인할 필요도 없었다. 전에 목욕을 하라고 들여보내주었던 옥 광산에서 도망치는 그녀의 뒤를 쫓았을 때처럼 그저 순수한 본능으로 알 수 있었다.

서경전의 모든 눈이 자신에게 쏠리고 있는 것을 알아차리자 견의 걸음은 더욱 느려졌다. 부러 여인들 백 명의 용모를 낱낱이 살피는 척하며 저들의 시선이 소운에게 머무르지 않도록 주의하였다. 그리고 공녀들 사이를 네 번째로 돌면서부터는 그 미색이 눈에 띈다 싶은 여인들에게 말을 걸기 시작하였다.

올해 몇 살이냐?

네 이름이 무엇이냐?

관복을 지어본 적이 있느냐?

제일 자신 있게 만들 줄 아는 음식이 무엇이냐?

수는 놓을 줄 아느냐?

그의 물음에 공녀들은 거의 덜덜 떨며 대답을 하였고 더러는 지나치게 긴장을 한 탓인지 동문서답을 내어놓기도 하였다. 엉뚱한 답변이 나올 때마다 좌중에는 웃음이 터져 나왔다. 공녀들의 대답 소리가 작은 까닭으로 멀리 떨어져 있던 이들은 자초지종을 알지 못하였고, 그러자 입에서 입으로 건너 건너서 설명해 주느라 서경전 안은 제법 소란스러워졌다.

견이 소운에게 다가간 것은 바로 그때였다.

"이름이 무엇이냐?"

"여가 소운이라 합니다."

질문을 던졌던 다른 공녀들에게 그리 하였듯 견은 이번에도 소운의 주위를 돌며 살피는 척을 하였다. 자리가 자리인 만큼 아무것도 하지 못한 채 그저 처분만을 기다리고 있는 신세였지만 그녀의 안에서 얼마나 심화가 끓어오르고 있는지는 심하게 팔딱이는 목덜미만 보아도 알 수가 있었다.

문득 장난기가 도진 견이 불쑥 물었다.

"그간 사내는 좀 겪어보았느냐?"

"천부당만부당한 말씀이시옵니다."

이를 악문 듯한 대답이 나왔다. 고개를 숙이고는 있어 두 눈이 바닥을 향해 있지만 아마도 딛고 서 있는 자리를 금세라도 뚫을 듯이 노려보고 있을 것이 뻔하였다. 견이 겪어서 아는 그녀의 성격으로는 분명히 그러하리라.

견이 불쑥 한 발짝 더 다가가자 소운이 반사적으로 어깨를 움츠렸다.

"허어, 나이가 결코 적지 않은 듯 보이는데. 진정 아직까지 단 한 차례도 사내를 가까이해본 적이 없다는 말이냐?"

"당연히 그러하옵니다."

애꿎은 입술만 잘근잘근 괴롭히고 있는 듯 턱이 옴죽이는 것이 눈에 훤히 들어왔다.

"그러면 사내와 입술을 나누어본 적도 없겠구나."

"소녀는 반가의 규수로서 부끄러운 짓을 한 적이 없사옵니다."

이제 보니 참으로 깜찍하질 않은가.

그와 입술을 나누었던 것을 까맣게 감추려 드는 것에 견은 나오려는 웃음을 꾹 참았다. 그리고는 그녀의 귓가로 입술을 가져갔다.

"정녕 나와 단 한 번도 입을 맞춘 적이 없단 말이냐."

즉시 두 개의 커다란 눈동자가 그를 향해 날듯이 달려들었다.

공녀로 선발이 되어 배에 올랐을 때부터 앞으로는 사람으로서 대접받기를 포기해야 한다고 다짐했었다. 하지만 마음가짐과 달리 제 스스로를 사람이 아닌 것으로 여기기는 실로 힘이 드는 일이었다. 홍영각이라는 곳에서 여진을 범하려 들던 당주에게 달려들던 때도 그러하였고 서경전 안으로 들어 황제를 비롯한 융의 대신들이 흡사 희귀한 것을 구경하는 듯한 눈으로 볼 때도 그러했다.

하지만 지금 그녀의 주변을 맴돌며 불쑥불쑥 희롱하는 언사를 던지는 황자라는 인사는 그중에서도 가장 최악이었다. 나보다 나이 어리고 어여쁜 이들이 많고 많건만, 어이하여 이 인간은 나만을 이리도 괴롭히는 것인가.

고개 한 번 제대로 들지 못한 채 짓궂기 짝이 없는 물음에 공손히 대답을 하면서 소운은 치미는 분노를 꾹꾹 참아 눌렀다. 본디 이 나라에서는 정숙한 몸가짐을 가졌다 하여 성국의 여인들에 대한 평가가 높다고 들었다. 더군다나 지금 이곳에 들어와 있는 공녀들은 모두 규방의 처녀가 아닌가. 한데 그 사실을 잘 알면서도 사내와 상관을 하였는지를 물으며 희롱을 하려 들다니. 더군다나 다른 공녀들에게는 이런 것들을 묻지도 않았으면서 말이다.

소운은 말아 쥔 손가락으로 애꿎은 손바닥만 찔러댔다. 만일 눈빛만으로 무언가를 해낼 수 있다면 지금 그녀가 뚫어져라 보고 있는 서경전의 바닥은 벌써 커다랗게 구멍이 나고도 남았을 것이다. 아니면 진즉에 까맣게 타들어갔든가.

입을 맞추어본 적이 있냐는 물음에도 자신도 모르게 소스라치고 말았던 건, 그녀 일생에 딱 한 번이었던 견과의 입맞춤이 떠올랐기 때문이었다. 그럴 필요가 있다고 생각이 될 때에는 거짓

말 정도는 전혀 가책을 느끼지 않고 천연덕스럽게 해낼 수 있다고 자부하는 그녀였지만 막상 당황한 기색을 들키지 않고 대답을 하려니 심장은 요동을 쳤다.

이유는 알 수 없으나 그녀의 대답이 퍽이나 기꺼운 듯 웃어젖힌 황자가 가까이 다가왔다. 얼굴로 쏟아지는 뜨거운 입김에 소운이 몸을 움츠리는 순간 사내다운 낮은 목소리가 귓전으로 파고들었다.

"정녕 나와 단 한 번도 입을 맞춘 적이 없단 말이냐."

분부가 있기 전까지는 절대 다른 이들과 눈을 마주쳐서는 안 된다는 신신당부를 어긴 것은 바로 그 순간이었다. 낯익은 얼굴을 알아차린 소운의 눈동자가 크게 뜨였다.

이 무슨.

그럼 이이가 실로…….

분명히 조금 전 황제는 그를 일러 황자라고 하였다. 황자, 황자, 황자라. 한참 동안 오로지 '황자'라는 두 글자만이 온통 소운의 머릿속에서 메아리쳤다. 글자를 아예 모르는 청맹과니도 아닐진대, 어찌 된 일인지 그 뜻을 모르는 것이 되레 이상한 두 개의 글자가 쉽사리 해독이 되지 않았다.

마른침을 몇 번이나 삼키고 바로 코앞에 있는 그의 얼굴을 두 눈으로 수백 번도 더 훑은 것 같았다. 그런 연후에도 소운의 입술은 쉽사리 떨어지려 들지 않았고 머릿속은 여전히 오리무중이었다.

멍해 있는 그녀를 향해 대신들의 농지거리가 날아들기 시작하였다.

"아뢰옵기 황공하옵니다만 폐하, 저 아이가 황자마마에게 마음을 앗겼나 보옵니다."

"출중하심으로는 온 천하에 태자마마를 따를 자가 없사옵니다만, 황자마마 또한 빼어나게 고매하시니 저리 넋을 놓고 있는 것이 아니겠사옵니까."

"태자마마 버금가리만치 영민하신 데다 사내다운 기개 또한 넘치시니 어느 여인인들 반하지 않을 수가 있겠사옵니까."

이때다 싶었는지 다들 앞 다투어 태자와 견을 견주어가며 두 사람을 치켜세우기 바빴으나, 역시나 영악한 이들답게 견보다 태자를 앞서 우위에 놓는 것도 잊지 아니하였다. 그러나 어찌 되었든 견으로서는 실로 처음 들어보는 저들의 만구칭찬(萬口稱讚)이었으니. 이는 그만치 견에 대한 대소신료들의 관심이 높아졌다는 반증이기도 하였다.

태생 직후부터 황제와 황후의 눈 밖에 난 것을 아는 까닭에 그들 또한 견이라면 무조건 경원시하곤 했던 것이다. 한데 이번 임무의 성공을 황제가 저리도 크게 기꺼워하는 걸 보면 지금까지와는 달리 대해야 한다는 생각이 그들 사이를 은연중에 맴돌고 있었다. 다만 쏟아지는 감언이설에도 불구하고 태자나 황자 모두 어떤 내색도 하지 않는다는 사실이 다소 유감이었다.

지금 견의 눈은 그가 선택한 공녀에게 박혀 있었고, 공녀 또한 견에게서 눈을 떼지 못하였다. 그 두 사람을 제외하면 서경전 안 모든 이들의 시선은 견과 공녀 두 사람을 주목하고 있었다.

황자라는 신분을 알고서도 저리도 아무런 거리낌 없이 눈을 마주하는 걸 보면 꽤 당돌한 계집일진대. 모름지기 공녀란 하국의 왕이 바친 조공이니 그저 숨 쉬는 인형에 불과한 것을. 심고의 여식이 세상을 떠난 뒤로 가까이 두는 계집이 없다 하더니, 황자의 계집 보는 눈 또한 쓸모없어진 것이 분명하다 싶어 다들 속으로 혀를 끌끌 찼다.

"허허, 내 보기에도 그러하니. 저 아이의 눈에는 황자가 그리도 특출 난 모양이구나."

황제의 말을 듣고 있던 소운은 그 자리에서 눈을 질끈 감아버렸다. 허면 이이가 진실로 융국 황제의 아들이란 말이더냐. 황제의 한마디는 이러한 와중에서도 놓지 않고 있던 한 가닥 기대를 보기 좋게 날려버렸다.

애초에 이런 모습으로 다시 그와 마주했을 때부터 그런 기대는 갖지 않는 것이 옳았지만, 그래도 어리석은 것이 사람의 마음이라. 혹시 하는 한 가닥 기대를 마음속으로 쥐고 있었던 것이다. 그러니까 지금 황자의 신분으로 그녀를 조롱하며 지켜보고 있는 이 사내가 그녀를 이 자리에 서게 만든 장본인인 것이다.

새삼스레 깨달은 사실에 온몸은 뻣뻣하게 굳어 숨조차 제대로 쉴 수 없을 지경이었다. 밀항하려던 계획을 방해한 것도 모자라 결국에는 낯선 곳으로 끌고 와 낯선 사내의 품으로 밀어 넣어지게 만든 장본인이 바로 네놈이란 말이냐!

다시 눈을 떠 견을 노려보는 소운의 눈동자는 말 그대로 활활 타오르는 불길과 전혀 다를 바가 없었다. 저들에게 잡혀 처음 눈을 떴을 때 느꼈던 공포, 오라비가 보낸 무뢰배들에게 맞아 피로 범벅이 되었던 규옥의 얼굴, 무서움에 제대로 울지도 못하던 쇠돌이, 검날 앞에 목이 내밀어진 여진을 무력하게 바라보고만 있어야 했을 때의 절망감이 차례로 눈앞을 지났다. 그녀의 운명을 이토록 참담하게 만든 자가 바로……!

불쑥 치밀어 오른 화에 순간 소운은 자신이 서 있는 곳이 어딘지를 잊었다. 순식간에 머릿속을 잠식해버린 분노에 숨조차 제대로 쉴 수가 없었다. 눈빛만으로 사람을 해할 수 있다면 견의 육신은 이미 여러 조각으로 잘리고 그가 흘린 피로 이곳은 삽시간에 아수라장이 되고 말았을 것이다.

노려보는 눈길이 심상치 않음을 알아차린 견이 강한 힘으로 그녀의 손목을 휘감았다. 익히 알고 있는 그녀의 성정으로 미루어 혹여 불경한 언사를 입 밖에 낼까 두려워서였다. 만일 그리 하였다가는 그녀뿐만 아니라 함께 온 공녀들은 물론이고 자신 또한 곤란한 지경에 빠지고 말 것은 보지 않아도 뻔한 일.

천만다행으로 필요 이상으로 세게 잡힌 손이 전해오는 고통 때문에 소운은 일갈을 쏘아붙일 기회를 잃고 말았다. 막 달싹거리려던 입술을 막아놓은 것에 안심하며 견은 황제를 향하여 돌아섰다.

"폐하, 이 여인을 청하옵니다."

"여가이며 올해 열여덟이옵니다."

옆에서 지켜보고 있던 환관이 냉딱 아뢰었다. 두 사람이 연출하는 광경을 꽤 흥미로운 눈으로 지켜보고 있던 황제는 역시나 약속대로 선선히 고개를 끄덕였다.

"그리 하라."

그러더니 이내 다시 하명하였다.

"몇이 되든 상관하지 않겠다고 하였으니 눈에 차는 계집을 더

골라도 되느니라."

"이곳에 있는 여인들 중에서는 이 여인 하나밖에 눈에 드는 계집이 없사옵니다."

"허면, 너는 어찌 생각하느냐?"

손목을 잡힌 이후 금방이라도 죽일 듯 견을 노려보는 소운에게 황제가 재미 삼아 물었다.

다른 공녀들에게 하잘것없는 물음을 툭툭 던지면서도 견의 시선이 때때로 저 아이에게 가곤 하는 것을 황제는 놓치지 않았던 것이다. 심고의 여식이 세상을 뜬 후로 가까이 두는 여인이 없다 하여 은근히 염려를 하고 있던 차였다.

한데, 여느 때 같았으면 공녀를 고르라는 분부를 그다지 기꺼워하지 않았을 견이 마치 미리 눈여겨두기라도 했다는 듯 고른 계집이니 아비로서 궁금증이 이는 것은 당연하였다. 멀리서 보기에도 두 눈에 촉기가 넘치고 야무지게 다물린 입술 끝에서는 꽤 고약할 듯한 성격이 엿보이는 것이 여간내기는 아닌 듯한데.

"저는……."

아니나 다를까, 사나운 눈으로 견에게 일별을 던진 소운이 입을 열었다. 팔을 쥐고 있는 견의 손가락에 더욱 힘이 들어가는 것을 느껴졌다.

"싫사옵니다. 차라리 죽여주소서."

당돌하기 그지없는 대답에 서경전 안은 쥐 죽은 듯 고요해졌다.

소운의 사나운 눈이 다시금 견을 향하였다. 지금 당장 채찍이든 검이든 손에 쥘 수만 있다면 자신의 목숨이라도 내놓을 수 있

매듭

을 것 같았다. 손에 쥔 것이 채찍이라면 이 사내를 인정사정없이 후려쳐 온몸에 평생 지워지지 않는 상처를 남기고, 검을 들고 있다면 사지육신을 잘라내어 여생을 멀쩡한 몸으로 살지 못하도록 만들어버리고 싶었다.

결국 이리 될 것이면 차라리 그날 부두에서 모른 척을 하고 말 것이지. 어찌하여 자신을 이런 지경에까지 이르도록 만들었단 말인가. 어이하여 저 수많은 여인들이 육친과 생이별하게 만들었단 말인가.

영민한 그녀이니 곰곰이 생각하면 견 또한 그의 손에 칼을 쥐어준 누군가의 명에 따라 그저 휘두르기만 하였다는 사실을 깨닫지 못할 리 없었다. 하여, 정작 그녀가 증오해야 할 이들은 저 위에서 재미있다는 눈으로 그들을 내려다보고 있는 이 나라의 황제라는 자이며, 정사는 제대로 돌보지 않은 채 음풍농월로 세월을 보낸 자신의 왕이며, 나라의 안위는 뒤로한 채 권력을 좇는 데만 급급하였던 소장원을 위시한 외척들이라는 사실 또한 어렵지 않게 알아차렸을 것이다. 하지만 지금 그녀의 머릿속에는 그런 생각이 파고들 여지가 없었다.

잠시간의 침묵 후 서경전 안은 낮은 웅성거림으로 서서히 차오르기 시작했다.

"무엄하다!"

조금 전 그녀에 대해 아뢰었던 환관이 금방이라도 숨이 넘어갈 듯 기겁을 하며 비명과 같은 소리로 나무랐다. 대신들 또한 당돌함을 넘어서 무모하기까지 한 소운의 대답에 황제의 눈치를 살피며 혀를 끌끌 찼다. 황제의 기분 여하에 따라 당장 그 자리에서 목이 베일 수도 있는 무엄하기 짝이 없는 대답이었던 것이다.

과연 태자의 탄신연에서 피를 보려 하실 것인가, 젊은 처녀의 목숨을 앗는 광경도 흥을 돋우는 데에 나쁘지 않을 것이니 어쩌면. 하지만 황자가 고른 계집인데 설마 목을 날리실 것인가.

다들 촉각을 곤두세우는 와중에 뜻밖에도 황제에게서 박장대소가 터져 나왔다. 혹여 불미스러운 꼴을 보게 되지 않을까 적이 곤란해하던 이들이 남몰래 안도의 한숨을 내쉬는 사이 황제가 태자에게 일러 물었다.

"태자는 어찌 생각하는고?"

도시 의중을 알 수 없는 눈으로 소운을 보고 있던 태자의 한쪽 입술이 보일 듯 말 듯 부드러운 선을 그렸다.

"감기는 맛은 없을 것이나, 쏘는 맛은 제법일 듯하옵니다."

"하하하, 내 생각도 그렇구나."

무에 그리 재미있는지 싱글벙글하던 황제가 이번에는 견에게 하문하였다.

"황자는 쏘는 맛이 도는 계집이라도 관계치 않는 것이냐?"

"천천히 길들여 가시를 빼는 즐거움도 있을 것으로 사료되옵니다."

"허허, 자고로 계집이란 품에 안으면 오래 입어 길들여진 옷처럼 착 감기는 맛이 있어야 하는 법이거늘. 너는 어이하여 죽장처럼 저리 뻣뻣한 것을 마음에 든다 하느냐."

제법 질펀한 농을 하며 혀를 끌끌 차는 황제에게 견이 허리를 숙이며 답하였다.

"소신이 그간 일상에 낙이 없어 지리하던 차이니, 죽장을 찰편

버금가도록 만들어볼까 하옵니다."

소운의 두 눈이 다시금 심상치 않은 빛을 띠자 지켜보고 있던 태자가 한마디 하였다.

"보아하니 여간 드센 계집이 아닌데 길들이자면 고생깨나 하겠구나."

이것으로 소운을 손에 넣었다는 것을 확신한 견이 고개를 숙이며 대답하였다.

"계집 길들이는 재미를 손에서 놓은 지가 오래되었으니 그 과정 또한 즐거움이 되어줄 것이라 믿고 있사옵니다."

여느 때와 다른 아들의 모습에 내심으로는 자못 기꺼워하며 황제가 말하였다.

"이곳에서는 더 이상 찾는 계집이 없다 하니, 밖에 있는 계집들을 살펴 마음에 드는 것들을 고하거라. 단, 그 수가 스물을 넘겨서는 아니 될 것이야."

조바심을 치며 자신들에게도 차례가 오기를 기다리던 대신들은 황제의 입에서 나온 숫자를 듣고 그만 입을 떡 벌리고 말았다. 아무리 이번에 건너온 공녀들의 숫자가 많다고 하나 나라에 큰 공을 세운 공신에게도 다섯 이상을 하사한 적이 없었던 전례에 비추어 보면 확실히 파격적인 대우였다.

앞서 강현성을 내리시었을 때에는 견에게는 다소 과하다 여기면서도 한편으로 그로 인해 앞으로 심고와의 사이가 더욱 껄끄러워질 것을 감안하면, 도리어 무거운 짐을 안겨준 것이라 치부하고 말았다. 하지만 어찌 된 것이 이야기가 진행될수록 황자를 지금까지와는 달리, 쉬이 말해 귀이 여기고 계시는 듯 보이지 않는가.

"황은이 망극하옵니다, 폐하."

견이 허리를 깊숙이 숙이며 예를 올리는 동안 재빨리 다가온 궁녀들이 소운의 양 팔을 붙들어 무릎을 꿇려 부복하게 하였다. 애초에 뿌리칠 생각도 하지 않았지만 본디 힘이 억센 이들만을 골라 넣은 탓에 의지대로 움직일 수도 없었다.

황제의 허락을 받은 견이 밖으로 나간 뒤 소운 또한 궁녀들에게 이끌려 그의 뒤를 따르자 서경전 안은 잠시 정적이 감돌았다. 대신들이 하나같이 눈치를 살피는 이는 황제가 아닌 황후였다. 평소 견을 원수 대하듯 하는 황후이니 파격적인 황제의 치하에 독이 바짝 올라 있을 것이 분명하기 때문이었다.

허나 어찌 된 일인지 평소 견을 향해 있던 싸늘한 눈빛은 그다지 찾아볼 수 없었다. 그렇다고 하여 태자를 보듯 인자로운 얼굴이라고는 차마 말할 수가 없었지만, 얼핏 꽤나 홀가분해 보이기까지 하여 좀처럼 속내를 읽어내기가 어려웠다.

그렇다면 앞으로는 지금까지 해왔던 듯 무조건 황자를 경원시해서는 아니 되는 것 아닌가. 아니, 그리 하였다가 혹여 황후의 노여움이라도 사게 되는 날에는 황궁 안으로 발도 들이지 못하게 될 터인데. 허허, 이 노릇을 대체 어쩐다.

태자의 탄신연이 계속되는 동안에도 대신들은 서로 속을 재며 눈치를 보고 흘깃거리느라 여념이 없었다.

매
듭

"이 아이는 이곳에 두고 그만 가보거라."

견의 명에 소운을 붙들고 이곳까지 온 궁녀들이 팔을 풀었다. 허리를 깊게 숙여 예를 표한 그녀들이 뒷걸음질로 물러나는 것을 보며 소운은 양손으로 반대편 팔을 문질렀다. 예까지 오는 동안 어찌나 단단히 힘을 주어 붙잡혔던지, 놓여난 후에도 옥죄인 듯한 느낌이 사라지지 않았다.

그들이 서 있는 곳은 조금 전 있었던 서경전에서도 한참 떨어진 곳에 위치한 후미진 전각이었다. 이즈음에는 기거하는 이가 없어 미처 사람의 손이 닿지 않는 듯 후원 곳곳에는 잡초들이 웃자라 있었고, 궁인으로 보이는 이도 오가지 않아 인기척이라고는 찾아볼 수가 없었다.

"자, 이제 내게 하고픈 말을 하여라."

뒷짐을 진 채로 서 있던 견이 몸을 돌려 그녀를 마주보았다.

원망이 그득 담긴 두 눈이 그에게로 향했다. 하고 싶은 말도, 해야 할 말도 많았는데 어인 일인지 쉽사리 입을 뗄 수가 없었다. 순식간에 차올랐던 분이 이곳까지 오는 동안 조금 가라앉기도 하였고, 아직까지도 그가 황자라는 사실에 대한 놀람도 미처 가시지 않아 머릿속이 제대로 정리되지 않은 탓도 있었다.

"너의 미욱한 세 치 혀가 자칫 불충의 죄라도 지어 혹여 네 목이 날아가기라도 할까 염려하여 이곳으로 데리고 온 것이다. 이곳에는 듣는 귀가 없으니 하고픈 말을 마음껏 하여도 된다."

자신에게서 눈을 떼지 않는 황자를 한참이나 보고 있던 소운이 이윽고 긴 한숨과 함께 복잡다단한 심정을 한마디로 쏟아냈다.

"왜, 대체 왜……."

부두에서 붙잡혔을 때도, 그리고 한참이나 지나 다시 만난 지금도 묻고 싶은 말은 단 하나, 그저 '왜'였다.

대체 왜 그날 밤 나를 붙잡은 것이오. 왜 하필이면 그대가 나의 나라로 온 것이오. 왜 나를 선택하여 지금 이곳에 서 있도록 하였소. 어이하여 그대가 이 나라, 원수국의 황자인 것이오. ……대관절 왜 이제 와서 그날의 입맞춤을 다시 들춘 것입니까.

두 눈 가득 눈물이 차오르는 것도 모른 채 그를 바라보고 있는 소운의 얼굴에는 입을 통해 나오는 말보다 훨씬 더 많은 말들이 담겨 있었다. 눈물을 닦아주기 위함인지 한 손을 들어 그녀에게 가져가던 견이 마음을 바꾸었는지 이내 뒷짐을 지고 말았다. 그리고는 얼굴을 돌려 전각 안을 두루 살폈다.

그 뒤로 한동안 두 사람 사이에서는 어떤 말도 오가지 않았다.

관복 차림을 한 장신의 늠름한 사내와 수수하나 오히려 그래서 타고난 아름다움이 더욱 돋보이는 여인이 한 걸음 차이로 떨어져 서서 같은 곳을 바라보고 있었다. 속사정을 모르는 이가 보았다면 퍽이나 흡족해하였을 만큼 아름다운 광경이었다. 재주 있는 화공이라면 필시 두 사람의 모습을 화폭에 담고 싶어 안달을 냈을 터이지만, 오가는 이마저 찾기 힘든 곳이니 그저 지나는 바람이나 오랜 세월 그 자리를 지키고 있는 고목들이 굽어보는 것으로 족하였다.

그대로 얼마나 지났을까. 견이 먼저 입을 열었다.

"여환이었지, 아마도?"

난데없이 튀어나온 오라비의 이름을 들은 소운이 단박에 얼굴을 찌푸렸다.

역시. 견은 고개를 끄덕였다. 이것만 보아도 오라비를 향한 그녀의 반감을 알아차리기란 어렵지 않았다. 전날 소운이 홍영각에 있다는 사실을 알고 돌아와 공녀들에 대한 서류를 다시금 확인하던 중에 발견한 이름이었다.

"빈말로라도 훌륭한 오라비라는 말은 하지 못하겠더구나."

누이도 모자라 내자마저도 공녀로 내놓은 오라비는 물론이거니와, 그런 아들을 말리지 않은 그녀의 부친 또한 한심한 위인이기는 마찬가지였다. 하지만 그렇지 않아도 심화가 끓고 있을 그녀를 더 자극할 필요는 없다 싶어 견은 더 이상 언급하지 아니하였다.

"일지를 보니 함께 온 여진이라는 여인과는 인척이 분명하더구나. 한데 네 이름은 따로 떨어져 가장 마지막에 기입되어 있었다. 대체 어찌 된 영문이냐?"

일지에서 그녀의 이름을 발견한 뒤로 내내 궁금했던 부분이었다. 내자와 누이를 한꺼번에 공녀로 보내면서 굳이 마지막에 가서야 소운의 이름을 기재한 연유를 알고 싶었다.

그 사이 오라비에 대한 감정을 속으로 갈무리한 소운이 앙다물고 있던 입술을 열었다.

"그거야 써 넣은 이의 마음일 테지요."

하지만 겨우 그 정도의 대답으로 만족하고 물러설 견이 아니었다.

"네 오라비가 여진이라는 여인을 공녀로 올려 일지에 써 넣은 것은 간택을 시작한 지 하루가 지난 뒤였다. 한데 유독 네 이름만은 간택 기간이 지나고 훨씬 뒤에야 기입이 되어 있더구나. 내가 너를 풀어주었을 때에는 분명 공녀 간택을 시작하기 전이었다. 네가 사는 곳은 도성 안이었으니 분명 그날 해거름을 넘기지 않고 집에 당도하였겠지. 그럼 대체 그 사이에 무슨 일이 있었던 것이냐?"

분명 오라비라는 자가 직접 인장한 것까지 확인하였으니 중간에서 엉뚱한 이가 장난질을 친 것도 아니었다. 내자도 공녀로 바친 인간이니 누이라고 망설이며 저어하였을 리가 없다. 그런데 굳이 뒤늦게서야 공녀를 만든 이유가 대체 무엇이란 말인가.

자신을 주시한 채 대답을 기다리고 있는 견의 얼굴을 보자 소운은 그만 고개를 젓고 말았다. 저 기세로 보아 무슨 말을 하든 자신의 궁금증이 풀릴 때까지는 포기하지 않을 것이 분명하였다.

"마마께서는 소장원 대감을 아시는지요."

난데없이 튀어나온 이름에 이번에는 견이 놀랄 차례였다. 게다가 조금 전까지와 달리 소운의 말투마저 어느새 극진한 공대로 바뀌어 있었다.

소운이 제법 여유 있게 웃어 보이며 말하였다.

"비록 나고 자란 나라는 다르나 어찌 되었든 소인보다 훨씬 지체가 높으신 분이시니 계속해서 편히 대할 수야 없는 일이지요."

견은 손을 내저으며 그녀의 말을 막았다.

"그건 되었고. 그보다 갑자기 상현부원군을 언급하는 연유가 무엇이냐."

"혹여 부원군 대감이 혼사를 앞두고 있었다는 사실을 들으신 적이 있는지요."

견의 머릿속에 얼마 전에 태자와 주고받았던 말들이 퍼뜩 떠올랐다. 일 갑자를 살고도 지나는 여인의 미색에 몸이 달아 혼인을 서둘렀다며 객쩍은 농이 오갔었다.

"하면."

견의 눈빛이 던지는 날카로운 물음에 소운이 곧장 답하였다.

"그자와 혼인하기로 되어 있던 이가 바로 저옵니다."

새로이 알게 된 사실에 견은 새삼스레 소운을 다시 살폈다. 그간 겪었던 고초들로 인하여 성국에서 마지막으로 보았을 때보다 더 초췌해지기는 하였으나, 본디 타고난 아름다움은 조금도 덜어지지 아니하였다. 황궁에서 자라며 황제 곁에 머물던 온갖 미색이란 미색들은 물리도록 보아왔던 견의 눈에도 소운의 아름다움은 각별하게 보일 정도이니. 특히 소운(素雲)이라는 이름자가 말하여주듯 희게 빛나는 피부는 그 자체만으로도 가히 절색이라 할 만하였다.

눈으로 그녀의 용모를 더듬어가던 시선 끝에 희고 가느다란 목덜미가 들어왔다. 순간 견은 불쑥 화가 치밀었다. 자칫하였다가 그 늙은이의 추한 입술이 저곳을 더듬게 되었을지도 모른다는 상상에 절로 몸서리가 쳐졌다.

그러니 묻는 목소리도 자연히 퉁명스러워질 수밖에 없었다.

"부원군과 혼인하려던 것이 내 물음과 무슨 상관이며, 그렇다 면 더더욱 수상하지 않느냐. 대체 나를 만났던 날 밤 부두에는 어인 일로 왔었던 것이냐?"

그런데 눈치 빠르게 대답하던 기색은 온데간데없어지고 꾹 다 물린 붉은 입술은 열릴 줄을 몰랐다. 새치름한 그 모습에 견은 더욱 안달이 났다.

"이상하지 않느냐. 야심한 시각에 규중의 처녀가 홀로, 그것도 남복을 한 채로……."

말을 하다 보니 실로 수상했다. 당시에는 그저 정인과 밀회를 나누기 위해 나온 당돌한 여인이라고 치부하고 말았던 것이, 지 금에 와서 그녀를 앞에 두고 보니 새삼 부아가 치밀었다. 어이하 여 당시에는 아무렇지 않던 사실이 이제 와 새삼 심화를 돋우는 지 도무지 알 수 없는 노릇이었다. 게다가 작정만 하면 말 기세 를 따를 자가 없는 소운마저 입을 열려 들지 않으니 답답증은 더 욱 심해졌다.

"진실로, 네게 정인이 있었던 것이냐?"

마지막 음운이 미처 입술 사이에서 사라지기도 전에 견은 그만 눈을 감고 말았다.

벌써 훨씬 오래전에 누군가에게 던졌어야 했던 물음이 이제 와 엉뚱한 곳에서 터지고 말았다는 사실을 한발 늦게 알아차린 탓이었다. 예전의 그는 절대 묻지 않았던 말이었다.

가혜.

사내로서 처음 정을 주었던 여인이며 그의 아내였던 여인. 그런데 어이하여 가혜 앞에서는 절대 내어놓지 못했던 물음이 이 여인에게는 이리 쉽게 나온다는 말인가.

혀를 차며 고개를 드니 눈앞을 덮고 있던 가혜의 희미한 그림 자는 이내 자취를 감추고 보이지 않았다. 대신 반질하게 닦아놓은 밤알 같은 다색의 눈동자가 그를 똑바로 응시하고 있었다.

"진실로, 그리 생각하십니까?"

조금 전 그의 말을 따라 소운이 그리 물었다. 드러내지 않으려 애를 쓰고 있지만 얼굴에는 상처받은 기색이 역력하였다.

하지만 물었던 말과 달리 견은 조금치의 망설임도 없이 고개를 저었다. 성난 듯도, 애연한 듯도 보이는 그녀의 표정 때문이 아니었다. 지나치리만치 당돌하고 때로 건방지기까지 하여 불쑥 화를 돋우게도 하지만 스스로 정해놓은 경계는 확실한 여인이라는 사실을 이제는 아는 까닭이었다.

그의 대답이 마음에 들었는지 소운이 자초지종을 이어갔다.

"대감께서 청혼을 해오시자 제 부친과 오라비는 크나큰 광영이라 여기고 무척 기꺼워하셨습니다. 집안의 어르신들 또한 마찬가지셨습니다. 하지만 저는 늙은 사내의 몇 번째일지도 모르는 첩실이 되기는 싫었습니다. 정식으로 혼례를 올린다고는 하나 그것으로 정처(正妻)가 되는 것은 아니라 생각하였기 때문입니다. 목숨을 바쳐도 좋다고 여길 만치 은애하는 이라면 크게 관계치 않았을 터이지만, 오로지 아들 욕심에 눈이 먼 늙은이의 젊은 씨받이 노릇을 하여야 한다고 생각하니 정말이지 끔찍했습니다. 해서, 어른들께 몇 번이나 간청을 드렸지만 혼사를 계기로 가문을 부흥할 욕심에 다들 귓등으로도 들으려 하지 않으셨습니다."

견이 입을 꾹 다문 채로 고개를 끄덕였다. 누이이며 또한 여식인 소운을, 그리고 내자이자 며느리인 여인을 공녀로 바친 것만 보아도 저들의 탐욕이 어느 정도인지 납득할 수 있었다.

"그래서 도망을 친 것이냐?"

"다행히 가까이 벗하여 지내던 이가 도와주어 그 밤 융의 상선을 타기로 얘기가 되어 있었습니다. 한데."

소운이 말을 멈추고 견을 바라보았다.

그 다음 일어난 일은 말하지 않아도 견도 잘 알고 있었다. 그 자리에서 기척을 내지 않고 모른 척을 했더라면 그녀는 아마도 원래의 계획대로 상선을 타고 자신의 나라를 떠났을 것이다.

그제야 사정을 알아차리고 머쓱해하는 견을 본 소운이 그가 모르는 부분으로 이야기를 이었다.

"동굴에서 풀려난 뒤 저는 저를 도와 밀항을 주선하였던 이의 집을 찾아갔습니다. 어쨌든 집으로 다시 돌아갈 수는 없었지요. 제가 도망친 뒤에 난리가 났을 터였으니 더더욱 몸을 숨겨야 했습니다."

"그래서?"

"몰래 숨어 있다 때를 보아 다시 밀항을 할 작정이었습니다. 그런데 그만 꼬리가 밟혀 제가 숨어 있는 곳으로 오라비가 보낸 무뢰배들이 찾아왔습니다. 혼자 몸이었다면 어떻게 해서든 도망을 했을 테지만, 저를 도와준 이가 홀로 아이를 키우는 여인인지

라. 그날 밤도 제가 숨어 있는 곳을 대라며 심하게 매질을 하고 어린 아들까지 죽이겠다 위협하기에 따라 나설 수밖에 없었습니다. 그런 연유로 뒤늦게 공녀로 이름을 올리게 된 것입니다."

저간의 사정을 듣고 보니 견은 더더욱 소운에게 미안한 감이 들었다. 여인의 몸으로 밀항까지 결심하고 실행에 옮기기란 여간한 마음가짐으로 되는 것이 아니었을 것인데. 그저 잘못된 시간에 잘못된 장소에 있었던 그녀의 운이 나빴었다고 말하기에는 치른 대가가 너무도 컸다. 물론 가슴속에 남은 상처는 그에 비할 수도 없으리라.

"차라리 두 눈 딱 감고 부원군과 혼인을 하지 그랬느냐? 그러 하였으면 공녀가 된 것보다야 더 나았을 것을."

조금 전 상상만으로도 살의를 느꼈다는 사실은 잠시 뒤로한 채 견이 물었다. 그녀의 입장에서만 생각하자면 혼인을 하였더라면 이리 막막한 고생은 하지 않았을 것이 아닌가. 당장 오늘도 그에게 우선권이 주어지지 않았더라면 그녀가 어떤 인간의 손에 떨어졌을지 모를 일이었으니

공녀가 됨으로써 다시 재회할 수 있었다는 생각은 하지 못한 그의 말에 소리 없이 짓는 웃음이 애달팠다.

"처녀의 몸으로 이미 도망까지 하였습니다. 어디서 무엇을 하며 어떻게 지냈는지도 모르는 여인을 아내로 맞겠다며 나설 사내가 어디 있겠습니까. 게다가 연유야 어찌 되었든 야반도주를 하여 파혼까지 당하였으니 그것만으로도 가문에도 큰 누를 끼쳤지 않사옵니까."

그간 봐왔던 모습과는 다르게 다소간 힘이 빠진 목소리였다.

여인으로 태어났다는 이유로 어쩔 수 없이 손발이 묶일 수밖에 없는 처지에 놓이고 만 스스로가 한탄스러워서이리라.

소운은 지금 이 순간까지도 부원군이 그녀와의 혼인을 무위로 돌렸다는 환의 말을 조금의 의심도 없이 믿고 있었다. 또한 자신이 공녀가 된 것은 파혼과 도주로 가문을 욕보이고 이름을 더럽힌 그녀에게 집안 어른들이 내린 일종의 벌이라고 생각하고 있었다.

하지만 견의 생각은 그녀와 달랐다. 융의 급습이 있고 나서 부원군의 권세와 위엄은 예전과는 사뭇 달라졌다. 그렇게 만든 이가 바로 견 자신이 아닌가. 부원군과 혼삿말이 오가며 잠시나마 권력의 단맛을 보았을 소운의 오라비 또한 그 사실을 모를 리 없었다. 그러니 이빨 빠진 범보다는 차라리 공녀로 보내두는 것이 훗날을 기약하기에 나으리라 싶었을 것이다.

현황께서는 황후의 손끝에서 꼼짝도 못하시는 탓에 그러한 적이 없었지만, 선대 황제들 중에서는 성에서 보내온 공녀를 귀애하시어, 본국의 가족에게도 과분하리만치 황은을 내리신 경우가 심심찮게 있었다. 언감생심 환이 거기까지 바라지는 못하였겠지만, 누이가 고관대작의 첩실이 되어 약간의 총애를 받기만 하여도 조정에서의 입지가 확연히 달라지리라 고대를 하고 있을 것이다.

한 번도 대면한 적은 없었지만 그 얕은 속내를 읽어내기란 어렵지 않았다. 견의 얼굴에 잠시 경멸의 빛이 어렸다. 만일 황자가 누이를 데려간 사실을 알게 되면 깨춤이라도 추겠구나.

"이곳이 어디인지 아느냐?"

매
듭

난데없는 그의 물음에 소운이 난처한 표정을 지었다. 난생처음 들어온 융의 궁성 안을 그녀가 무슨 재주로 알아차릴 수 있으리라 묻는 것인지.

소운의 눈이 과거 한때에는 빛깔 고운 물고기들이 저마다 자태를 자랑하며 노닐었을 연못에 멈추었다. 물이 빠진 지 꽤나 오랜 시간이 지났는지 바닥에는 낙엽만 수북하였고 연못가를 치장하였을 모양 좋은 돌들이며 화초들도 한껏 키를 키우고 자라난 이끼와 잡초들로 본래의 형상을 찾아보기 어려웠다.

"이곳은 나를 낳아주신 분이 쓰던 전각이다. 그분께서는,"

잠깐의 한숨, 그리고 뒤이은 한마디.

"황후 폐하와 태자마마를 해하려 하였었지."

갑작스레 알게 된 뜻밖의 사실에 소운은 이제껏 속으로 탄식하고 있던 제 신세도 잊을 정도로 놀랐다. 고개를 들어 그를 살폈지만 나란히 서도 그의 어깨에 겨우 닿는 키인데다 고개마저 다른 쪽으로 돌리고 있는 탓에 제대로 표정을 읽을 수가 없었다.

"융의 백성이라면 모두 아는 일이니 어차피 너도 금세 듣게 될 터이지만, 나와 태자마마는 사주가 같다. 쉽게 말하여 한날한시에 이 세상에 나온 것이지. 우습지 않느냐. 같은 아비를 두고 서로 다른 어미에게서 생산된 두 아들이 한날한시에 세상 빛을 보다니."

뒤로 갈수록 나지막하게 읊조리는 듯한 투가 되어버린 말은 흡사 소태껍질을 입에 문 듯 소운의 귀에는 쓰게 들렸다. 천하에 제왕의 사주를 타고난 이가 둘, 그것도 두 사람 모두 황제의 아들이라니. 다독(多讀)으로 제법 견문이 넓은 소운도 처음 듣는 경우였다.

견이 사내로서의 능력을 가지게 되고부터 여인을 함부로 가까이 두지 않는 것도 이러한 자신의 출생과도 무관하지는 않았다. 물론 현재의 소운으로서는 아직 거기까지는 알 도리가 없었다.

가만있자. 하면 태자의 탄신일인 오늘은 곧 그의 생일이기도 하지 않은가.

헤아리는 그녀의 마음을 읽기라도 한 듯 견이 고개를 저었다.

"사주는 같으나 생일은 다르니 마음에 둘 것 없다."

"하오나."

"그런 것쯤이야 살다 보면 얼마든지 바뀌기도 하는 법. 괘념치 말아라."

허탈하게 웃은 그가 말을 이었다.

"듣자니 나를 낳아준 분은 당신의 아들이 태자와 사주가 같다는 사실을 참을 수 없어 하였다는구나. 당신께서 황후가 아니셨으니 당신이 낳은 자식 또한 황제가 될 수 없는 건 당연한 이치이지. 적어도 태자가 살아 있는 한은 말이다. 해서, 온갖 흉측한 주술과 저주를 이용하여 황후 폐하와 태어나신 지 얼마 되지 않은 태자마마를 해하려 하였다지."

지금 그가 하고 있는 말이 사실이라면, 물론 이러한 얘기를 거짓으로 지어낼 리는 없으니 사실이 분명하겠지만, 그는 역적의 자식인 셈이다. 아비를 황제로, 어미를 역적으로 둔 신세라니. 황자로서 살아낸 그의 삶이 얼마나 지난하였을지 짐작하기란 결코 어렵지 아니하였다.

"하면, 죄를 받고 돌아가신 것입니까?"

매
듭

일순 안쓰러운 마음이 들어 물은 말에 돌아온 답은 의외였다.

"혹여 차후에 도성을 구경할 기회가 생기거든, 지나는 이 아무나 붙잡고 장안에서 가장 크고 좋은 집이 어디인지를 물어보거라. 그럼 융에서 가장 유명한 도공이 구워낸 청자기와를 얹고 족히 열 척은 넘는 고주대문(高柱大門)이 서 있는 집을 알려줄 것이다. 바로 그곳의 주인으로 살고 계시니."

이래서야 도무지 이 이야기를 꺼낸 속내를 알 수가 없는 일이었다. 대역죄를 저지른 이를 어미로 두고 있다고 하기에, 잠시간은 혹여 궁휼히 여겨주기를 바라는 마음에서 이런 말을 털어놓는 것일까 싶었건만 듣다 보니 그는 아닌 듯하고. 하기야 한갓 노리개로 보내져온 몸이 황자를 가엾게 여긴다는 것 자체가 애초에 어불성설이었다. 하면 대체 무슨 연유인지.

대화의 가닥을 잡지 못하니 당연 답할 말도 오리무중이었다. 이래서야 더 이상 대화를 이어갈 수가 없다 싶어 입을 다물어버린 그녀에게 견이 재차 물었다.

"아직도 원망하느냐?"

"원망하는 마음이 없다면 거짓이겠지요."

누구를 대상으로 하는지도 모를 질문이었고, 역시나 가리키는 이 없는 대답이었다.

"원망하는 마음을 버려라. 나는 네게 남이니, 혹여 미워하는 마음을 가져도 네게는 별달리 해가 되지는 않을 것이다. 하지만 피를 나눈 이에 대한 원망이 깊어지면 원(怨)을 품고 있는 이의 마음속에도 원망과 미움이 만들어낸 또 다른 지옥이 생겨나는 법이다."

잠자코 듣고 있던 소운의 몸에 자잘한 전율이 일었다.

실로 피붙이에게 살의에 가까운 감정을 느껴본 자만이 해줄 수 있는 말이었다. 염오와 원망이 차오르고 또 차올라, 아무리 꾹꾹 눌러도 눈썹 한 올 들어갈 공간조차도 없을 지경이 되면 그대로 단단히 굳어지고 만다. 그렇게 굳어진 염오의 덩어리는 가슴 한가운데 쇠구슬을 박아놓은 듯 자리를 잡고 절대 떨쳐낼 수 없는 멍에가 되는 것이다. 그리하여 잠을 자든 책을 읽든, 무엇을 하든 항시 곁을 지키고 앉아 자신이 분노에 차 마음속으로 퍼부어 댔던 말들을 늘상 귓전에 속살거려 절대 잊지 못하게 만든다. 그가 말하는 스스로 만든 지옥이란 바로 잊을 수 있는 자유조차 사라지는 것을 의미했다.

소운은 그제야 견이 굳이 자신의 입으로 모친에 대해 이야기를 한 까닭을 알아차렸다. 그녀의 얼굴에 이해의 표정이 스치는 것을 본 견이 몸을 돌렸다.

"이제 그만 가자꾸나. 지금쯤이면 서경전에 든 공녀들도 각자 제 주인을 찾았겠구나."

그 말을 듣자 퍼뜩 든 생각에 소운은 돌아서는 견의 옷자락을 잡았다.

"왜 그러는 것이냐?"

하지만 소운은 그저 입술만 달싹거렸다. 막상 말을 하자니 쉽사리 입이 떨어지지 않은 탓이었다.

마음 같아선 여진도 자신과 함께 데리고 가달라고 매달려 청하고 싶지만, 그랬다가 자칫 이 남자에게 언니와 자신을 동시에 취하라는 뜻으로 오해를 살까 겁이 났다. 하지만 이대로 여진과 헤어져 영영 못 보게 되는 것은 정말이지 견딜 수가 없었다. 게다가 오라비로 인하여 가뜩이나 사내를 두려워하는 여진이니, 누가 되었든 거부하는 그녀를 강제로라도 취하려 들면 저번 홍영각이라는 곳에서처럼 죽겠다고 나설지도 몰랐다. 당시에도 그저 시늉만은 아닌, 실지로 죽으려 들지 않았던가.

"부탁할 말이라도 있는 것이냐?"

머릿속을 바삐 오가는 생각들로 갈등하는 사이 견이 다시 물었다.

"저어."

입술을 짓씹으며 소운은 그를 올려다보았다.

문득 한 가지 묘책이 떠올랐다. 잠시 잠깐에 불과했지만 그녀가 겪어본 바로 미루어 적어도 이이는 싫다는 여인을 폭력으로 취하지는 않을 터이니. 게다가 다행히도 여진은 바느질 솜씨가 좋으니 그의 이불 속을 덥히는 일이 아니라도 소용이 많을 것이다.

생각이 거기에 미치자 소운은 용기를 낼 수 있었다.

"이미 알고 계시지만, 저와 함께 온 언니가 있습니다."

"그런데?"

"혹시 언니와 함께 황궁을 나가도록 해주시면 안 되겠습니까?"

소운은 부러 그의 집으로 간다는 말 대신 황궁을 나간다고 표현하였다. 어쩌면 그가 자신을 자유롭게 놓아줄지도 모른다는 다소의 희망이 마음 한쪽에 있었기 때문이었다.

그녀의 말을 들은 견의 입가가 뜻을 알 수 없는 미소를 담은 채 비틀렸다.

"지금 나더러 너의 올케와 동침을 하라는 것이냐?"

직설적인 그의 물음은 꽤나 낙관적이었던 소운의 기를 단번에 꺾기에 충분하였다.

설마 했던 최악의 상황이 벌어지게 될지도 모른다는 사실에 소운의 얼굴이 새하얗게 질리고 말았다. 끝까지 망설였던 한마디가 결국에는 여진은 물론 그녀 자신까지 궁지에 몰아넣었다는 생각에 소운은 그만 눈앞이 아득해졌다. 정말 그리 되고 만다면 그녀는 두 번 다시 여진의 얼굴을 볼 수 없을 것이고, 지나치리만치 정갈한 성품의 여진 또한 목을 매겠다며 나설 것이다.

"노, 농이 지나치십니다. 저는 다, 단지……."

극을 향해 달려가는 상상에 이미 반쯤 넋이 나간 소운의 목소리가 덜덜 떨렸다.

다음 순간 견에게서 호탕한 웃음이 터져 나왔다. 무엇이 그리 즐거운지 배까지 부여잡으며 포복절도하는 그를 소운은 그저 멍한 눈으로 바라보기만 하였다.

"내 너를 알게 된 연후에 지금처럼 말문이 막힌 것은 처음 보는구나."

겨우 진정한 그가 손가락을 들어 올려 제법 눈가를 훔치는 시늉까지 해가며 말하였다. 그러는 사이에도 그의 목소리에는 진한 웃음기가 남아 있었다.

"나는 곁에 두는 이를 고르는 데에는 까다롭기 그지없는 사람이다. 여진이라고 하였던가? 네 언니 이름이."

소운이 얼결에 고개를 끄덕이는 것을 보고 견은 다시 몸을 돌려 걷기 시작하였다. 몇 걸음 앞서 걸어가고 있는 견의 뒷모습을 눈으로 좇던 소운이, 잠깐 새에 그와의 거리가 상당히 멀어진 것을 알고는 화들짝 놀라 바삐 뒤를 따랐다.

"매양 책 읽는 것밖에 모르는 저와 달리 언니는 바느질 솜씨가 훌륭하여 언니가 지은 옷을 본 이들은 하나같이 천의무봉(天衣無縫)이라 감탄하곤 하였습니다. 뿐만 아니라 음식 솜씨도 나무랄 데가 없어 집안에 행사가 있을 때면 다들 언니를 보내달라며 어머님께 청을 넣곤 하였는데……."

불안한 마음 때문에 횡설수설하고 있다는 것을 알면서도 도무지 말이 멈추어지지 않았다. 전각을 나선 견을 따라 몇 번의 모퉁이를 돌고 한참을 걸어서야 소운은 몇 시진 전 다른 공녀들과 함께 대기하고 있던 전각으로 향하고 있다는 것을 알아차렸다. 어느 사이 그들의 뒤에서는 전에 성국에서 그의 수하였던 남자가 그림자가 되어 따르고 있었다.

전각 입구에 당도하기가 무섭게 지키던 군졸들이 허리를 숙여 맞이하고는 서둘러 출입문을 터주었다. 안으로 들어가자 여관들이 황급히 나와 예를 갖추었다.

"얘기는 들었겠지."

견의 말에 그들 중 가장 나이가 들어 보이는 이가 대답하였다.

"벌써부터 준비를 시켜두었습니다."

그러더니 자신의 뒤편에 서 있는 궁녀들을 향해 낮게 명하였다.

"데리고 나오너라."

여관의 눈짓을 받은 궁녀 둘이 종종걸음으로 뜰을 지나 전각 안쪽으로 사라졌다.

"더 분부하실 것은 없으시옵니까."

아마도 일생의 대부분을 황궁에서 보냈을 여관의 말투는 삼가고 조심하면서도 어딘가 모르게 위엄을 풍겼다.

"그대 덕분에 집 안이 아주 평안해졌다네. 보고 싶으면 그대의 형편이 닿는 날 아무 때나 와서 만나도록 하시게."

견의 말에 팽팽하게 당겨져 있는 활시위 같던 여관의 표정에 보일 듯 말 듯한 화색이 돌았다.

"염치없지만 그리 하여도 되겠사옵니까."

"무에 그리 어려운 일이라고."

영문을 모른 채 두 사람 사이에 오가는 대화를 듣고 있던 소운이 보기에도, 무심한 듯 말하는 견의 얼굴에는 흐뭇해하는 기색이 역력하였다.

잠시 후 안쪽으로 향하는 문이 열리더니 조금 전 들어갔던 궁녀들이 모습을 보였다. 그녀들 가운데서 걸어 나오고 있는 이의 얼굴을 알아차린 순간 소운의 눈이 크게 뜨였다. 불안한 얼굴로 연신 주위를 두리번거리던 여진 또한 소운을 보자마자 날다시피 뛰어왔다.

"아가씨!"

"황자마마께 예부터 올리시오!"

여관의 호통에 놀라 우뚝 멈춰 선 여진이 이내 소운의 앞에 서 있는 견을 발견했다. 지금까지 본 어떤 사내보다 훨씬 큰 키와 몸집에 놀란 그녀가 머뭇거리자 여관의 재촉이 다시 한 번 이어졌다.

"이 나라의 황자마마시니 어서 그에 합당한 예를 올리시오!"

견의 뒤편에 서 있던 소운이 여진이 볼 수 있도록 고개를 살짝 끄덕였다. 그제야 여진은 상황을 알아차리고 견을 향해 허겁지겁 예를 올렸다.

"송가 여진이라 하옵니다."

머리가 땅에 닿도록 깊게 허리를 숙이고 있는 여진에게 견이 말을 건넸다.

"너는 지금 나와 함께 황궁을 나가게 될 것이다. 혹여 불복하겠다면 강제는 하지 않겠다. 그러니 지금 네 뜻을 말하거라."

견의 말을 들은 여진은 얼어붙은 듯 꼼짝도 하지 않았다. 땅을 향해 꺾인 그녀의 등은 그대로 움직일 줄을 모르고 한참 동안이나 꼿꼿하게 굳어 있었다. 그 모습을 보고 있던 소운은 애가 탔다. 좀 전처럼 눈이라도 마주칠 수 있으면 따로이 신호라도 보낼 것인데. 혹여라도 싫다며 거절을 하였다가는 두 번 다시 권하지 않고 이대로 헤어지게 될 터인데.

아아.

여진의 망설임이 계속되자 소운은 그만 안타까움에 발을 동동 구를 지경이었다.

"동후!"

내내 뒤를 따르고 있던 동후가 견의 부름에 소리도 없이 다가섰다.

"분부해두었으니 지금쯤 가마가 당도해 있을 것입니다."

하문하지도 않은 말의 답을 들은 견이 고개를 끄덕였다.

"이들을 데리고 가거라. 겁이 제 키보다 높은 저 여인의 답을 듣자면, 없는 손자 턱에 수염이 나도록 기다려도 부족하겠구나."

두 여자에게 짧은 일별을 던지고 그는 그대로 사라졌다.

소운이 서둘러 여진에게 다가갔다.

"아가씨."

잠깐 사이 얼마나 심화를 끓였는지 고개를 드는 여진의 얼굴은 아예 흙빛이 되어 있었다. 그녀라고 규원전에서 소운이 염려했던 생각을 하지 않았을 리 없었다. 뜸을 들이며 쉽게 대답하지 못하였던 것도 아마 그 이유 때문이었을 터이지. 하지만 조금 전 동후라는 사내와 나누었던 말로 미루어보건대 굳이 자신의 부탁이 아니었더라도 두 사람을 함께 있도록 해줄 작정이었음이 분명하였다. 그러니 규원전을 나서며 그리도 즐겁게 웃었던 것이었겠지.

알려준 적 없는 여진의 이름 또한 그가 미리 알고 채비를 시켜두었다는 사실을 소운은 그제야 깨달았다. 다시 한 번 황자의 손바닥 안에서 조롱을 당한 것이다.

"어서들 나서시오."

꼭 붙어 서 있는 그녀들을 향해 동후가 재촉하였다.

"황자마마를 얼마나 더 기다리시게 하실 참이오. 앞으로 함께 있을 시간은 많으니 어서."

소운은 궁녀에게서 자신의 소지품이 든 보퉁이를 받아들고 여진과 나란히 걸음을 옮기기 시작하였다. 뒤에서 그녀의 모습을 보고 있던 궁녀들의 눈에는 부러움이 가득하였다.

저 두 여인 중 과연 누가 더 황자의 총애를 받게 될까. 친히 고르시었으니 황자께서도 얼마나 극진하게 여겨주실까. 혼인하신 뒤에는 아내 외의 여인에게는 눈길 한 번 주지 아니하시었고, 은애하시던 아내를 잃으신 뒤에는 곁에 두고 아끼시는 여인 또한 없다 하였다. 그런 연유로 황궁 안은 물론이고 장안 여인들의 칭송을 한 몸에 받고 계시며, 더러는 그분께 은밀한 연정을 품고 있는 이들도 적지 않다고 들었다. 오로지 한 여인만을 보는 분이시니 한번 마음을 주시면 절대 한눈을 팔거나 쉬이 연정을 거둘 분이 아니라는 것이다. 그에 더해 육 척이 넘는 훤칠한 키와 무예를 단련하는 사이 다져진 사내다운 체격, 힐끗 보는 것만으로도 가슴이 뛰게 하는 사내다운 빼어난 얼굴 또한 여인들의 마음을 흔들어놓기에 충분하였다. 게다가 비록 황위와는 거리가 멀다고 하나 어쨌든 황자이시기까지 하니, 더 이상 바랄 나위가 없었다.

하지만 정작 당사자인 견은 이러한 사실을 전혀 모르고 있었으니, 간혹 말을 타고 지나는 자신을 향해 은근한 눈으로 추파를 던지는 여인들을 볼 때면 민망하기도 하고 멋쩍은 마음에 그저 고개를 젓고 말았던 것이다.

"무엇들 하고 있는 것이냐! 이제 곧 공녀들을 보기 위해 몰려들 것인데 서둘러 준비하지 않고!"

여관의 호통에 넋을 놓고 있던 궁녀들은 그제야 각자의 일을 찾아 흩어지기 시작하였다.

여느 행렬과 다르게 여인 둘이 앞장을 서고 허리에 검을 찬 사내가 뒤를 따르는 기이한 모양새였다. 더러는 지나는 궁인들이 흘깃거리기도 하였으나 세 사람 모두 그에 신경을 쓰는 기색은 아니었다.

"아까는 언니 때문에 얼마나 마음 졸였는지 아세요. 대체 어쩌자고 그리 시간을 끈 것이에요."

조금 전 긴장하였던 것을 떠올린 소운의 타박에 여진이 멋쩍어하였다.

"아가씨라면 처음 보는 남자가 따라오라는데 덥석 그러마 하고 따라나섰겠어요."

"내가 옆에 있는데도요?"

"그러니 더욱 꺼려질밖에요. 그런데 아가씨야말로 대체 어떻게 된 거여요. 아까 그분이 정말 황자마마이신 거예요?"

여진이 낮게 물었다. 그 사이에도 보퉁이를 들고 있던 손을 바꾸었다. 몸에 걸치고 있던 것들을 모조리 빼앗긴 채 얼레빗 한 개와 갈아입을 옷 두 벌이 전부인 소운과 달리 여진은 여러 벌의 옷과 꽤 많은 소지품들을 가지고 있었다. 본래 자신이 갖고 있었던 것들과 딸을 낯선 타지에 보내는 것을 애달파하는 친정 식구들이 하나둘씩 마련해 넣어준 것들이라고 하였다. 소지품의 대부분을 홍영각에서 빼앗기기는 하였지만 옷가지들은 그대로라, 보퉁이가 무거울 수밖에 없었다.

반면 소운은 환에게 붙들렸을 때 세책점을 통해 벌어들인 돈으로 장만했던 금가락지를 비롯한 것들을 모조리 빼앗겼다. 그것들이 있었으면 이곳에서 움직이기에 훨씬 수월하였을 거라는 생각만 하면 원통하기 짝이 없었다. 그나마 다행히도 융을 떠나겠다는 그녀에게 규옥이 건네었던 주머니는 다시 세책점으로 돌아간 뒤 벽장 안에 풀어두어서 빼앗기지 않을 수 있었다. 빠듯한 살림에도 그녀를 주겠다며 장만했을 것들이 오라비의 손에 들어가 고작 기생들의 치마 속으로 사라졌을 것이라는 상상만으로도 분이 치밀었다.

"자초지종을 얘기하자면 시간이 걸릴 터이니 나중에. 그보다,"

"어맛!"

갑작스러운 여진의 비명소리에 소운은 또 무슨 일인가 싶어 화들짝 놀랐다. 고개를 돌리니 여진 옆에 한 발짝 떨어져 서 있는 동후가 조금 전까지 그녀의 손에 들려 있던 보퉁이를 쥐고 있었다. 뒤에서 따라오던 동후가 여진의 손에 들려 있던 보따리를 냉큼 빼앗아간 것이다. 난데없는 비명소리에 그 또한 어지간히 놀라고 멋쩍었는지 가무잡잡한 얼굴에는 약간의 홍조마저 돌고 있었다.

"짐이 무거워 걸음이 늦어지니 어서 서두르시오."

"그래도 어찌 감히 여인의 하물을 장부께서 드시게 할 수가 있단 말입니까. 어서 주시지요."

여진이 황급히 고개를 저으며 손을 내밀었다.

애당초 타고나기를 음전한 성품인 데다 부덕을 중시하는 친정의 가풍으로 인하여 여인으로서의 겸양과 덕행이 마치 입고 있는 의복처럼 몸에 배어 있는 그녀였다. 그러니 남자가 여인의 짐을 대신하여 들어주는 것은 미처 상상할 수도 없는 일이었다. 더군다나 남편이었던 환 또한 어떤 식으로든 단 한 번도 그녀를 배려한 적이 없기에, 그저 여인으로서의 의무만을 새기고 살아왔으니. 그러니 동후의 이런 태도는 당황스러울 수밖에 없었던 것이다.

어쩔 줄 몰라 하는 여진에게 동후가 점잖은 투로 일렀다.

"사내인 내가 들기에도 제법 무게가 느껴지는 것을 어찌 그대의 그 작은 손으로 들겠다 하십니까. 다른 말 말고 어서 앞장서기나 하십시오. 예서 더 지체되면 그대들뿐만 아니라 나까지도 황자마마께 단단히 혼이 나고 말 터이니."

다른 말보다 '그대'라는 한 마디에 여진의 낯이 발그레 물이 들었다. 지금까지 살아오며 단 한 번도 들어본 적이 없는 말이었다. 남편이었던 환에게 그녀는 언제나 그저 '계집'이었을 뿐이었다.

계집이라는 것이…….

감히 계집년 주제에…….

너 같은 계집년 따위가…….

"저분의 말씀이 맞아요. 예서 이럴 시간 없으니 어서 가요."

동후에게 고개를 숙여 사의를 표한 소운이 여진을 재촉하였다. 여진 또한 소운의 뒤를 따라 동후에게 깊게 허리를 숙였고, 이에 질세라 동후도 고개를 숙였다. 잠시 후 다시 그녀들의 뒤를 따르는 동후의 귓불이 발그레해져 있었다.

앞에서 걷고 있는 여인의 뒤태가 참으로 아름답다고 동후는 이곳까지 오는 길에 몇 번이나 생각하였는지 모른다. 며칠 전 홍영각에서 처음 여진을 보았을 때부터 동후는 왠지 모를 아찔함과 두근거림을 느꼈다. 곧 대신들 중 누군가에게 보내질 공녀의 몸이니 절대 호기심조차도 품어서는 안 된다며 잠깐 사이에도 몇 번이고 스스로를 타일렀지만, 시시때때로 그녀의 얼굴이 떠오르는 것은 어쩔 수 없었다.

나중에 견과 함께 공녀 일지를 뒤적이던 중 소운과의 인연을

매듭 1

알고 나서는 대체 얼마나 정신 나간 녀석이면 저리도 고운 아내에게 이리 몹쓸 짓을 하였는가 하는 생각에 화가 나기도 하였다.

그 밤, 집으로 돌아오는 길에 마상에서 견이 말했다.

"내 기회를 봐서 황제 폐하께 소운을 달라고 할 것이다. 폐하께는 이미 황후께서 계시고 도리 상, 성의 공주들을 모두 대신들에게 내줄 수는 없으실 터이니 공녀에 크게 욕심을 내지는 않으실 것이다. 만일 일이 뜻대로 되면 다시 주청을 드려 여진이라는 여인도 함께 데려올 생각이다."

"어찌 그렇게까지 하려 하시옵니까?"

견의 말에 한편으로는 기쁘면서도 그리 물었다. 여지껏 여인에게는 별 관심을 보이지 않으셨던 분이 아니시던가.

"너나 나는 소운이라는 저 아이에게 빚을 지지 않았느냐. 어찌 되었든 무고한 여인을 우리에게 방해가 된다는 이유로 며칠이고 감금해두었으니."

과연 그 말대로 오늘 소운이 견에게 하사되자 동후는 미리 하명을 받은 대로 서경전을 빠져나가 공녀를 관리하는 여관(女官)을 찾아갔다. 그리고는 전날 밤 미리 견에게 받아두었던 명령서를 내밀고 여진을 준비시키도록 하였다.

누구보다 가장 먼저 공녀를 고를 수 있는 권리를 갖게 된 것은 뜻밖의 행운이었으나, 설사 그럴 기회가 주어지지 않았더라도 견이라면 무슨 수를 써서든 소운을 손에 넣었을 것을 알았다. 다만, 강현성이 하사된 이후 분노 어린 시선으로 견을 노려보던 심고가 아직까지도 다소 마음에 걸리지만 딱히 그가 손을 쓸 수 있는 것은 아니었으니.

그보다 어서 저 여인들을 무사히 황자가 계시는 정해궁(正偕宮)에 데려다 놓아야 한다는 생각에 동후는 걸음을 재촉했다. 예서 더 지체했다가는 불호령이 내릴 것이라는 그의 말은 그저 빈말만은 아니었다. 지금쯤 그의 상전은 뒤따라올 그들 일행을 목이 빠지게 기다리고 있을 것이다. 아마 나가시는 길에 황궁의 담 바깥에서 대기하고 있는 교군들에게도 여인들을 태운 뒤에는 재게 움직여야 하되 매사에 주의를 기울이는 것도 잊어서는 안 된다며 다소간 엄포를 놓으셨을 터이지.

실로 사내다우면서도 차가운 성정을 가지신 분이지만 함부로 속내를 드러내거나 화를 내는 성품은 아니셨다. 홍영각의 당주를 단발에 걷어차시는 모습에 놀란 것도 그 때문이었다. 비록 반역에 버금가는 대역죄를 저지르기는 하였지만, 어쨌든 일의 단초를 따지고 들자면 여인 하나로 인해 벌어진 소동에 불과하였으니.

당주 또한 사내랍시고 엉겁결에 공녀들 앞에서 검을 들고 설치기는 하였으나 함부로 해할 수는 없었을 터. 그러니 그 자리에서 대강 겁만 주고 자신의 욕심을 채우는 것으로 적당히 마무리 짓고 말았을 것이다. 때문에 그가 익히 알고 있는 견의 성품만으로 보자면 준엄하게 꾸짖거나 아예 모른 척하고 말았을 일이었다. 한데 기어이 주먹을 휘두르신 건 모두 소운이라는 저 여인 때문이었을 것이다.

마음의 빚 때문이라고 핑계를 대시기는 했지만 동후가 보기에 자신의 상전은 소운에게 반한 것이 분명했다. 그것도 꽤 오래전, 아마 성국에서부터 마음을 빼앗겼다. 그녀의 올케를 굳이 함께 있게 한 것도 모두 소운에게 잘 보이기 위해서가 아니겠는가.

하지만 이내 동후는 한숨과 함께 고개를 저었다. 그간 지켜본 바로는 성정이 불같던데. 며칠이나마 직접 겪어 알고 있는 바로는, 소운은 공녀의 신분이라 하여 순순히 상전의 말을 따를 여인이 절대 아니었다.

얼음 같은 사내와 불과 같은 여인이 만났으니 어찌 될지는 앞으로 지켜봐야 알 일. 다만 가혜의 배신을 안 이후로 여인 대하기를 마치 삼동의 한설처럼 하던 상전이 여인에게 마음을 열기 시작하였다는 것만으로도 적이 안심이 되었다. 사내인 자신의 눈에도 저리 헌헌장부이신데 기나긴 겨울밤 차디찬 야금 안을 함께 덮혀줄 이 없이 홀로 침수에 들어야 한다면 그 아니 서글픈 일이겠는가.

자신의 신세 또한 그러한 상전 못지않다는 사실도 미처 깨닫지 못한 채 동후는 앞서 가는 여인들을 더욱 재촉하며 재게 다리를 놀렸다. 그 덕에 손에 들고 있는 보퉁이의 무거움 또한 느끼지 못하였다.

"구구소한도(九九消寒圖)[16]요?"

여진의 말에 소운이 단박에 얼굴을 찡그렸다. 듣기만 하여도 벌써부터 싫은 기색이 역력한 표정이었다. 서책과 글쓰기를 제외하면 그림도, 바느질도, 수놓기나 부엌일에도 흥미가 없는 그녀였으니. 하다못해 금(琴)이나 적(笛)을 다루는 것도 서투르기 짝

---

16) 동지로부터 봄이 될 때까지의 81일간의 기상(氣象)을 나타낸 표. 그해 농사의 풍흉을 예측하는 데 썼다.

이 없었다. 여느 여인과는 다른 소운의 취향을 아는 여진은 그저 웃기만 하였다.

"꽃을 그려 넣은 표를 만들어보려구요."

"하지만 동지가 지난 지가 언제인데요. 뜬금없이 구구소한도가 웬 말이에요?"

스스로 세운 계획에 자못 즐거워하는 여진과 달리 소운은 전혀 흥미를 보이지 않았다. 우수, 경칩도 지나고 머잖아 청명이 코앞인데 새삼 귀찮게 동지에나 그려 붙이는 구구소한도가 웬 해당이냐는 말이었다.

"아가씨도 차암. 꼭 동지에만 구구소한도를 만들어 붙이라는 법도라도 있나요? 물론 본래는 동지에 시작하는 게 맞지만…….제 말은 그러니까, 그저 하루하루 기분을 구구소한도처럼 표현해보겠다는 것이지요. 하지만 종이에 꽃을 그려 넣는 대신 무명에 날마다 손톱만 한 수를 놓을 거예요. 하루는 단홍색으로 또 다음날은 대청색으로. 그 다음날은 유황색, 또 담청색……."

끝없이 이어지는 색깔들을 듣고 있던 소운은 지레 손부터 내저었다.

"아유, 난 안 할래요."

"아가씨야 글재주가 좋으니 글로 마음을 표현할 수 있지만 전 그런 재주가 없으니 잘 할 수 있는 것으로 표현하겠다는 거예요. 후훗. 그러고 보면 제가 요즘 마음이 편하기는 한가 봐요. 그런 것까지 만들 엄이 드는 걸 보면."

아닌 게 아니라 황궁을 나온 이후 여진의 얼굴은 지금까지 보아왔던 그 어느 때보다도 활짝 피어 있었다. 늘 무엇엔가 쫓기는 사람처럼 불안해하던 기색도 사라졌고 무엇보다도 부쩍 웃음이 많아졌다. 하루하루 목에 떨어질 칼을 기다리는 심정으로 보내고 있는 소운과는 달라도 너무 달랐다. 그건 아마도 견이 그녀를 여인으로는 취하지 않을 것이라고 여진에게 딱 잘라 말해준 것과도 무관하지 않을 것이다.

"전 요새 이리 아가씨와 마주앉아 이야기를 나누다 보면 내가 지금 낯선 남의 나라에 와 있다는 것도 잊어버려요."

바늘을 고쳐 쥐고 얇게 솜을 넣어 누비고 있던 천에 박음질을 하며 여진이 말하였다. 그녀가 지금 만들고 있는 것은 견이 초봄에 입을 두루마기였다. 여진의 바느질 솜씨가 뛰어나다는 소운의 말을 허투루 듣지 않았는지, 견은 그녀가 머물고 있는 방에 온갖 바느질 재료들을 넣어주고 마음껏 시간을 보내며 소일거리를 할 수 있도록 해주었다.

이곳으로 온 지 며칠 되지 않아 여진은 잔누비로 곱게 지어낸 버선을 하인을 통하여 견에게 보내었다. 이를테면 그녀 나름의 고마움의 표시였다. 나중에 들으니 성보다 추운 기후이지만 이곳에서는 따뜻한 누비를 찾아보기가 힘들었던 탓에 그는 여진의 선물에 크게 기뻐하였다고 했다.

소운은 잠깐 사이에 바느질에 정신이 빼앗긴 여진을 일없이 바라보았다. 여진처럼 그녀도 정신을 쏟을 것이 있으면 좋을 터인데. 안타깝게도 그녀가 할 줄 아는 것은 책 읽는 것과 글씨 쓰는 것뿐이었고 그마저도 한동안 손을 놓았더니 도무지 열의가 생기지 아니하였다.

지루해진 소운의 눈길이 방 안을 훑었다. 아담한 방 안은 그새 주인을 닮은 듯 따뜻한 느낌이 가득하였다. 새로 바른 듯 보이는 문살과 벽의 종이는 미색으로 물들인 고급 색지였고, 추위를 피하기 위해 벽을 따라 둘러쳐진 병풍은 고아한 멋이 풍기는 것이 솜씨 있는 장인의 손길이 머문 것이 분명한 듯 보였다. 어디 그뿐인가. 그녀들에게 내어준 옷은 물론이고 서안, 연상이며 보료를 비롯한 침구 일습 등까지. 모든 것들이 소박하였지만 하나같이 최상급이었다.

들자 하니 황자의 거처는 그가 관례를 치르고 황궁을 나올 때 지은 것으로 황제가 친히 정해궁(正偕宮)이라는 이름을 하사하고 손수 쓴 편액을 내렸다고 하였다. 너른 터에 자리를 잡고 솜씨 좋은 대목들이 한껏 재주를 부려 지었을 집이기에 풍기는 위엄 또한 예사롭지 않았다. 누구의 생각이었는지는 모르나 벽에는 흔히 쓰는 토벽돌 대신 기와처럼 가마에서 구워낸 벽돌을 사용하였다. 그래서 집을 빙 두르고 있는 벽돌들의 색깔이 제각각 달랐으나 그 또한 이곳만의 독특한 분위기를 조성하는 데에 큰 몫을 하고 있었다.

하지만 소운이 놀란 것은 정작 다른 곳에 있었으니 집 곳곳을 차지하고 있는 세간살이며 살림들이었다. 지금 그녀의 눈길이 멎어 있는 저 병풍만 해도 여느 집 같으면 고이고이 모셔두었다가 일 년에 한 번 정도 아주 귀한 손님이 오실 때나 꺼낼 것을 저리 아무렇지도 않게 사용하고 있었다.

어디 그뿐인가. 매 끼마다 음식이 담겨 상에 오르는 그릇들은 성국에 있을 때에는 구경도 못했던 것들이었다. 그녀보다 훨씬 부유한 집안에서 나고 자란 여진마저도 처음 보는 것들 일색이

라며 감탄하고 놀랄 정도이니, 그것만으로도 이 집을 채우고 있
는 호사스러움을 짐작할 수 있었다.

그렇다고 해서 이 집의 세간살이들이 사람들의 눈길을 빼앗으
리만치 화려한 것도 아니었다. 그저 단순하고 일견 소박해 보이
기까지 하는 물건들이 대부분이었는데 신기하게도 모다 귀하기
짝이 없는 것들이었다. 쉽게 구하기도 어렵다는 것들을 여느 집
에서 질그릇 쓰듯 아무렇지도 않게 사용하고 있다는 사실이 소
운으로서는 놀라울 따름이었다. 집안일을 감독하는 안주인이 없
으니 귀한 물건들도 아까운 줄을 모르고 쓰는 것인가.

그에 생각이 미치자 소운의 귓불이 절로 붉어졌다.

그날, 이 집에 당도해 가마가 대문을 넘을 즈음에야 황자에게
아내가 있을지도 모른다는, 아니, 있을 거라는 늦어도 한참이나
뒤늦은 깨달음이 들고 말았던 것이다. 그제야 얼마나 당황을 하
였던가. 약관을 훨씬 전에 넘긴 남자가 그것도 황자의 신분임에
아내가 없을 리가 없었다. 매사에 신중하기로는 남에게 뒤처지
는 법이 없는 자신이었다. 그런데 너무도 당연하게 그의 곁에 머
무는 여인이 없을 것이라고 이미 혼자 속으로 단정지어버린, 어
이없을 정도의 단순함에 소운은 어찌할 바를 몰랐다. 가마에서
내리기를 재촉하는 동후의 말에도 쉽게 몸을 움직일 수 없었던
건 어쩌면 당연한 일이었다.

계속되는 채근에 어찌어찌 가마에서 나온 후에도 주위를 계속
해서 살폈던 것은 혹여 어디에선가 자신을 향해 원망이 담긴 눈
초리를 보내고 있을 여인을 찾기 위해서였다. 아내에 대한 극진
한 예의로 황자가 다른 여인에게 한눈을 팔지 않는다면 그녀로

서도 참으로 다행스러운 일이겠으나, 만일 황자가 그녀를 여인으로서 곁에 두려 한다면…… . 그 다음은 상상도 하기 싫었다. 융국도 성국처럼 사내가 아내 이외의 여인을 가까이 두는 것이 흠이 되지 않을지는 모르나, 남편이 둘씩이나 되는 공녀를 한꺼번에 집 안에 들이는 것에 기꺼워할 여인은 없을 것이다.

며칠이 지나서야 그의 아내가 이미 수년 전에 세상을 떴다는 이야기를 듣고 최소한 다른 여인에게 죄를 짓지는 않겠구나 하여 얼마나 안심을 하였던가. 물론 지금껏 그녀에게 손가락 끝 하나도 대지 않는 견을 보면 그 또한 괜한 기우였다 싶었다.

"퍽이나 아름다웠다지요?"

바느질에 전념한 듯 보이던 여진의 목소리에 간신히 소운은 상념에서 빠져나왔다. 어느새 문살에 비치던 햇살이 황금빛에서 잿빛으로 바뀌어가고 있었다.

"예?"

소운의 반문에 이로 실을 끊어내며 여진이 말했다.

"황자마마의 아내였던 여인 말이에요. 침모에게 듣기로는 이 나라에서 으뜸가는 고관대작의 여식이었는데 제천 행사가 있던 날 입궁하였다가 황자마마와 마주치게 되었대요. 한데 그 용모가 실로 화월용태라, 어찌나 아름다웠는지 황자마마가 한눈에 반하셨다지 뭐예요."

여진의 바느질 솜씨에 마음을 빼앗긴 정해궁의 침모는 시간이 날 때면 바느질거리를 들고 별당에 들러 이런저런 재주들을 배워 가고는 하였다. 그러면서 이제껏 자신보다 솜씨가 못한 이들을 가르치느라 매양 더디기만 하던 일의 속도가 여진이 온 뒤로는 부쩍 빨라졌다며 한껏 즐거워하였다. 침선을 하는 중 그녀가 들려주는 이런저런 이야기들을 통해 여진은 이곳의 물정을 빠르게 익히는 중이어서, 이즈음 들어서는 오히려 소운보다도 더 이곳에 적응을 잘하고 있는 듯 보였다.

"혼례를 올리던 날, 두 분의 모습이 어찌나 꽃같이 아름다우시던지 보고 감탄하지 않는 이가 없었대요. 때마침 거기에 화우(花雨)까지 흩뿌려지니 초례청이 마치 화우동산 같았다지 뭐예요. 돌아가신 분의 용모야 알 도리가 없지만 황자마마의 아름다운 모습이야 직접 뵈어 알고 있으니 더 말해 무엇 하겠어요."

여진은 벌써 몇 번이나 들려주었던 이야기를 다시 반복하는 중이었다. 소운이 가져오는 필사본 중에서도 유독 염정소설을 좋아하여 매번 밤을 새워가며 책장 모서리가 닳도록 읽어대던 여진의 구미에 과연 맞을 만한 이야기였다.

"그분의 부친께서 황자마마를 그리도 반대하셨다는데, 그분께서 마마와 혼인하지 못할 바에는 차라리 죽고 말겠다며 식음을 전폐하고 누워버렸대요. 귀애하는 딸이 그리 하니 어느 아버지가 허락을 내리지 않을 수가 있었겠어요. 황자께서도 은애하는 아가씨께서 그리 하고 있다는 소식을 전해 들으시자마자 그 길로 말에 올라 그 댁 앞으로 가서는……."

방 안이 점점 어두워지자 혹여 작은 바늘 끝만 지켜보고 있는 여진의 눈이 상할까 싶어 소운은 부싯돌을 켜서 등잔에 불을 밝혔다. 그 사이에도 여진의 이야기는 계속되고 있었다.

"두 분 금슬이 하 좋으시어 과연 혼례 올리신 지 얼마 되지 않아 마노라께서 회임을 하시었는데 그 뒤로 황자마마의 안색이 매우 어두워지셨다고 해요. 크게 기뻐하셔도 모자랄 판에 어이된 연유로 슬퍼하시는 기색마저 비치시는 것인지 영문을 몰라 가까이 모시던 자가 조심스레 여쭈었더니 한참만에야 하시는 말씀이, 본디 여인들은 자식을 생산하는 중에 말로는 다하지 못할 괴로움을 겪으며 또한 그 와중에 목숨을 잃는 이 또한 적지 않다고 하니 내 어찌 근심하지 않을 수 있겠냐고 하시었답니다."

떨어지는 낙엽만 보아도 눈물짓기가 예사인 성격답게 여진의 눈에는 금세 눈물이 고였다. 그 다음에 이어질 이야기는 소운도 들어 알고 있었다.

그 이야기를 전해들은 이들 모두 그저 회임한 내자를 염려하는 낭군의 기우 정도로 치부하고 말았다. 하지만 몇 달 지나지 않아 기우는 현실이 되고 말았다. 그의 아내가 때 이르게 찾아온 모진 산고 중에 그만 세상을 떠난 것이다. 이레간의 진통 중에도 결국 산도를 빠져나오지 못한 아기도 그 와중에 함께 잃고 말았다.

아내의 부고를 전해들은 직후부터 장례가 끝날 때까지, 그리고 지금까지도 황자의 얼굴에서는 아내를 애틋해하는 눈물 한 방울 찾아볼 수 없다고 한다. 곁에서 모셨던 자들은 물론이고 황제께서 보낸 조객마저도 젊고 아리따운 부인의 죽음에 슬픔을 가누지 못하였는데, 정작 이 세상 누구보다 돌아간 이를 두텁게 사랑하였던 황자는 어떤 기색도 내비치지 않았다고 하였다.

그 모습을 본 이들이 하나같이 입을 모아 말하기를, 극진한 슬픔은 또한 사람을 무감하게 만들기도 하는 만드는 법이라. 이제와 황자가 울지 않은 연유를 알겠다고 하였다. 심지어 어느 유명한 시객은 두 사람의 애달프고 애절한 이야기를 시문으로 남기기도 하였다 들었다.

그토록 은애하는 여인이 있었기에 홀로 된 지 수년이 지나도록 지금껏 재혼을 하지 않은 것이다. 세상을 떠난 이가 차지하고 있는 자리를 그 뉘라서 비집고 들어설 수 있을까. 허니, 황자 또한 달포가 지난 지금까지도 그녀에게 손을 대지 않는 것일 터.

소운의 머릿속 생각은 금세 다른 곳으로 또다시 줄기를 이었다. 아직도 돌아간 아내에게 품고 있는 연정은 그대로인 것이 분명하였다. 그러니 곁에 머무는 여인 또한 없었던 게지. 지금까지 그녀에게 손을 대지 않은 것만 보아도 이 점에는 의심할 여지가 없었다. 그러니 그의 입장에서는 별 쓸모도 없는 그녀를 굳이 붙들고 있을 까닭이 없는 것이다. 그렇지 않아도 머잖아 기회를 보아 이곳에서 그만 나가게 해달라 청을 넣을 작정이었는데 여진의 이야기를 듣다 보니 어렵지 않게 뜻을 이룰 듯하였다.

하지만 머릿속이 말끔하게 정리가 되었는데도 내내 어려 있던 상념이 가실 줄 모르는 것은 참으로 기이한 일이었다. 금세라도 날아오를 듯 가벼워져야 함이 분명하건만 그 한켠에 자리 잡은 이 묵직함은 또 무엇이란 말인가.

소운은 계속해서 이어지는 여진의 말에 그저 습관처럼 고개를 끄덕이고 있었다.

"아씨."

그때 문밖에서 조심스레 여진을 부르는 소리가 들렸다. 지금까지 읽었던 어떤 염정소설보다도 애끓는 이야기에 심취해 있던 여진이 아쉽다는 듯 말을 멈추었다. 자리에서 일어난 소운이 문을 열자 여느 때처럼 바느질감이 잔뜩 든 반짇고리를 든 침모가 안으로 들어왔다.

"혼자 하려니 적적하기도 하고 또 아씨께 아직도 배울 것이 많은 듯하여 다시 찾아뵈었습니다."

멋쩍게 웃는 그녀를 여진은 반갑게 맞이하였다.

"잘 오셨어요. 그렇지 않아도 우리 아가씨, 바늘 끝만 들여다보고 있는 나 때문에 지루해하던 참인데."

다른 곳은 공녀들을 어찌 대하는지 몰라도 정해궁의 사람들은 하나같이 두 사람에게 깍듯이 공대를 하였다. 황제가 상전의 노리개로 내린 여인이니 눈 아래로 봄직도 한데. 견이 미리 주의를 주어서인지 아니면 본디 이들의 태도가 공손한 것인지 알 수는 없었으나, 집 안 사람들 그 누구도 그들에게 함부로 하대를 하거나 불손하게 굴지 않았다.

"나는 이만 가볼게요."

두 사람이 마주앉으면 손이 재빠르게 움직이며 바느질을 하는 사이, 입은 쉴 틈 없이 긴 말을 하는 것을 알기에 소운은 몸을 일으켰다. 기실, 그들 사이에 끼어 앉아 있어도 별 상관은 없었지만 소운은 정해궁의 침모를 볼 때마다 항상 도망치듯 그 자리를 피하고는 하였다. 넉넉한 풍채와 생글생글 미소가 떠날 줄 모르는 얼굴을 마주할 때마다 흡사 곰이네를 보는 것 같아 가슴 한쪽에 제법 묵직한 통증이 느껴졌기 때문이었다.

우여곡절을 겪기는 하였으나 요행으로 여진과는 해후를 하여 함께 지내고 있지만, 곰이네나 섭섭이와는 사는 동안에는 다시 만나기 어려울 것이다. 그 생각을 하면 절로 우울해졌다. 함께 자라며 손발 노릇을 톡톡히 해주었던 섭섭이도 그렇지만, 그보다 더욱 보고픈 이는 곰이네였다. 이 세상에 나올 수 있도록 몸을 빌어준 어미보다 더 가까이 의지하고 살았던 여인이었다. 여진은 침모를 보면 곰이네가 떠올라 푸근하고 볼 때마다 좋다고 하였지만 소운은 도리어 정반대였다.

느린 걸음으로 후원의 정자를 지나 자신이 머물고 있는 퇴설당으로 향하는 사잇문을 연 소운이 놀라 멈춰 섰다. 뜰 한가운데 우뚝 선 채로 주위를 둘러보고 있는 견을 발견한 탓이었다.

기척을 들은 견이 그녀를 향해 몸을 돌렸다. 평소 여느 집의 안채 후원만치나 널따랗다 여겼던 곳이건만 그가 서 있는 것만으로 꽉 찬 느낌이 들었다.

"여긴 어쩐 일로……."

갑자기 나타난 그에게 당황한 나머지 소운이 말끝을 흐렸다.

제十장.
어둠으로 녹아드는 불빛

끼익.

둔한 소리와 함께 문이 열리자 견이 몸을 돌렸다. 언제 불을
밝혀 넣었는지 뜰 곳곳에 서 있는 석등의 불창에서는 제법 환한
빛들이 새나오고 있었다. 아련한 빛을 받고 서 있는 그의 모습이
뜻밖에도 눈이 부셔 소운은 그 자리에 선 채로 한참 동안이나 물
끄러미 바라보고 있었다. 견 또한 갑작스레 나타난 소운을 한참
이나 말없이 바라보았다.

이른 봄, 싹을 틔우기 위하여 나무줄기를 힘겹게 오르고 있을
수액의 움직임을 느낄 수 있을 만치 뜰 안은 고요하였다.

먼저 침묵을 깬 쪽은 견이었다.

"아니 들어오고 계속 그리 서 있을 작정이냐?"

여전히 그녀에게 못을 박은 듯 지켜보는 눈을 거두지 않은 채
낮은 목소리로 견이 물었다. 그제야 열린 문 밖에 서서 멍하니
그를 바라보고만 있었다는 것을 알아차린 소운이 서둘러 문 안
으로 들어섰다. 사잇문의 턱이 높은 탓에 주의를 기울이지 않으

매듭

면 치맛자락을 밟기 일쑤라는 사실을 몇 번 겪어 잘 알고 있기에, 자신을 향해 있는 견의 눈을 의식하면서도 어쩔 수 없이 한쪽 손으로 치맛자락을 움켜쥐고는 살짝 들어올렸다. 그의 말대로 이미 입술까지 나눈 적이 있다고는 하나 잠시나마 치마 아래로 드러난 발목이 부끄러웠다.

"이곳까지 어인 일이시옵니까?"

마주선 그녀가 고개를 숙여 인사를 올린 뒤 물었다.

"마치 주인인 날더러 내가 사는 집 안을 마음대로 드나들어서도 아니 된다는 말처럼 들리는구나."

입가의 미소로 보아 기분이 상한 듯 보이지는 않았지만, 어쨌든 이 집의 객인에 불과한 소운으로서는 당황하지 않을 수 없는 말이었다.

"그, 그것이 아니오라……."

마땅히 답할 말이 생각나지 않자 소운의 고개는 더욱더 바닥을 향하고 목소리는 점점 더 작아졌다.

어찌 된 일인지 공녀의 신분으로 재회한 이후로 소운은 성국에서처럼 그에게 당당하게 굴 수가 없었다. 그를 사람이나 사고파는 도적으로 알았을 때에도 자신의 목숨은 그의 손에 쥐어 있었고, 지금도 역시 그녀의 운명은 온전히 그에게 달려 있었다. 한데 어이하여 언제라도 칼을 뽑아들고 사람을 벨 것만 같았던 그때보다 황자라는 신분을 알게 된 지금이 더 두렵고 떨리는 마음이 드는지 도무지 영문을 알 수가 없었다.

그보다, 이곳에는 대체 어인 연유로 온 것일까.

달포가 지나도록 아예 없는 사람인 양 찾지를 않기에 그대로 자신을 잊었을지도 모른다 생각했었다. 첫날, 여진과 다른 곳으로 거처가 정해진 것을 보고 혹시나 하는 두려움에 떨기도 하였지만 그는 퇴설당 쪽으로는 발길도 주지 아니하여 얼굴조차도 거의 볼 수 없었다.

그가 어찌 지내고 있는지를 굳이 알자고 들자면 지나는 노비 중 아무나 붙들고 물을 수도 있겠지만 혹여 그것이 그에 대한 관심이나 기다림으로 비칠까 봐 두려웠다. 더구나 그녀가 황자의 안부를 궁금해하더란 말이 본인의 귀에 들어가기라도 했다가는 돌이키기 어려운 오해를 빚을 수도 있는 일이었다.

"몸은 좀 괜찮아졌느냐?"

견의 물음에 소운은 다시금 고개를 숙이며 감사를 표했다.

"염려해주신 덕으로 금세 회복할 수 있었습니다. 후의에 미처 인사드리지 못하여 송구하옵니다."

정해궁으로 온 다음날부터 몸져누운 그녀는 그 후 내리 며칠간을 꼼짝없이 앓고 말았다. 높은 열에 들떠 제 손으로는 물 한 모금 마시기도 힘겨웠을 정도로 심하게 아팠다. 심약한 여진이 혹시 잘못되기라도 할까 내내 걱정했던 것이 무색할 지경이었다. 앓고 있는 그녀를 위해 견이 의원을 보내준 것도, 의원이 처방을 내린 약재가 모두 황궁의 약재고에서 나온 것이라는 사실도 훨씬 뒤에 여진에게 들어서 알게 되었다.

다소곳한 모습으로 자신의 앞에 서 있는 소운이 신기한 견은 그녀를 새삼스러운 눈으로 살피었다.

이렇듯 더할 나위 없이 우아한 자태를 지닌 이였던가. 참으로 알 수 없는 여인이로다. 정중하나 굽실거리지 아니하고, 삼가는 듯 보이나 본디 몸에 배어 있는 품위 탓인지 비굴함이라고는 찾아볼 수 없으니.

"달빛이 좋아 거닐다 보니 예까지 오게 되었다. 동행을 하겠느냐?"

어차피 싫든 좋든 그가 명하는 대로 움직여야 하는 몸. 허니 이리 청하는 시늉이라도 해주는 것에 고마워해야 할 판이었다.

역시나 대답을 기다리지도 않고 그는 몸을 돌렸다. 소운은 잠자코 서너 걸음 정도의 거리를 두고 그의 뒤를 따랐다.

어느 사이 깊은 어둠이 몸을 튼 탓에 사위는 먹빛에 가까웠고 공기는 적요하였다. 후원 곳곳에 자리하고 서 있는 석등에서 연한 밀빛으로 일렁이며 새나오고 있는 불빛은 어둠을 밀어내는 것이 아니라 되레 어둠 속으로 자연스레 녹아 스며들고 있는 듯 보였다.

"때로."

후원까지 오는 동안 내내 입을 다물고 있던 그가 이윽고 걸음을 늦추더니 몸을 틀어 그녀를 내려다보았다.

"네 머릿속에 무슨 궁리가 오가는지 궁금했던 적이 있었다."

"어인 말씀이시온지요?"

의중을 알 수 없어 묻는 말에 견은 답을 주지 않았다.

조금 전에 그러했듯 아무 말 없이 서로 마주보고 있는 사이 두 사람 사이를 흐르는 대기가 미묘하게 바뀌었다. 밀도는 더욱 짙어졌고 거리감은 희박해져 서너 걸음 떨어진 곳에 서 있는 견이 바로 눈앞에 있는 듯 그의 얼굴만이 더욱 선연하였다.

소운의 가슴이 뛰기 시작하였다. 어둠 속이었지만 자신을 향해 있는 견의 눈빛은 오롯이 그가 사내임을 말하고 있었다. 눈빛이 깊어지면 깊어질수록 더럭 겁이 났다. 그것들이 이르는 무게에 눈을 돌릴 수도, 몸을 움직일 수도 없었다. 차라리 샐샐대며 호리려 들었다면 그녀 또한 적당히 장단 맞춰가며 에두른 말로 피했을 것이다. 하지만 이 남자에게 가벼움을 기대하기란 애초에 무리라는 것을 소운의 본능이 말해주고 있었다.

차라리 알아차리지 못하였으면. 아니, 어설프게나마 모른 척이라도 할 것을. 눈빛만으로도 사람의 심장을 이리 조일 수 있다니. 실로 예사 사람은 아니었다.

"만일 그날."

알지 못하는 사이 차츰 숨소리가 높아지기 시작할 무렵, 그가 입을 열었다. 그러자 숨 쉬기도 힘들 만치 심장을 조여오던 압박감도 서서히 사라지기 시작하였다. 무슨 말을 듣게 될지 알 수 없으나 단순히 그것만으로도 소운은 잠시나마 안도하였다.

"나를 따르겠느냐고 물었으면 그대로 하였겠느냐?"

"미욱한 탓에 무슨 말씀이신지 알아듣지 못하겠사옵니다."

조금 전 내놓았던 답을 반복하고 있다는 걸 어렴풋이 자각하면서도 반문하지 않을 수 없었다. 대관절 그가 일컫는 '그날'이 언제란 말인가.

"성국에서 우리가 처음 마주하였던 날."

채 머릿속을 정리하기도 전에 소운은 고개부터 저었다.

"그러지 않았을 것입니다."

무작정 납치하여 가둔 사내를 세상천지 어느 여인이 좋다고 따를 수 있을까.

매
듭 1

"그래?"

뜻밖에도 그의 입가에는 웃음기가 번져 있었다.

"나는 네가 혹 내게 반한 것이 아닌가 하였었다."

"그 무슨 당치않은 말씀을. 절대 아니옵니다!"

몇 번이고 고개를 저어가며 부인하는 말에도 견의 얼굴에 떠올라 있는 웃음기는 가시지 않았다. 그 모습에 발끈한 소운의 목소리가 팽팽하게 올라서기 시작하였다.

"그날 밤 전 갑작스레 당한 일에 놀라고 황망하여 그저 어찌하면 무사히 도망할 수 있을까 하는 생각밖에 없었사온데 그럴 경황이 있었을 리 만무합니다. 설혹 황자께서 아무리 출중하시다 하여도 말입니다."

덧붙인 말이 은근히 비꼬려는 의도임을 모를 리 없건만 개의치 않는 듯 보이자 도리어 약이 오른 쪽은 소운이었다. 황궁에서도 이와 비슷하게 놀림감이 되었던 것이 떠오르자 분통이 터질 지경이었다.

"허면 어이하여 날 보고 그리 울 듯한 얼굴이었느냐?"

"예에?"

"그뿐이냐. 놀라기까지 하니 모시는 여인이 어쩔 줄을 모르더구나."

"대관절 무슨 말……."

기세 좋게 반문하려던 말이 그만 뚝 끊기고 말았다. 혹여나 하는 그녀를 향해 견이 고개를 끄덕였다.

"나 또한 너를 기억하고 있느니."

"어, 언제부터……."

당황한 나머지 말이 제대로 나오지 않았다. 마치 북적이는 그날의 저자거리로 다시 되돌아간 듯 당시의 감정이 생생하게 되살아났다.

말 그대로 스치듯 마주친 눈빛에서 느꼈던 것은 두려움이었다. 당시로서는 영문을 알 수 없었던 두려움의 정체가 스스로 여인이라는 사실을 자각한 것에서 기인한 감정이었음을 알아차린 건 불과 얼마 전이었다. 찰나의 순간, 낯선 남자에게서 난생처음으로 억센 수컷을 보았으니 무서울 밖에. 그 즉시 그녀 안의 소녀는 사라지고 대신 그간 존재조차 알지 못하였던 여인의 본성이 단박에 그 자리를 점령하고 말았으니.

아직 아이에 불과한 소녀는 남자를 크게 두려워하지 않지만 어른인 여인은 사내로서 다가서는 이에게 미혹되면서도 무의식중으로는 경계하게 되는 법이다. 자칫 그 사내로 인하여 아이로 살아왔던 지금까지와는 완연히 다른, 여인으로서의 삶을 살게 될지도 모른다는 낯선 두려움 때문이었다.

"내가 그리 두렵고 무섭더냐?"

추궁하는 말은 아니었으나 쉽게 대답이 나가지 않자 소운은 잠깐 새에 바짝 말라버린 입술을 몇 번이고 축이었다.

"그것이 아니오라."

몇 번이고 머릿속을 휘저어보아도 마땅한 대답이 떠오르지 않았다. 그렇다고 하여 '그대의 눈빛을 보자마자 난생처음으로 여인임을 자각하였으니 어찌 두렵지 않을 수가 있었겠습니까.' 하고 사실대로 고할 수는 없지 아니한가.

"그저 그날 갑작스레 가마에 말썽이 생기는 바람에 놀라 당황하였던 것인데, 그 모양을 보고 착각하신 모양입니다."

"남복을 하고 밤도망을 할 정도로 대담한 네가 고작 고장 난 가마 때문에 당황을 하였다?"

비뚜름하게 입술 끝을 끌어올리며 하는 나직한 혼잣말은 분명 그녀를 향한 조소였다.

"난데없이 벌어진 일이다 보니……."

궁색한 변명을 하는 사이 지금이 바로 적기임을 깨달은 소운이 고개를 들었다.

"마마."

그녀는 아직까지도 연한 웃음기가 남은 얼굴을 똑바로 바라보았다.

"청이 있사옵니다."

여진과 함께 지내게 해달라는 청을 할 때보다 더욱 결연한 투의 말에 견의 두 눈썹이 꿈틀 하였다.

"이곳을 그만 나갈 수 있도록 허하여주시옵소서."

"무엇이라?"

전혀 예상치 못한 말이었던지라 혹여 잘못 들은 것은 아닌가 싶어진 견이 반문하였다. 허나 돌아온 대답은 처음과 다르지 않았다.

"이제 그만 나가도록 해주십사 청을 드리옵니다."

분기탱천한 견의 미간이 급격히 좁혀들었다.

실로 어처구니 이를 데 없는 말이니! 그녀의 신분이 무엇인가. 바로 공녀. 제 나라에서 상국의 황제께 바쳐온 조공이며 또한 황제께서 나라에 공을 세운 이에게 내리시는 하사품이다. 그러니 사람이 아닌 물건에 불과한 것. 제 스스로 숨을 쉬고 제 손으로 밥을 먹지만 사람이라 할 수 없는 존재인 것이다. 한데 한낱 물품에 불과한 것이 제 분수도 알지 못하고!

"이유가 무엇이냐."

낮게 묻는 목소리는 귀를 기울이지 않으면 제대로 알아들을 수도 없을 정도였다. 오랫동안 그의 곁을 지키며 가까이 모셔온 동후가 지금 이 자리에 있었으면 두려움에 숨도 제대로 쉬지 못하였을 것이다. 이렇게 물을 때의 견이 얼마나 화가 나 있는지, 그리고 얼마나 무서워질 수 있는지 직접 목도하여 알고 있기 때문이었다.

"어차피 제 쓸모를 다하지 못하는데 예서 더 머무를 필요가 무에 있겠사옵니까. 하여,"

"하여!"

날카로운 목소리가 재빠르게 말끝을 낚아챘다. 조금 전 제법 유쾌하기까지 했던 기색은 사라지고 삽시간에 파르스름하게 빛나는 달빛보다 더 차가운 기운을 발하고 있었다. 그런 견의 모습에 놀란 소운의 손끝이 자신도 모르게 파르르 떨렸다. 하지만 곧 마음을 다잡고 고개를 들어 그를 주시하였다. 지금이 아니면 두 번 다시 말할 기회를 얻을 수 없을지도 모른다는 생각이 다시금 용기를 그러모으게 하였다.

"하여……, 그만 이곳을 나가도록 허락해주셨으면 하옵니다."

"네가 말하는 너의 쓸모라는 게 대관절 무엇이냐?"

그만 말문이 막혔다. 그의 이불속을 덥혀주는 노릇을 하는 것이라고는 죽어도 말할 수 없었다. 소운은 그저 두 눈에 힘을 실고 입술을 앙다문 채, 금세라도 잡아먹을 듯 노려보는 그와 맞섰다. 하지만 억지로 가장한 용기를 그가 알아차리지 못할 리가 없었다.

"본디 머릿속에 생각이 많은 것들은 겁을 숨기기가 어려운 법이지. 특히나 너처럼 제 주제도 모르면서 무모하기까지 한 것들은 더욱 그러하고."

분명 자신에게 다가오는 손을 보았는데 다음 순간 거세게 파고드는 입술을 느꼈다. 피하려 몸부림을 쳐보았지만 허리를 단단히 조여 감고 있는 억센 팔은 금방이라도 끊어낼 듯 힘을 주어 당기고 있었고 머리를 움켜쥔 손은 그녀를 더욱 옴짝달싹 못하게 하였다.

숨을 쉴 수가 없었다. 그의 잇새에 물린 아랫입술이 거칠게 짓씹히는가 싶더니 뒤이어 안으로 파고든 혀가 난폭하게 입 안 곳곳을 헤집었다. 목구멍까지 닿도록 깊숙이 밀어 넣었다가 통증이 느껴질 정도로 거세게 빨아 당기기를 반복하며, 그녀의 입술을 통째로 삼켜버릴 듯 덤벼들었다. 난생처음 딱 한 번 겪었던 입맞춤과는 비교도 할 수 없을 만치 과격한 입맞춤에 두려움마저 느껴질 정도였다. 빠져 나가려 몇 번이고 몸부림을 쳤지만 애초에 그녀의 작은 몸이 그를 밀어내는 것은 불가능한 일이었다.

얼마나 지났을까. 그가 입술을 떼자 두 사람 사이에 명주실처럼 가느다란 길이 이어지다 이내 끊어졌다. 소운은 자신도 모르게 혀를 내밀어 타액으로 범벅이 된 입술을 닦아내다 무의식중에 저지른 짓을 알아차리고 소매를 들어 입술을 문질렀다. 덕분에 거친 입맞춤으로 달아오른 입술은 더욱 붉어져 그 모습을 보

고 있던 견의 음심을 자극하였다. 하지만 순진한 그녀는 그 사실을 까맣게 알지 못하였다

"다시 한 번 말해보아라."

하명하는 말과 묻는 투는 사뭇 달라 예서 그만 멈추라는 의미가 확연하였다. 하지만 소운은 고집을 꺾을 생각이 조금 치도 없었다.

"이곳 정해궁에서 그만 나가고 싶사옵니다."

방금 전의 입맞춤이 아니었다면 순순히 패배를 인정하고 한발 물러서 다음 기약하였을지도 모른다. 하지만 이미 그의 안에 있는 남자를 대면해버렸으니 더는 그의 손이 닿을 거리에 있을 수 없다는 절박함이 소운으로 하여금 겁조차 잊게 하였다.

"내 그동안 너를 너무 놓아주었구나. 분수도 모르는 당돌한 계집 같으니라고!"

끝까지 청을 거두지 않는 소운에게 견은 화가 머리끝까지 치밀었다.

"동후!"

그의 부름이 떨어지기가 무섭게 어둠 속에서 동후가 모습을 드러냈다. 두 사람뿐인 줄 알았던 곳에 갑자기 나타난 동후를 보고 미처 놀랄 겨를도 없이 견이 하명하였다.

"이 계집을 끌고 가 제 처소에 가두어라. 따로이 명이 있을 때까지 퇴설당을 벗어나게 해서도 아니 되고 그 안으로 사람을 들여서도 아니 된다. 그 누구라도."

"예!"

복종에 익숙한 목소리가 들리는가 싶더니 이내 소운은 단단한

손에 결박되다시피 붙들려 처소로 끌려가고 말았다.

  "당평이옵니다."

  "들어라."

  명이 떨어지자 안으로 들어온 이에게 방에 모인 자들의 시선이 쏠렸다. 상석의 심고에게 절을 올린 당평이 허리를 숙이며 고하였다.

  "조금 전 입궁하여 황제 폐하를 알현 중이옵니다."

  의뢰한 이가 알고자 하는 바를 지체 없이 아뢰는 양이, 과연 보고 들은 바를 고하는 데 평생을 보낸 자답게 익숙하였다. 당평의 보고를 들은 심고에게서 낮은 침음성이 흘러나오는가 싶더니 이내 물었다.

  "분위기는 어떠하였느냐?"

  근자에 들어 부쩍 견에 대하여 유하여진 황제에게 신경을 곤두세우고 있는 심고가 가장 궁금해하는 부분이었다.

  "얼마 전 하사하시었던 강현성의 상황에 대해 하문을 하신 뒤, 일간 입조(入朝)[17]를 명하는 조서를 성국에 보낼 것이라 하시었는데 시종 매우 즐거운 기색이셨다 하옵니다."

  "저런!"

  듣고 있던 이들에게서 하나같이 탄식이 새나왔다.

  "정해궁의 정황은 어떠하다더냐?"

  "저어……, 그것이."

---

17) 벼슬아치 혹은 외국 사신이 조정의 회의에 참여하던 일.

방으로 들어온 후 내내 입 안의 혀처럼 굴던 당평이 처음으로 머뭇거렸다.

"황공하오나 일전에 고해 올린 것 이외에 별다른 점은 찾지 못하였습니다. 좀 더 상세히 알아보려 애를 쓰고는 있으나 워낙 보안이 단단한 데다 일하는 자들의 입 또한 무겁기 그지없어서. 송구하옵니다."

"그쯤이야 내궁에서 일하는 것들과 줄을 대어 은밀히 교통을 하면 되는 일이 아니더냐!"

말석에 앉아 있던 젊은 자가 일어서서 호통을 쳤다. 하지만 오랜 시간 세족들의 눈과 귀를 대신하여왔던 당평이 물정도 모르는 풋내기 귀족 따위의 말에 귀를 기울일 리 만무했다. 아무것도 듣지 못한 척 눈도 꿈쩍하지 않고, 대신 심고를 향해 허리 조아리며 고하였다.

"방도가 아주 없는 것은 아니니 소인을 믿고 조금만 더 말미를 주시옵소서."

"알았으니 나가보거라."

심고의 손짓에 당평은 뒷걸음질로 물러나 방 밖으로 사라졌다.

"성국의 왕이 입조하는 문제를 두고 황자와 논의하는 것은 무슨 까닭일는지요."

좌보의 말을 시작으로 좌중이 술렁이기 시작하였다.

잠시 이 방에 모인 이들의 면면을 잠시 살피자면, 상석에 자리한 이는 한때 견의 장인이었으며 얼마 전까지만 해도 국상의 자리에 있었던 심고였다. 그 옆으로 이 나라의 병마를 총괄하는 좌보, 그리고 그 건너편에는 황후의 재종과 태자비의 종조부가 나란히 앉아 있었고, 나머지 또한 고만고만한 벼슬자리를 차지하고 있는 그들의 일족이었다. 각기 집안도 다르고 벼슬 또한 달랐지만 한 가지 공통점이라면 모두 세도가 출신이라는 점이었다.

오늘 참석하지 못한 몇몇 사람들을 포함한 이 모임은 얼마 전까지만 해도 간혹 이리 모여 술잔을 기울이며 화기애애한 정담을 나누던 것에 불과했었다. 하지만 성국에서 돌아온 견이 황제의 총애를 받으며 새로이 두각을 드러내면서부터는 은밀한 회합으로 점차 그 성격이 바뀌고 있었다.

"상현부원군에게 은밀히 전갈을 보내시오."

웅성이는 안에서 잠시 홀로 생각에 잠겨 있던 심고가 좌보에게 일렀다. 좌보는 또한 심고의 재종형제이기도 하였다.

"입조하는 왕을 수행할 자들 속에 믿을 만한 자를 심어두라고 이르되, 성의 조정은 물론이고 우리 쪽에도 잘 알려지지 않은 인물이어야 한다는 점도 잊지 말고 전하시오."

"그런 자를 찾기가 말처럼 그리 쉽지는 않을 것입니다. 황자가 성국에 있는 동안 부원군의 날개를 꺾었다 하니 그 또한 운신의 폭이 좁으리라는 건 뻔하지 않소이까."

우려를 금치 못하는 좌보의 말에 태자비의 종조부가 나서서 보탰다.

"게다가 성국에 도달해 부원군의 답을 받아 오려면 제법 시일이 걸릴 터인데. 세간의 눈을 피하자면 따로이 배를 띄울 수도 없을 것이 아닙니까."

비교적 사정에 빤한 두 사람이 연이어 비관적인 견해를 드러내니 분위기는 일시에 침잠해졌다.

"오가는 배편이야 뻔하니 밀지를 전하러 갔던 자가 자칫 입조하는 왕의 일행과 함께 귀국하거나 그보다 더 늦게 들어올 수 있음도 미리 염두에 두어야 할 것입니다. 국상의 뜻대로 부원군이 우리와도 면식이 없는 자를 보낸다면, 그자가 융으로 들어오기 전에 미리 신원을 파악하여 은밀히 연통을 넣을 방안까지 마련해두어야 할 것인데. 그리 하자면 시간이 턱없이 부족하지 않겠습니까."

성국의 치안 업무가 융으로 이양된 이후로 전과는 비교할 수 없으리만치 수비가 강화되었음을 아는 좌보이니 할 수 있는 말이었다.

예방(禮訪)이든 입조든 제아무리 입국 목적이 확실하다고 하여도 일단 융국에 발을 들인 외국의 사신들은 이유를 막론하고 황제 직속 별군들의 철저한 감시 하에 놓이게 되었다. 이는 융이 건국되었던 당시부터 무슨 일이 있어도 절대로 어겨서는 안 되는 불문율이었다.

한시도 마음을 놓지 말고 늘 긴장하라. 이것이 융국의 기본적인 외교 자세였다. 때문에 사신들을 도성으로 인도할 때에도 본래 이용하는 길 대신, 여러 곳을 들러 최대한 멀리 돌아서 저들이 제대로 지리를 파악할 수 없도록 하였다. 혹여 입국한 사신들이 제 나라로 돌아간 뒤 이동했던 경로를 바탕으로 지도를 제작할 경우에 대비하기 위해서였다.

같은 이유로, 입국한 자들에 대한 관리도 철저했다. 입국자들의 명단을 미리 파악하여 일행 중에 혹 재차, 삼차 방문한 자가 있다면 이전에 이동하였던 동선을 피해서 도성으로 향하는 경로를 새로이 설정하였다.

또한 사신이나 수행하는 자들 중에 반드시 끼어 있을 간자들의 손발을 묶기 위해서도 최선을 다하였다. 이동 경로가 정해지면 중도에 머무르게 될 객관은 미리 비우고, 허가를 받은 극소수의 인원 이외에는 누구도 출입할 수 없도록 하였다. 이는 사신들에게도 똑같이 적용되어, 일단 객관에 든 이후에는 이튿날 길을 나서기 전까지 마음대로 문밖출입을 할 수 없었다. 한마디로 입국 목적에 따라 공식적으로 진행되는 외교적인 업무 이외에는 철저하게 외국인들의 눈과 귀를 막아 이쪽의 정보가 조금치도 유출되지 않도록 하기 위해 최선을 다하는 것이다.

임무의 막중함 때문에 호위를 맡을 총책임자 또한 황제가 직접 선출하여 명하였고 그는 임무에서 해제되기 전까지는 황제 이외에 누구의 명도 받들 필요가 없었다. 때문에 어지간히 황제의 신임을 받지 않고서는 맡을 수 없는 것이 사신들의 호위 임무였다.

굳이 그렇게까지 할 필요가 있을지에 대해 의문을 표하는 이가 간혹 있기도 하였지만 주변국들의 끊임없는 도발에도 지금껏 굳건히 수성을 할 수 있었던 이유 중 하나가 바로 이러한 철저한 대비 덕분이라는 점에는 누구도 이의를 제기할 수는 없었다. 고작 군선 몇 척을 통해 들어온 몇 안 되는 군사들에게 성국의 왕이 그리 쉽게 손을 든 것만 보아도, 별것 아닌 듯 보이는 허점이 나라 전체를 뒤엎을 수도 있다는 사실을 절대 쉽게 간과해서는 아니 되었다.

이 모든 부분을 누구보다 잘 알고 있는 심고 일행이니 그 고민도 클 수밖에 없는 것이다.

"천리인(千里人)을 보내면 되지 않소."

심고의 한마디에 고심하던 이들의 얼굴이 갑작스레 빛을 만난 듯 활짝 펴졌다.

천리인이 무엇인가. 하루에 천 리를 달린다는 천리마만큼이나 발이 빠른 자들이라 하여 붙여진 이름이지 않은가. 그 재주를 인정받아 주로 황실에 소속되어 긴한 심부름꾼이나 간자 노릇을 하는 경우가 대부분이었지만, 간혹 거금을 받고 개별적으로 활동하는 자들도 적지 아니하였다. 심고의 제안대로 그들을 부리면 육로를 이용해 월경(越境)을 할 수 있으니 사람의 눈에 뜨일 염려도 상대적으로 적을뿐더러, 배로 오가는 것보다 훨씬 신속하게 움직일 수 있으니 그야말로 금상첨화였다.

"어찌 그런 묘안을 내셨습니까."

"오호, 과연 국상이십니다."

근심에 차 있던 것이 언제인가 싶게 다들 얼굴에 화색이 돌았다. 어이하여 진즉 천리안을 생각해내지 못하였는지 아쉽기 그지없었다.

"과거 내게 목숨을 빚진 자의 아들 중 하나가 천리인 노릇을 하니 부리기는 어렵지 않을 것이오."

별반 표정의 변화 없이 이르는 심고의 얼굴에는 저 홀로 쓴웃음이 진득하니 자리하고 있었다.

"들어가게 해주오."

"불가합니다."

벌써 며칠째, 날이면 날마다 시도 때도 없이 반복되는 실랑이에도 돌아오는 대답은 똑같았다. 하지만 여진은 포기하지 않고 문 앞에 서서 파수하는 차를 다시 졸랐다.

"그저 잘 지내는지 얼굴만 보고 금세 나온다고 하질 않소."

"불가합니다."

"못 믿겠으면 나와 함께 들어가도 좋소. 아니면 이 문 앞에서라도 잠시만 만나게 해주시오."

"불가합니다."

"그럼 목소리라도 듣게 해주시오."

"불가합니다."

마치 나무를 깎아 만든 탈을 뒤집어쓴 듯 무표정한 사내의 대답은 어찌 이리 한결같은지. 유순한 성품의 여진이지만 참을성이 바닥나자 그만 목청을 돋우고 말았다.

"저 안에 갇힌 지 벌써 이레가 지났소. 죄 없는 사람을 어찌 이리 꼼짝 못하게 가둬둘 수가 있단 말이오!"

여지껏 사정 조였던 그녀가 왈칵 성을 내는 것에 놀란 파수꾼의 얼굴에 처음으로 인간다운 표정이 생겼다. 놀라 눈만 끔벅이고 있는 그를 보자 이때다 싶어진 여진이 따지고 들었다.

"죄를 짓고 감옥에 든 자라 할지라도 가족의 면회는 허락하는 법이고, 역병에 걸려 집 안팎에 금줄을 쳤다 하여도 가족 중 함께 죽기를 청하는 자가 있으면 들여보내주는 것이거늘. 우리 아가씨가 국법을 어긴 것도 아니고 하물며 사람을 해한 것은 더더욱 아닌데, 대체 무슨 까닭으로 이리 얼굴도 보지 못하게 막는단 말이오!"

소운이 퇴설당에 갇힌 것을 알고 난 후 지난 며칠간, 속을 끓이다 못해 여진의 가슴은 아예 새까맣게 타들어가고 입술은 바짝 말랐다. 제아무리 날마다 찾아온들 소운의 얼굴 한 번 못 보고 목소리조차도 들을 수 없으니 참는 것도 한계에 다다라 이제는 더 이상 무서울 것도, 겁이 날 것도 없었다. 하여 목청을 높여 발끈하며 덤비고 있는 중이었다.

지아비였던 환이 지금의 이 자리에 있었더라면 혹여 다른 사람을 잘못 본 것은 아닐까 싶어 두 눈을 몇 번이고 비벼가며 확인에 확인을 거듭하였을 광경이었다.

"무슨 일이냐?"

대개의 사내들이 그러하듯 여인과의 실랑이가 곤혹스러워 어쩔 줄 몰라 하던 파수꾼은 동후를 보자 마치 작년 가을에 죽은 제 아비가 살아온 듯 반가이 맞이하였다.

"이분께서 자꾸만 안에 계신 아가씨를 뵈어야겠다고 고집을 부리시지 뭡니까."

짧게 상황 보고를 마친 파수꾼이 이제야 한시름 덜었다는 듯 여진은 동후에게 맡겨두고 두어 걸음 떨어진 원래의 자리로 돌아갔다. 물론 잠시나마 풀어졌던 표정에 보이지 않는 근엄한 탈을 쓰는 것도 잊지 않았다.

동후를 알아본 여진이 허리를 숙이며 깍듯이 인사를 하였다.

"오랜만에 뵙습니다. 그동안 강녕하셨습니까."

"염려하여주신 덕으로 무탈합니다. 아씨께서도 잘 지내고 계신다 들었습니다."

"얼마 전까지는 그러하였습니다만, 요즘에는 아시다시피……."

맴
듭 1

말끝을 흐린 여진의 시선이 여전히 굳건히 닫힌 채 열릴 줄을 모르는 퇴설당의 사잇문으로 향했다.

동후는 자신도 모르게 홀린 듯이 여진의 옆모습에 정신이 팔렸다. 이마와 코, 입술을 따라 흐르는 고운 선이 가느다란 목덜미에 이르러 옷깃 안으로 수줍게 모습을 감추고 있었다. 붓으로 그려낸다 한들 저리 아름다울 수 있을까 싶어 입술 새로는 더운 숨이 절로 흘러 나왔다. 융국에서 제일가는 화공을 불러 아무리 닦달을 하여도 저만치 미려하게는 그려낼 수 없을 것이다. 뿐만 아니라 안타까움이 가득 담긴 눈빛은 동후의 단단한 가슴을 때려대었으니.

곱디고운 얼굴에 저리도 애절한 표정마저 담기고 보니 참으로 처연하구나. 사내라면 저 모습에 뉘라서 애를 끓이지 않고 배길 수가 있겠는가.

그녀에게서 눈을 떼지 못한 채 동후는 속으로 중얼거렸다. 창검술로 단련된 견고한 심장이 삽시간에 차오른 춘정을 이기지 못하여, 봄바람 타고 일렁이는 아지랑이처럼 살랑거리며 제멋대로 노닐기 시작하였다.

"그만 돌아가시지요. 이렇게 서 계시기에는 아직 바람이 찹니다."

여진에게 다가서며 동후가 정중하게 권하였다.

조금 전 충격으로 심장은 흡사 날개를 파닥거리는 참새처럼 뛰고 있었다. 하지만 그나마 간신히 평소의 목소리를 유지할 수 있어 다행이라며 속으로 연신 가슴을 쓸어내리는 중이었다.

"아씨께서 염려하실 만한 일은, 흠흠."

어떻게라도 안심을 시키고자 말을 꺼내었지만 여진의 눈이 자신에게로 향하자 당황한 나머지 기어이 목소리가 갈라졌다. 고개를 돌려 헛기침으로 목을 가다듬는 그의 얼굴에는 놀랍게도 붉은 기마저 번져 있었다. 사병(私兵)들에게는 항시 엄격한 동후인지라 낯설기 짝이 없는 그 광경에, 저만치 서 있던 파수꾼이 입까지 헤벌린 채 신기한 눈으로 쳐다보고 있었다.

동후가 몇 번이고 눈짓으로 주의를 주고서야 후다닥 놀라 입을 다물고 고개를 돌렸다. 하지만 한번 자란 호기심은 억누르기가 어려운 법. 파수꾼은 곁눈질을 멈추지 않은 채 두 사람 사이에서 오가는 대화를 듣기 위해 전력을 다해 귀를 기울이는 중이었다.

"죄를 지어 그것을 벌하고자 가둔 것이 아니고, 그저 대화를 나누시던 중에 잠시 화가 나시어 내리신 명이니 염려하지 않으셔도 됩니다."

"그럼 대체 언제나 출입이 자유로워질까요?"

"제가 한번 청을 드려보겠습니다."

제법 호기롭게 큰소리를 치고는 있으나 실은 좀처럼 걱정스러운 표정을 지우지 못하는 여진을 보자 저절로 튀어나온 말이었다. 하지만 당황스러운 것도 잠깐, 그 한마디에 여진의 기색이 금세 밝은 빛을 띠자 동후의 얼굴에도 덩달아 미소가 떠올랐다.

"그러니 염려 마시고 이만 돌아가시지요. 이러다 감모라도 들면 큰일이십니다."

흡사 갓 걸음마를 뗀 아기를 위하듯 조심스레 여진을 인도한 동후의 모습이 저만치 멀어지자 파수꾼은 연신 고개만 갸웃거렸다.

매
듭
1

마님이 세상 뜨신 후로 여인이라고는 거들떠도 보지 않던 황자께서 난데없이 공녀를 둘씩이나 들인 것을 두고 그렇지 않아도 다들 신기해하는 중인데, 그 와중에 이젠 대장님마저 여인을 보고 얼굴을 붉히다니. 대체 이것이 무슨 조화인지. 게다가 저 여인 또한 공녀이니 황자마마에게 속한 것이 분명한데. 하아, 이것이 대체 어찌 돌아가는 판국인 겐가.

퇴성하여 정해궁으로 돌아온 견은 동후와 검술 훈련을 하며 저녁 시간을 보내었다. 훈련을 할 때면 늘 그러하였듯 두 남자는 조금의 허점도 내보이지 않은 채 방어와 공격을 반복하였다. 그사이, 차가운 바람에 내맡기고 있던 몸은 땀에 젖은 채 김을 무럭무럭 피워 올렸다.

해가 지고도 한참이 지난 후에야 대련을 마친 두 사람은 집 뒤켠에 지어진 욕탕으로 향하였다. 욕탕 안은 커다란 욕통을 가득 채우고 있는 더운물에서 올라오는 김으로 이미 자욱해져 있었다. 견이 훈련을 마친 후에는 언제나 욕탕에서 시간을 보낸다는 사실을 잘 알고 있는 집사가 그 사이 일하는 아이들을 바삐 채근한 덕이었다.

거리낌 없이 땀에 젖은 옷을 벗어던지고 금세 알몸이 된 견이 욕통 안에 몸을 담갔다. 고된 훈련으로 굳어진 몸에 더운물이 닿자 입술 사이로 절로 신음소리가 흘러나왔다.

"오늘도이더냐?"

한참이 지나도 움직이는 기척이 없는 동후에게 눈을 감은 채로 견이 물었다. 땀에 전 것도 모자라 욕탕 안의 뜨거운 김까지 더해져 입고 있는 옷은 흡사 물에 담갔다 건진 듯 불편하기 짝이 없을 터였다. 한데 그런 채로도 싫은 기색 없이 용케 자리를 지키고 서 있었다.

"쯧쯧."

"송구하옵니다."

"융통성 없는 녀석."

고개를 저으며 혀를 끌끌 찬 견이 욕통 가로 움직여 몸을 기댄 채 다시 눈을 감았다.

상전과 함께 같은 욕통 속에 몸을 담그는 것은 수하된 자의 도리가 아니라 생각하는 동후는 급작스럽게 입궁하라는 명이 떨어질 때와 같은 다급한 상황이나, 견이 어지간히 강권을 하는 때가 아니고서는 절대 그와 함께 목욕을 하려고 들지 않았다. 편히 생각하라 아무리 일러도 소용이 없어, 대개는 지금처럼 욕탕 안에서 보초를 서고 있기가 예사인지라. 견이 목욕을 마치고 나서야 병사들을 위하여 다른 곳에 마련된 욕탕에서 따로이 몸을 씻고는 하였다.

"네가 머무는 방보다도 더 큰 욕통 안에서 서로 몸이 닿을까 걱정이냐, 아니면 내게 사내를 탐하는 용양의 기질이 있어 네 벗은 몸을 보고 음심을 품어 덤벼들까 두려운 것이냐? 웃전이 늘 같은 말을 하도록 하는 것은 도리어 공경이 아님을 내 오늘도 입이 닳도록 네게 일러야 하겠느냐?"

얼핏 힐문으로까지 들릴 법한 재촉이 있고서야 동후는 조심스레 걸치고 있던 옷가지들을 벗기 시작하였다. 거듭 사양은 하였지만 땀에 전 몸이 식어가면서 견디기 힘든 한기를 느끼고 있던 터라 그 역시 더운물이 어느 때보다 더욱 반가웠다.

양손에 가득 물을 길어 얼굴의 땀을 씻어낸 견이 몸을 일으켜 욕통 가의 술병을 들었다. 더운물을 채우는 동안 바지런한 집사가 눈치껏 마련해둔 것이었다.

"오늘은 남등주(南藤酒)[18]로구나."

술잔을 따라 흐르는 향을 맡은 견이 한 모금 머금으며 말하였다. 그리고 비어 있는 다른 잔을 채워 동후에게 건넸다. 재빠르게 물속에서 무릎을 꿇은 동후가 두 손을 모아 잔을 받아들었다. 함께 성국 안을 돌며 정탐할 때는 신분을 위장해서인지 제법 친밀하게 굴며 곧잘 농도 걸던 녀석이 융으로 돌아와서는 영 재미가 없어져버렸다.

잠시 후 나른한 목소리가 고요한 욕탕 안에 울렸다.

"동후야."

"예, 마마."

"폐하께서 강현성을 내게 내리신 이유가 무엇이라 생각하느냐?"

묻는 까닭을 모를 리 없는 동후 또한 안색이 어두워졌다.

"미욱한 제가 어찌 감히 황제 폐하의 의중을 읽겠다 나설 수 있겠습니까. 다만……."

"다만?"

잠시 주저하던 동후가 큰 결심이나 한 듯 들고 있던 술잔을 단숨에 비워버리고 대답하였다.

---

18) 마가목의 껍질이나 열매를 달여 짠 즙으로 담근 술.

"제 생각에는 폐하께서 독단으로 내리신 결정은 아닌 듯싶습니다."

그간 별다른 내색은 하지 않았지만 동후 또한 강현성을 하사한 황제의 의중을 고민한 기색이 역력한 대답이었다. 동후의 나이 열 살, 당시 열넷이던 견을 따르기 시작하여 십 년이 훌쩍 넘는 시간을 함께하였으니. 이젠 별말 없이 서로 얼굴만 보아도 속내를 읽을 수 있는 사이라고 하여도 과언은 아니었다.

"아마도 황후께서 그리 하시라 청을 넣으셨겠지."

소후(小后)라는 별칭 아래 황후를 세 분까지 둘 수 있는 건 황실 대대로 내려오는 관습이었다. 한데 유독 현황께서는 한 분의 황후만을 곁에 두고 계시었고, 인접국과의 관계 때문에 어쩔 수 없이 받아들일 수밖에 없는 부득이한 경우를 제외하고는 후궁도 따로 두지 아니하셨다. 그렇게 들어온 후궁들 또한 대개 첫 밤을 보낸 이후에는 황제의 그림자도 보지 못한다는 사실은 이제 황궁에서는 비밀도 아니었다. 그토록 황후를 귀애하시니 황후가 미치는 영향력 또한 지대할 수밖에 없었다.

잠들어 있는 귓가에 견의 이름만 살짝 속삭이기만 하여도 절로 이를 간다는 심고의 소유였던 강현성을 굳이 하사한 것도 이참에 아예 심고와 척을 지게 하겠다는 황후의 뜻이 분명해 보였다. 지금은 비록 물러났지만 심고는 오랫동안 국상의 자리에 있었고 친인척들 또한 빠짐없이 요직을 차지하고 있었다.

한데 황제는 대대로 내려오는 강현성을 몰수한 것도 모자라 그것을 견에게 주어버렸으니. 심고의 집안에서 이제 황제에 대한 원망까지 견에게 돌릴 것은 불 보듯 뻔했다. 그야말로 사자 아가리 앞에 견을 앉혀놓은 꼴이었다.

"황궁에서 무슨 일이 있으셨습니까?"

동후가 조심스레 물었다.

퇴성한 뒤 오늘처럼 오랫동안 무술 연습을 하시는 것은, 턱도 닿지 않는 이유로 황제께 불려가 혼이 났을 때면 하시던 습관이었다. 게다가 얼핏 나른한 듯 보이는 표정과 달리 잔뜩 힘이 들어가 있는 두 어깨며 근육이 팽팽히 서 있는 가슴과 배의 근육은 다른 말을 하고 있었다.

성에서 귀국한 뒤 황제께서는 예전과는 정반대로 대하고 계시지만 원체 변덕이 심한 분이시니 믿을 것은 못 되었다. 특히 견에게는 그러한 성정이 더욱 도드라지시니 웃고 계시다 하여 함부로 마음을 놓아서도 안 되고, 달콤한 말로 위하신다 하여 긴장을 늦추어서도 아니 되었다.

"곧 성의 왕이 입조한다고 하더구나."

이미 성국의 왕은 황제를 대신한 견의 앞에서 폐하에 대한 충성을 맹세하고 이를 증명하는 문서를 직접 작성하여 조공과 함께 올린 바가 있었다. 하지만 그것은 어디까지나 형식적인 절차에 불과했다. 입조하라는 황제의 명이 떨어지면 당장 입국하여 직접 폐하를 알현한 뒤 그 앞에서 무릎을 꿇고 정식으로 신하로서의 예를 올려야 했다.

"하면, 전하……."

"그보다."

머릿속을 스치는 예감에 조심스럽기만 한 동후의 말허리를 견이 툭 잘라내었다.

"낮에 재미있는 일이 있었다지?"

"소, 송구하옵니다."

퇴설당 앞에서의 일을 언급하는 것임을 알아차린 동후가 얼굴을 붉혔다. 자못 사내다운 동후가 쩔쩔매는 모습에 견이 호탕하게 웃어젖혔다.

"내 듣기로 정해궁 안팎에서 일하는 아이들 중에 그 광경을 보고 놀라지 않은 이가 없다고 하더구나."

분명 문 앞에서 파수를 서던 녀석이 말을 부풀려 물어낸 것이 분명하였다. 나가는 대로 이놈을 잡아 물고를 내리라. 기실 말을 퍼뜨린 이는 여진과 함께 별채를 나섰던 침모였건만 그 사실을 알 리 없는 동후는 파수꾼 녀석을 잡아 단단히 혼을 내주겠다며 속으로 잔뜩 벼르는 중이었다.

"한데 아가씨는 언제까지 저리 가둬두실 생각이십니까?"

굳이 여진과 한 약속이 아니고라도 동후 또한 궁금하여 말을 꺼내보려던 차였다.

"혹여 그 여인이 소운의 유폐를 풀지 않으면 너와 말 상대도 하지 않겠다고 하더냐?"

놀리는 말에도 동후는 속지 않았다. 그 또한 무뚝뚝한 사내였으나 소운의 이름을 부를 때 견의 목소리에 담긴 부드러움을 알아차렸기 때문이었다.

"요사이 밤 산책이 부쩍 잦아지신 것을 알기에 드리는 말씀입니다."

매일 밤 퇴설당 담 밖을 서성이는 사실을 넌지시 지적하자 견이 호탕한 웃음으로 답하였다.

"고맙게도 네가 명분이 되어주었구나."

반쯤 차 있던 술잔을 비우며 견이 툭 던진 말을 듣고 동후는 과
연 그러하였구나 싶어 무릎을 툭 쳤다. 그러니까 순간적인 화를
이기지 못하고 아가씨를 가두라 명하기는 하였으나, 진실로 그
러할 마음은 없었기에 풀어줄 구실이 생기기만을 기다리고 계셨
던 것이다.

차가운 물방울이 똑똑 떨어지는 천장으로 눈을 돌리는 황자의
얼굴에 언뜻 나타났다 사라진 붉은 기운은 아마도 더운물에 몸
을 담근 채 술을 마셨기 때문일 것이리라. 상전의 체면을 위해서
도 동후는 그리 생각하기로 하였다.

2권에서 계속.